U0104081

金末遺臣

# 李俊民與楊宏道

詩學考察

林宜陵　著

# 目　次

# 自 序

　　在詩學的領域之中感謝所有師長的啟蒙與教導，指引我在古典詩學的領域中確立明確的方向。

　　筆者於東吳大學中國文學研究所修讀時，閱讀宋人郭祥正《青山集》後，承黃師啟方的指導完成碩士論文《郭祥正青山集研究》，以宋代詩人郭祥正為研究主體，深入探究詩人個人所展現的詩風，自此進入古典詩學殿堂，更對宋詩興起深入研究的興趣。修讀輔仁大學中國文學博士班時研讀北宋大家之作與《宋史》、《續資治通鑑》、《宋史紀事本末》等史學著作後，更進一步以君主年代為畫分依據，創作《北宋詩歌論政研究》論文，探究朝廷政策與時代詩學風格的關聯性，深入分析統治者的文學理念對於詩學風格的重大影響，結合文學與政治二大主題。對於梁武帝、蘇軾、司馬光、王安石等人詩集與詩話多有單篇結合政治與文學論述的研究成果。

　　在東吳大學中國文學系教授「詩選與習作」課程已有十年之久，於詩歌的寫作與教導上，進一步感受到「汲取」與「傳承」古典文學對於詩歌創作豐富內容與義理的重要性，因此擴展詩學研究領域到金代，進一步探討在異族統治之下，傳統經典與文化如何借由詩學創作繼續傳承給後代，堅守道統的流傳，以《金末遺臣李俊民與楊宏道詩學考察》為題，突顯李俊民與楊宏道承繼與汲取經典著作與名家著作，對於詩歌創作的貢獻。

　　金代遺臣李俊民與楊宏道二人皆任官金朝，親眼目睹國破家亡，詩作之中充滿關心社會國家之作，對於傳承宋以前中原文化有所貢

獻，考證李俊民與楊宏道生平事蹟，可以增進對於金末元初「士大夫」心境的瞭解；瞭解二人關心民生的詩作，可以探討金末遺臣筆中的社會狀況，補正史之不足；研究李俊民與楊宏道對於前代經典的學習，更可提供讀者瞭解如何藉由傳統文化與文學的傳承，增進創作能力與提高作品的價值，補充文學史上對金末元初的敘述，思考明代復古運動的先聲；比較二人的生平、詩歌與傳承，更可全面性的理解人、詩歌與文學傳承間緊密的脈動。

**謹以此書獻給我深愛的父親與母親。**

2011 年 7 月 16 日

林宜陵 於臺北市士林

# 第一章　前言

## 壹　研究動機

在重視族群融合的今日，人們日益重視文化的交流傳承與創作，逐漸不再有所謂的蠻夷之分，更瞭解不同的文化背景與族群長才，能夠激勵與擴展文學的領域與思維，成就更具影響力的文化傳承。

金代詩風深受宋代及傳統中原文化影響，除了耳濡目染受漢文化的薰陶之外，歸根究底，其受傳統中原文化影響的原因還有金代士大夫許多都是源自於北宋家族，尋根究源多是中原世家之後。

筆者藉由考察金代遺臣李俊民與楊宏道的詩學表現，期望深入了解在金代詩壇之中，文人如何藉由詩歌的創作與詩學的傳播，承繼中原傳統文化與詩學。成為元代以後，明清文壇中「唐宋派」、「宗唐」、「宗宋」學習唐人與宋人復古思想的先聲。

金代雖然為異族統治時代，但詩人承繼北宋文風影響，在形式上詩歌也善於議論，金代遺臣在亡國之後，士大夫愛國情操表現於詩文之中，情動於中，其悲戚之情有足以驚天地泣鬼神者，縱然有因為抵抗元軍欺凌任職「異代」宋朝者，也有為求所學得以貢獻百姓侍奉元朝者，亦不能掩蓋這些文人在創作詩歌上的成就。

因為有不同的時代遭遇，多樣的思想背景與詩歌風格，金末遺臣在金末元初展現出自己的詩歌風格。本書藉由瞭解金末遺臣李俊民與楊宏道在金末元初的生平事蹟，及分析二人的詩學作品，探討文人情感與時代因素間的脈絡，了解文學形式與作者生平經歷中之關聯，進

一步考察二人對於傳統文化的傳承軌跡,期望進一步瞭解漢民族文化如何影響北方金人文化,因文學的感化減少政治對立的衝突感。

再者由探討詩人李俊民與楊宏道對於傳統詩學的繼承與學習,期望能補述中國文學史上明代與清代復古派論述「宗唐」與「宗宋」時,其間所少能論及的金末元初時期,詩人是如何學習宋以前的詩學成就。

就實務教學而言,了解李俊民與楊宏道對於傳統詩學的繼承,除可以補論文學史中明代復古派源起的因素外,在現實層面也有助於教導學子,如何從古籍中汲取精華的方法,學習二人如何應用與吸收前賢作品,成為自己傑出的作品。

期望閱讀本論文的讀者可以更完整且明確的了解,李俊民與楊宏道所創作傳統詩歌對金末元初的社會貢獻,與文學對文化傳承的影響方式。

## 貳　研究範圍

據胡傳志先生在《金代文學研究中》[1]所言,金代文學的分期,多數學者參考元好問和清人的論述分為初、中、晚三期,認為金代初期為西元 1115 至 1160 年,從金朝開國至海陵王末年,所謂「借才異代」時期;金代中期為西元 1161 年至 1213 年,從金世宗初年到衛紹王末年;金代後期為西元 1213 年至 1234 年主要從金室南渡到金代滅亡。

薛瑞兆與郭明志在《全金詩》序中則分金詩為四個時期:第一期為金太祖收國元年至海陵王正隆末(西元 1115 年至 1160 年)

---

1　胡傳志:《金代文學研究》(合肥:安徽大學出版社,2000 年 3 月出版)。

此期女真貴族剛剛滅遼克宋，戰爭頻仍，無暇偃武修文，後世稱此期為「借才異代」時期，文風樸實明快。代表詩人為宇文虛中、蔡松年、張斛、高士談、吳激、完顏亮。

第二期為金世宗大定初年至金章宗泰和末年（西元 1161 年至 1208 年）

此期金與南宋以江淮為界，各自偏安，詩壇之中人才濟濟，後世稱為「國朝文風」，文風侈靡，華多少實。代表詩人為蔡珪、党懷英、王寂、周昂、王庭筠。

第三期為從衛紹王初到金哀宗天興末年（西元 1209 年至 1233 年）

此期貞祐二年蒙古軍南下今朝遷都汴京，文風一洗浮豔以達意為主，多關心現實社會之作。代表詩人為以趙秉文、楊雲翼、李純甫、王若虛、完顏璹。

第四期金國滅亡到元好問逝世（西元 1234 年 1257 年）

此期金代亡國，詩壇發出了嘹亮的遺響。詩人或任職異代或歸隱山林，皆從不同角度反映社會動亂情形。代表詩人為元好問、李俊民、楊宏道、劉祁、杜仁傑、麻革、段氏兄弟、陳氏兄弟。

本文論所指金末遺臣，指《全金詩》序第四期金代亡國後之文人。

本文所選錄之「金末遺臣」之文學研究，在第四期中選擇以「李俊民」與「楊宏道」為研究對象，因為李俊民與楊宏道二人具有三點相同點：

（一）曾於金朝任居官職。

（二）曾經歷金代亡國。

（三）金亡後仍於宋、元貢獻所學。

以此三點為選錄依據，因為曾於金朝任官者才能更確切代表金末詩歌風格，詩歌內容中也能以更宏觀的角度，真切體認國家敗亡對於

現實所帶來的影響。曾經經歷金代亡國者,才得以在金代亡國之後探討,代表文化承繼與傳遞之間的轉換。再度任職於異朝,更能從詩中瞭解其自我生命的定義與衝突,也更能表現出屬於宋、金、元之間的詩歌傳承。

具有這三項共通點,作品選錄至《全金詩》[2]者以李俊民與楊宏道最多,詩作留存符合前文範疇,以《全金詩》中作品多寡為依據,是因為詩作留存的多寡,足以顯現其詩作是否受到當代及後人充分認同,足以代表詩學的成就與詩學的承繼意義。

總結今日由薛瑞兆、郭明志先生所整理之《全金詩》中,選錄「李俊民」詩歌 824 首、「楊宏道」289 首,以此二人為「金末遺臣詩學」代表,更足以表現金末詩人面對朝代更替時的詩歌風格承繼於宋文化的開創意義。

李俊民與楊宏道並列受重視的狀況,文獻可考者是元代王惲在《秋澗先生大全文集》至元九年(西元 1393 年),請賜號時,所作〈儒士楊弘(宏)道賜號事狀〉述:

> 伏念高尚之士無代無之,國家必遂其素志賜以處士,先生之號蓋其才學節義客高足以勵薄俗,而敦風化故也,切見益都路者儒楊弘(宏)道文章德業師表一世,至於賊壇頻年,徼功經營海道,欲遂奸計,先生預有所見,發為歌詩,聲言不可,今行年八十有三,窮君守道,垂老丘園,誠天民之先覺,濟時之隱逸也。合無照依莊靖李公恩例乞。賜處士先生之號以表其康朗,且令本路歲時常加存恤。[3]

---

2　薛瑞兆、郭明志編纂:《全金詩》(天津:南開大學出版社,1995 年 11 月出版)。
3　〔元〕王惲:《秋澗先生大全文集》(臺北:臺灣商務印書館,1965 年),卷 87。

　　將李俊民與楊宏道並列為元代朝廷所應賜號的金末遺臣，可見二人在元代王惲認為地位是相近的，皆屬值得尊敬的金代遺臣。加以《元詩紀事》[4] 卷 30「金遺老」一文中，選錄金代遺老「元好問、白君舉、楊宏道、李俊民、段克己」也將李俊民、楊宏道與元好問並列。足見二人在金代遺老中的地位，更確立本論文以研究李俊民與楊宏道二人詩學為主題。

## 參　研究方法

　　李俊民與楊宏道二人處於國家動亂之際，詩歌創作不可能自外於社會變化與自身經歷，是以本文以「人」為本，探討「二人」如何在歷史的洪流中為自己情感尋找出口，作品內容受環境影響的實際情況。

　　在第二章第一節，先考述李俊民生平與仕宦，除「家族資料」之外，將其生平分為「金代時期」、「宋代時期」與「元代時期」，深入探討不同時期的仕宦經歷與文獻中可考的作品風格表現。

　　第二章第二節與第三節，就李俊民詩歌文本加以分析，歸納其創作主題思想，進一步瞭解李俊民藉由詩歌創作所要表達的「忠貞思想」、「哀悼時局」「亡國感慨」、「淡泊生涯」，以瞭解李俊民「繫念宗邦」的詩旨與「向人猶似泣殘金」的詩情。

　　第二章第四節，以李俊民詩歌中對《詩經》、《楚辭》與唐代詩人韓愈與杜甫的承繼部份分別論述，考察李俊民對於傳統中原文化的承繼。

　　第二章第五節，續論李俊民詩歌中對宋代文化的承繼部份，貫穿

---

4　〔清〕陳衍撰，楊家駱主編：《元詩紀事》（臺北：鼎文書局，1971 年）。

李俊民詩歌承自於宋以前文化的精華。

　　第三章第一節，楊宏道生平與仕宦，將其仕宦經歷分為「金代時期」、「宋代時期」與「元代時期」，說明楊宏道各時期的經歷與作品風格，並借由楊宏道顛沛流離的遭遇，感受金末遺臣的苦難。

　　第三章第二節與第三節，分析楊宏道作品，歸納其主題思想，包含「積極進取」與「關心民生」的積極作品，具有消極感受「懷才不遇」、「亡國感慨」與「宗教寄託」的作品，進一步體認楊宏道詩歌作品所表達「辭直非謗訐」的詩意與「默傷仁者心」的情感。

　　第三章第四節，說明楊宏道詩歌理論，分析其作品，歸納為對《詩經》、《楚辭》與漢魏遺風的承繼部份，瞭解楊宏道學習與承繼漢文化的方法。

　　第三章第五節，探討楊宏道詩歌中對唐代韓愈、杜甫的學習，與宋代文化的承繼，瞭解楊宏道詩歌承自於古典文化的精華。

　　第四章第一節綜論李俊民與楊宏道生平遭遇的異同，了解金末元初文人不同的際遇，對於作品表現的影響。

　　第四章第二節綜論二人作品，了解二人作品因人格特質與際遇的差別，表現思想的異同。

　　第四章第三節中，綜論二人所承繼宋以前文化的異同，進一步瞭解金末遺臣對傳統文化的解讀及傳遞。

　　第五章結論中則綜論全文，為金末遺臣尋找一席之地。

## 肆　前人研究成果

　　有關李俊民與楊宏道生平部份，王慶生先生在《金代文學家年

譜》[5]已考述二人生平。本文引用《莊靖集》[6]、《小亨集》[7]中之資料，及《元史》[8]、《金史紀事本末》[9]、《全金詩》[10]、《宋元學案》[11]等史料文獻補正，提出筆者與《金代文學家年譜》立論相異之處，加以考證與分析，進一步將二人生平仕宦畫分為金代、宋代、元代三時期的遭遇，藉由分析李俊民與楊宏道各時期詩歌作品的風格，較《金代文學家年譜》[12]更能全面性的瞭解其詩學價值與歷史傳承。

　　前人關於李俊民的研究，散文方面，有羅宗濤教授所指導陳光廷先生所著《金代李俊民散文研究》[13]，該論文研究李俊民的交遊與散文；也有魏崇武先生著〈略論金末元初李俊民的散文〉[14]論述李俊民散文成就，肯定李俊民的散文貢獻。

　　用韻方面的研究，有耿志堅教授指導黃淑娟先生所著《李俊民詩詞用韻》[15]，論述其詩詞用韻特色之作，認為李俊民的詩詞用韻：「為

5　王慶生：《金代文學家年譜》（南京：鳳凰出版社，2005 年 3 月）。

6　〔金〕李俊民：《莊靖集》（臺北：臺灣商務印書館，1983 年，《景印文淵閣四庫全書》），第 1190 冊。

7　〔金〕：楊宏道：《小亨集》（臺北：臺灣商務印書館 1983 年，《景印文淵閣四庫全書》），第 1198 冊。

8　〔明〕宋濂等編：《元史》（臺北縣板橋市：藝文印書館，1985 年 6 月出版，清乾隆武英殿刊本影印）。

9　〔清〕李有棠：《金史紀事本末》（上海市：上海古籍出版社，1998 年）。

10　第 3 冊，頁 177。

11　〔清〕黃宗羲撰，全祖望補：《宋元學案》（臺北：世界書局，1961 年）。

12　王慶生先生有〈金末元初詩人楊宏道生平仕歷考述〉，《江蘇大學學報》（社會科學版）（2003 年 4 月），頁 73-77，早於《金代文學家年譜》之作，本文引王慶生先生論述以《金代文學家年譜》為本。

13　陳光廷先生：《金代李俊民散文研究》（玄奘大學中文研究所，碩士論文，2006年）。

14　魏崇武：〈略論金末元初李俊民的散文〉，《新亞論叢》第 7 期（2005 年 6 月），頁 243-250。

15　黃淑娟：《李俊民詩詞用韻》（國立彰化師範大學中文研究所，碩士論文，2008

經歷金朝和過度到元初的一時所表現的語言現象，銜接不同語系接觸後，當時讀書人語言李俊民用韻現象，為補足韻書之不足，尋找語言的改變軌跡。」可以提供後人理解金末元初的語言變化。

李俊民詞作方面有趙維江教授指導禪志德先生所作《隱者的情懷遺民的哀歌論李俊民詞》[16]探討李俊民詞作。四篇文章都沒有專就李俊民「詩歌」成為研究主題，王錫九先生有〈李俊民的七言古詩〉[17]一文，專就李俊民七言古詩簡述「寄懷深遠」、「奔騰放逸」大要。都未能全面以李俊民詩歌為研究主題，本論文專以李俊民詩歌為研究主題，並探討其承繼傳統文化的部份。

更進一步探討與其歷史背景相近的楊宏道詩歌，使讀者更明確理解金人承繼傳統文化的表現關於楊宏道的研究，桂棲鵬先生有〈楊弘道《小亨集》誤收詩辨正〉[18]一文，本文以《全金詩》為選錄版本。胡鑫先生並有〈楊弘道詩歌研究及《小亨集》文獻整理〉[19]一文，對於楊宏道生平、版本、詩歌注解皆有所略論，全文共 66 頁，重視版本考證，與本論文著重楊宏道詩歌文本所表達的歷史情懷與楊宏道對傳統詩學的承繼不同。

年）。

16 禪志德：《隱者的情懷遺民的哀歌論李俊民詞》（大陸暨南大學中國古代文學研究所，碩士論文，2005 年 5 月）。

17 王錫九：〈李俊民的七言古詩〉，《江蘇教育學院中文系》第 4 卷第 5 期（2000 年 9 月），頁 22-24。

18 桂棲鵬先生有〈楊弘道《小亨集》誤收詩辨正〉，《浙江師大學報》（社會科學版）第 6 期（1998 年），頁 56-59。探討金元之際詩人楊弘道的《小亨集》集中存在誤收詩元詩人楊載的作品。

19 胡鑫先生：〈楊弘道詩歌研究及《小亨集》文獻整理〉（魏武崇先生指導）（北京師範大學學位論文，2007 年 5 月），此書未出版，筆者 2011 年 6 月 23 日在「世紀論文網」得知有此電子書，幸得蘇州大學趙杏根、李志國教授幫忙取得電子檔。

　　衣若芬[20]先生在〈「江山如畫」與「畫裡江山」——宋元題瀟湘山水畫詩之比較〉一文論述金末元初題畫詩中也曾舉李俊民與楊宏道二人題畫詩為例。

　　本論文更比較李俊民與楊宏道二人，「生平仕宦」、「詩歌內容」、「承繼傳統」的異同，都是前賢研究者所未曾論及之處。

## 伍　版本選用

　　李俊民與楊宏道詩作主要見於《莊靖集》與《小亨集》中，《全金詩》已於第三冊就其版本加以考證整理，本文引用《全金詩》整理成果為引用二人詩作的依據文本。

　　大抵現存李俊民詩歌記載於《莊靖集》中，《莊靖集》的成書是元太宗后二年（西元 1243 年），李俊民六十八歲，在澤州時澤州知州段直於錦堂發起，編刊《莊靖集》成十卷，該版本今日已經失傳。明代正德年間，李翰將《莊靖集》重新整理付印，使《莊靖集》得以保存傳世至今。

　　《全金詩》中所載李俊民詩歌依據清光緒海豐吳重熹所編《石蓮盦匯刻九金人集》本為底本，參校《文淵閣四庫全書》本而成。《石蓮盦匯刻九金人集》中收錄王寂、趙秉文、王若虛、李俊民、元好問、蔡松年、段成己、段克己、白樸、九人作品，其中李俊民《莊靖集》為清光緒十六年庚寅刻於開封。

　　《全金詩》中李俊民詩歌已經加以考證與整理，是前人研究成果，本論文引用李俊民詩歌處以《全金詩》為版本依據。引用李俊民

---

20 衣若芬：〈「江山如畫」與「畫裡江山」——宋元題瀟湘山水畫詩之比較〉，《中國文哲研究集刊》第 23 期（2003 年 9 月），頁 33-70。

其他文體部份，以《景印文淵閣四庫全書》中《莊靖集》為版本依據
現存楊宏道《小亨集》元好問《小亨集》序文中，言序成於「己酉秋
八月初」，是元定宗后二年秋天（西元 1249 年），當時楊宏道六十
歲，楊宏道之子曾懇求元好問為之作序，《小亨集》應是楊宏道之子
所刊行的。

　　《全金詩》中所載楊宏道詩歌依據《文淵閣四庫全書》本為底
本，並從《永樂大典》中收錄十一首作品而成。

　　《全金詩》所本《四庫全書》，據其提要所言：「焦竑《經籍志》
載《小亨集》十五卷世久失傳，今從《永樂大典》中搜輯編綴，釐為
詩五卷，文一卷，乾隆四十六年九月恭校上總纂官（臣）紀昀（臣）
陸錫熊（臣）孫士毅總校官（臣）陸費墀。」在清代《小亨集》十五
卷已經失傳，《四庫全書》中《小亨集》的作品也是搜編《永樂大
典》作品而成，《全金詩》中楊宏道詩歌已經整理，本論文引用詩歌
處以《全金詩》為版本依據，引用楊宏道其他文體部份，以景印文淵
閣四庫全書中《小亨集》為版本依據

## 陸　預期研究成果

　　本論文中以探討李俊民與楊宏道的生平仕宦，感受生命的遭遇、
歷史的脈動對於文學創作表現的影響，及思考士大夫對於國家社會應
該有的責任與貢獻。

　　藉由呈現李俊民與楊宏道詩歌文本的方式，使讀者更能了解二人
所表達的生命情感，瞭解文學對於歷史文化傳承的重要性。

　　二人生平為《宋元學案》所記載，代表在儒學的成就為後人所肯
定；二人詩作為清代《四庫全書》所收錄，代表其文學成就，確實為
後世學者所肯定；藉由二人的詩歌主張，我們更能瞭解在詩學的學習

與創作之中，應該追尋的方向。

　　藉由研究二人對傳統文化的承繼，除能增補文學史上較少被重視的金末元初詩學論述，更能進一步理解金末元初詩人對傳統文學的承繼，尋找明代復古運動的先聲。提供後人詩歌寫作，如何學習先人文化成果的方法。

　　本論文預期研究成果歸納而言：

一、了解金末遺臣筆中的金末元初社會狀況，補正史之不足。

二、考證李俊民與楊宏道生平事蹟，增進對於金末元初「士大夫」心境的瞭解。

三、探討李俊民與楊宏道二人詩歌的內容，了解詩歌的情感與風格。

四、研究李俊民與楊宏道對於前代的學習，提供後人了解如何藉由研讀文獻，增進創作能力；可以補文學史上對金末元初的陳述。

五、比較李俊民與楊宏道二人的生平、詩歌與傳承，更全面性的了解人、詩歌與文學傳承間緊密的脈動。

# 第二章　李俊民詩學研究

## 第一節　李俊民生平事蹟

在閱讀李俊民的詩作前，必須先了解其生平及仕宦經歷，才能更清楚的了解李俊民詩中所傳達的思想與代表的意義，本節參考李俊民《莊靖集》[1]中詩、詞、文中所記載與《元史》[2]、《金代文學家年譜》[3]、《金史紀事本末》[4]、《全金詩》[5]、《宋元學案》[6]加以校正補充而成，期望能夠更明確且全面的了解李俊民的一生。

## 壹　家族資料

李俊民家學淵源深遠流長，其宗族源流以《莊靖集》中李俊民所作〈李氏家譜〉[7]記載最為詳盡，據李俊民自己所說：

---

1　〔金〕李俊民：《莊靖集》（臺北：臺灣商務印書館，1983 年，《景印文淵閣四庫全書》），第 1190 冊。

2　〔明〕宋濂等編：《元史》（臺北縣板橋市：藝文印書館，1985 年 6 月出版，清乾隆武英殿刊本影印）。

3　王慶生：《金代文學家年譜》（南京：鳳凰出版社，2005 年 3 月）。

4　〔清〕李有棠：《金史紀事本末》（上海市：上海古籍出版社，1998 年）。

5　薛瑞兆、郭明志編纂：《全金詩》（天津：南開大學出版社，1995 年 11 月出版）。

6　〔清〕黃宗羲撰，全祖望補：《宋元學案》（臺北：世界書局，1961 年）。

7　同註 1，卷八・葉七下。

## 一 李氏為顓帝之後

因避桀亂改姓氏為李氏

> 按大唐《天潢玉牒》：「顓帝之後生大業，大業生媧，媧娶有喬
> 氏之女，感月光貫昴而生咎繇，咎繇生伯翳，伯翳之後世為士
> 師。至里成避桀之亂，遁居伊侯之墟，食李實，乃改為李
> 氏。」此言咎繇之後，以理獄為功，遂姓理氏，其後子孫或改
> 里氏，至伊侯之墟避難，遂改「里」為「李」也。

此段譜文不僅說明自己祖譜，也提供後世瞭解「李」氏姓氏由
來，大抵說明「李氏」源起五帝之一。

【表1】
顓帝→大業→媧（娶有喬氏之女）→咎繇（感月光所生）→伯翳→士
師→里成（因避桀亂改姓氏，又因食李實為生，因此改姓氏為李氏）

## 二 古陳國之後

> 成生利正，當商湯之時。利正生昌祖，昌祖仕陳，為大夫，因
> 居若縣。昌祖生明，明為陳相，葬瀨鄉之北，立廟因有相城。
> 明生慶實，慶實生靈飛，一名虔會。所言陳國，乃古之陳國，
> 非周時所封胡公滿之國也。自李成至虔會，五世相承，年代相
> 類，當此之時，太皞之後已為陳國，及封舜後當是。此陳既
> 滅，乃封胡公而王其地也。

此段譜文說明李氏為古陳國之後，也訴說先人的功業，曾位居古

陳國之相。

【表2】

成→利正→昌祖（任陳國大夫）→明（任陳國相）→慶賓→靈飛

## 三　老子之後

　　靈飛之妻真妙玉女，感日精之夢而生老君，此一說也。又按
《本紀》云：「老君生而能言，指李木曰『此我姓也』」，隋內
史舍人薛道衡《老君祠庭碑》云：「感日載誕，莫測受氣之
由；指李為姓，未詳吹律之本。」是也。又，《樓觀先師傳》
云：「老君因聖母攀李木而生，謂曰：『此汝姓也。』」三家之
說，經傳備載，今並明之，以彰聖人之宗緒矣。至紂王時，居
岐山之陽，西伯命為守藏史，武王克商，召為柱下史。其子名
宗，仕魏，為將軍有功，封于段干。

　　此段譜文說明李俊民為老子之後，「李氏」由來是以「李木」為
名。

【表3】

靈飛（娶真妙玉女）→老君（感日精之夢而生）→宗（魏將軍）

　　並舉文獻說明老子自稱姓李，為其母感日精之夢而生，或言攀李
木而生，故以李為姓氏。老子於紂王時被西伯（周文王）命為守藏
史。周武王立國後，召老子為柱下史，擔任史官。

　　老子之子名宗，於魏國擔任將軍，因功封於段干之地。

## 四 漢之傳承

　　宗之子注，注之子宮，宮之遠孫假，假仕漢孝文帝。假之子
解，解為膠西王邛太傅，因家於齊。《風俗通》云：「李伯陽之
後，出隴西、趙郡、頓丘、渤海、中山、襄城、江夏、梓潼、
范陽、廣漢、梁國、南陽十二望。」

此段譜文說明李氏家族在漢的傳承。

【表4】

宗→注→宮→遠→假（仕於漢孝文帝）→解（膠西王邛太傅）

　　先祖仕於漢孝文帝，說明自己確實源自於漢民族。後李氏族人開
枝散葉達十二地之廣。

## 五 開創唐代

　　唐高祖淵二十二子，其韓王元嘉守澤州。武氏盜國，宗室潛謀
恢復，事露，皆被害。妃房玄齡女，妃亡，四子於碧落聖佛谷
追薦母氏，黃公譔，善篆，磨崖碑存焉。其後，裔孫因家於
澤，或隱或仕。

此段譜文說明李氏先祖開創盛唐。

【表5】

李淵（唐高祖）→元嘉（韓王守澤州）→裔孫因家於澤

　　開創唐朝後，因武則天建立周朝，李氏皇族密謀復國，皆遭屠
殺，僅有李氏遠孫於澤州（今山西省澤州縣晉城市）隱居。

　　由此段族譜可以瞭解李俊民祖籍「澤州」，並了解李俊民在金亡
國後移居澤州之因在祖籍本在此地。

## 六　宋金之際

　　宋初，李植字彥材，熙寧間中武舉科，隨范文正公西征，官至
　　右侍禁。〈墓誌〉云：「葬於澤州晉城縣五門鄉，從先塋也。」
　　三子持、搆、授。

　　此段記載，可知先祖李植於宋神宗熙寧年間曾舉武舉科，並隨北
宋名臣范仲淹出征沙場。

　　高祖李憲之，忘其所出生。曾祖猷。猷生祖行可。行可二子，
　　長之邵，次之才。之邵一子曰楫，楫子六人，長儀，應進士舉
　　恩榜，二子亡，有女在北。弟馬興，男閭郎在，餘亡。之才三
　　子，長植，次搆，次俊民用章。植三子，曰挺，曰撝，曰振。
　　挺男世英，渭南馬鋪監，沒于王事。撝謙甫進士第一科，孟津
　　機察。男世寧，監福昌酒。搆，洛陽茹店商酒監，男鐵塊，女
　　蓬仙，在北。俊民男揚，伊闕商酒監，揚一子道兒。

　　由此段族譜可以瞭解李俊民家族，在金末元初的仕宦經歷。歸納
為表格為：

【表 6】

```
        ↗持↘
李植 →搆→憲之→猷→行可→之邵
        ↘授↗              ↘之才
```

【表 7】

```
之邵→楫→儀（應進士舉恩榜）
    ↘馬興→閨郎
```

【表 8】

```
        ↗挺→世英（渭南馬鋪監，為國家陣亡）
    ↗植→撝（謙甫）[8]（舉進士第乙科，擔任孟津稽察）→世寧（監
        福昌酒）
        ↘振
之才→搆（任洛陽茹店商酒監）→鐵塊（在北地）
    ↘俊民→揚（伊闕商酒監）→道兒
        ↘摺[9]
```

終以：「甲戌兵火[10]值甲午[11]二十餘年間，皆物故矣。獨閨郎在，楫之孫也，二子皆幼，為李氏之胤。癸卯年四月初一日丁未譜。」結

---

8 李俊民避亂福昌時依靠福昌主簿李謙甫，見〈一字百題示商君祥〉（頁 224）。本
　文所用（金）李俊民詩作，只標明頁碼者皆出自薛瑞兆、郭明志編纂：《全金詩》
　（天津：南開大學出版社，1995 年 11 月出版），第 3 冊。
9 未見〈李氏家譜〉及《金代文學家年譜》中。
10 「甲戌兵火」指金宣宗貞祐二年（西元 1214 年）李俊民 39 歲，澤州遭到元軍攻
　擊。
11 「甲午」指金哀宗正大天興二年（西元 1234 年）李俊民 59 歲，蔡州淪陷金亡國。

束全文，說明久經戰亂，從澤州遭兵禍連累到金亡國，二十年間飽受
戰火摧殘，子孫凋零，飽受戰亂之苦。

更由李俊民〈男揚洗兒〉（十九歲）一詩，知揚十九歲生子，

> 自慚無德為兒父，今朝把酒為兒壽。為兒今賦洗兒詩，願兒他
> 日於兒厚。
> 我猶不恤況我後，委蛻自天汝非有。速宜修德大吾門，無復童
> 心年十九。（頁 192）

瞭解李揚十九歲所生之子，即李道兒，詩中對於戰亂時期無法讓
兒孫，安心度日，深感愧疚。

李俊民有〈和子撝九日謾興二首〉之作：

> 此身到處賈胡留，細雨斜風冷淡秋。佳節又從愁裏遇，故鄉不
> 似舊時遊。試拈紅葉題詩句，強摘黃花泛酒甌。落帽龍山幾人
> 在，雲沉鳥沒恨悠悠。（頁 203）
> 節物催人分外愁，干戈眼底未能休。丹楓落處吳江冷，黃菊開
> 時壩岸秋。可是涼風添寂寞，更堪缺月照綢繆。悠悠今古何須
> 問，淚灑牛山亦過憂。（頁 203）

由詩題可見晚年應尚有一子，名為李撝。

其妻早卒，李俊民在〈悼亡〉詩中就說到：

> 須信人生足別離，別離不待白頭時。因憐曩日在縲絏，豈憚今
> 朝炊爨廖。中道奈何奔月去，此情惟有落花知。眼前活計無聊
> 甚，空對當年紙局棋。（頁 220）

可知其妻在年輕頭未白時已逝，當年少之時亡故。

## 貳　任官之前經歷

### 一　生於金世宗大定十六年六月十四日

李俊民在〈清平樂〉[12]一詞中明確說明自己的生日，詞曰：

> 壬申歲六月十四日
>
> 滿斟綠醑，勸我千金壽。不住光陰催老醜，三十七年回首。
>
> 鏡中白髮無多，缺壺安用長歌！有志封侯萬里，列仙不奈瞞
> 何。

「壬申」為金衛紹王崇慶元年，西元 1212 年，回推三十七年為
西元 1176 年，即金世宗大定十六年。詞中感嘆自己有志封侯萬里，
立功沙場，卻苦無機會。

在〈和喬舜臣韻二首〉二詩中也自注生日為：「六月十四日」：

其一

畫圖懸個老人星，一炷香煙禱處靈。見說蟠桃將結子，不知橋
木已忘形。倚空山色青排闥，掃地槐陰綠滿庭。凡骨恨無輕舉
便，且求強健保殘齡。

其二

幾年鬢髮已垂星，豈是長生藥不靈？席上精神歡伯力，座中面
目偶人形。來歸徒訝荒陶徑，學退還思過鯉庭。鄭重世情相愛
甚，一杯酒勸望延齡。（頁 219）

---

　　瞭解李俊民生於金世宗大定十六年（西元 1176 年），六月十四日。詩中對於晚年歸隱的生活有所感懷。

## 二　金章宗承安五年，二十五歲前得河南程氏之學

　　李俊民的科舉過程由《全金詩》所整理之生平可知：

> 李俊民（西元 1176～1260）字用章，號鶴鳴，澤州晉城人。承安五年，經義進士第一，授翰林應奉。未幾，棄官教授。宣宗南遷，隱嵩州鳴皋山。金亡，隱居鄉里，教授撰述。（頁 177）

　　瞭解承安五年（西元 1200 年）為金章宗時期，李俊民以第一名考上經義進士授翰林應奉。

　　更由《宋元學案》記載李俊民所學：

> 李俊民，字用章，澤州人。少得河南程氏之學。金承安中，以經義舉進士第一，授應奉翰林文字。未幾，棄官歸，教授鄉里。其於理學淵源，冥搜隱索，務有根據。金源南遷後，隱嵩山，再徙懷州，俄復隱西山。既而變起倉卒，人服其先知。先生在河南時，隱士荊先生者授以《皇極》數學，時知數者無出劉秉忠右，亦自以為弗及。（卷 14）

　　知李俊民少時師承「河南程氏之學」，被認定有理學家「先知」之能，得隱士荊先生授與「《皇極》數學」，當時知名的劉秉忠都自認「《皇極》數學」不如李俊民。

# 參　金代仕宦

## 一　金章宗承安五年，二十五歲狀元及第，授翰林應奉

　　承安五年（西元 1220 年）四月十二日，時二十五歲。以經義狀元及第，授翰林應奉。據〈題登科記後〉[13] 所記載：

　　承安五年庚申四月十二日經義榜：

　　李俊民，字用章，年二十五，澤州晉城。……伯德維，字公理，年四十一，中都和魯胡千戶所。趙楠，字庭幹，年二十四，澤州高平。王元，字善之，年三十三，解州司候司。靡元振，字彥升，年二十八，磁州司候司。祁午，字子善，年四十一，解州聞喜。潘希孟，字仲明，年二十八，磁州司候司。孔天昭，字天安，年三十，大興府左巡院。王毅，字知剛，年二十八，大興府左巡院。侯尚，字世卿，年三十，太原府平晉。高應，字大中，年三十二，磁州邯鄲。趙銖，字敬之，年二十五，大興府左巡院。晉蕃，字天佐，年二十五，奉聖州礬山……余閱承安庚申登科記，三十三人革命後，獨與高平趙楠（庭幹）二人在。一日，邂逅於鄉邑，哽咽道舊。壬寅歲五月初吉，庭幹複挈家之燕京。感慨忍淚，書五十六字寄之：「試將小錄問同年，風采依稀墮目前。三十一人今鬼錄，與君雖在各華顛。君還攜幼去燕然，我向荒山學種田。千里暮鴻行斷處，碧雲容易作愁天。」癸卯春。

---

由文末「癸卯春」，所指知此作成於南宋理宗淳祐三年，元太宗後二年（西元 1243 年），時李俊民六十八歲。文中不僅說明自己在金章宗承安五年庚申四月十二日經義榜登科，更感慨久經戰亂，當年同榜錄取經義科的金代文臣，亡國「革命後」只有二人還存活，唯一存活的趙楠也已折節歸附元朝。

文中將杜甫詩句之中：「訪舊半為鬼」的戰亂中亡國遺臣的苦痛。

李俊民與亡國後僅存的同門摯友別離，感慨的吟寫出：「試將小錄問同年，風采依稀墮目前。三十一人今鬼錄，與君雖在各華顛。君還攜幼去燕然，我向荒山學種田。千里暮鴻行斷處，碧雲容易作愁天。」一詩，表達戰亂的離別傷痛，令人動容。

據《金代文學家年譜》所錄：「《雍正山西通志・山川》：『晉寧路李俊民狀元及第，嘗避兵邑之嵩山，故建七狀元祠於東山。』」[14] 也記載當地人民為李俊民立廟祭祀，崇敬的史實。

## 二　金章宗泰和至金宣宗貞祐年間曾出守下邳[15]

關於金宣宗貞祐年（西元 1201 年至 1212 年）期間的遭遇，李俊民有詩文加以說明。李俊民有〈苴履〉一詩，表達對於時政已有力難從心之感，詩云：

> 待詔門前東郭趾，藍關路上仙人跡。雪花紛披蓋地白，東家不借借不得。雖然近市屨亦無，以故為新即有餘。同行留我木上座，補過仰渠金十奴。一生能著屐幾兩，用心猶在阮孚上。不

---

14　同註 3，頁 1399。

15　江蘇省睢寧縣西北古邳鎮。

須更覓下邳侯，山林此計成長往。（時守下邳）（頁 185）

「不須更覓下邳侯，山林此計成長往」一句已經點出「時守下邳」，對於出守下邳的困窘與經濟匱乏，除了以「雖然近市屨亦無，以故為新即有餘」說明外。並以韓愈被貶謫時所吟：「雪擁藍關馬不前」的典故，表達自己身心的疲憊。更點出了當時金朝的經濟困頓，連出守地方的官員要購置一雙鞋都不可得，更不用說平民百姓生活的困苦。「不須更覓下邳侯，山林此計成長往」二句李俊民也說明了此時對於職位已經不加以戀棧。

此期作品明確可考者有詩作：〈苴履〉[16]。

## 三　金章宗泰和金宣宗貞祐年間為沁水令、改彰德（國）軍節度判官

本時期年譜考證，筆者與王慶生先生《金代文學家年譜》立論不同。立論原因如下：

### （一）《金代文學家年譜》立論

據《金代文學家年譜》徵引《澤州府志・人物》卷 36 所言：「貞祐中，任沁水令兼提舉常平倉事」，王慶生先生認為此資料當誤載，應為「泰和中」誤植為「貞祐中」。

因為據王慶生先生所考李俊民先生已經在泰和六年後辭官歸鄉，在泰和年間即西元 1201 至西元 1207 年間當官，泰和六年（西元 1206 年）即已回故鄉澤州。佐證在：

---

16 同註 5，頁 185。

### 1. 泰和年間已歸隱

郝經所記《陵川集・兩先生祠堂記》中稱：

> 泰和中，鶴鳴先生得先生之傳，又得邵氏皇極之學，廷試冠多
> 士。退而不仕，教授鄉曲，故先生（程顥）之學復盛。[17]。

王慶生先生認為「泰和」中，李俊民已回故鄉澤州。任職於金朝前後不到六年，原因應當是因為對於金朝政局已完全失望。

### 2. 李俊民泰和六年在澤州歸隱

《山右石刻叢編》卷二十三記載「泰和丙寅端午日」有〈大金澤州松嶺禪院記〉[18]，認為此時已歸隱澤州。

（二）筆者持論

### 1. 泰和年間還未歸隱

但據筆者所判讀，郝經《陵川集》所言：

> 泰和中，鶴鳴先生得先生之傳，又得邵氏皇極之學，廷試冠多
> 士。退而不仕，教授鄉曲，故先生（程顥）之學復盛。

是李俊民於泰和年間得程氏「皇極之學」，得以在經義取士上狀元及第。

日後才「退而不仕」，此與貞祐年間歸隱並無不合。所以李俊民

---

17 同註 3，頁 1400。

18 同上註。

任官從承安五年間至貞祐二年，共十四年之久。

## 2. 沁水隸屬澤州，所以李俊民確實是在澤州卻未歸隱

（1）「沁水令」資料僅有《澤州府志》為證

李俊民為「沁水令」資料僅有《澤州府志》為證。據筆者推論當確實是曾經出任「沁水令兼提舉常平倉事」，因為「貞祐中」資料顯示，李俊民確實在於「澤州」。如果認為《澤州府志》記載有誤，就無法確認李俊民曾為「沁水令」。

（2）李俊民人在澤州沁水，卻未歸隱

據《莊靖集》中〈澤州圖記〉[19]所記載：

> 《禹貢‧冀州》：「厥土惟白壤，厥賦惟上上，錯厥田惟中中。九州之中為第五。」《周禮》：「職方氏掌天下之地圖，河內曰冀州。」《漢地理志》曰：「河東、河內得魏地觜觿參之分野，其地帝堯夏禹所都之域。」《詩》唐國風，此晉也而謂之唐。本其風俗，憂深思遠，儉而用禮，乃有堯之遺風焉。三晉屬韓。周赧王五十三年，秦武安君白起伐韓，拔野王，上黨路絕，上黨守馮亭以上黨歸趙，趙使平原君受地；五十五年秦攻上黨，拔之，上黨民走趙，趙軍于長平以按據上黨民。秦因伐趙，四十萬人降白起。秦並兼四海，分天下為郡縣。
>
> 漢興，因之。先王之跡既遠，地名又多，隨時改易不同。《漢地理志》：「河東郡，秦置，濩澤、端氏二縣隸焉；上黨郡，秦置，高都、泫氏二縣隸焉。河內郡，高帝元年為殷國，二年更名，沁水隸焉。」按《澤州圖經》：「屬禹貢冀州之

域。……隋開皇初，郡廢，十八年改丹川縣，因縣北丹水為名，屬長平郡。」

唐武德初，移於源漳水北，三年析丹川，於古高都城置晉城縣，屬建州，六年州廢，縣屬蓋州，是年省丹川縣，蓋州入晉城。貞觀元年，州廢，屬澤州。

按〈陽城縣本〉：「漢濩澤縣，屬河東郡，今縣西三十里，故城是也。晉屬平陽郡。後魏興安二年，自故城移於今。後，隋屬長平郡，唐武德元年於此置澤州，八年移州端氏縣，天寶元年改為陽城縣。」按《端氏本》：「漢，縣屬河東郡」。《史記》：「趙成侯十六年，與韓、魏分晉，封晉君以端氏。今縣是其地也。其故城在縣西北三十里，即漢治也。晉屬平陽郡，後魏置安平郡，縣隸焉。真君七年省太和，八年複置。隋開皇三年，郡廢，十八年自故城移於今，治屬長平郡。唐武德八年，移澤州於此治，貞觀元年，又徙州治晉城。」按高平縣：「漢泫氏縣，屬上黨郡，後魏于古高平城置。」《唐志》云：「漢泫氏縣，地因以名之，屬長平郡，隋因之，又併泫氏入焉。唐武德初，於縣置蓋州，貞觀初，州廢。」按《陵川縣》：「在漢屬泫氏縣地。隋開皇十六年，以戶口滋息，山川修阻，遂割長平郡二縣戶析置為中縣。至唐武德元年，改長平郡為蓋州，縣亦屬焉。六年，移蓋州於晉城縣，貞觀元年，改蓋州為澤州，縣屬澤州。」按《沁水縣》：漢，縣屬河內郡，晉因之，元魏為永安縣，後於此置廣寧郡，後齊郡廢，改縣為永寧。

隋開皇十八年，復改為沁水縣，屬長平郡。唐屬澤州，五代後因而不改。皇統三年程先生《左輔國碑》云：「澤之為州，蓋以境內有濩澤名焉。州之治晉城，蓋以其地故晉封名焉。夫晉者，堯所居之墟，舜所耕耘之地，二帝遺風，至今猶

存。」……金國自大安之變，元兵入中原，北風所向，無不摧滅者。貞祐甲戌二月初一日丙申，郡城失守，虐焰燎空，雉堞毀圮，室廬掃地，市井成墟，千里蕭條，闃其無人。後二十年大兵渡河，甲午正月初十日己酉蔡州城陷，金運遂絕。大朝始張官署吏，乙未遣使詣諸路料民，本州司縣共得九百七十三戶，司候司六十八戶。晉城二百五十五，高平二百九十，陵州六十五，陽城一百四十八，端氏一百一十七，沁水三十。

至壬寅續括漏籍，通前實在一千八百一十三戶。以鄉觀鄉，以國觀國，以天下觀天下，其可知也。噫，生斯世者何不幸邪！百六之數莫能逃邪？死者已矣，生者倒懸，何時而已邪？上天之禍如此，其酷尚未悔邪？泫然記之。庶幾父母瘡痍之民者，生怵惕之心。

可知：

A：「沁水」屬於澤州

所以擔任沁水令，當在澤州，與《澤州府志》所記載「貞祐中」可以契合。

B：「貞祐中」李俊民確實在澤州

〈澤州圖記〉所記載：「貞祐甲戌（金宣宗貞祐二年，西元 1214 年）二月初一日丙申，郡城失守，虐焰燎空，雉堞毀圮，室廬掃地，市井成墟，千里蕭條，闃其無人。」即李俊民親眼所見蒙古大軍入侵。直至二十年（金哀宗天興三年，西元 1234 年）後蔡州破，金朝亡國。

因此筆者不同於《金代文學家年譜》，將李俊民擔任「沁水令」歸於「泰和至貞祐」年間，而是歸於「貞祐」年間。

## 四　彰德（國）軍節度判官

本時期年譜考證，與王慶生先生《金代文學家年譜》不同。

（一）《金代文學家年譜》立論

《金代文學家年譜》[20]據《鳳臺縣志》卷 19 所記，楊庭秀撰書，李俊民撰匾額之〈金松嶺法輪院記〉其下署名：「彰德軍節度判官提舉學校常平倉賜緋銀魚袋雲騎尉」。又據《山右石刻叢編》卷 23 所記，題為：「承直郎前彰國軍節度判官兼題舉學校常平倉。」得知其曾任官彰德軍節度判官。

承前立論，歸於泰和年間之事。

（二）筆者立論

因筆者認為擔任沁水令，為貞祐年間之事，與《澤州府志》所記載「貞祐中」後相當，所以不同於《金代文學家年譜》，將「彰德軍節度判官提舉學校常平倉賜緋銀魚袋雲騎尉」，筆者將此期列為貞祐年間之事。

據《鳳臺縣志》[21]卷 19 所記〈金松嶺法輪院記〉其下：

> 郡守楊庭秀撰書，李莊靖俊民篆額也。記中敘高僧奉教於天福年間住持，宋太平興國時捨身自焚，留舍利子，宋靖康末宗愨遭兵亂，誓死謹守禪房寺獲全金大定二十九年，湛建慈氏閣，

---

20 同註 3，頁 1399。

21 〔清〕林荔修〔清〕姚學甲纂：《鳳臺縣志》，《中國地方志集成‧山西府縣志輯》（南京市：鳳凰出版社，2005 年，據清乾隆 49 年刻本影印），第 37 冊，卷 19，頁 397。

記之以為《傳燈錄續》，太和丙寅端午日記。考天福五年後晉
高祖，庚子靖康宋欽宗年號。大定二十九年金世宗大定巳酉，
世宗以是年正月崩，章宗即位，明年改明昌元年，故記書大
定。

　　又考太和丙寅為章宗（泰和）六年，據《元史》俊民本傳
金承安五年及第供奉翰林文字，旋棄官不仕。今書太和丙寅，
彰德節度使判官提舉學校常平倉賜緋銀魚袋雲騎尉，與史似不
符。

　　由〈金松嶺法輪院記〉篆額可見，泰和六年李俊民仍有官銜。是
確切可證的。

　　清代學者林荔與姚學甲因《元史》有「金承安五年及第供奉翰林
文字，旋棄官不仕。」之說，但是今觀《元史・李俊民傳》[22]全文：

李俊民，字用章，澤州人。得河南程氏傳受之學。金承安中，
舉進士第一，應奉翰林文字。未幾，棄官不仕，以所學教授鄉
里，從之者甚盛，至有不遠千里而來者。金源南遷，隱於嵩
山，後徙懷州，俄複隱於西山。既而變起倉猝，人服其先知。
俊民在河南時，隱士荊先生者，授以邵雍《皇極》數。時之知
數者，無出劉秉忠之右，亦自以為弗及也。世祖在潛藩，以安
車召之，延訪無虛日。遽乞還山，世祖重違其意，遣中貴人護
送之。又嘗令張仲一問以禎祥，及即位，其言皆驗。而俊民已
死，賜諡莊靜先生。

---

22　同註 2，卷 158，列傳第 45。

今觀《元史》對李俊民的敘述是極為簡陋的；加以用的形容詞是：「未幾」，而非「旋」，在形容完棄官之後，續以「金源南遷」之說，所以泰和六年李俊民應當如史料〈金松嶺法輪院記〉所記載，仍未辭官。

此期作品明確可考者有詩作：〈壬申歲旱官為設食以濟饑民〉[23]、〈癸酉榜後寄姪謙甫〉（第一科）[24]。

此期作品明確可考者有詞作：〈清平樂〉（壬申歲六月十四日）[25]。

## 肆　金宣宗貞祐二年後避亂歸隱

經前文論證後，了解本文於李俊民生平論證也與《金代文學家年譜》不同：王慶生先生認為「泰和」中，李俊民已回故鄉澤州，任職於金朝前後不到六年。筆者論證後認為貞祐二年後才因為元軍攻抵澤州，逃離兵亂，歸隱避亂於福昌。

所以李俊民任官於金朝應是從承安五年間至貞祐二年，共十四年之久。如此則可以為李俊民歸隱找到明確原因。

---

23 「壬申」為金衛紹王崇慶元年，西元1212年，此時李俊民37歲。

24 詩云：「萬軸牙籤未是多，十年辛苦短檠歌。敢忘奕世箕裘業，忽玷清朝甲乙科。我已夢君三舉後，君如輸我一籌何。二疏此去人方識，名字先應報大闕。」（同註5，頁223），「癸酉」年為金衛紹王至寧元年（西元1213年），李俊民38歲。

25 同註1，卷七‧葉十五上。「壬申」為金衛紹王崇慶元年（西元1212年），李俊民37歲。

# 一　金宣宗貞祐二年[26]元軍攻下澤州，李俊民逃離，貞祐三年避亂福昌

## （一）貞祐二年，三十九歲，逢甲戌之變逃難

〈一字百題示商君祥〉詩中說：

> 余年三十有九，遭甲戌之變[27]。乙亥秋七月，南邁時，姪謙甫主河南福昌簿，迎至西山僑居。廳事之東齋小學師商君祥投詩索和，頃刻間往回數十紙。謙甫曰：「一鼓作氣未可敵，姑堅壘以待。」姪婿郭鴻新曰：「可以單師挫其銳。」乃出百字題，請賦以酬之。遂信筆而書，殊無意義，付其徒孫男樂山示

---

26 李俊民 39 歲（西元 1214 年）。

27 《金史紀事本末》卷 39，「以元人克燕」為主題，宣宗貞祐二年（甲戌 1214）元軍已南下攻城掠地。《金史紀事本末》卷 41，以「中原淪陷」為題，以宣宗貞祐三年（乙亥 1215）秋七月始：「宣宗貞祐三年（乙亥一二一五）秋七月戊午朔，元兵收濟源縣。（〔攷異〕元史太祖紀云，十年七月，紅羅山寨主杜秀降，授錦州節度使。遣伊奇哩往諭金主，以河北、山東未下諸城來獻，去號，為河南王，當為罷兵。不從。詔史天倪南征，授右副元帥，賜金虎符。紀未載。）八月庚子，前冀州（〔攷異〕《輿地廣記》云：冀州，春秋屬晉，秦屬鉅鹿郡，漢置信都國，景帝改廣川，明帝更樂安，安帝曰安平，後兼置冀州，後魏為長樂郡，隋為冀州，又置信都郡，唐為冀州，今升武安軍。縣六：信都、蓨縣、南宮、棗強、武邑、衡水。《續通考》云，冀州，唐改魏州，後仍舊。宋為信都郡，升武安軍，金因之。領信都、南宮、衡水、武邑、棗彊五縣。）教授鈕祜祿特烈（原作戙都，亦作戙鄭。）〔〔攷異〕章宗紀，萬王同名戙鄭，見卷九十三。）集義兵，復立州治，招徠民戶至五萬，置山東西路總管府於歸德府及徐、亳二州。特邊三官。以太常卿侯摯為參政，行省事於河北東、西兩路。甲辰，置行樞密院於徐州、歸德府。戊申，東平、益都、太原、潞州置元帥府。壬子，置行省於陝西，以左丞相布薩端領之。諭堅守各處要害。令宣撫使治邠州，更以步騎守沿渭諸津。設潼關提控，總領軍馬等官。九月甲戌，詔開、滑、濬、濟、曹、滕諸州置連珠寨如衛州。」（同註4，頁695）蒙古大舉南侵始於該年。

之，三日不報。謙甫笑曰：「五言長城不復敢攻也。」君祥於是攜酒來乞盟，大會所友，極歡而罷。（頁 224）

甲戌之變發生，「甲戌」為貞祐二年，西元 1214 年。避難之所在地為其姪謙甫任主簿所在「河南福昌」，在此獲得地方官員的尊重，是以稍得安頓。

據王慶生先生《金代文學家年譜》考證同時間小李俊民十三歲的元好問也避居此地，可見當時社會環境的動亂，兵禍的牽連，金代文人紛紛避亂逃離。

此期作品明確可考者有詩作：〈書壁〉[28]。

## （二）金宣宗貞祐三年，四十歲避亂福昌

貞祐三年（西元 1215 年），四十歲。至興定二年（西元 1218 年），四十三歲。避亂福昌。

在〈乙亥過河〉一詩中說到：

一身長道路，四海尚風塵。昔作依劉客，今為去魯人。渡河年在亥，乞酒歲非申。別後山中友，相逢話又新。（頁 198）

乙亥年即貞祐三年，由「四海尚風塵」、「今為去魯人」知李俊民為了避兵亂而南遷過河。

此時的心境由〈王季文南邁，怏怏不得意，書此以緩之〉一詩中可見。大家都待倚欄干，摘索幽花草棘間。方便春風無不到，忍教雪

---

28 〈書壁〉：「世事紛紛變，人生種種愁。行年三十九，得歲又平頭。」（同註 5，頁 238），言為 39 歲所作。「平頭」指為一般百姓，可知李俊民三十九歲才成為一般百姓。

裏一枝寒。（頁 269）

　　群臣被迫南遷，詩中表達出所有金代臣子，希望太平盛世的心境。

　　此期作品明確可考者有詩作：〈乙亥過河〉、〈一字百題示商君祥〉[29]、〈土季文南邁，怏怏不得意，書此以緩之〉[30]。

## 二　金宣宗興定三年，四十四歲移居伊陽

　　金宣宗興定三年（西元 1219 年），四十四歲。至金哀宗正大八年（西元 1231 年），五十五歲移居伊陽[31]，隱嵩州鳴皋山。由楊奐在〈李狀元事略〉中所言：「南遷，隱嵩州鳴皋山」可知。

　　李俊民在〈寄伊陽令周文之括戶〉：

> 幾年客裏厭馳驅，故向伊川好處居。剛受一廛同許子，誰知四壁過相如。厥田不稱中中賦[32]，此事真堪咄咄書[33]。疲俗脂膏

---

29　〈一字百題示商君祥〉：「乙亥秋七月，南邁時，姪謙甫主河南福昌簿，迎至西山僑居。」（同註 5，頁 224）。

30　筆者以詩題「南邁」二字同於〈一字百題示商君祥〉序言中所言：「乙亥秋七月，南邁時，姪謙甫主河南福昌簿，迎至西山僑居。」繫於此年。

31　「伊陽」縣即今之「汝陽縣」。汝陽縣位於豫西山地，位於伏牛山和嵩山之間，北汝河流經該縣。汝陽縣原名伊陽縣。

32　引用《史記會注考證‧夏本紀第二》：「海、岱及淮、維徐州：淮、沂其治，蒙、羽其藝。大野既都，東原底平。其土、赤埴墳。草木漸包。其田，上中。賦，中中。」〔日〕瀧川龜太郎：《史記會注考證》（臺北：洪氏出版社，1986 年 9 月版），頁 43，指賦稅嚴苛。

33　《晉書》：「浩（殷浩）雖被黜放，口無怨言，夷神委命，談詠不輟，雖家人不見其有流放之感。但終日書空，作「咄咄怪事」四字而已。浩甥韓伯，浩素賞愛之，隨至徙所。經歲還都，浩送至渚側，詠曹顏詩云：『富貴他人合，貧賤親戚

今已盡，看看鞭算及舟車。（頁 213）

　　引用《孟子・滕文公上》[34]：「有為神農之言者許行，自楚之滕，踵門而告文公，曰：『遠方之人，聞君行仁政，願受一廛而為氓。』文公與之處。其徒數十人，皆衣褐，捆屨織席以為食。陳良之徒陳相與其弟辛，負耒耜而自宋之滕。曰：『聞君行聖人之政，是亦聖人也，願為聖人氓。』陳相見許行而大悅，盡棄其學而學焉。」之語，表達自己學習許由不問政事。

　　「鳴皋山」在河南省伊陽一地，移居的原因應該在於經濟因素，金代的戰亂，經濟蕭條，使得李俊民不得不親自耕種維生。但是對於當前的政經局勢，仍然感到賦稅嚴苛，稱為「咄咄怪事」。

　　道號：「鶴鳴先生」，源於此地，引《詩經》[35]小雅之〈鶴鳴〉，李俊民此時以薦舉人才為己任。

　　此期有詞作〈酹江月〉之作：「壬午中秋，與楊外郎仲朋、姪婿郭仲進、姪謙甫、福昌待月」[36]。

　　「壬午」年為金宣宗元光元年（西元 1223）年，李俊民四十八歲中秋所作。以此推知李俊民四十八歲曾再次至福昌與友人楊外郎仲朋、姪婿郭仲進、姪謙甫共度中秋。此處立論與王慶生先生《金代文

---

離。』因而泣下……。」〔唐〕房玄齡等撰：《晉書》（北京：中華書局，1974年），頁 2047。

34　邱燮友等編譯：《新譯四書讀本》（臺北：三民書局，1987 年 8 月），頁 420。

35　〔漢〕毛亨傳、鄭元箋、〔唐〕孔穎達疏：《詩經》（臺北縣板橋市：藝文印書館，1993 年 9 月，十三經注疏本），頁 3。本文所引《詩經》原文皆出自此。

36　〈酹江月〉：「中庭待月，正催詩雨過，暮山橫碧。別後連昌秋幾度，一話團圓今夕。萬里清風。（闕）中為我，掃盡雲踪跡。冷光不似，尋常些小窺隙。應憐白髮功名，倚樓看鏡，惟酒澆愁得。且闕樽前身見在，疊疊風生談席。洛下仙舟。（闕）間星使，邂逅非生客。天涯雙桂，廣寒誰念幽寂？」（同註 1，卷七・葉四上）。

學家年譜》相異[37]。

　　此期詩作明確可考者有:〈寄伊陽令周文之括戶〉、〈即事〉[38]、
〈跋馮應之許司諫豉羊帖〉[39]、〈許司諫醉吟圖〉、〈許司諫歸來圖〉、
〈許道真醉吟圖〉。

# 伍　入宋仕宦

## 一　宋理宗紹定五年、金哀宗天興元年[40]，五十七歲在襄陽與宋襄陽太守史嵩之往來

　　據《金代文學家年譜》[41]所考正大八年，元軍冬日從宋光化軍入
唐郡，金人紛紛避兵南宋。李俊民當於此時南逃入宋。

　　李俊民此期有幫襄陽太守史嵩之「代作」的詩作，此期李俊民應
當是史嵩之幕僚。

　　在〈代別呼延路鈐〉一詩中:

　　　　森森戈戟亂如麻，剛把毛錐傍史家。彈鋏去年門下客，白頭今

---

37　王慶生先生《金代文學家年譜》此作歸於金宣宗興定二年李俊民 43 歲之作，因其
　　引用版本〈醉江月〉:「壬寅中秋，與楊外郎仲朋、姪婿郭仲進、姪謙甫、福昌
　　待月」，王慶生先生認為「壬寅」當為「戊寅」之誤，本論文立論引《四庫全
　　書》之《莊靖集》版本「壬午」為準。是以歸於 48 歲所作。

38　〈即事〉:「炎涼愁裏過，陵谷暗中遷。素拙生生計，尋耕下下田。為嫌頻告糴，
　　卻恨不逢年。門外催租吏，長妨對聖賢。」(同註 5，頁 199)於山中躬耕與為稅
　　賦所苦當為此期作品。

39　王慶生先生《金代文學家年譜》(同註 3，頁 1404)所考，許古為金宣宗興定三年
　　八月去職隱居於伊陽。

40　西元 1232 年

41　同註 3，頁 1405。宋理宗紹定四年、金哀宗正大八年，五十六歲入襄陽。

日又天涯。（襄陽守史嵩。）（頁 269）

可說明李俊民幫史嵩之創作別離之作，應當謀事於史嵩之。
據《宋史‧史嵩之傳》[42]所記載：

史嵩之，字子由，慶元府鄞人。嘉定十三年進士，調光化軍司
戶參軍。十六年，差充京西、湖北路制置司準備差遣。十七
年，升幹辦公事。寶慶三年，主管機宜文字，通判襄陽府。紹
定元年，以經理屯田，襄陽積穀六十八萬，加其官，權知棗陽
軍。二年，遷軍器監丞兼權知棗陽軍，尋兼制置司參議官。三
年，棗陽屯田成，轉兩官。以明堂恩，封鄞縣男，賜食邑。以
直秘閣、京西轉運判官兼提舉常平兼安撫制置司參議官。四
年，遷大理少卿兼京西、湖北制置副使。五年，加大理卿兼權
刑部侍郎，升制置使兼知襄陽府，賜便宜指揮。六年，遷刑部
侍郎，仍舊職。

端平元年，破蔡滅金，獻俘上露布，降詔獎諭，進封子，加食
邑。移書廟堂，乞經理三邊，不合，丐祠歸侍，手詔勉留之。
會出師，與淮閫協謀掎角，嵩之力陳非計，疏為六條上之。詔
令嵩之籌畫糧餉，嵩之奏言：「臣熟慮根本，周思利害，甘受
遲鈍之譏，思出萬全之計。荊襄連年水潦螟蝗之災，饑饉流亡
之患，極力振救，尚不聊生，徵調既繁，夫豈堪命？其勢必至
於主戶棄業以逃亡，役夫中道而竄逸，無歸之民，聚而為盜，
饑饉之卒，未戰先潰。當此之際，正恐重貽宵旰之慮矣。兵
民，陛下之兵民也，片紙調發，東西惟命。然事關根本，願計

---

42 〔元〕脫脫等撰：《宋史》（北京：中華書局 1985 年 6 月出版），卷 414。

其成，必計其敗，既慮其始，必慮其終，謹而審之，與二三大
臣深計而熟圖之。
　若夫和好之與進取，決不兩立。臣受任守邊，適當事會交至之
沖，議論紛紜之際。雷同和附，以致誤國，其罪當誅；確守不
移之愚，上迕丁寧之旨，罪亦當誅。迕旨則止於一身，誤國則
及天下。」丞相鄭清之亦以書言勿為異同，嵩之力求去。

　　由文中可以瞭解：

（一）史嵩之在宋理宗紹定五年至六年之間知襄陽府

　　宋紹定五年就是金哀宗天興元年，所以此期李俊民與史嵩之應當
在襄陽。

（二）史嵩之參與攻打金哀宗的戰役

　　李俊民南逃與史嵩之交遊，史嵩之卻參與了滅金的蔡州之役，
「破蔡滅金」，所以可以了解李俊民為何在蔡州被破之後，選擇北
歸，亡國遺臣對於國家的哀悼，只能以此表達。
　　李俊民在天興二年〈癸巳冬至二首〉五十八歲時，早已預見金代
的亡國，詩云：

> 共愁天紀亂，依舊日南時。氣本自然應，策令誰可推。每懷添
> 線女，還意覆杯兒。偃蹇無歸計，天涯兩鬢絲。（頁194）
> 歲以四時成，氣自一陽始。雖然廢羲職，那可亂軒紀。人生幾
> 寒暑，天道頻甲子。徒嗟潦倒身，汲汲百年裏。（頁194）

　　感嘆天地混亂，自己卻無計可施，只能看著天地傾倒，國家滅

亡。

　　在李俊民此時的〈自遣〉集句詩歌之中可以看出他的心情：

> 南路蹉跎客未回（樊晃），山桃野杏兩三栽。（雍陶）
> 逢春漸覺飄蓬苦（《才調集》），更向花前把一杯。（嚴惲）（頁
> 291）

　　「南路蹉跎」寫自己南逃至襄陽，卻無法有所作為，深感如飄蓬之苦，充滿亡國感慨。

　　此期作品明確可考者有詩作：〈代別呼延路鈐〉、〈癸巳冬至二首〉、〈七言絕句集古〉[43]。

## 二　宋理宗紹定六年、天興三年，五十九歲前北歸

　　天興三年（西元 1234 年）「蔡州」被攻破，金皇朝正式宣告亡國，此時李俊民也結束其依附史嵩之的流亡生活，決心北歸，回到故鄉澤州。

　　〈聞蔡州破〉（甲午年正月十日己酉）一詩：

> 不周力摧天柱折，陰山怨徹青冢骨。方將一擲賭乾坤，誰謂四面無日月。石馬汗滴昭陵血，銅人淚泣秋風客。君不見周家美化八百年，遺恨黍離詩一篇。（頁 185）

　　亡國之臣，其心境如同天柱折損，其恨無窮。所恨為金代皇室不

---

43 同註 5，頁 291。由詩中地名為襄陽地名如〈樊城〉、〈漢高廟〉、〈光武廟〉可知作於此時。

思治理，將江山豪賭待盡。令人痛心。

此期作品明確可考者有詩作：〈聞蔡州破〉。

# 陸　入元時期

據楊奐《還山遺稿‧名臣事略》[44]所記載的內容，可以了解李俊民曾客居懷州：

> 李狀元諱俊民，字用章。澤州晉城人。資醇謹，重然諾，不妄交遊。金承安中舉進士第一。釋褐應奉翰林文字，南遷隱嵩州鳴皋山。北渡客覃、懷，未幾入西山。既而變起倉卒，識與不識皆以知機許之。居鄉閭，終日環書不出，四方學者不遠千里而往，隨問隨答，曾無倦色。會皇弟經理西南夷，聞其賢，安車馳召，不得已，起而應之，延訪無虛日，遽乞還山。王重違所請，遣中貴護送之，年八十而卒，世之知數者，無出子聰右，而子聰猶讓之。

可知李俊民客居懷州，隨後回澤州故鄉，因傳說得以「知機」，所以四方學者不遠千里而來。當時忽必烈是元代皇帝之弟，負責治理西南國土的，也因李俊民的聲望加以召見。

---

44 〔金〕楊奐：《還山遺稿》（臺北：臺灣商務印書館，1983 年，《景印文淵閣四庫全書》），第 1198 冊，卷四。

### 一　元太宗六年、宋理宗紹定六年、天興三年，五十九歲，金亡至懷州。

李俊民五十九歲在蔡州被破之後，金哀宗天興三年（西元 1234年），至元太宗七年，（西元 1235 年），至懷州依王子榮。有大量作品寫給王子榮與籌堂[45]。

據王慶生先生所考所考，李俊民至懷州依王子榮，與籌堂有大量應酬之作，時王子榮任職於懷州，由李俊民寫給王子榮大量詩作，可知二人此時相交甚深。有〈河橋成三首〉[46]、〈王子榮過家上冢〉、〈和子榮〉、〈用子榮河橋送別韻〉、〈和子榮悼恒山韻二首〉、〈答子榮〉、〈子榮途中見憶有先生在世人中龍，三十年前到月宮之句，依韻謝答〉、〈和秦彥容韻五首〉[47]。

寫給籌堂的作品也大量呈現，如〈和籌堂述懷二首〉[48]、〈寄籌堂〉、〈籌堂尋梅〉、〈籌堂燕〉、〈籌堂壽日二首〉、〈和籌堂〉、〈和籌堂途中即事三首〉、〈用籌堂韻〉、〈答籌堂見招六首〉、〈答籌堂二首〉、〈勉和籌堂來韻四首〉、〈和籌堂送別韻二首〉、〈和籌堂送迎偶得四

---

45　此處立論與《金代文學家年譜》相異，據《金代文學家年譜》所考王子榮疑與籌堂是同一人，筆者存疑，因為找不到資料證明二人為同一人；如果是同一人，李俊民為何在詩中出現「王子榮」、「籌堂」不同稱呼。

46　自注：「橋成有日，必有佳句。寫河上逍遙之興，贈子榮及督後楊成之。」詩云：「預積他山木，重新兩岸隄。龍依天上臥，虹傍水心低。不假鞭秦石，何勞立蜀犀。落成應有日，誰向柱先題。⋯⋯」（同註 5，頁 194）可知為歌美王子榮造橋之作。

47　〈和秦彥容韻五首〉自注：「時寄王子榮西齋」（同註 5，頁 186），可以了解作於懷州時期。

48　〈和籌堂述懷二首〉中就說：「長恨周人詠黍離，不期親到閟周時。一朝小雅廢將盡，何處如今更有詩。白頭相見話存亡，可惜漫漫夜轉長。煩惱盡無安腳處，出門十步九羊腸。」（同註 5，頁 266）正是亡國之時所作，自言無安身之處。

首〉、〈和籌堂述懷二首〉、〈訪德老二首〉[49]、〈答籌堂〉。

日後也有〈悼籌堂〉[50]，哀悼的詩作，「籌堂」應當是李俊民懷州時期好友。

此時期在澤州還有詩作：〈樊噲戲石〉[51]、〈九日下山〉[52]寫亡國之痛。

## 二 元太宗六年、宋理宗紹定六年、金哀宗天興三年[53]，五十九歲，冬至澤州，段直迎為師。

據《莊靖集》中可見，該年冬天李俊民應澤州守段正卿、晉城縣令崔公達之邀，有大量祭孤魂的文疏。經歷周圍眾多的死難，李俊民借由大量祭孤魂的文疏，安慰死去的亡魂，也安慰了生還者的苦難心靈。

據《元史・段直傳》[54]中論及：

> 段直，字正卿，澤州晉城人。至元十一年，河北、河東、山東盜賊充斥，直聚其鄉黨族屬，結壘自保。
> 世祖命大將略地晉城，直以其眾歸之，幕府承制署直潞州元帥

---

49 〈訪德老二首〉自注：「月下與君瑞邦直從籌堂攜酒訪德老，既而有詩見示，因用韻和。」言與籌堂相酬唱。（同註5，頁233）

50 〈悼籌堂〉「霞鞍金彎紫絲絛，玉帶結靴織翠袍。赳赳少年真手臂，津津玉氣見眉毫。不愁造化功難補，可惜秋山勢自高。那免牛車身後患，一場春夢亦徒勞。」（同註5，頁223）

51 〈樊噲戲石〉詩云：「不期兩都後，復有三國志。過客對春風，徒灑山陽淚。」（同註5，頁180）言身在山陽，山陽為懷州別名。

52 〈九日下山〉詩云：「所恨國難守，若為家不亡。天威寒氣逼，急急下山陽。」（同註5，頁196）言身在山陽。山陽為懷州別名

53 西元 1234 年。

54 同註2，列傳第 79。

府右監軍。其後論功行賞，分土世守，命直佩金符，為澤州長官。

澤民多避兵未還者，直命籍其田廬于親戚鄰人之戶，且約曰：「俟業主至，當析而歸之。」逃民聞之，多來還者，命歸其田廬如約，民得安業。素無產者，則出粟賑之；為他郡所俘掠者，出財購之；以兵死而暴露者，收而瘞之。

未幾，澤為樂土。大修孔子廟，割田千畝，置書萬卷，迎儒士李俊民為師，以招延四方來學者。不五六年，學之士子，以通經被選者，百二十有二人。在官二十年，多有惠政。朝廷特命提舉本州學校事，未拜而卒。

由上文可得以下結論：

1. 段直金末元初時擁兵自保。
2. 段直歸附元世祖，任官「幕府承制署直潞州元帥府右監軍」，為澤州長官。
3. 段直極力撫慰澤州百姓，歸還田地與祖屋，使得人民得以安頓。
4. 段直大修孔廟，迎接李俊民為師，以招延四方學者，重視地方教育。

可以應證金亡後不久，李俊民應段直之邀得以歸鄉澤州，並發揮所長貢獻所學，教授鄉里。

這段時期李俊民應段直之邀，對於撫慰亡靈，有許多祭孤魂之文，有〈郡侯段正卿祭孤魂碑〉、〈段正卿祭孤魂榜〉、〈崔仲通祭孤魂榜〉、〈高平縣瑞雲觀祭孤魂榜王希及道淵〉、〈孫講師約束亡靈榜〉、〈孫講師約束孤魂榜〉、〈段正卿祭孤魂青詞〉、〈崔仲通祭孤魂青詞〉大量安慰亡靈之作。

此時有為段直所代作之文：〈郡守段正卿上中書啟〉。還有詩

作：〈送郡侯段正卿北行二首〉、〈段侯行春顯聖觀喜雨〉[55]。

三 元太宗八年[56]，六十一歲，澤州新居「鶴鳴堂」落成。元太宗
　九年[57]，六十二歲，至元太宗后三年[58]七十歲，奉命至山陽編纂
　《道藏經》，於澤州與山陽、平陽間往來。元太宗后二年[59]，六
　十八歲，段直於錦堂發起編刊《莊靖集》。

（一）元太宗八年，李俊民六十一歲時。「鶴鳴堂」落成

　　李俊民於《莊靖集》[60]有〈睡鶴記〉就說：

> 人之情有所甚好，有所甚好而不得，則必見似之者而喜，非徒
> 好之，蓋感而有所得焉。濠梁之魚得之樂，山陰之鵝得之書，
> 支道林之鷹與馬得之神俊，不有所得，夫何好焉？鶴鳴之好
> 鶴，亦猶是也。
> 鶴也者，物之生於天而異者也。其性潔而介，其聲亮而清。潔
> 而介，則寡所合；亮而清，則寡所和。獨以孤高自處，飛鳴於
> 霄漢之上，豈求其異也哉！蓋天之所賦者異也。夫才高則無
> 親，勢孤則失眾，鶴奚恤焉？若或矯情自洿，下同於頻頻之
> 黨，變常而喪其真，非鶴之德也，非鶴鳴之所好也。

---

55 由序云：「癸卯季春，小旱。清明後七日，段侯正卿行縣回，會名流勝士五十餘人
　於仙翁山下之顯聖觀，須臾雨作，自未至亥而止，大滿人望，酌酒相賀，莫不盡
　酣。適之興張種德有詩，因和韻以紀其勝。元帥申甫段玉使姚昇書於壁。傷儒人
　種田事。」知「癸卯年」為元太宗后二年（西元 1243）年，李俊民 68 歲所作。
56 西元 1236 年。
57 西元 1237 年。
58 西元 1244 年。
59 西元 1243 年。
60 同註 1，卷八・葉十上。

叔世道衰，天物暴天，思其所好而不得。逮丙申歲，於新居之
側，有蹲石曰睡鶴，昔人取其似而名之，鶴鳴見其似而喜之。
事與心會，豈偶然哉！三復觀之，其骨聳而奇，其背瘠而僂，
其頸宛，其喙箝，若無意飛鳴者。雖沉潛靜默，有飄然物外之
想。疑其孤高之過，為眾所棄而自晦歟？抑衛人之軒不足乘
歟？烏程之樹不足棲歟？將遺世遠舉，羽化而仙，此特其化身
歟？不然，何為不飛不鳴，日游於睡鄉者乎？謂其果不能鳴，則
陳倉之雞胡為而鳴耶？謂其果不能飛，則零陵之燕胡為而飛耶？
吁！是時也，以飛鳴而望於鶴，不可望於石，尤不可姑以其似
而又有所得，故感而為之記云。

本文可以得知三點結論：

1. 丙申歲為元太宗八年，李俊民六十一歲時，「鶴鳴堂」新居落
   成。
2. 新居之側有一蹲石「睡鶴」，因與李俊民號「鶴鳴」意近，是
   以擇居於此。
3. 李俊民此時為亡國之臣，感慨如門前睡鶴「不飛不鳴」，足見
   其哀。

（二）元太宗九年[61]，六十二歲，至元太宗后三年[62]七十歲，奉命至山
　　陽編纂《道藏經》於澤州與山陽、平陽間往來。修《道藏經》

由李俊民〈道藏經後〉[63]就說：

---

61 西元 1237 年。
62 西元 1244 年。
63 同註 1，卷十・葉二十一下。

洪惟玄祖，遠振宗風。垂三洞之靈文，演一真之妙理。要使學
仙之子，咸與道俱；尚憂誤讀之人，或遭陰責。宜新刊正，用
廣流傳。

可以了解李俊民參與了《道藏經》的編纂。據《金代文學家年
譜》[64]所考元好問《遺山集》所載：元代《道藏經》的編纂，起於丁
酉年（元太宗九年西元 1237 年），到甲辰年間（元太宗后三年西元
1244 年），中間奉元太宗之詔，集四方俊彥完成。

李俊民此時已正式貢獻所學替元代中央編纂經典。

（三）元太宗后二年[65]，六十八歲，段直於錦堂發起編刊《莊靖集》

《莊靖集序》[66]中王特升稱：

好古樂道之士，作為文章，豈偶然哉？蓋感物即事，傷時懷
舊，陶寫蘊奧之情，涵詠無窮之意，千態萬狀，卒歸於堯、
舜、禹、湯、周、孔，授受服行之實，學者仰之若泰山北斗。
噫！非極深造之妙者，莫能至焉。
鶴鳴老人，吾鄉之巨儒，國朝之名士也。經學傳家，尤長於
禮。未及壯歲，擢進士第一。時方顯用，勇退居閒。朝經暮
史，冥搜隱索，四十有餘年。其德行文學，庶幾乎古。雖片言
隻字，亦必有據，如太羹玄酒，有典則而無浮華，一時文士靡
不推讓。郡侯段公銳意文事，時與士大夫會于錦堂，乃鳩集先
生近年著述，得詩賦古文僅千餘篇，合為十卷，鏤板以傳。僕

---

64 同註3，頁1417。
65 西元1243年。
66 同註1，原序‧葉二上。

忝預席末，雖不能增日月之光，詎可無言？故引之。

《莊靖集》的初刊是段直發起，與士大夫在「錦堂」完成的「詩賦古文」得千餘篇為十卷。

〈錦堂賦詩序〉一文中說明錦堂落成時間：

> 士大夫詠情性、寫物狀，不託之詩則託之畫，故詩中有畫，畫中有詩。得之心，應之口，可以奪造化、寓高興也。侯之別墅，茸一室曰「錦堂」，時時班春往來於此，合親友而燕之。因命畫史以春水、夏雲、秋月、冬松繪之於壁，蓋取陶靖節之句也。四時之景，叢於目前，滌煩慮，暢幽懷，超然與造物者遊，坐上之興溢矣。侯乃語客曰：「今夕之寶樂乎！但恨對景無言，敢請逐題而賦之？」客曰：「古人之詩，今人之畫，二者盡矣！言之則贅。然景與時遇，人與景會，不嫌冷淡，可停杯而待。」侯乃口占而首唱之。時壬寅十一月望日序。（《莊靖集》卷八・葉四上）

「壬寅十一月望日序」了解錦堂成於元太宗后元年，李俊民六十七歲時。「侯」所指當為段直。

門人史秉直進一步說明：

> 史稱：「唐文三變。至韓昌黎而後，稍稍可述」，誠確論也。以其當世文世，類皆流於一偏。如白樂天之平易，李長吉之放逸，孟東野之酸寒，賈浪仙之窮苦。是豈不欲去其偏而就其全乎？蓋以平日所賦之性，所養之氣，所守之學，迂疎局促，執之而不能變之耳。唯韓昌黎則不然，中正之學，發為文章，粹

然一出於正。其於觴詠之間，給談笑，助諧謔，敘人情，狀物態，鉤玄提要，據古論今，左右逢源，意各有寓。為時人之宗師，豈一偏之所能囿哉！我鶴鳴先生，今之昌黎公也。其出處事業自有年譜，德行才學自有公論，雄文傑句板行于世，名儒鉅公又從而備序之，尚何待僕之諜諜也！然，承先生之教，游先生之門，誦其詩、閱其文者，三十餘年矣。睹茲偉事，安敢默然？姑道其萬一，亦涓塵禪益之意也。故喜而書之。

癸卯年四月望日，門人史秉直謹序

　　史秉直承李俊民之學已三十年，在「癸卯年四月望日」成序，了解此書成於元太宗后二年。

　　序文中並以韓愈之詩文比李俊民之詩文。言其詩文如韓愈，具備「中正之學，發為文章，粹然一出於正。」，與今日所見李俊民為《宋元學案》中正統繼承程氏之學相符。

　　此期作品明確可考者有詩作：〈和秦克容來韻〉[67]〈趙倅司馬山謝雨〉[68]、〈赴山陽〉、〈平水八詠〉[69]、〈遊青蓮分韻得春字〉[70]、〈遊濟

---

67 〈和秦克容來韻〉：「白頭羞入利名場，得得歸來自遠方。何日詩豪離上黨，去年道話憶山陽。」（頁 223）由其論及「山陽」知為此期所作。

68 〈趙倅司馬山謝雨〉：「乙未歲旱，自春徂夏。五月丙申，澤倅趙公唐齋沐，潔誠就司馬山祈禱，八日庚子大雨，年穀遂登。民物安逸，累獲嘉應。次年丁酉，孟夏己丑，公與本郡僚屬父老人等，具牲幣酒醴簫鼓之禮，仰答神休，仍求嗣歲。祭畢，聊識歲月云爾。」（同註 5，頁 190）「丁酉」年為元太宗九年。

69 平水在山西平陽府臨汾縣西，據《金代文學家年譜》（頁 1411）所考李俊民也於此地編輯經史。

70 〈遊青蓮分韻得春字〉自注：「己亥暮春十有八日，劉巨川濟之、瀛漢臣、王特昇用亨、郭甫仲山、姚昇子昂、史顯忠遂良同遊福嚴禪院。與巨川、彥、廣二山主道舊兵革之餘，不勝感嘆，仍以春山多勝事為韻，賦詩以紀其來」（頁 257）「己亥」為元太宗十一年，李俊民 64 歲時。

源〉[71]、〈雨雹〉[72]、〈游碧落〉[73]、〈碧落四景〉、〈壬寅九日同史正之、劉濟之、君祥、仲寬、姚子昂東城小酌，寄錦堂王君玉二首〉[74]、〈壬寅九日和君玉來韻二首〉、〈遊錦堂後園〉[75]、〈錦堂四詠〉、〈錦堂碧落壽席〉、〈留別李巽之〉[76]。

此期作品明確可考者有詞作：〈點絳唇〉（王懷州壽日。戊戌十月一日）[77]、〈鵲橋仙〉（段侯壽日）、〈鵲橋仙〉（劉君祥壽。癸卯二月十五日）[78]。

此期作品明確可考者有文作：〈睡鶴記〉、〈悼犬〉[79]、〈重修悟真觀記〉、〈重修真澤廟碑〉[80]、〈無名老人天游集序〉[81]、〈大方集

---

71 〈遊濟源〉自注：「庚子春季，與劉濟之君祥、仲寬、仲美、姚子昂、秦懿夫、馬子溫、李德方、深之伯英、朱壽之下太行，抵皐懷，望方口，臨沇水。」（同註5，頁190）「庚子」為元太宗十二年，李俊民65歲時。

72 〈雨雹〉自注：「庚子年四月二十八日壬戌，大雨雹。五月七日、八日又雹。」（同註5，頁184）「庚子」為元太宗十二年，李俊民65歲時。

73 〈游碧落〉自注：「壬寅重午，日陪郡侯段正卿暨王用亨、劉漢臣、濟之、君祥、仲寬、姚子昂、張唐臣、祿卿，平陽趙君玉、王潤之同行」。（同註5，頁182）「壬寅」為元太宗后元年，李俊民67歲時。

74 「壬寅」為元太宗后元年，李俊民67歲時。

75 〈遊錦堂後園〉自注：「與濟之、君祥、仲寬、子昂共。」（同註5，頁254）與〈游碧落〉一詩所遊近；所以入此時。

76 〈留別李巽之〉自注：「癸卯三月十七日癸巳」，「癸卯」為元太宗后二年，李俊民68歲時。（同註5，頁182）。

77 詞云：「橫梢將軍，是他馬上男兒事。河山表裡，養就英雄氣。衣錦歸來，占盡人間貴，功名遂。神仙平地，學取留侯計。」（同註1，卷七・葉十九下）「戊戌」為元太宗十年。

78 同註1，卷七・葉十八下。「癸卯」為元太宗后二年，李俊民68歲時。

79 〈悼犬〉：「家人畜犬，始善終惡，眾勸烹之。姑息間，其惡彌甚。戊戌秋，烹以饗眾，眾意頗快。獨惻然，悼之。」（同註1，卷十・葉二十五上）「戊戌」為元太宗十年。

80 〈重修真澤廟碑〉文曰：「大朝龍集庚子九月十五日丙子，悟真觀樹落成之碑，冠蓋雲集，酌酒相慶，循故事也。」（同註1，卷九・葉一上）「庚子」為元太宗十二

序〉[82]、〈重修浮山女媧廟記〉[83]、〈錦堂賦詩序〉、〈重建修真觀聖堂記〉[84]。

## 三 元憲宗三年[85]，七十八歲，應召覲見憲宗弟忽必烈

《鳳臺縣志》[86]卷十九，記載：「元令旨五道石刻，在學宮，蓋世祖忽必烈藩邸示李俊民令旨也。」共五道。

第一道：

遣闊闊子清馳驛召李狀元，思欲一見，惟不以老為辭，必無留滯，即許遣歸，癸

丑年五月日。

第二道：

特加號莊靖先生，癸丑年七月二十日辭歸。

第三道：

---

年，李俊民 65 歲時，二觀共同重修落成。

81 〈無名老人天游集序〉文曰：「辛丑歲七月望日。」（同註 1，卷八・葉一上）「辛丑」為元太宗十三年，李俊民 66 歲時。

82 〈大方集序〉文曰：「辛丑歲七月朔日序。」（同註 1，卷八・葉三上）「辛丑」為元太宗十三年，李俊民 66 歲時。

83 〈重修浮山女媧廟記〉文曰：「辛丑歲三月十八日，會郡人而落之，索余紀其事，將刻之石，姑以前人所聞而書之。」（同註 1，卷八・葉十六上）「辛丑」為元太宗十三年，李俊民 66 歲時。

84 〈重建修真觀聖堂記〉文曰：「壬寅年五月初一日記之堂上，以警來者。」（同註 1，卷八・葉二十下）「壬寅」為元太宗后元年，李俊民 67 歲時。

85 西元 1253 年。

86 同註 21，頁 407。

莊靖先生求歸心切，尚推舊學，善誘諸生。乃以姪孫仲修為
後。仰懷孟州官劉海、澤州官段直以時奉贍，無忘敬禮。准
此。

第四道：
甲寅年五月二十七日，奉御董文用齋奉到令旨，示狀元李俊
民：年前秋會盤六軍眾，倉未及進，議近得啟言甚便，今欲復
召。恐年老難行。外據軍國重事，暨有可舉人材，更當以聞。
准此。

第五道：
甲寅年七月二十日，宣差周惠德復賫被到令旨，澤州莊靖先生
呈本州，見有進修學業劉璋、張賢、張大椿、申天祐等，乞勸
獎事。准呈。仰澤州長官段直、鎮撫申甫等，常切提學，仍省
諭諸生，恭勤進修，遵依教命，無得慢易，准此。

　　「癸丑」年即是元憲宗三年，「甲寅」年即是元憲宗四年。由召
文所見，李俊民承忽必烈之召文，曾經至忽必烈藩邸講道。隨後因李
俊民請求歸鄉，得以歸鄉講學，並且特加尊崇。
　　李俊民雖然歸鄉講學，卻推薦多位人才，提供元代朝廷任用。

## 四　元憲宗九年，八十四歲，忽必烈遣問禎祥

　　據《秋澗先生大全文集》[87]卷八十二〈中堂事紀〉記載：「己未

---

87 〔元〕王惲撰：《秋澗先生大全文集》（臺北：臺灣商務印書館，1965 年，四部
　　叢刊初編集部）。

間，聖上在潛，令張仲一就問禎祥，優禮有加。追諡前經義狀元李俊民為莊靖先生。……初，張辭去，繼請以蒲倫來起公，先生笑不答。贈詩以見方來，其辭云云。」

又據李俊民〈贈張仲一〉詩可以考證此事：

> 丹鳳啣書下九霄，山城和氣動民謠。久潛龍虎聲相應，未戮鱣鮀氣尚驕。萬里江山歸一統，百年人事見清朝。天教老眼觀新化，白髮那堪不肯饒。（元王惲《秋澗先生大全文集》卷八二，《中堂事記下》）（頁 313）

「己未」年即元憲宗九年（西元 1259 年），忽必烈派遣張仲一來請李俊民為元代國祚卜吉凶，李俊民回以詩作，請求以「和氣」治理，江山將能一統，終可以清明之氣，延續。

## 五　元中統元年（西元 1260 年），八十五歲，卒諡「莊靖」

《秋澗先生大全文集》卷八十二〈中堂事紀〉記載：「明年（己未）正月，先生卒於家」，又《宋元學案‧明道學案》[88]載：「又嘗令張仲一問禎祥。及即位，其言皆驗，而先生已卒。年八十餘，賜諡莊靖先生」。（卷十四）

李俊民生平資料，推其先祖可知，李氏為顓帝之後因避桀亂改姓氏為李氏；後為古陳國之後；更為老子之後。

及至漢代開枝散葉達「隴西、趙郡、頓丘、渤海、中山、襄城、江夏、梓潼、範陽、廣漢、梁國、南陽」十二地之廣。

開創唐代，卻因武則天建立周朝，李氏皇族密謀復國，皆遭屠

---

88 同註 6，頁 313。

殺。僅有李氏遠孫於澤州隱居。可以瞭解李俊民祖籍「澤州」之因，並於金亡國後移居澤州之因。

宋金之際先祖李植於宋神宗熙寧年間曾舉武舉科，並隨范仲淹出征沙場。

李俊民生於金世宗大定十六年六月十四日；金章宗承安五年二十五歲前得河南程氏之學。

李俊民「金代仕宦」在金章宗承安五年，二十五歲狀元及第，授翰林應奉；泰和貞祐年間出守下邳；泰和貞祐年間為沁水令、改彰德（國）軍節度判官

貞祐二年三十九歲元軍攻下澤州，李俊民，逢甲戌之變逃難，貞祐三年避亂福昌；貞祐三年，四十歲避亂福昌；興定三年，四十四歲移居伊陽。

李俊民「入宋時期」在正大八年，五十六歲入襄陽；天興元年，五十七歲與宋襄陽太守史嵩之往來；史嵩之於紹定五年至六年，知襄陽府參與攻打金哀宗的戰役。李俊民於天興三年，五十九歲北歸澤州。

「入元」經懷州至澤州；金末元初時擁兵自保的段直迎為師；後段直歸附元世祖，迎接李俊民為師，以招延四方學者，重視地方教育。道號：「鶴鳴先生」，以薦舉人才為己任。元太宗八年，李俊民六十一歲，澤州新居「鶴鳴堂」落成。元太宗九年，六十二歲，奉命編纂《道藏經》。元太宗后二年，六十八歲，編刊《莊靖集》。元憲宗三年，七十八歲時，應召覲見憲宗弟忽必烈；元憲宗九年，八十四歲，忽必烈遣問禎祥；元中統元年（西元 1260 年），八十五歲，卒諡「莊靖」。

縱觀李俊民生平資料，可知李俊民為中原名門之後，在歷經「金、宋、元」三朝的政局轉變，將其所遭遇到的歷史寫入詩、

詞、文中。了解其生平、仕宦、與遊歷之後,將更有助於讀者理解
其「詩、詞、文」之中的含意。

# 第二節 「繫念宗邦」的李俊民詩旨

　　李俊民在金朝內憂外患之時，狀元及第，年輕的李俊民，詩歌之中自然充滿了「幽憂激烈之音，繫念宗邦，寄懷深遠」[1]之音，於此我們就李俊民詩歌中所表現的詩歌，加以分析探討李俊民在金朝滅亡前後思想的轉變，如何由期望軍民對國家有「忠貞思想」、「經世濟民」到「哀悼時局」。

## 壹　忠貞思想

　　在本節中將呈現李俊民詩歌文本中「忠貞思想」、「經世濟民」與「哀悼時局」之作，期望使閱讀者可以體認最真實的詩歌作品。

　　藉由詩歌之中可見者如〈蕭權府三害圖〉一詩，詩云：

> 長橋之蛟，南山之虎，在彼州曲，父老所苦。豈獨苦此，亦有周處。周乃慨然，恥聞斯語。薄險投深，踴躍健武。爾蛟既除，爾虎既去。周乃自勵，履規蹈矩。卒以將種，效忠典午。按劍平西，貞節克舉。瑕以瑜掩，過以功補。身雖云亡，名播千古。[2]

　　此題畫詩所作主旨在於，對周處除三害的義舉深有所感，詩中先

---

1　〔金〕李俊民著：《莊靖集》（臺北：臺灣商務印書館，1983 年，《景印文淵閣四庫全書》），第 1190 冊。序・葉三上。

2　薛瑞兆，郭明志編纂：《全金詩》（天津：南開大學出版社，1995 年 11 月出版），頁 178。本文引用李俊民詩作，未註明出處皆指《全金詩》第 3 冊。

以敘史口吻說明周處所除三害一指「長橋之蛟」，一指「南山之虎」，一指自我，繼以周處自我勉勵，改過遷善，最終為國捐軀[3]一事。勉勵金代君臣，雖知在歷史的洪流之中，不免亡國，仍然要有誓死報國的決心。

在貞祐二年，李俊民三十九歲，遭遇甲戌之變，元軍攻抵澤州時，有〈竹林〉一詩感慨：

> 初見錦繃脫，氣已傲霜雪。天寒十萬夫，未聞一死節。（頁239）

李俊民認為軍士護國當如冬竹，顯現忠貞不屈服的節操，可惜金末國家危亡時期，十萬金軍，竟然未能聽聞有節操報國之事蹟，得以鼓舞士氣。

在七言絕句〈野菊〉中也提及：

> 風露叢中取次芳，愁邊過卻幾重陽。秋光到處多無主，不是閑花不肯香。（頁263）

---

3 引〈周處傳〉：「時賊屯梁山，有七萬，而駿逼處以五千兵擊之。處曰：『軍無後繼，必至覆敗，雖在亡身，為國取恥。』肜復命處進討，乃與振威將軍盧播、雍州刺史解系攻萬年於六陌。將戰，處軍人未食，肜促令速進，而絕其後繼。處知必敗，賦詩曰：『去去世事已，策馬觀西戎。藜藿甘梁黍，期之克令終。』言畢而戰，自旦及暮，斬首萬計。弦絕矢盡，播、系不救。左右勸退，處按劍曰：『此是吾效節授命之日，何退之為！且古者良將受命，鑿凶門以出，蓋有進無退也。今諸軍負信，勢必不振。我為大臣，以身徇國，不亦可乎！』遂力戰而沒。追贈平西將軍，賜錢百萬，葬地一頃，京城地五十畝為第，又賜王家近田五頃。詔曰：『處母年老，加以遠人，朕每潛念，給其醫藥酒米，賜以終年。』」（〔唐〕房玄齡等撰：《晉書》，北京：中華書局，1974年，卷58）一事，明知必敗，仍奮力一戰。

「秋光到處多無主」寫出國破家亡，群臣無主的心中感傷，可見李俊民對於新的朝代，心中仍是不肯輕易低頭的，對於金朝仍有忠貞不二之心。

在〈承二公寵和復用元韻二首〉之一中所稱：

> 脫卻朝衫著紵麻，殘年猶復夢京華。世情共指鹿為馬，天意反教龍作蛇。白髮不公人易老，青山有素恨無涯。那禁送別東郊外，滿目離離濺淚花。（頁 201）

由首聯「脫卻朝衫著紵麻，殘年猶復夢京華」形容脫去朝服，成為亡國百姓，卻仍然難以忘記朝廷中的政事，可以看出士大夫無可奈何的悲慟情感；繼之以「世情共指鹿為馬，天意反教龍作蛇。白髮不公人易老，青山有素恨無涯。」對於天道的不公與眾人積非成是表達不滿，顯現出對於國家忠貞，卻無力回天的感傷。

更於〈讀五代史〉表達自身的感同身受：

> 破卻千金築一臺，折衝閫外望人才。中原山嶽河分斷，塞上牛羊草引來。西海正驚天狗墮，北人忽擁帝羓回。猶憐仙掌英靈在，能把潼關閉不開。（頁 216）

引用李賀〈金銅仙人辭漢歌〉[4]中以魏官奉命毀壞漢武帝金銅仙

---

4 李賀〈金銅仙人辭漢歌〉（并序）：「魏明帝青龍元年八月，詔宮官牽車，西取漢孝武捧露盤仙人，欲立置前殿。宮官既拆盤，仙人臨載，乃潸然淚下。唐諸王孫李長吉。遂作金銅仙人辭漢歌。」「茂陵劉郎秋風客，夜聞馬嘶曉無跡。畫欄桂樹懸秋香，三十六宮土花碧。魏官牽車指千里，東關酸風射眸子。空將漢月出宮門，憶君清淚如鉛水。衰蘭送客咸陽道，天若有情天亦老。攜盤獨出月荒涼，渭城已遠波聲小。」（〔唐〕李賀著〔清〕王琦等注：《三家評注李長吉歌詩》；上海：上

人一事，表達對於漢代亡國的悲思之情。「猶憐仙掌英靈在，能把潼
關閉不開。」二語說出期望能有忠貞之士可以守衛國家。

在〈聞捷音招王德華吳天章等出山〉對於金代的危難，仍是充滿
復興邦國期待的：

> 紅塵一騎報平安，知是元戎小隊還。且喜好音來汴水，仍將舊
> 事問潼關。橫雲自護車箱澗，落日空銜箭筈山。只恐膏肓歸不
> 得，早隨春色到人間。（頁 205）

記載著貞祐四年李俊民 41 歲，冬季元兵攻入河南，被金兵擊退
一事。「車箱澗」即「車箱谷」在河南縣。對於金軍轉危為安，仍是
積極充滿希望的。

## 貳 經世濟民

堅守儒家思想的李俊民，仍是具備積極入世的經世濟民精神，在
〈成之夜談省庭新事〉一詩中說明：

> 偉哉青雲器，底蘊莫能見。開口論利害，坐客服雄辯。汪汪江
> 海量，氣不許黃憲。從來布衣願，一擲輕百萬。投瓜必報瓊，
> 豈望在焚券。雖承雨露恩，慷慨輒自獻。與其便於己，孰若於
> 國便。蓋嘗推此心，天下欲兼善。儒家惟有孟，日夜講不倦。
> 儻以利為利，請看貨殖傳。（頁 179）

海古籍出版社，1998 年 2 月出版，頁 66）。詩中說明漢代亡國之痛，縱然是無生
命的金銅仙人也會留下淚水，天地萬物都感受到這樣悲切的苦痛。

引用黃憲典故稱美儒家思想，據范曄在《後漢書》[5]中所指東漢時「黃憲」，為同時代的名士學者所敬仰，《後漢書》推崇黃憲的才識為人與節操，當時的人們因此稱美黃憲為「顏子再生」，然而黃憲仍然終老一生不得用於朝廷。

並且引用馮瑗初為孟嘗君所用時，收取租稅「焚券」替孟嘗君收買人心，卻不為孟嘗君所了解。

二個典故都是感嘆當時「儒家」思想「經世濟民」的功能，不為當時執政者所了解，當時執政者只知談論眼前所見「利害」關係。不知儒家「孟子」所論才是使天下兼善的方法。

在〈嵇康淬劍石〉一詩中論史，認為嵇康仍是一心想要經世濟民的：

> 尋常論養生，未得養生說。擬從林下遊，一書交盡絕。既無當世志，安用三尺鐵。頻頻石上磨，神光浸秋月。可憐粗疏甚，自謀何太拙。危絃發哀彈，幽憤終莫洩。死留身後名，有愧侍中血。（頁180）

詩中以嵇康一生，身處亂世，有志不得伸的哀怨，悲悼自己與眾多儒生，身處金末元初不得經世濟民之苦。

在〈贈儒醫卜養正〉一詩中提及，對於儒家思想的認知：

---

5　〈周黃徐姜申屠列傳・黃憲〉：「黃憲字叔度，汝南慎陽人也。世貧賤，父為牛醫。……是時，同郡戴良才高倨傲，而見憲未嘗不正容，及歸，罔然若有失也。其母問曰：『汝復從牛醫兒來邪？』對曰：『良不見叔度，不自以為不及；既睹其人，則瞻之在前，忽焉在後，固難得而測矣。』」〔宋〕范曄撰〔唐〕李賢等注：《後漢書》（北京：中華書局，1965年），頁1744。

執親如身在所慎，一病能惱安樂性。囊中探丸起九死，以其病
病人不病。豈獨和扁號神聖，能於鬼手奪人命。嘗聞上醫可醫
國，何不使權造物柄。（頁 190）

指儒家思想如同醫師醫人一般，足以安定人心，醫國醫民。要醫
治國家之前，要先以儒家思想醫治執政者的心，才能使國家得救。

在〈和答董用之〉詩中對於戰後的時局有所感嘆，提及：

將軍死戰血染衣，空山白骨鬼夜啼。洗兵政要及時雨，天禍未
悔無雲霓。臥龍不起主張漢，獵犬待烹僥倖齊。就中儒冠身多
誤，如坐矮屋頭常低。敢將龍鍾哀造物，但幸老大能扶犁。咄
哉董生三寸舌，善謔不思為虐兮。人間回首憂患始，去之不速
將噬臍。（頁 192）

在戰後一片和平之時，武將功成身退，儒士卻仍不為時人所重
視，令人不得不思歸隱的必要，這也是李俊民退隱之因。

李俊民與積極有所作為的許古[6]往來，從〈跋馮應之許司諫豉羊

---

6 〈許古傳〉：「許古，字道真，汾陽軍節度使致仕安仁子也。登明昌五年詞賦進士
第。貞祐初，自左拾遺拜監察禦史。時宣宗遷汴，信任丞相高琪，無恢復之謀，
古上章曰：『自中都失守，廟社陵寢、宮室府庫，至於圖籍重器，百年積累，一朝
棄之。惟聖主痛悼之心至為深切，夙夜思懼所以建中興之功者，未嘗少置也。為
臣子者食祿受責，其能無愧乎！……又曰：京師諸夏根本，況今常宿重兵，緩急
征討必由於此，平時尚宜優於外路，使百姓有所蓄積，雖在私室猶公家也。今有
司搜括餘糧，致轉販者無複敢入，宜即止之。臣頃看讀陳言，見其盡心竭誠以吐
正論者，率皆草澤疏賤之人，況在百僚，豈無為國深憂進章疏者乎？誠宜明敕中
外，使得盡言不諱，則太平之長策出矣。』。詔付尚書省，略施行焉。尋遷尚書左
司員外郎，兼起居注，無何，轉右司諫。……哀宗初即位，召為補闕，俄遷左司
諫，言事稍不及昔時。未幾，致仕，居伊陽，郡守為起伊川亭。古性嗜酒，老而

帖〉<sup>7</sup>可見其對於許古的看重：

> 還思寫論付官奴，想見臨池興有餘。莫把家雞等閒厭，恐教人
> 笑換羊書<sup>8</sup>。（頁 271）

　　稱美二人書法，如同「臨池學書」的晉代王羲之，得到這樣寶貴
的書法，自己將如同寒士韓宗儒獲得蘇軾真跡一般如獲至寶的欣喜，
足見李俊民對於許古的敬重。此詩李俊民作於「正大三年」五十一歲
在伊陽時。
　　更有二首詩作，李俊民顯現與積極有所作為的許古交情，在〈許
司諫醉吟圖〉與〈許司諫歸來圖〉<sup>9</sup>中說：

> 席地風光引興來，不辭白髮被春催。眼前有句貪拈掇，閒卻梨

---

未衰，每乘舟出村落間，留飲或十數日不歸，及溯流而上，老稚爭為挽舟，數十
里不絕，其為時人愛慕如此。正大七年卒，年七十四。古平生好為詩及書，然不
為士大夫所重，時論但稱其直雲。」〔元〕脫脫等撰：《金史》（北京：中華書局，
1975 年），卷 109。

7　當做於金宣宗興定三年（西元 1219 年），四十四歲。至金哀宗正大八年（西元
　　1231 年），五十五歲移居伊陽，隱嵩州鳴皋山。

8　趙令時《侯鯖錄》：「魯直戲東坡曰：『昔王右軍字為換鵝書。韓宗儒性饕餮，每得
　　公一帖，於殿帥姚麟許換羊肉十數斤，可名二丈書為換羊書矣。』」坡大笑。一
　　日，公在翰苑，以聖節制撰紛冗，宗儒日作數簡以圖報書，使人立庭下，督索甚
　　急。公笑謂曰：『傳語本官今日斷屠！』」（卷 1）有一寒士韓宗儒，儘管清貧如
　　洗，卻又十分貪食，於是便將蘇軾給他的書信，拿去給酷愛東坡真跡的殿帥姚麟
　　換羊肉吃，黃庭堅便因此戲稱東坡書為「換羊書」。南宋人崇尚蘇氏文章，研讀精
　　熟，作得妙文，就可中進士得官，於是乎流行這樣一句諺語，叫做「蘇文熟，吃
　　羊肉；蘇文生，吃菜羹。」。趙令時：《侯鯖錄》（北京：中華書局，2002 年出
　　版）。

9　作於金宣宗興定三年（西元 1219 年）至金哀宗正大八年（西元 1231 年），，四十
　　四歲至五十五歲移居伊陽，隱居嵩州鳴皋山間。

花樹下杯。（頁 249）

社稷憂深志未舒，陸渾山下賦閑居。幾年不復朝雞夢，一旦翻
隨釁鶴書，直比朱雲徒折檻。寵踰疏傅[10]早懸車。商巖了卻和
羹事，方信旁求象不虛。（頁 213）

以漢元帝時朱雲與疏廣二位忠臣比許古。「朱雲折檻」[11]典故，稱
美許古冒死忠言直諫的勇氣，並以「疏廣」比許古急流勇退的無奈。

這樣的矛盾，也是李俊民在金末元初雖有積極經世濟民的精神與
自我期許，卻不得不歸隱的無奈。

在〈和即事〉中也提出對於任用賢能之士的期許：

擬將唾手取封侯，世事那禁種種愁。未可搏他馮婦虎，終須享
此景升牛。但知勿翦甘棠在，莫為難圖蔓草憂。自古貴人天所
予，定教名字到金甌。（頁 204）

本以為復國封侯是唾手可得的，卻眼見時事力難回天。與敵國的
戰爭，如同對待勇猛或凶狠的「馮婦」[12]，是不可以只應用蠻力的。

---

10 西漢疏廣、疏受叔侄分別為宣帝太子太傅、少傅，于榮顯中同時稱病引退。後人
　就以「疏傅」為急流勇退的典型。

11 〈朱雲傳〉漢元帝時候，朱雲被推薦為御史大夫，卻因權臣的阻撓未能就位。朱
　雲勇於向成帝請斬丞相張禹，成帝以位卑小臣居然毀謗上官，辱罵帝師，即命左
　右把他推出去斬了。朱雲用手攀殿前欄杆致使折斷怒斥成帝。成帝醒悟後釋放朱
　雲。日後以「朱雲折檻」比喻直臣冒死進諫。但是如同許古，朱雲感歎伴君如伴
　虎，亦辭官歸隱。〔漢〕班固撰：《漢書》（北京：中華書局，2007 年），卷 67。

12 《孟子‧盡心下》：「晉人有馮婦者，善搏虎；卒為善士，士則之。」邱燮友等編
　譯：《四書讀本》（臺北：三民書局，1987 年 8 月），頁 654。後人指善搏虎，勇猛
　凶狠的人為「馮婦」。

只有用心對待將士，如同桓溫分享「劉景升」[13]之牛一般，與其分享戰果，才有復國機會。

只有如同周召公行德政，遺蔭後世，人民不捨剪其所種「甘棠」[14]，不要輕易有「蔓草」[15]戰亂中不得相會之憂，感嘆不得知遇。

期許上天派任，足以「金甌藏名」[16]的有志之士，拯救時局。

在〈和述懷二首〉詩中對於不得對國家有所貢獻，顯露出自責不已的哀愁：

簪履三千氣壓齊，寒林那羨一枝棲。坐中有客鵬將賦，門外何人鳳欲題。沽酒未嘗防惡犬，著鞭寧復待荒雞。夕陽休憑欄干望，今日長安不在西。（頁 214）

擬將齊物物難齊，惟有山林跡可棲。身望鳳池慚不到，名登雁

---

13 〈桓溫傳〉：「頗聞劉景升有千斤大牛，噉芻豆十倍於常牛，負重致遠，曾不若一羸牸，魏武入荊州，以享軍士。」〔唐〕房玄齡等撰：《晉書》（北京：中華書局，1974 年），卷 98。

14 〈甘棠〉朱傳云：「召伯循行南國，以布文王之政，或舍甘棠之下。其後人思其德，故愛其樹而不忍傷也」朱守亮：《詩經評釋》（臺北：臺灣學生書局，1988 年 8 月），頁 77。指周代召公行德政，人民感戴，對召公憩息過的甘棠樹亦愛屋及烏。

15 〈野有蔓草〉詩序云：「野有蔓草，思遇時也。君之澤不下流，民窮於兵革，男女失時，思不期而會焉。」（同註 14，頁 266）言戰亂中不得相聚。

16 〈崔義玄傳〉：「（孫崔琳）其群從數十人，自興寧里謁大明宮，冠蓋騶哄相望。每歲時宴于家，以一榻置笏，猶重積其上。琳與弟太子詹事珪、光祿卿瑤俱列榮戟，世號『三戟崔家』。開元、天寶間，中外宗屬無緦麻喪。初，玄宗每命相，皆先書其名，一日書琳等名，覆以金甌，會太子入，帝謂曰：『此宰相名，若自意之，誰乎？即中，且賜酒。』太子曰：『非崔琳、盧從愿乎？』帝曰：『然』。」賜太子酒。時兩人有宰相望，帝欲相之數矣，以族大，恐附離者眾，卒不用。」〔宋〕歐陽修、宋祁撰：《新唐書》（北京：中華書局，1975 年），頁 4098。唐玄宗任命宰相，先書寫姓名用金甌罩起，用以形容名聲很大，是國家選用的棟樑之材。

塔愧先題。未能忘舊歸家鶴,長是思鳴失旦雞。天為東周道垂
器,肯生夫子在關西。(頁 214)

對於國家亡敗,感到如無枝可棲的孤鴻,連飲酒抒發抱負都驚恐
萬分。也想學莊子〈齊物論〉般不為外物所傷,但是仍然抱著天降聖
人,復興故國的期望。

在〈即事〉詩中,對於戰爭的荒涼景象有所描述:

鐵馬長驅汗血流,眼前戈甲幾時休。誰能宰似陳平社,那免悲
如宋玉秋。漠漠微涼風裏殿,蕭蕭殘夜水邊樓。千村萬落荒荊
棘,何止山東二百州。(頁 214)

也是期望能有漢高祖時的「陳平」一般宰相輔佐,拯救國家。
「千村萬落荒荊棘,何止山東二百州」,戰後悲涼的景象是李俊民急
思經世濟民的主因。

## 參 哀悼時局

關於金末亡國之際,社會的亂象與不合理,李俊民也提出了哀慟
的控訴,包括:「上位者奢華」、「有志之士不得任用」、「官吏欺壓」、
「不依古禮」、「戰亂之苦」等社會問題:

### 一 上位者豪奢

在〈鎮山堂〉詩中提及:

崢嶸屋下城,突兀城上屋。初看頗驚眼,再見堪捧腹。能無鬼

神笑，可奈瘡痍俗，不哀梁間叟，欲竭南山木。（頁 179）

對於屋宇的高聳奢華，李俊民深覺難與城市相搭配，只顯俗不可耐，「不哀梁間叟，欲竭南山木」更顯現出為政者不解民生疾苦的謬誤。

在〈綵樓〉一詩序言中：「高平縣綵樓，聞之舊矣，今始親見。議者猶謂高下侈麗不及嚮者三分之一，因感而賦之。」也批評建築瓊樓玉宇的不食人間疾苦，詩云：

層層華構高且崇，萬綵糾結填青紅。何人下手奪天巧，都入意匠經營中。書契以來未省見，異事驚倒百歲翁。郢斤般斧莫敢近，卻立屏息慚無功。寒窗戛戛鳴機婦，積年杼柚一日空。山川謂可錦繡裹，塵土盡皆羅綺封。前者攀轅後者挽，奔車徑欲趨靈宮。三年送迎禮雖舊，人事不與天時同。方當炎屬行夏令，權勢大抵歸祝融。神之於人無厚薄，蓋以至誠能感通。豚蹄豆酒道旁祝，所獲神賜亦已豐。閭閻疾苦還知否？我為大夫歌大東。（享炎帝閏年。）（頁 187）

詩中寫過往繁華的綵樓失火後，再度興建後不及往日三分之一的華麗，卻足以「驚倒」李俊民，「書契以來未省見，異事驚倒百歲翁」道出了李俊民的驚異與不滿，「寒窗戛戛鳴機婦，積年杼柚一日空。」突顯出了貧富的差距，「山川謂可錦繡裹，塵土盡皆羅綺封。」更顯現出奢華導致亡國的哀聲，華麗的建築在失火後一切都歸於歷史，為政者應當重視百姓的生計才是重要的。

在〈王德華默軒〉一詩中論及，官員必須杜絕豪奢：

> 春秋豈敢措一字，賓主不須談兩都。萬事盡皆皮裏著，為君終
> 日鼓嚨胡。（頁270）

詩中比喻時局史事，如同《春秋》不得增刪一字，對於往日京城
的豪奢何必再提及。一切都已如「脫皮裏劑」如丸藥所包蠟皮，脫皮
後便無用，徒說無益，但是「為君終日鼓嚨胡」，如〈小麥謠〉：「小
麥青青大麥枯，誰當獲者婦與姑。丈夫何在西擊胡。吏買馬，君具
車。請為諸君鼓嚨胡。」[17]中所稱，文官者仍應費心人民的感受，杜
絕豪奢。

在〈阻風〉詩中對於時事的憂心與無力感：

> 春風作惡幾時休，況值春光欲盡頭。誰謂閒人無箇事，一年長
> 是為花愁。（頁248）

「花」由劉禹錫詩歌之後多指當今官員，李俊民對於國家即將危
亡，官員依舊荼毒百姓，深感憂心。

## 二　有志之士不得任用

關於有志之士不得任用，李俊民在〈劉漢臣堂甫北歸〉一詩中就
感慨：

---

17 〈小麥謠〉，收入《樂府詩集、雜歌謠辭》（卷18），題作〈後漢桓帝初小麥童
謠〉。始見《後漢書・五行志》（同註5），東漢桓帝元嘉初年，涼州諸羌侵擾邊
疆，漢王朝發兵大舉反擊。因為征調男丁太多，田間勞動全歸婦女承當，勞力
差，田園荒蕪；而官吏們照舊「買馬」、「具車」，一味享受生活，而毫不關心百姓
的死活。「鼓嚨胡」一語，反映了民眾的憤怒之情。

哀哉同隊魚，盡在枯池裏。縱免鼎中烹，將見渴欲死。造物何不仁，豈獨困二子。我雖江湖心，恨無斗升水。（頁 181）

以莊子典故，諷刺當時有志報效國家的能人之士，終身不得任用，老死於民間。於此可以了解元代時，李俊民用心薦舉人材，使其任用於朝廷，經世濟民之因。

在〈弔劉伯祥〉一詩中也說出了當時有志之士不得用之苦：

記曾林下見臞仙，憫悵紅塵未斷緣。不憚廣文寒處坐，屢逢元亮醉時眠。難逃辰巳賢人歲，有負虀鹽太學年。落落天才無地用，卻還英氣與山川。（頁 207）

引用杜甫〈醉時歌贈鄭廣文〉[18]中所言：「諸公衮衮登臺省，廣文先生官獨冷，甲第紛紛厭粱肉，廣文先生飯不足。先生有道出羲皇，先生有才過屈宋。德尊一代常坎軻，名垂萬古知何用。」（頁 60）以唐代鄭虔的遭遇比喻，來哀嘆劉伯祥一儒學之士。更以「虀鹽」指劉伯祥在太學期間，吃飯只配鹹菜和鹽的窮困，在金末元初不得重視的貧困遭遇。

終而「落落天才無地用，卻還英氣與山川。」化為塵土，與杜甫〈茅屋為秋風所破歌〉：「古來材大難為用，志士能人莫怨嗟」（頁 364）的哀嘆相同。

在〈隨州長官張鵬舉暨壻陳振文見過〉一詩中，也大聲疾呼：

寂寥秋思梗吟懷，幾度柴門鵲噪開。一話勝看江表傳，百書不

---

18 〔唐〕杜甫著，楊倫編輯：《杜詩鏡銓》（臺北：華正書局，1989 年 8 月）。

及隴頭梅。馬催行色日邊去，雁送歸程天際來。萬里龍庭莫辭
遠，中原事業望人才。（頁 209）

「萬里龍庭莫辭遠，中原事業望人才」期望賢能之士可以不辭千
里，不放棄希望，朝廷可以加以重用。

所以李俊民一直都盡心薦舉人材，希望朝廷可以加以任用。

在〈代樂仲和張溫甫處督米〉一詩中，引用典故：

未必書生氣盡寒，食常不足為居閑。清於孺子滄浪水，瘦似詩
人飯顆山。欲向田文彈鋏去，恐因邱嫂頡羹還。聞君自有江湖
量，肯為枯魚少破慳。（頁 219）

希望朝廷可以薦舉與重用，期望報效國家有志節的書生。引用貧
士馮諼才華出眾，在孟嘗君門下不甘作下客，因而彈劍柄而歌，要
魚、要車、要屋。以馮諼彈鋏，比喻有才華的人處困境，懷才而受冷
遇，心中感到不平。並且引用漢高祖未揚名之時，至邱嫂家中食羹，
邱嫂佯裝羹盡，為高祖所知，日後分封官員，僅邱嫂之子不得封侯典
故，暗指當朝者在儒生落難之時，應當傾全力協助。

在〈孟浩然圖二首〉之中也以古諷今：

卻因明主放還山，破帽騎驢骨相寒。詩句眼前吟不盡，北風吹
雪滿長安。寒驢卻指舊山歸，可笑先生五字詩。仕為不求明主
棄，此行安得怨王維。（頁 263）

認為孟浩然不得唐玄宗任用，放歸山林之中，起因君王不滿其詩
意指：「不才明主棄」，因一言而廢人，終至窮困終生，孟浩然感歎：

「多病故人疏」，實在不該怪罪王維啊[19]。

在〈和平太行路韻四首〉之中感嘆，從仕之路險阻艱難：

> 六丁驅役鬼神奔，一夜開山掌樣平。多少往來車馬客，尚憂行
> 路澀難行。（頁266）
> 鑿開險阻若天成，暫使時間眼界平。卻羨長安西去路，青山不
> 管送人行。（頁266）
> 千年古道跨山城，可笑人心自不平。容易莫將天險壞，須防閒
> 客此閒行。（頁266）
> 自古太行天下險，縱令禹鑿不能平。尋常著腳無安處，何況羊
> 腸路上行。（頁266）

學習張衡〈四愁詩〉：「我所思兮在太山，欲往從之梁父艱。側身
東望涕沾翰。美人贈我金錯刀，何以報之英瓊瑤。路遠莫致倚逍遙，
何為懷憂心煩勞。」[20]。

形容的有志之士不得任用困境。引用李白〈蜀道難〉[21]一詩：「地

---

19 孟浩然〈歲暮歸南山〉：「北闕休上書，南山歸敝廬。不才明主棄，多病故人疏。
　白髮催年老，青陽逼歲除。永懷愁不寐，松月夜窗虛。」〔清〕曹寅編：《全唐詩》
　（北京：中華書局出版，1996年），頁1652。

20 鄭文惠等選注：《歷代詩選注》（臺北：里仁書局，1988年10月版），頁13。

21 李白〈蜀道難〉：「噫吁戲，危乎高哉！蜀道之難難於上青天。蠶叢及魚鳧，開國
　何茫然。爾來四萬八千歲，不與秦塞通人煙。西當太白有鳥道，可以橫絕峨眉
　巔。地崩山催壯士死，然後天梯石棧相鉤連。上有六龍回日之高標，下有衝波逆
　折之回川。黃鶴之飛尚不得過，猿猱欲度愁攀援。青泥何盤盤，百步九折縈巖
　巒。捫參歷井仰脅息，以手撫膺坐長歎。問君西遊何時還，畏途巉巖不可攀。但
　見悲鳥號古木，雄飛雌從繞林間。又聞子規啼夜月，愁空山。蜀道之難難於上青
　天，使人聽此凋朱顏。連峰去天不盈尺，枯松倒挂倚絕壁，飛湍瀑流爭喧豗，砯
　崖轉石萬壑雷。其險也如此，嗟爾遠道之人胡為乎來哉。劍閣崢嶸而崔嵬，一夫
　當關。萬夫莫開，所守或匪親。化為狼與豺，朝避猛虎，夕避長蛇。磨牙吮血，

崩山催壯士死，然後天梯石棧相鈎連」的典故，說明欲為朝廷所用，
如同登天之難。

賢才獲得舉用這樣艱難，縱然賢明如大禹亦是無法人盡其用，何
況是金末元初軍政困頓，處境艱難之時。

在〈和河樓閑望孟州二首〉中形容天下征戰不休、紛亂不已，寫
道：

> 去去來來不繫舟，至今師渡幾時休。洗兵豈是天無雨，盡逐黃
> 河入海流。（頁246）
> 一夜長空落將星，不知誰抱越人冰。中原可惜衣冠地，自古以
> 來多廢興。（頁246）

古人以出征時下雨為戰勝之吉利徵兆，如今爭戰不休，出征不
利、如何可以歸罪天命，全因朝廷對征戰將領與賢臣不知重用，任其
離去。

第二首，以「越人視秦」比喻漠不關心，感嘆縱然征戰將令殞
落，君王與百姓全都不知關心；眼看局勢已難以回天。

在〈中秋二首〉詩中學習陶淵明〈形影神〉[22]、李白〈月下獨

---

殺人如麻，錦城雖云樂。不如早還家，蜀道之難難於上青天，側身西望長咨嗟。」
（同註20，頁373）。

22 陶淵明〈形影神〉序曰：「貴賤賢愚，莫不營營以惜生。斯甚惑焉，故極陳形、影
之苦，言神辨自然以釋之。好事君子，共取其心焉。」〈形贈影〉：「天地長不沒，
山川無改時。草木得常理，霜露榮悴之。謂人最靈智，獨復不如茲。適見在世
中，奄去靡歸期。奚覺無一人，親識豈相思！但餘平生物，舉目情淒洏。我無騰
化術，必爾不復疑。願君取吾言，得酒莫苟辭。」〈影答形〉：「存生不可言，衛生
每苦拙；誠願游昆華，邈然茲道絕。與子相遇來，未嘗異悲悅。憩蔭若暫乖，止
日終不別。此同既難常，黯爾俱時滅。身沒名亦盡，念之五情熱。立善有遺愛，
胡為不自竭？酒云能消憂，方此詎不劣！」〈神釋〉：「大鈞無私力，萬理自森著。

酌〉[23]、蘇軾〈水調歌頭〉[24]以「月」、「影」、「我」三人，論及「國君」、「自我期許」、「本我心靈」三者之間得對話：

> 露下天街一氣涼，月明不復被雲妨。正當金帝行秋令，疑是銀河洗夜光。蛟室影寒珠有淚，蟾宮風散桂飄香。席間醉客忙歸去，獨共三人盡此觴。（頁219）
>
> 共對青天好舉觴，從前三五是尋常。一年佳節秋將半，萬里清輝夜未央。纔向缺時舒窈窕，欲從盈後斂光芒。姮娥曾得長生藥，我欲停杯問此方。（頁219）

「席間醉客忙歸去，獨共三人盡此觴」，所指即自己與月與影「三人」的對飲，第二首更學習《楚辭》「天問」篇的手法問起天意。全詩自我省思與對話不斷，顯現出無限愁緒。

---

人為三才中，豈不以我故！與君雖異物，生而相依附。結託既喜同，安得不相語！三皇大聖人，今復在何處？彭祖愛永年，欲留不得住。老少同一死，賢愚無復數。日醉或能忘，將非促齡具！立善常所欣，誰當為汝譽？甚念傷吾生，正宜委運去。縱浪大化中，不喜亦不懼。應盡便須盡，無復獨多慮。」（同註20，頁192）

23 李白〈月下獨酌〉：「花間一壺酒，獨酌無相親。**舉杯邀明月**，對影成三人。月既不解飲，影徒隨我身。暫伴月將影，行樂須及春。我歌月徘徊，我舞影零亂。醒時同交歡，醉後各分散。永結無情遊，相期邀雲漢。」（同註20，頁380）

24 蘇軾〈水調歌頭〉序：「丙辰中秋，歡飲達旦，作此篇兼懷子由」。詞曰：「明月幾時有？把酒問青天。不知天上宮闕，今夕是何年。我欲乘風歸去，惟恐瓊樓玉宇，高處不勝寒。起舞弄清影，何似在人間？□□轉朱閣，低綺戶，照無眠。不應有恨，何事長向別時圓。人有悲歡離合，月有陰晴圓缺，此事古難全。但願人長久，千里共嬋娟」張夢機、張子良選註：《唐宋詞選注》（臺北：華正書局，1989年9月），頁103。

## 三 官吏欺壓

李俊民詩歌中，對於金末元初困頓的社會經濟，時有描述，針對稅賦嚴苛，在〈母應之餉黍〉一詩中就直言：

> 憶昔周室衰，周人詠黍離。君今餉我黍，為賦黍離詩。厥初藝黍時，飯牛使牛肥。八月黍未穫，胡兒驅牛歸。胡兒不滿欲，我民還買犢。今秋犢未大，又被胡兒逐。胡兒皆飽肉，我民食不足。食不足尚可，鬻子輸官粟。（頁181）

以《詩經》王風中之〈黍離〉詩興起，憂心王朝的感慨，對於當時戰事不斷，百姓生活困苦，仍然必須繳交「官粟」、「糧餉」的不合理提出深沉的呼告。

詩中說明雖然稻黍豐收，百姓仍必須以此飼養牛隻，供應胡人需求，並且還要再買小牛飼養，提供隔年的徵收。當此之際朝廷卻要徵收「糧餉」。使得各家各戶只能賣子為奴，以輸官稅。

在〈即事〉[25]中更直指，官員催租的急切，詩云：

> 炎涼愁裏過，陵谷暗中遷。素拙生生計，尋耕下下田。為嫌頻告糴，卻恨不逢年。門外催租吏，長妨對聖賢。（頁199）

在收入不豐的時期，官員急切的催租壓力，即使是李俊民都備受困擾，何況無助的百姓。

---

25 金宣宗興定三年（西元1219年），四十四歲。至金哀宗正大八年（西元1231年），五十五歲移居伊陽，隱嵩州鳴皋山時所作。

在〈群鼠為耗而貓不捕〉一詩中也控訴，當時人民飽受欺凌的困境：

> 欺人鼠輩爭出頭，夜行如市晝不休。渴時欲竭滿河飲，饑後共
> 覓太倉偷。有時憑社竊所貴，亦為忌器不忍投。某氏終貽子神
> 禍，祐甫恨不貓職修。受畜於人要除害，祭有八蠟禮頗優。近
> 憐銜蟬在我側，何故肉食無遠謀。耽耽雄相猛於虎，不肯捕捉
> 分人憂。縱令同乳不同氣，一旦反目恩為仇。君不見唐家拔宅
> 雞犬上昇去，彼鼠獨墮天不收。（頁 183）

說明鼠輩橫行，百姓飽受聚斂之苦，朝廷當局任人不當，中央官員備受朝廷禮遇，卻不知認真治理，將鼠輩繩之以法，使得鼠輩奪取人民財物，爭端不斷。

在〈竇子溫宅為有力者所奪〉一詩中，也說明社會經濟的不合理狀況：

> 謾勞買宅著千萬，此又卜居何適從。得把茅來頭可蓋，但教窗
> 下膝能容。尚憐相賀巢邊燕，知為誰甜花底蜂。速向元龍問閒
> 舍，暫將一榻過今冬。（頁 215）

以竇子溫之房屋為他人所奪，說明金末元初文人，深切的悲哀與傷痛。

## 四　不依古禮

對於金末元初，君王治國，不依古禮，不教導百姓以《左傳》之法敬天，深感憂心，有〈雨雹〉一詩說明：

（庚子年四月二十八日壬戌，大雨雹。五月七日、八日又雹。按《左傳》昭公四年魯大夫申豐曰：聖人在上，無雹。雖有，不為災。以古者藏冰為禦雹之道，祭寒而藏之，獻羔而啟之。今棄而不用，雹之為災，誰能禦之？由是言之，禦災其在人乎？感而賦詩，傷今之不如古也。）

雲龍失守元氣乖，隱隱愁聽狂車雷。須臾飄驟不成雨，一天風雹從何來。交橫散落星石隕，紛霍迸擊冰山摧。坳平忽訝坑穀滿，垤起俄作丘陵堆。驚忙飛走殘妖天，斷喪枝葉枯根亥。穿窗入戶彈相射，填街溢巷把莫推。恢恢難補天綱漏，凜凜欲壓坤軸頹。一方生理遭殄瘁，造物不恤空自哀。是時仲夏行冬令，誰把四序顛倒催？雖有舜絃慍不解，孰謂鄒律春能回。陽雖位降乾道在，一陰纔進力可排。

履霜之漸此其始，司寒挾黨結禍胎。春秋大小百餘國，獨向魯地三為災。（左傳僖公二十九年，昭三年、昭四年，大雨雹。）世間萬事豈不見，那用區區書觀臺。

我思天變豈徒爾，以象告人當自裁。（頁184）

「庚子年」為元太宗十二年，李俊民 65 歲，認為「雨雹」是上天給君王的警示，如果君王得以遵守古禮，冬天施行「藏冰」之禮，夏日尊敬的在祭祀之後開啟，當可防禦日後「雨雹」之災。

可以想見這些儀式與古禮，並不是真能預防「雨雹」的災變，而是讓百姓懂得敬天與心理有所準備，免得災變發生時無法應變。

但是在金末元初之際，異族統治之下，這些有意義且值得重視的古禮都已經廢除不用，這讓瞭解這些古禮意義與價值的李俊民，深感憂心。

## 五　戰亂之苦

由李俊民詩歌我們也可以清楚看見，金末元初的戰爭苦痛，感受時代所遭受的試煉。

寫襄陽城為宋元軍爭奪引發戰亂之苦，李俊民在正大八年（西元1231年），五十六歲入襄陽，元軍冬日從宋光化軍入唐郡，金人紛紛避兵南宋，李俊民南逃入宋。

李俊民與宋襄陽太守史嵩之往來。李俊民此期有為襄陽太守史嵩之「代作」的詩作，此期李俊民或為史嵩之的幕僚。在〈代別呼延路鈐〉[26]一詩中：

> 森森戈戟亂如麻，剛把毛錐傍史家。彈鋏去年門下客，白頭今日又天涯。（襄陽守史嵩。）（頁269）

李俊民南逃與史嵩之交遊，史嵩之卻參與了滅金的蔡州之役，「破蔡滅金」，此詩寫出蔡州破後，再次逃難之苦。

繼而元太宗七年（西元 1235 年），元軍開始伐宋 此時李俊民感嘆襄陽百姓遭遇，有〈和王李文襄陽變後二首〉：

> 逐鹿中原未識真，指蹤元自有謀臣。虞全不念唇亡國，楚恐難當舌在人。拔劍挽回牛斗氣，舉鞭感起漢江塵。相逢空灑英雄淚，誰是荊州一角麟。（頁221）
>
> 天命須分偽與真，衛蜂戰蟻盡君臣。蛟龍不是池中物，燕雀休

---

26 宋理宗紹定五年（西元 1232 年）、金哀宗天興元年，五十七歲在襄陽與宋襄陽太守史嵩之往來。

　　嗤蠆上人。衣不能勝嵇紹血，扇無可奈庾公塵。自從絕筆春秋
　　後，誰復傷時為泣麟。（頁 221）

　　「虞全不念唇亡國」感嘆宋軍當日不解「唇亡齒寒」之史訓，與
元軍聯合攻宋，金亡後宋軍終至為元軍所攻。

　　「衣不能勝嵇紹血」引晉人，嵇康之子典故。指嵇紹曾從武帝出
戰，為保衛武帝，血濺御衣而死。武帝為感念其護君殉國的英勇精
神，乃保留血衣而不洗。「扇無可奈庾公塵」引指晉時庾亮，字元
規，掌握強權，王導不滿其權勢迫人之典。一日，以扇子阻擋從庾亮
方向吹來的西風所揚起的塵土，並說：「元規塵汙人。」《晉書·王導
傳》（卷 65）。以「**庾公塵**」比喻位高權大者的威勢氣餤，及表示對
元軍氣焰的鄙視。引用二個典故，感嘆自己不能為國捐軀，但是仍然
鄙視元軍的強權侵入。

　　〈和王李文襄陽變後〉：

　　將軍橫槊面潮紅，一舉淮南掃地空。堪笑楚人無伎倆，至今猶
　　說馬牛風。（頁 249）

　　暗指「楚人」為宋軍，嘆其只能「楚囚對泣」，仍然不思對策。
　　〈和秦彥容韻五首〉[27]：

　　（彥容寄詩有：「先生高見真吾師，速營菟裘猶恨遲。窗明炕
　　暖十筍地，松風蕭蕭和陶詩。山野已尋雲外路，直入天壇最深
　　處。踏開李願舊遊蹤，請君自草盤谷序」之句，故依韻和

----

27 元太宗六年、宋理宗紹定六年、天興三年，五十九歲，金亡至懷州。

之。）

養賢列鼎手自烹，爕調元化和如羹。馬蹄一蹙燕地裂，氈裘尚拂陰山雪。將軍表請願出師，壯士戈揮惟恐遲。武成纔試二三策，黍離已見閔周詩。縱橫門外豺狼路，我老此身無著處。君不見平淮十萬兵，猶向襄陽守朱序。（見征淮漢）（頁 186）

君不見子幼自勞羔日烹，何如命駕季鷹吳中煮蓴羹。又不見姜侯設鱠鑿冰裂，何如徒步拾遺長鑱黃獨雪。幸遇南來董鍊師，說似壺天日月遲。謫仙之遊乃非謫，長安市上斗酒百篇詩。蒲輪休指商山路，得到白雲採芝處。諸生待揖隆準翁，馬上未遑事庠序。（頁 186）

獵犬已為兔死烹，猶向漢俎分杯羹。腳靴手板凍欲裂，尚立唐階沒膝雪。三寸舌為帝者師，終比赤松見事遲。相看一笑在目擊，何用左思招隱詩。出門便是天壇路，雲間指點巢仙處。不辭杖屨從子遊，王者之後養老在西序。（時寄王子榮西齋。）（頁 186）

穀因辟後厭鼎烹，那在丘嫂轑釜羹。冠未掛前已先裂，一簪卻上山頭雪。我雖無師心我師，速修何恨下手遲。論中自得養生理，筆底盡是遊仙詩。休向回車問前路，終須有箇安排處。晴窗點檢白雲篇，不知誰為作者序。（頁 186）

不嫌瓠葉日猶烹，不羨公子染指爭黿羹。不把荷衣等閑裂，不羨曹人共服麻如雪。愛身肯似賭場師，凡骨只愁輕舉遲。北山未出移休勒，東老雖貧樂有詩。望中雲海蓬萊路，誰道樂天無歸處。一千年鶴再來時，行雁難將弟兄序。（頁 186）

寫盡戰爭之苦，與亡國之感嘆。除第一首引晉朝朱序典故。指朱

序[28]鎮守襄陽，前秦軍起兵攻晉，苻丕、慕容垂等眾會攻襄陽，朱序固守，因部將開城被擒，獲苻堅重用。淝水之戰，被苻堅派往晉室勸降，後又在戰時詐稱秦軍已敗，令前秦大軍敗退。

指或許時局仍有轉圜餘地，可以等到「朱序」一般的名將，改變史事。其餘多寫不如歸隱之感。

天興三年「蔡州」被攻破，金皇朝正式宣告亡國，此時李俊民也結束其依附史嵩之的流亡生活，決心北歸，回到故鄉澤州。

在〈聞蔡州破〉[29]詩中記載：

> 不周力摧天柱折，陰山怨徹青冢骨。方將一擲賭乾坤，誰謂四面無日月。石馬汗滴昭陵血，銅人淚泣秋風客。君不見周家美化八百年，遺恨黍離詩一篇。（頁 185）

金哀宗天興三年西元 1234 年，史載甲午年正月十日己酉。元軍攻破蔡州（今河南汝南）。金哀宗天興三年（1234 年），蒙古軍隊包圍了金朝廷的最後據點蔡州，因蔡州的抵抗，元軍攻下蔡州後下令屠城。金朝終至亡國[30]。

---

28 〈朱序傳〉（同註 3，頁 2132）

29 宋理宗紹定六年、天興三年（西元 1233 年），五十九歲北歸前所作。

30 《金史·哀宗》：「三年正月壬寅，冊柴潭神為護國靈應王。甲辰，以近侍分守四城。戊申，夜，上集百官，傳位於東面元帥承麟，承麟固讓。詔曰：『朕所以付卿者，豈得已哉？以肌體肥重，不便鞍馬馳突。卿平日骻捷有將略，萬一得免，祚胤不絕，此朕志也。』己酉，承麟即皇帝位。百官稱賀。禮畢，亟出捍敵，而南面已立幟。俄頃，四面呼聲震天地。南面守者棄門，大軍入，與城中軍巷戰，城中軍不能禦。帝自縊於幽蘭軒。末帝退保子城，聞帝崩，率群臣入哭，諡曰哀宗。哭奠未畢，城潰，諸禁近舉火焚之。奉櫬絳山收哀宗骨瘞之汝水上。末帝為亂兵所害，金亡。」（同註 6，卷 18）記載天興二年（1233 年），金哀宗完顏守緒被蒙古軍隊追趕到蔡州。天興三年（1234 年）正月，蒙宋軍隊加緊圍攻蔡州。哀

　　對於「蔡州」的破滅，李俊民除了在詩中記載年月日之外，也感慨到歷代的亡與滅似乎是必然歷史宿命。

　　「不周力摧天柱折」寫神話傳說中共工怒觸不周山的典故，指顓頊利用鬼神的說法，鼓動部落民眾，叫他們不要相信共工。於是共工敗給了顓頊，他一怒之下撞向不周山。一聲巨響後，「天柱折，地維絕」，西北方的天空傾斜，因此日月星辰都落向西方；東南的陸地下沉，所以大江大河從西向東，流入大海。

　　典故中直指金王朝破滅後，當時百姓的民不聊生，更說明自己如同守護唐代「昭陵」的石馬，守護漢代漢武帝宮殿的銅人，終是要面臨朝代遷變的歷史現實唯有淚眼看待。

　　在〈寄別〉詩中運用絕句寫出戰亂景象，及歸鄉的困苦：

> 馬蹄踏破亂山青，送客風回酒半醒。歸路莫將雲外指，大都一十五長亭。（頁 262）

　　以「馬蹄踏破」青山白描出戰亂的荼毒，在亂世之中，一切只如半夢半醒。歸鄉之路如此遙遠，以要經過十五個「長亭」之遠，形容歸途遙遠，古時每十里所設供行人休憩的驛站為「長亭」。

　　在〈蟻戰圖二首〉二首中提及戰爭的頻繁與困頓：

---

宗在正月初九夜裏召集百官，決定傳位於當時任東面元帥的完顏承麟，完顏承麟又哭又拜，不敢承受。哀宗說：「聯肌體肥重，不便鞍馬馳突。卿平日矯捷，萬一得脫，國祚不絕。」完顏承麟才即了帝位，即位後末帝立即帶兵迎敵，此時南宋軍隊攻入蔡州南門，金哀宗自縊身亡。末帝聞知大哭，「哭奠未畢，城潰」，末帝在亂軍中喪命。至此，金王朝滅亡。然而此時，蒙古軍統帥張柔發現金朝狀元王鄂也在被俘者之列，王鄂便成了張柔的座上客。二人撰寫整理了《金史》，也正式宣告金朝的亡滅。

聲勢何勞鬥似牛，看看一雨到山頭。大家不肯勤王去，只待槐
宮壞即休。（頁 262）

膠膠擾擾戰爭多，歲月循環得幾何。樹下老人觀物化，夢魂應
不到南柯。（頁 263）

在題畫詩中以「膠膠擾擾戰爭多，歲月循環得幾何」道盡當時局
勢征戰不斷，卻沒有人肯真正輔佐國君，拯救金朝。運用「南柯一
夢」比喻時局，是希望一切紛亂都只是一場夢境。

在〈和君瑞月下聞砧〉詩中寫戰亂不停歇的悲苦：

夜涼枕上夢頻驚，有底秋天不肯明。老眼近來閒淚少，那禁月
下擣衣聲。（頁 266）

首二句寫對於時局的驚恐與哀慟。後二句寫「擣衣」以供征戰的
苦楚與哀怨，對於當時征戰的頻繁，深感惶恐。

## 六　悲憐天災

對於當時百姓所承受的天災，李俊民也哀憐不已，在〈壬申歲旱
官為設食以濟饑民〉[31]：

千里地赤澤未霑，驕陽為沴烈火炎。就中秦頭晉尾旱，魃所棲
托十室九室突不黔。撐腸一飽豈易得，咀嚼草木如薺甜。山川
課雲職不舉，無乃風伯號令嚴。民是天民天自恤，何時霹靂起
龍潛。（頁 191）

---

31 「壬申」為金衛紹王崇慶元年，西元 1212 年，此時李俊民 37 歲。

「壬申」歲為崇慶元年（西元 1212 年）時李俊民 37 歲，記錄了
旱災的為禍，祈禱早降甘霖。

在〈趙倅司馬山謝雨〉一詩中，提及：

> 乙未歲旱，自春徂夏。五月丙申，澤倅趙公唐齋沐，潔誠就司
> 馬山祈禱，八日庚子大雨，年穀遂登。民物安逸，累獲嘉應。
> 次年丁酉，孟夏己丑，公與本郡僚屬父老人等，具牲幣酒醪簫
> 鼓之禮，仰答神休，仍求嗣歲。祭畢，聊識歲月云爾。
> 去歲不雨民憂深，愆陽亢甚多伏陰。冥冥造物豈難料，感以至
> 誠神所歆。我公默禱若響應，出岫誰謂雲無心。天瓢疑是池中
> 水，三日以往皆為霖。淋漓元氣滿人望，解慍何止薰風琴。家
> 家豚酒樂豐歲，空山鼎沸簫鼓音。春祈秋報有常典，仰荷靈貺
> 如桑林。（頁 190）

「乙未」歲即元太宗七年（西元 1235 年），時李俊民 60 歲，在
懷州。「丁酉」年為元太宗九年（西元 1237 年），李俊民六十二歲，
奉命編纂《道藏經》時。李俊民對於天災的憂心，也表現在積極祈
禱、祭祀之上。

在〈小旱雲而不雨〉之中，寫出對於下雨解除旱象的期待：

> 阿香誰使送雷聲，敢望天瓢一滴分。恨魃長為周地虐，閔厓幾
> 被魯人焚。風吹海立垂垂雨，澤與山通處處雲。何事臥龍猶不
> 起，得微往見葛陂君。（頁 200）

再以〈復用韻〉和之，擔憂春耕即將開始，卻仍未能得雨水灌
溉：

區區布穀不停聲，安得銀河水半分。湯稼未應枯後溉，周川豈獨旱如焚。是誰主當知時雨，有底商量出岫雲。造物不為天下計，只將花事了東君。（頁200）

在〈十六日雨〉一詩中則表現出對於風調雨順的期許，詩云：

平地俄驚霹靂聲，老龍功過此應分。不知東海因誰祭，卻笑西華欲自焚。四面蔽虧無日月，百神奔走會風雲。時人那識天公事，一溉惟知有巨君。（頁200）

對於風調雨順的期待，是上位者所須心繫的。「四面蔽虧無日月，百神奔走會風雲」所寫正是比喻當時在朝者不思百姓之苦，所以說「時人那識天公事」。

# 第三節 「向人猶似泣殘金」的李俊民詩情

如同在〈暮秋有感〉詩中哀悼即將滅亡的金國：

> 亂鴉無數噪寒林，林下風吹落葉深。惟有黃花枝上露，向人猶似泣殘金。[1]

無論飛鳥、風聲、落葉、黃花，都讓李俊民聯想到金朝即將破滅的景象。李俊民處金末元初戰亂時期，詩歌內容也因處境不同，表達不同的感受，曾經期望軍民對國家有「忠貞思想」，也急思「經世濟民」，也曾「哀悼時局」；但是也有「亡國感慨」、「淡泊生涯」消極之作。

在本節中將接續前文論述李俊民詩歌文本中「亡國感慨」、「淡泊生涯」之作，期望使閱讀者可以體認最真實的詩歌作品。

## 壹 亡國感慨

金亡後李俊民由懷州至澤州，因元軍南下澤州，李俊民南逃至襄陽時與宋人史嵩之交遊，史嵩之卻「破蔡滅金」，李俊民因此在蔡州被破之後，選擇北歸澤州，此時澤州已為元軍佔領。成為亡國遺臣，因傳說得以「知機」，所以四方學者不遠千里而來。金哀宗天興三年（西元 1234 年），五十九歲，至元太宗七年（西元 1235 年），金亡李

---

1　薛瑞兆、郭明志編纂：《全金詩》（天津：南開大學出版社，1995 年 11 月出版），頁 251。本文引用李俊民詩作，未註明出處皆指《全金詩》第 3 冊。

俊民至懷州依王子榮。

對於亡國的事實，李俊民的心境由其詩歌可其感傷百姓亡國無家之苦。在亡國後有〈和籌堂述懷二首〉[2]之作，寫給籌堂云：

> 長恨周人詠黍離，不期親到閔周時。一朝小雅廢將盡，何處如今更有詩。（頁 266）
> 白頭相見話存亡，可惜漫漫夜轉長。煩惱盡無安腳處，出門十步九羊腸。（頁 266）

此詩作於元太宗六年、宋理宗紹定六年、天興三年，五十九歲，金亡至懷州之時，正是亡國之時所作，自言無安身之處。以詠《詩經》「黍離」[3]一詩起，感嘆自己親身遭遇亡國之恨，以「出門十步九羊腸」表達亡國之臣處境的艱難。

在以紀念忠臣的寒食節時，李俊民有〈寒食〉詩感嘆：

> 為戀風光好，那堪節物催。事隨浮世往，花似去年開。莫灑無家淚，須傾有限杯。詩人多少興，都向醉中來。（頁 195）

在亡國「無家」之時，只能買醉，感嘆故國時光，已成浮事掠影。

此時李俊民應澤州守段正卿、晉城縣令崔公達之邀，有大量祭孤

---

2　元太宗六年、宋理宗紹定六年、天興三年，五十九歲，金亡至懷州。

3　《詩經》王風中之〈黍離〉詩興起：「彼黍離離，彼稷之苗。行邁靡靡，中心搖搖。知我者，謂我心憂；不知我者，謂我何求。悠悠蒼天，此何人哉！」〔漢〕毛亨傳，鄭元箋〔唐〕孔穎達疏：《詩經正義》（臺北縣板橋市：藝文印書館，1993年9月，《十三經注疏本》），頁146。

魂的文疏。在亡國後經歷周圍眾多的死難，李俊民借由大量祭孤魂的文疏，如〈段正卿祭孤魂榜〉[4]言及：

> 易為遊魂，遂著返終之說；傳因化魄，乃明為屬之由。未有所依，是誠可恤。雖卒歸於冥漠，猶不昧於英靈。勿伏道慈，曷超幽域？願殫欵素，冀有感通。謹擇某月某日，命前上清宮提點大師孫景玄，就某處設黃籙大醮，三百六十分位，祭一切無主孤魂並各家投壇，追薦遠亡近化姻親，及收斂暴露骸骨，正月十一日安葬。哀集誦念經文。來春正月一日會疏，將興法事，預戒前期。因豈無因，有侶樹花之落；死猶不死，還隨月魄而生。尚賴同心，共成善果。

以所學撰文，安葬亡者，立榜悼念，由榜文中「收斂暴露骸骨」，可以感受到李俊民對於因為戰爭而死的亡國孤魂，充滿哀憐及悼念。也希望因此可以撫慰金代遺民的亡國感傷。

在許多金代遺臣的努力與苦痛之下，歷史的洪流，仍然帶領著金朝走向滅亡之路，李俊民對於歷史的宿命，只能感慨萬分。

在〈樊噲戲石〉[5]一詩中感嘆亡國：

> 丈夫氣慷慨，隱跡在東市。或逢逐鹿人，乃棄屠狗事。壯哉鼓刀勇，旁若舞劍地。遂摧拔山力，自嘆時不利。至今空山石，

---

4 〔金〕李俊民著：《莊靖集》（臺北市：臺灣商務印書館，1983 年，《景印文淵閣四庫全書》），第 1190 冊，卷九・葉十八下，《莊靖集》還有〈郡侯段正卿祭孤魂碑〉、〈段正卿祭孤魂榜〉、〈崔仲通祭孤魂榜〉、〈高平縣瑞雲觀祭孤魂榜王希及道淵〉、〈孫講師約束亡靈榜〉、〈孫講師約束孤魂榜〉、〈段正卿祭孤魂青詞〉、〈崔仲通祭孤魂青詞〉祭詞。

5 元太宗六年、宋理宗紹定六年、天興三年，五十九歲，金亡至懷州。

傳是將軍戲。能興卯金運，頗與黃石類。不期兩都後，復有三
國志。過客對春風，徒灑山陽淚。（頁180）

以秦末樊噲的典故，感嘆樊噲縱使本以屠狗為業，後輔佐漢高祖
劉邦，在鴻門宴上英勇替劉邦解危，封為舞陽侯，官拜左臣相。然而
時過境遷，漢代仍是經歷三分天下的三國時期，終至亡國，感嘆不管
金代臣民如何努力，金朝仍是亡國，成為歷史的一部份。

在〈秋日有感〉一詩中則以秋天暮色之氣比喻時局，詩云：

節氣先凋一葉桐，人間何處不秋風。梁園勝事隨流水，滿目愁
雲鎖故宮。（頁270）

以漢梁孝王於梁園宴請文壇名流賞雪品酒，吟詩作賦之典故，說
明亡國後眾文臣的悲愁。

在〈陽城懷舊呈陽敬之燕子和李文卿二首〉詩中充滿國家危亡
的哀悼：

路梗傷時事，春歸感物華。風波千萬丈，煙火兩三家。樹杪失
巢燕，牆根無主花。當年人不見，何處是生涯。（頁198）
道途行處惡，故舊別來稀。澗口分流水，林稍掛落暉。好山留
客住，幽鳥背人飛。門外秋光老，征鞍尚不歸。（頁198）

「風波千萬丈，煙火兩三家」二句寫出戰後景象的蕭條與困苦。
「樹杪失巢燕，牆根無主花。」、「道途行處惡，故舊別來稀。」表達
出亡國之士，無依無靠的悲涼景象。可以感受到李俊民身為亡國之臣
如同無主之花，不知該於何處安身立命的心情。

在〈上長平寄楊成之〉之中也道出深切哀慟：

衰遲長在外，夒鑠愧征鞍。世路驚心惡，天風刮面寒。迢迢人漸遠，冉冉歲將殘。今夜梅梢月，同誰共倚欄。（頁198）

形容自己衰遲在外，愧對前線征戰的將士，而今國勢破敗，一切都已如風中殘燭，只能無可奈何的忍受這寒風刺骨之痛。

在〈河陽呈苗簡叔〉一詩中寫出亡國的荒涼：

妖氣長斗北，殺氣尚河東。人物不如古，地圖祇自雄。三城環野水，二麥臥天風。多少逃亡屋，荒涼晚照中。（頁198）

北來胡人殺伐之氣已至河東之地，戰火連天，「多少逃亡屋，荒涼晚照中」二語道出了國亡，一片空城的景象。

在〈過星軺〉一詩中，點出征戰之地的悲淒：

古道開天險，危峰拔地形。連營南北戍，遇客短長亭。野燒驚山鬼，胡雲掩將星。何人弄羌管，哀怨不堪聽。（頁199）

「野燒驚山鬼，胡雲掩將星」，形容外夷入侵的惶恐與不安。「何人弄羌管，哀怨不堪聽」寫出哀怨不堪的亡國心境。

在〈赴山陽〉[6]詩中表現出作客江湖，不得歸鄉的遊子心境：

立馬西風不忍行，往回只是片時程。一年又作半年客，百里有

---

6 李俊民六十二歲，至元太宗后三年七十歲，奉命至山陽編纂《道藏經》。

如千里情。落日寒林山下路，淡煙疏竹水邊城。願君把酒休惆
悵，四海由來皆弟兄。（頁201）

用「落日寒林山下路」表達流亡的辛苦，正因為惆悵，所以舉杯
勸友「休惆悵」，既然同樣流亡悲涼，所以「四海由來皆弟兄」。
　　在〈即席〉詩中以「萍梗」、「桔槔」道出亡國遺臣身不由己的苦
痛：

秋色南山氣勢高，坐間牛酒話粗豪。白憐萍梗天涯客，俯仰隨
人似桔槔。（頁251）

以萍梗隨水漂流，不固定於土中。比喻自己居處不定，以繩懸橫
木上，一端繫水桶，一端繫重物，使其交替上下的汲水的工具「桔
槔」，形容自己亡國的痛苦。
　　對於亡國一事，感傷自己無力回天，在與故國的司諫許古中就
說[7]：

斷蓬蹤跡寄天涯，老去情鍾戀物華。回首錦江春寂寞，一杯愁
里賦梨花。（頁271）

全詩充滿亡國悲傷，雖然「道真」號錦江漁隱，「回首錦江」中
「錦江」二字喻指的仍是金朝大好江山，「回首」指的是對故國江山
的不捨，所以才會以「春寂寞」來形容亡國之情；「梨花」帶雨指淚

---

7　作於金宣宗興定三年（西元1219年），四十四歲。至金哀宗正大八年（西元1231
　　年），五十五歲移居伊陽，隱嵩州鳴皋山。

流滿面，此處指的是金代遺臣感嘆亡國的淚水。

李俊民在四十歲時，即貞祐二年元軍攻下澤洲貞祐三年所作〈乙未冬至〉一詩中，對於自己雖精通儒家易理，可占卜未來，對於國事仍無力回天，感慨：

> 已應黃宮律，初生復卦陽。道隨天在北，愁與日俱長。節物驚時換，年光有底忙。浮雲多變態，試與問何祥。（頁 194）

此詩是「己未」年即元憲宗九年（西元 1259 年）所作，當時忽必烈派遣張仲一，請求李俊民為元代國祚卜吉凶，李俊民回以詩作，希求忽必烈以「和氣」治理天下，江山才能一統以清明之氣永續王朝。

精通占卜的李俊民感嘆，「黃宮」為道家指腦頂之意，前四句寫時局運勢均已轉至北方元人，改朝換代已成天命，如何能再問禎祥。詩中以「節物驚時換，年光有底忙」的驚亂形容力難回天的感受。

在〈亂後寄兄二首〉中寫出時局的紛亂：

> 長劍何人倚太行，氈裘入市似驅羊。怒降白起不仁趙，死守裴侯無負唐。可奈崑炎焚玉石，更堪蜀險化豺狼。紫荊猶是階前樹，風南何時復對床。（頁 207）
> 萬井中原半犬羊。縱橫大劍與長槍。晝烽夜火豈虛日，左觸右蠻皆戰場。丁鶴未歸遼已塚，杜鵑猶在蜀堪王。此生不識連昌樂，目送孤鴻空斷腸。（頁 207）

以「氈裘入市」形容元人大軍入侵，以戰國時秦之名將白起，長平之戰坑殺趙降卒四十萬，形容敵軍的殘暴。金國卻無將領如同唐代

名將「裴行儉」，先後討平吐蕃、突厥般抵禦外敵。詩中深感復國力難回天。並以「丁鶴」[8]捨棄俗世學仙一事及望帝杜鵑啼血等的典故，充滿對故國永難忘懷的愁思。

李俊民在〈狂風〉詩中感嘆時局變遷，可以看出對於故國的懷念：

> 春光著物酒如濃，白白紅紅眼界中。又是一場蝴蝶夢，能禁幾度落花風。（頁254）

「狂風」形容金國亡國的巨變，一切故國繁華景色彷彿莊周夢蝶一般，一切都無法留存。

在〈白文舉王百一索句送行〉詩中，對於紛亂的時局，深感無奈：

> 世事紛紛亂似麻，不堪愁裏度年華。傷心城郭來家鶴，過眼光陰赴壑蛇。彈鋏歌中成老境，班荊話後各天涯。何時造物歸真宰，卻睹人間第一花。（頁201）

詩中所說世事「紛紛亂似麻」，正是話不清的宋、元、金關係，戰亂的時代人們年年都在愁緒中度過。自己如同馮諼客孟嘗君一般希望對國家有所貢獻，可是卻在不斷失望中老去。引「班荊道故」之

---

8 《搜神後記》：「丁令威，本遼東人，學道于靈虛山。後化鶴歸遼，集城門華表柱。時有少年，舉弓欲射之，鶴乃飛，徘徊空中而言曰：『有鳥有鳥丁令威，去家千歲今始歸。城郭如故人民非，何不學仙冢纍纍。』遂高上沖天。今遼東諸丁，云其先世有升仙者，不知名字耳」。〔晉〕陶淵明著，汪紹楹校注：《搜神後記》（臺北：木鐸出版社，1985年7月），卷1。

典，形容自己流亡海外，他鄉遇故知，共同期望，亦是感嘆何時才得以再見故國風華。

在〈春日〉詩中感嘆，年復一年，時局紛亂：

> 白頭不奈隙駒催，慣飲屠酥最後杯。百歲無多偏畫短，一年將盡又春來。東君得地權終在，北斗隨天柄已回。造物卻還真宰手，眾人今後試登臺。（頁202）

自己已經白頭年邁，時光不多，再飲新春「屠蘇酒」或將成為最後一次。時光飛逝之際，希望紛亂的黑暗之日，夜盡之後，太陽依舊會再升起。希望有一天天命可以再歸金朝，眾將士可以有機會「登臺拜將」，復興故國。

在〈杜門〉詩中，形容國亡後，雖多次遭為官者拜訪延請，但是自己仍憂慮故國的心情：

> 近來人事頗相乖，獨坐何曾得好懷。犬吠為連沽酒市，雞鳴長傍讀書齋。門終待學張家塞，闊恐難當噲等排。惡客就中多氣岸，時時下馬繫堂階。（頁218）

由「近來人事頗相乖」得知心中的煩悶；對於多人來拜訪打擾一事，深表痛惡，而對於故國的復興仍有期待。

在〈清明席上同史正之姚君寶子昂〉回首故國，神傷不已：

> 浮雲雨後自縱橫，不待風收放曉晴。百計花期成謾興，一年春色過清明。誰家鑽燧罷藏火，何處吹簫猶賣餳。回首故園魂欲斷，鳥飛只是片時程。（頁220）

在新的一年國家已然亡故，但是紀念忠臣的清明節依舊來到，傳薪火給忠臣的清明習俗已然消失，值此清明佳節，回首故國家園，感念亡故於此歷史紛亂的故人，更令人神傷。

在〈為劉益之營中上王懷州二首〉運用一連串的典故，表達自己對故國的哀悼：

> 自分毛錐不入時，如今尤恨掃門遲。徒勞魏氏貪雞肋，卻笑虞人望羖皮。未有赤心相待處，奈何白髮是歸期。儻令扶病還桑梓，橫草難忘報所知。（頁 221）
> 氈帳連雲逐日移，胡笳月底不勝悲。中原為患有驕子，造物戲人如小兒。馮鋏縱彈無便去，晏驂未解有誰知。天涯回首消魂處，故國霜前雁過時。（頁 221）

「自分毛錐不入時」[9]指如同後漢史弘肇所言：「安朝廷，定禍亂，直須長槍大劍，若『毛錐子』安足用哉？」拿筆之士，救國不及。「如今尤恨掃門遲」[10]指學習魏勃，要求國君任用已然太遲。「徒勞魏氏貪雞肋」，指如同曹操仍貪圖「雞肋之地」，才能創立魏國。指世人對於領土戰功總是不知滿足。所以一切爭奪都是徒勞無功。「卻笑虞人望羖皮」[11]感嘆百里奚之類的賢士出任秦國也只是以微薄的五張羊皮交換而得。感嘆自己已年邁，希望能回鄉歸老。

更感嘆如同孟嘗君任用馮諼，卻冷落馮諼，晏子解驂贖救越石

---

9　〔宋〕歐陽修撰：《新五代史·史弘肇傳》（北京：中華書局，1974 年），卷 30。

10　魏勃為了求見齊相曹參，每天天還沒亮就去清掃齊相舍人的門口，最後終於如願晉見曹參，遂用為舍人。典出〈齊悼惠王世家〉〔日〕瀧川龜太郎：《史記會注考證》，頁 788。

11　百里奚為虞國人，晉滅虞後，奚被楚人所虜，秦繆公素知其賢名，以五張羊皮贖之，並授以大夫之職，故亦稱為「五羖大夫」。

父，卻也不知尊重越石父，回首故國，了解亡國的原因，深感悲哀。

在〈和秦克容來韻〉[12]一詩中也提及「亡國」之感：

> 白頭羞入利名場，得得歸來自遠方。何日詩豪離上黨，去年道
> 話憶山陽。可憐杜宇訴亡國，還笑沐猴思故鄉。不意閑中春色
> 早，黃鸝啼破謝家莊。（頁223）

因為李俊民的學識，各方學者不遠千里而來求教，李俊民深感自己如同蜀王「杜宇」，思念故國不能自已。

在〈即事〉中對於金朝將領痛失江山，感到痛心萬分：

> 將軍下馬氣如虹，書生折腰曲如弓。好山無限歸未得，白雲慚
> 愧渡溪風。（頁251）

詩中點出將領在當時得到特權與尊重，卻使得金人有家歸不得，使得大好江山淪亡，應該深感慚愧。

在〈七夕〉詩中感嘆金朝滅亡，皇室復滅：

> 雲漢雙星聚散頻，一年一度事還新。民間送巧渾閑事，不見長
> 生殿裏人。（頁265）

以不見唐代長生殿之楊貴妃與唐明皇，喻指金朝君王不得再見的遺憾。

在〈九日下山〉[13]一詩中提及：

---

12 作於元太宗八年（西元1236年），六十一歲，澤州新居「鶴鳴堂」落成後。

宰肉陳平社，折腰元亮鄉。車無門外轍，菊與徑皆荒。所恨國
難守，若為家不亡。天威寒氣逼，急急下山陽。（頁 196）

以「陳平分肉」典故起，指陳平[14]在鄉里祭社時，因分配肉食均
勻，受到父老稱讚，陳平說如果能主持天下，也會像分肉一樣公平合
理，希望元君可以平等對待異族百姓，自己則效法陶淵明歸隱山林。
在紛亂亡國之後，金國亡國後，李俊民只能感嘆國家已經難守，只能
力守家園與百姓。

在〈遊青蓮二首〉之中也有以佛教追求心靈平靜的想法：

閑攜方外友，同謁梵王宮。山吐三更月，松搖萬壑風。流年飛
鳥過，浮世落花空。不有歸來興，何能見遠公。（頁 196）
行處春風惡，山中勝槃藏。漸佳如蔗尾，薄險似羊腸。翠揖雙
峰角，清臨一水堂。夜長僧睡少，為我話興亡。（頁 196）

與方外之友，交遊往來。「流年飛鳥遇，浮世落花空。不有歸來
興，何能見遠公」所指「遠公」指東晉時代遠公大師，俗姓賈，出生
於雁門樓，遠公從小資質聰穎，勤思敏學，十三歲時便隨舅父遊學。
精通儒學，旁通老莊。二十一歲時，偕同母弟慧持前往太行山聆聽道
安法師講《般若經》，聽後，遠公悟徹真諦，感歎地說：「儒道九流學
說，皆如糠秕。」於是發心捨俗出家，隨從道安法師修行。李俊民以
此典故來表達自己對於國亡的悲悼。

「夜長僧睡少，為我話興亡」道出期望從佛家教義之中，了悟國

---

13 元太宗六年、宋理宗紹定六年、天興三年，五十九歲，金亡至懷州。
14 〈陳丞相世家〉（同註 10，頁 811）。

家興亡的義理。

在〈自遣〉一詩中，以黔驢技窮，形容世局的變化，令人無能為力：

> 居閑聊自適，造物果何如。生理年年拙，交情日日疏。吠猶聞踅犬，技可笑黔驢。誰識徘徊意，西山有舊廬。（頁 199）

對於世局變化的無法認同，只能自嘆如同「黔驢」一般技窮，歸鄉隱居。

在〈和子揖九日謾興二首〉中也表達出漂泊時深沉的哀痛：

> 此身到處賈胡留，細雨斜風冷淡秋。佳節又從愁裏遇，故鄉不似舊時遊。試拈紅葉題詩句，強摘黃花泛酒甌。落帽龍山幾人在，雲沉鳥沒恨悠悠。（頁 203）
>
> 節物催人分外愁，干戈眼底未能休。丹楓落處吳江冷，黃菊開時壩岸秋。可是涼風添寂寞，更堪缺月照綢繆。悠悠今古何須問，淚灑牛山亦過憂。（頁 203）

「此身到處賈胡留」形容自己如同商人一般飄泊不定，在一生的漂泊後，再次回到故鄉，一切已人事全非，只有詩酒相伴，有幾人如同晉代孟嘉[15]在宴席上雖被風將帽子吹落，仍顯得灑脫風流。

第二首更是一轉，以「分外愁」、「未能休」對照「節物」與「干戈」說出心中無限的悲愁，伴隨亡國之士的只有「寂寞」、「缺月」，

---

15 〈桓溫傳〉中「龍山落帽」指晉人孟嘉在九九重陽日隨桓溫遊於龍山，帽子被風吹落而不自覺。〔唐〕房玄齡等撰：《晉書》（北京：中華書局，1974 年），卷 98。

與對待歷史宿命的無語。

引用齊景公登牛山，北臨國城，而感嘆年華不能長久，人終有一死的典故，感歎「悠悠今古何須問，淚灑牛山亦過憂」，無論是歷史或是個人生命似乎都是無法更改的。

李俊民在紛亂的歷史之中只能勸慰南遷的友人，表達自己的心境，有〈王季文南邁，怏怏不得意，書此以緩之〉[16]：

> 大家都待倚欄幹，摘索幽花草棘間。方便春風無不到，忍教雪裏一枝寒。（頁 269）

如同所有人都對於朝廷復興抱著希望，等待春天的到來，但是卻都感受到寒冷的局勢與國勢。

在〈寄趙楠〉詩中對於金朝同登科舉的同科，凋零待盡，深感悲悼：

> 余閱承安庚申《登科記》，三十三人，革命後獨與高平趙楠庭幹二人在。一日邂逅於鄉邑，哽咽道舊。壬寅五月，庭幹復挈家之燕京。感慨忍淚，書五十六字寄之。
>
> 試將小錄問同年，風采依稀墜目前，三十一人今鬼錄，與君雖在各華顛。君還攜幼去幽燕，我向荒山學種田。千里暮鴻行斷處，碧雲容易作愁天。（《莊靖集》卷八〈題登科記後〉）（頁313）

---

16 指金宣宗貞祐二年（西元 1214 年）李俊民 39 歲元軍攻下澤州，李俊民逃離，貞祐三年避亂福昌一事。

　　金朝亡國之後，所有當時有志報國之士，除李俊民、趙楠、庭幹三人外，都已經命喪黃泉，李俊民隱居鄉野傳授學問，感嘆庭幹「壬寅五月」[17]選擇至燕京從仕。在詩中表現出亡國遺臣的無奈。

　　金代亡國之際，李俊民以民胞物與的精神先擔憂的是「傷亡國無家之苦」；在經過歷史的經驗與所飽覽的詩書所見，及所有的努力之後已感時局的變遷「力難回天」，接受金亡國的歷史命定後，轉而對於故國深感懷念，在元朝的統治下最終只能期望百姓得以安居樂業。

## 貳　淡泊生涯

　　李俊民在元太宗八年，六十一歲，歸隱於澤州「鶴鳴堂」。

　　元太宗九年，六十二歲，奉命編纂《道藏經》。由李俊民〈道藏經後〉[18]就說：「洪惟玄祖，遠振宗風。垂三洞之靈文，演一真之妙理。要使學仙之子，咸與道俱；尚憂誤讀之人，或遭陰責。宜新刊正，用廣流傳。」可以了解李俊民參與了《道藏經》的編纂。元代《道藏經》的編纂，起於丁酉年（元太宗九年西元 1237 年），到甲辰年間（元乃馬真后三年西元 1244 年）間，是元太宗下詔，集合四方俊彥完成。

　　編纂《道藏經》的經歷，讓李俊民進一步接觸到老莊思想與道教經典，期間多歸隱於鄉，作品多恬淡自適。

　　在〈用籌堂韻〉[19]絕句中表現出淡泊世事的感觸：

　　　　清尊莫惜再三開，別後何曾得好懷。為向綠衣花使道，杖藜不

---

17 「壬寅」為元太宗后元年，李俊民 67 歲時。

18 同註 4，卷十・葉二十一下。

19 元太宗六年、宋理宗紹定六年、天興三年，五十九歲，金亡至懷州所作。

是等閑來。（頁246）

「何曾得好懷」表現出適淡泊，不問世事的莊子意境。

在〈答滿法師〉絕句中，稱佛道之士為「高人」也說：

此身分付水雲間，不見高人得句難。待學江西立公案，便宜築箇小詩壇。（頁246）

此身已置身山水，唯有得見如同法師般「高人」之士，詩句才得以精進。此「高人」所指為佛道之士。

在〈和泰禪〉詩中更直指「淡泊生涯」的人生抉擇：

淡泊生涯分自甘，十年霜葉碎青衫。忽從問道山前過，牧馬之兒是指南。（頁246）

自甘於淡泊生涯，儒教讀書人的「青衫」已為多年風霜所碎。今後選擇「問道」山前，此「道」所指為佛教之道，所以「牧馬之兒是指南」[20]引用三生石的故事，也說明自己晚年精神依歸於佛教。

---

20 宋、蘇軾有〈僧圓澤傳〉指唐朝和尚圓澤和李源友好，有二人前往峨嵋山，圓澤與李源本來選擇不同的路徑，最後選擇李源之路。半路上，碰見一個孕婦，圓澤感嘆，她孕的就是我，相約十二年後在錢塘天竺寺外與李源相聚，隨即坐化。十二年後，李源如約來至，正是一個月明之夜，忽然聽到一個牧童唱到：「三生石上舊精魂，賞風吟月不要論。慚愧情人遠相訪，此身雖異性常存。」李源知是圓澤，就想上前和他相認，可牧童又唱到：「身前身後事茫茫，欲話因緣恐斷腸。吳越山川尋已遍，卻回煙棹下瞿唐。」唱完就不知所蹤。三生石代表了參看「前世、今世、後世」的佛理。〔宋〕蘇軾作，孔凡禮典校：《蘇軾文集》（北京：中華書局，2008 年 7 月），頁 422。

李俊民也有〈橙數珠二首〉論佛教義理：

> 水月禪師有「橙數珠，竹如意，恨不見作者」之句，鑿空道其
> 仿佛。典刑釀出洞庭霜，只取青圓不待黃。凡俗盡從千佛轉，
> 忘言老宿但拈香。從頭細轉梵王經，一串秋香得洞庭。為報重
> 甦當自惜，莫教落入念珠廳。（頁246）

「重甦」所指即水月禪師，全詩論說佛理，「凡俗盡從千佛轉，
忘言老宿但拈香」結合禪宗「不立文字」與陶淵明「欲辯已忘言」的
境界。表達出自己對於佛理的體悟。

在〈答籌堂見招六首〉[21]中也表現出淡泊世事的心志：

> 須信人生足別離，相看能得幾多時。浮雲一片無根蒂，去去來
> 來自不知。（頁248）
> 日日相陪鶴髮翁，烏紗白葛道家風。火雲堆向山南去，暑氣蒸
> 人似甑中。（頁248）
> 俯仰隨人亦自欺，精神無復似當時。年來世事俱嘗遍，只有閑
> 中味不知。（頁248）
> 冠世聲名蓋世功，尋常杯酒坐生風。區區問舍求田客，盡在元
> 龍一笑中。（頁248）
> 日日言歸未得歸，白頭纏是入山時。依前卻趁逍遙出，慚愧山
> 靈我不知。（頁248）
> 誰謂長河不可通，只消送客一帆風。故人別後情偏重，猶恐相
> 逢是夢中。（頁248）

---

21 元太宗六年、宋理宗紹定六年、天興三年，五十九歲，金亡至懷州所作。

對於好友道出自己的心聲,「浮雲一片無根蒂,去去來來自不知」正是自己生命的體悟。「俯仰隨人亦自欺,精神無復似當時」是李俊民晚年的處世態度。

「區區問舍求田客,盡在元龍一笑中」引用指三國時劉備責備許汜只知為私購置田產而全無憂國救世之意,為元龍所笑「求田問舍」典故,以元龍自比,表達自己對於俗事功名的笑看。

「日日言歸未得歸,白頭纔是入山時」更點出想要歸隱的淡泊心志。

在〈和籌堂送迎偶得四首〉[22]中也以「閑」字為韻腳,說明自己的心聲:

> 懷抱秋來強自寬。相逢賴有舊青山。郊原雨後堪圖畫,勾引詩人興不閑。(頁265)
> 出門天地望中寬,馬首濃迎著色山。詩句滿前無可道,恨今不復見閑閑。(頁266)
> 畫手從來說范寬,何如著眼看真山。天公不欲山無主,分付籌堂好處閑。(頁266)
> 詩愁誰道酒能寬,得句多於飯顆山。莫使移文誚長往,工夫那取片時閑。(頁266)

對於自己追求「閑」卻不得閑,以「畫手從來說范寬,何如著眼看真山」如同從北宋名畫家畫中看山,未得見真山來比喻。

在〈和段正卿韻二首〉[23]中也提出自己求「閑」的意境。

---

22 元太宗六年、宋理宗紹定六年、金哀宗天興三年,五十九歲,金亡至懷州所作。
23 元太宗六年、宋理宗紹定六年、金哀宗天興三年,五十九歲,冬至澤州,段直迎為師。

悠然相對酒杯閑，忽有新詩落坐間。喚起東籬無限興，黃花須待與君看。（頁 269）

百計尋閑不得閑，功夫那取片時間。誰知九日龍山客，卻被秋光冷眼看。（頁 269）

「喚起東籬無限興，黃花須待與君看」，以追求陶淵明之「閑」，做為自己的心靈境界要求。

李俊民的詩作情感，可以令後世讀者進一步了解戰亂時期，一代儒學大師，徘徊於仕與隱之間的自我排遣方式，思考宋、金、元三朝亂離之間，國與家與個人生命情懷之間的抉擇與考驗。

李俊民身為《宋元學案》中儒學傳承重要人物之一，在歷史的悲劇之中，仍是在宋、元朝中貢獻所學，可以說是發揮儒家「經世濟民」之功，卻也可以評其不如元好問「忠」於金朝。

由李俊民「淡泊生涯」以莊子思想、佛、道不問世事，追求「閒」的感歎，我們更可以了解儒家思想，在亂世之中需要老莊思想與宗教思想的輔助。

# 第四節　李俊民詩學對唐以前文化的承繼

　　本文以「李俊民詩學對唐以前文化的承繼」為探討目標，期望藉由了解金末遺臣李俊民對於「詩經」、「楚辭」傳統經典的學習與繼承，及唐代詩歌代表人物「杜甫」與「韓愈」的宗法，提供今日學者對於經典文獻的閱讀與學習新的方向。

　　李俊民詩歌承繼於傳統儒學重經史的精神，更襲取歷代詩學大家的精神與筆法，承繼自周代、先秦、兩漢、唐傳統中原的文化與文學，對於傳承宋與金文化及文學有所貢獻。其中對於《詩經》、《楚辭》的襲取，史籍典故的運用及大家的學習，更可以由其詩作明顯得見其傳承軌道。因為李俊民詩歌之中蘊涵豐富的先秦、兩漢、唐文學與史學典故，表現出宋、金文學與文化的傳承軌跡。

　　李俊民並在元代著書立說，傳授知識、教導人才，推薦學子予朝廷，以文化的傳承教化承繼宋與金的文化與文學，進一步影響元朝朝野。

　　劉瀛在〈莊靖集序〉中就提及，李俊民文學符合文以載道的功用：

　　　　夫文之為文，其來尚矣，與造化一氣俱生者也。日月照臨，星辰輝映，天之文也；山川流峙，草木敷榮，地之文也。人得天地之秀，而為萬物之靈，有仁、義、禮、智以根於心，故觸物感情，發而為言，無非天下之至文也。如風行水上，自然而然，固非有力者之所強能，亦豈徒吟詠風景、模寫物象而已哉！將以經天緯地，厚人倫，美教化，貫乎道者也。先生世家濩澤，唐韓王元嘉之裔。生而聰敏，幼而能文，弱冠而魁天

下。蓋以學問精勤，耽玩經史，諸子百家，無不研究。故其文
章典瞻，華實相副，字字有源流，句句有根柢。[1]

說明李俊民代表著作《莊靖集》[2]所錄作品，具備「仁、義、
禮、智」、「將以經天緯地，厚人倫，美教化，貫乎道者也」，也就是
移風易俗的功用。原因在於其作品承自於「經史、諸子百家」傳統經
學的根柢深深表現在李俊民詩文之中。這樣深厚的詩文根柢，與用典
載道能力，主要原因在於李俊民為唐代王朝貴族之後，家學淵源深
厚。

劉瀛言明能夠有這樣文化與文學傳承能力，與其先祖本為中原古
國之後，家學淵源深厚有關。李俊民雖為金朝人，但是由其先祖考
證，本為中原古國陳國之後，先祖曾創立唐朝，為唐皇室之後，據
《莊靖集》中〈李氏家譜〉[3]一文，李俊民自己所陳述知：李氏為顓
帝之後，因避桀亂改姓氏為李氏，古陳國之後。先祖曾為老子之後，
也曾仕於漢孝文帝，說明自己確實源自於漢民族，後李氏族人開枝散
葉達十二地之廣。譜文說明李氏先祖李淵開創盛唐，因武氏誅殺皇族
所以先人避禍至於「澤」地，在宋金之際也多有仕宦。

〈李氏家譜〉中說明李俊民先祖於宋金之際，久經戰亂，族人凋
零之苦。也說明李俊民先祖淵源於漢文化，加以李俊民被《宋元學
案》列為「明道學案」重要儒學傳承之士，更可以確認李俊民詩歌中
學習漢、唐、宋詩學名家對於傳統儒家文化的傳承與襲取。

---

1　〔金〕李俊民：《莊靖集》（臺北：臺灣商務印書館，1983 年，《景印文淵閣四庫
　　全書》），序・葉三上。
2　同註1，原序・葉四上。
3　參見第二章第一節中。

# 壹　對《詩經》的承繼

李氏為顓帝之後，因避桀亂改姓氏為李氏，為中原古國陳國之後，李俊民先祖淵源於商、周文化，對於《詩經》的承繼而言，更是從記錄民情、詩言志的精神到形式皆有所學習。

〈重刊莊靖先生遺集序〉序言中收錄葉贄於明武宗正德三年（西元 1509 年）對此書的評論：

> 澤州莊靖李用章先生，早歲得程氏傳授之學於名儒，後又得邵氏皇極之數於隱士，萃伊洛之精華，大乾坤之眼目，搜羅群籍，貫穿六經。故其發而為文章也，若岱宗之雲，飛騰活動，不崇朝遍雨天下，非飄空不雨浮雲也；流而為詩賦也，若黃河之水，千里一曲，折九曲奔赴滄溟，非集坎無源行潦也。金承安，中進士第一人，入為應奉翰林文字。尋棄官教授鄉裡，隱遁嵩山。元秉忠劉公盛稱先生「易理、易數，兩造精微」。世祖嘗召對金鑾，懇賜還山。既卒，賜諡莊靖先生。時，澤守段正卿嘗刻先生詩文行世，越二百載於茲矣。今總漕都憲李公，先生鄉人也，酷愛先生詩文，每曰：「五色靈芝，三危瑞露，豈可自咀自咽！要當與天下同志者共。」視舊本，頗多錯舛，親加校正，乃授山陽尹常在梓行，索贄作序。贄覽讀數過，慨然歎曰：「先生之文，經天緯地之文也，玉潤珠輝，光粹自奇；先生之詩，感善懲惡之詩也，韶作鈞鳴，音響自別。」先生自號鶴鳴，故其集亦以名之。在《中孚‧九二》云：「鶴鳴在陰，其子和之。」言誠信感通之理也。在《小雅‧鶴鳴》云：「鶴鳴於九皋，聲聞於野。」言誠身莫掩之機也。吾即此

知先生心湛誠源，腳踏實地。故讀先生之文者，當如讀程氏
《易傳‧序》，上溯〈十翼〉之淵源可也；讀先生之詩者，當如
讀邵氏《擊壤集》，上合六義之中正可也。又何必以韓昌黎、
杜少陵比方乎先生者哉！遂書此以應命。正德三年戊辰夏五月
上浣，賜進士、通議大夫、刑部左侍郎致仕淮東葉贄書。[4]

全文評論其詩作之語處為：

1. 「得邵氏皇極之數於隱士，萃伊洛之精華，大乾坤之眼目，搜羅群
　　籍，貫穿六經。」
　　李俊民所學為「邵氏皇極之數」，是「伊洛之精華」，稱其貫通古
今，飽讀六經之書，其中與詩作最直接相關者，應當首為《詩經》。

2. 「流而為詩賦也，若黃河之水，千里一曲，折九曲奔赴滄溟，非集
　　坎無源行潦也。」
　　源自於六經也包含了《詩經》的精神與義理，使李俊民詩歌有所
源流，具有深刻的義理，使得詩歌內容哲理深厚，讀者深有所得。

3. 「『先生之詩，感善懲惡之詩也，韶作鈞鳴，音響自別。』先生自
　　號鶴鳴，故其集亦以名之。在《中孚‧九二》云：『鶴鳴在陰，其
　　子和之。』言誠信感通之理也。在《小雅‧鶴鳴》云：『鶴鳴於九
　　皋，聲聞於野。』言誠身莫掩之機也。」
　　說明李俊民詩歌之中價值意義在「先生之詩，感善懲惡之詩

---

4 〔清〕吳重熹輯：《九金人集》（臺北：成文出版社，1967 年，據《山東海豐吳
　氏盦彙刻本影印本》）。

也」，與《詩經・大序》：「詩言志」的宗旨相同。李俊民詩歌的歷史
價值意義，在以詩歌描述金末元初的亂世，表達民生的哀苦，同於
〈毛詩正義序〉所言：「夫詩者，論功頌德之歌，止僻防邪之訓。雖
無為而自發，乃有益於生靈。六情靜於中，百物蕩於外。情緣物動，
物感情遷。若政遇醇和，則歡娛被於朝野；時當墋黷，亦怨刺形於詠
歌。作之者所以暢懷舒憤，聞之者足以塞違從正。發諸情性，諧於律
呂。故曰感天地，動鬼神，莫近於詩。」，號「鶴鳴」，除源起《易
經》「鶴鳴在陰，其子和之」的隱士之意。亦取自《詩經》小雅之
〈鶴鳴〉云：「鶴鳴于九皋，聲聞于野。魚潛在淵，或在于渚。樂彼
之園，爰有樹檀，其下維蘀。它山之石，可以為錯。鶴鳴于九皋，聲
聞于天。魚在于渚，或潛在淵。樂彼之園，爰有樹檀，其下維穀。它
山之石，可以攻玉。」[5]〈詩序〉云：「鶴鳴，誨宣王也。」鄭箋云：
「教宣王求賢人之未仕者」[6]。更是直指「鶴鳴」之音，可以採用，
如果知道採用隱士之音，「它山之石，可以為錯」、「它山之石，可以
攻玉」引以為鑑，則可以記取錯誤，加以改正，家國得以治理。

4.「讀先生之詩者，當如讀邵氏《擊壤集》，上合六義之中正可也。
 又何必以韓昌黎、杜少陵比方乎先生者哉！」

　　則說明李俊民的詩作，合乎《詩經・大序》所稱美之：「風、
雅、頌、賦、比、興」，即所謂「上以風化下，下以風刺上。主文而
譎諫，言之者無罪，聞之者足以戒」的功用。

　　對於《詩經》的學習，不僅表現在「詩言志」上，在形式與句式
上也有顯著的承繼，學習《詩經》四言形式，書寫題畫詩，以繼《詩

---

5　〔漢〕毛亨傳、鄭元箋〔唐〕孔穎達疏：《詩經正義》（臺北縣板橋市：藝文印書
　　館，1973 年 9 月《十三經注疏本》），頁 3。
6　參考朱守亮註：《詩經評釋》（臺北：臺灣學生書局，1988 年 8 月），頁 520。

經》敘述民心之志。

李俊民在〈止姚亞之刲羊〉[7]表現出重視百姓生計的困苦：

> 養生之鞭，隴種之苗，欲魯去朔，在齊聞韶。咄嗟老饕，腹如
> 瓠栌。踏破菜園，合吃藤條。（頁 178）

以阻止殺羊以供食用起，詩云應當驅趕羊隻，保護人民的田畝。
雖然上位者沒有羊肉可吃，仍然可以學習孔子著重自我修養，由魯至
北方齊國，聞韶樂，可以三月不知肉味。

學習《詩經》以[8]「碩鼠」比喻官員為禍的比興方法；以飼養羊
隻需要犧牲菜園的收成，要求上位者不要貪圖吃羊肉之類的口腹之
欲，這樣的欲望會使百姓生活困苦。

在〈兒歸來〉（禽名）一詩中也學習《詩經》晨風篇[9]，以「晨風
鳥」為喻，以「兒歸來」禽鳥之名，比興社會問題：

> 兒歸來，兒歸來，百年郎罷恨，何日寧馨回。東去但除嚴母

---

7　本文李俊民詩歌引用薛瑞兆、郭明志編纂：《全金詩》（天津：南開大學出版社，
　　1995 年 11 月），因為此版本為時人最新校正版本，文中只引用頁碼未註明出處皆
　　出於《全金詩》。

8　〈碩鼠〉：「碩鼠碩鼠，無食我黍！三歲貫女，莫我肯顧。逝將去女，適彼樂土。
　　樂土樂土，爰得我所。碩鼠碩鼠，無食我麥！三歲貫女，莫我肯德。逝將去女，
　　適彼樂國。樂國樂國，爰得我直。碩鼠碩鼠，無食我苗！三歲貫女，莫我肯勞。
　　逝將去女，適彼樂郊。樂郊樂郊，誰之永號。」〈詩序〉云：「碩鼠，刺重斂也。
　　國人刺其君重斂，蠶食於民，不脩其政，貪而畏人，若大鼠也。」（同註 5，頁
　　211）。

9　〈晨風〉：「鴥彼晨風，鬱彼北林。未見君子，憂心欽欽。如何如何！忘我實多。
　　山有苞櫟，隰有六駁。未見君子，憂心靡樂。如何如何！忘我實多。山有苞棣，
　　隰有樹檖。未見君子，憂心如醉。如何如何！忘我實多。」（同註5，頁244）。

墓，望思空築茂陵臺。兒歸來，兒歸來，一聲未盡一聲哀。
（頁 192）

寫出當時社會因戰爭因素，導致的家庭悲劇。

在〈焦天祿野叟聽音圖〉一詩中，也以詩經四言的形式，訴說改
朝換代，被異族統治今古興亡之感：

> 梨園弟子，天寶之後，誰其知音，百歲遺叟。曲終悵然，淚迸
> 林藪。時清眼明，萬事緘口。（頁 178）

以「天寶之亂」，借比金末元初的動亂。自比為畫中「野叟」，傷
心悲慟，末二句反諷「時清」，卻反說「萬事緘口」。

在〈唐叔王韋生臥虎圖〉一詩中，以詩經四言的形式，警示侍奉
異朝：

> 梁鶩之養，或失其時。曹公之肉，不救其饑。羊質而皮，狐假
> 而威。誰能於此，辯是與非。（頁 178）

引用《列子·黃帝篇》所稱，警示侍奉異朝國人之心情，然而雖
試著不觸怒異朝，但是如果供養不夠，狐假虎威之士，亦會荼毒危
害。

在〈煙江絕島圖〉詩中，也以詩經四言的形式，描寫當時有志之
士只能伺機而動：

> 江風不波，峭壁森立。冥冥飛鴻，翔而後集。（頁 178）

　　「江風不波，峭壁森立」二句形容戰亂不斷，危機四伏，「冥冥飛鴻，翔而後集」則形容有志報國之士，只能先逃離戰火，日後再團結護國。

　　在〈雙松古渡圖〉一詩，以詩經四言的形式，期望賢能之士能拯救為國：

　　　　傾蓋相逢，堂堂兩公。寂寥渡口，以濟不通。（頁 178）

　　以「雙松」比喻有節操的賢士，此處「濟」字援用孟浩然「欲濟無舟楫[10]」之意，指拯救國家。

　　〈古柏寒泉圖〉則以詩經四言的形式，表達忠臣堅定之心。

　　　　冬夏長青，晝夜不捨。拔本塞源，豈知量者。（頁 179）

　　以古柏處立於寒泉之上，日夜接受考驗，忍受不可勝數的煎熬，仍然屹立不搖，形容忠臣對於國家堅定不移的忠心。

　　〈紙扇〉更以詩經四言的形式，形容忠臣之骨氣不變：

　　　　竹疏而骨，楮剝而膚。權以行巽，風乎坐隅。（頁 179）

　　形容忠臣如同「紙扇」，以耿直不屈的竹，比喻忠臣的氣節；「楮剝而膚」的素潔，形容其「繪事後素[11]」，忠言直諫，言語不加以修

---

10 孟浩然〈望洞庭湖贈張丞相〉：「八月湖水平，涵虛混太清。氣蒸雲夢澤，波撼岳陽城。欲濟無舟楫，端居恥聖明。坐觀垂釣者，徒有羨魚情。」〔清〕曹寅編：《全唐詩》（北京：中華書局，1996 年），頁 1633。

11 《論語‧八佾》子夏問曰：「『巧笑倩兮，美目盼兮，素以為絢兮。』何謂也？」

飾，卻有益於邦國。也是源於《詩經》中所錄之〈碩人〉。[12]

「權以行巽」，引用〈論語・子罕〉：「巽與之言，能無說乎？」[13]之意，指忠臣以「卑順、謙恭」之語頒布政令，施行政策。

「風乎坐隅」更是學習《詩經》大序所稱「上以風化下，下以風刺上。主文而譎諫，言之者無罪，聞之者足以戒」的導正君主與民風功用。

全詩不僅以《詩經》形式表達，並學習《詩經》比興用法，發揮「風」的功用。並且學習班婕妤〈團扇〉[14]詩的詠物技巧，以扇子比喻節操之士。

又在〈椶扇〉詩中以「椶扇」除「蠅」，比喻忠臣為國除害的功蹟：

> 直節貫中，怒髮衝上。朝蠅暮蚊，畏風長往。（頁179）

古有「椶扇」，椶櫚一名蒲葵。又稱「葵扇」、「蒲扇」、「蕉扇」，江浙名「芭蕉扇」。

---

子曰：「繪事後素。」曰：「禮後乎？」，子曰：「起予者商也，始可與言《詩》已矣！」邱燮友等編譯：《新譯四書讀本》（臺北：三民書局，1987年8月），頁87。

12 〈碩人〉：「碩人其頎，衣錦褧衣。齊侯之子，衛侯之妻，東宮之妹，邢侯之姨，譚公維私。手如柔荑，膚如凝脂，領如蝤蠐，齒如瓠犀，螓首蛾眉。巧笑倩兮，美目盼兮。碩人敖敖，說于農郊。四牡有驕，朱幩鑣鑣，翟茀以朝。大夫夙退，無使君勞。河水洋洋，北流活活。施罛濊濊，鱣鮪發發，葭菼揭揭。庶姜孽孽，庶士有朅。」（同註5，頁131）。

13 《論語・子罕》：「子曰：『法語之言，能無從乎？改之為貴。巽與之言，能無說乎？繹之為貴。說而不繹，從而不改，吾末如之何也已矣！』」（同註11，頁167）。

14 〈怨歌行〉：「新裂齊紈素，鮮潔如霜雪。裁為合歡扇，團團似明月。出入君懷袖，動搖微風發。常恐秋節至，涼颸奪炎熱。棄捐篋笥中，恩情中道絕。」鄭文惠等選注：《歷代詩選注》（臺北：里仁書局，1988年10月），頁10。

以「直節貫中，怒髮衝上」形容忠義之士直言急諫，正義的形象。「朝蠅暮蚊，畏風長往」二句學習《詩經》之〈青蠅〉[15]篇以「青蠅」比為小人，指其讒言誤國之危害。說明忠臣如「櫻扇」驅蠅般，忠臣也足以使小人畏懼。

在〈學中史正之會客〉中學習《詩經》四言的形式，表達期待賢能之士救國，恢復金朝往日國威的詩情：

> 有懷伊人，在泮飲酒。我客戾止，其嘗旨否。未見君子，我心孔疚。惠然肯來，小大稽首。（頁178）

綜觀《詩經》魯頌中〈泮水〉[16]所指，本指魯國國威強盛，文武官員允文允武之勢，此處用以緬懷金朝當日的強盛。

更以末四句「憬彼淮夷，來獻其琛：元龜象齒，大賂南金。」，「南金」借比金朝所處局勢。「有懷伊人，在泮飲酒。我客戾止，其嘗旨否。」指期待國威興盛時，相聚之景，今日貴客蒞臨，獻上佳餚與誠意。「未見君子，我心孔疚。惠然肯來，小大稽首」則表示對於

---

15 〈青蠅〉：「營營青蠅，止于樊。豈弟君子，無信讒言。營營青蠅，止于棘。讒人罔極，交亂四國。營營青蠅，止于榛。讒人罔極，構我二人。」（同註5，頁489）。

16 〈泮水〉：「思樂泮水，薄采其芹。魯侯戾止，言觀其旂。其旂茷茷，鸞聲噦噦。無小無大，從公于邁。思樂泮水，薄采其藻。魯侯戾止，其馬蹻蹻。其馬蹻蹻，其音昭昭。載色載笑，匪怒伊教。思樂泮水，薄采其茆。魯侯戾止，在泮飲酒。既飲旨酒，永錫難老。順彼長道，屈此群醜。穆穆魯侯，敬明其德。敬慎威儀，維民之則。允文允武，昭假烈祖。靡有不孝，自求伊祜。明明魯侯，克明其德，既作泮宮，淮夷攸服。矯矯虎臣，在泮獻馘；淑問如臯陶，在泮獻囚。濟濟多士，克廣德心。桓桓于征，狄彼東南。烝烝皇皇，不吳不揚。不告于訩，在泮獻功。角弓其觩，束矢其搜。戎車孔博，徒御無斁。既克淮夷，孔淑不逆。式固爾猶，淮夷卒獲。翩彼飛鴞，集于泮林，食我桑黮，懷我好音。憬彼淮夷，來獻其琛，元龜象齒，大賂南金。」（同註5，頁767）。

賢能之士挺身報效國家的感激。

「泮池」直至今日仍為文廟特有建築，呈半月形，上有泮橋。周代諸侯學校前有半月形水池，稱泮水，池旁的學校就叫「泮宮」。泮池意即「泮宮之池」，是位於大成門正前方的半月形水池。依古禮，天子太學，中央有一座學宮，稱為辟雍，四周環水；而諸侯之學，只能南面泮水，故稱泮宮。因孔子曾受封為文宣王，所以泮池為其規制。詩經泮水篇有：「思樂泮水，薄採其茆。」等句，意指古時士子若中了秀才，到孔廟祭拜時，可在泮池中摘採水芹，插在帽緣上，以示文才。孔廟池畔磚壁中央嵌著「思樂泮水」的石刻，便是出自這個典故。

## 貳　對《楚辭》的承繼

對於中原文化的承繼，除了《詩經》之外，《楚辭》的閱覽及認知，也可以從李俊民詩歌中讀取，在學習《楚辭》這部經典之上，除了《楚辭》典故的運用，最明顯之處在於國家危亡的感觸與七言形式的承繼。

李俊民在〈戒酒〉詩中提及：

> 誰肯收心醉六經，只言酒是在天星。若能讀得〈離騷〉後，學取先生半日醒。（頁 257）

今觀〈離騷〉[17]所言，與李俊民心境所通之處，在於國家危亡的

---

17 〈離騷〉：「長太息以掩涕兮，哀民生之多艱。余雖好修姱以鞿羈兮，謇朝誶而夕替。既替余以蕙纕兮，又申之以攬茞。亦余心之所善兮，雖九死其猶未悔。怨靈脩之浩蕩兮，終不察夫民心。眾女嫉余之蛾眉兮，謠諑謂余以善淫。固時俗之工

感慨，此時李俊民感歎所學習「六經」都無法抒發其心情，唯有〈離騷〉一文可以表達心中的哀傷。

在〈重午偶題〉中除學習《楚辭》七言形式外，再度提及〈離騷〉，足見對於屈原有千古知音之感：

> 只為〈離騷〉話獨清，至今猶恨楚君臣。魂招不得歸何處，閒氣都留與艾人。（頁 245）

所恨在於楚國君臣昏庸，只有屈原是清醒的，千古之後時人只知端午習俗，將心力用在佩戴「艾人」[18]之上。卻仍然君臣昏庸，不了解端午真正的意義。

在〈滄浪歌〉中明言寫作此詩，是因為有感於：「屈原既放，遊於江潭。漁父見之，鼓枻槍而歌曰：『滄浪之水清兮，可以濯我纓。』」詩云：

> 江上揚揚一棹波，眾中清濁笑〈懷沙〉。不知歌後滄浪曲，卻入騷人屈宋衙。（頁 287）

取用典故源出《史記・屈原賈生列傳》[19]：「屈原至於江濱，被髮

---

巧兮，偭規矩而改錯。背繩墨以追曲兮，競周容以為度。忳鬱邑余侘傺兮，吾獨窮困乎此時也。寧溘死以流亡兮，余不忍為此態也。鷙鳥之不群兮，自前世而固然。何方圜之能周兮，夫孰異道而相安。屈心而抑志兮，忍尤而攘詬。伏清白以死直兮，固前聖之所厚」。傅錫壬註：《楚辭讀本》（臺北：三民書局，1991 年 3 月），頁 28。

18 端午習俗「艾人」為艾蒿製成的端午飾品。晉代把艾蒿掛在門上。南北朝時代，掛艾蒿演變為掛艾人。此處指家家戶戶歡度端午，不了解端午意義。

19 引用〔日〕瀧川龜太郎：《史記會注考證》（臺北：洪氏出版社，1986 年 9 月），頁 1009。

行吟澤畔。顏色憔悴，形容枯槁。漁父見而問之曰：『子非三閭大夫歟？何故而至此？』屈原曰：『舉世混濁而我獨清，眾人皆醉而我獨醒，是以見放。』漁父曰：『夫聖人者，不凝滯於物，而能與世推移。舉世混濁，何不隨其流而揚其波？眾人皆醉，何不餔其糟而啜其醨？何故懷瑾握瑜，而自令見放為？』屈原曰：『吾聞之，新沐者必彈冠，新浴者必振衣。人又誰能以身之察察，受物之汶汶者乎。寧赴常流、而葬乎江魚腹中耳。又安能以皓皓之白、而蒙世之溫蠖乎。』乃作《懷沙》之賦。」

李俊民感歎，在舉世皆濁的時代，多少人如同漁父一般嘲笑屈原的堅貞與守節，這樣令屈原難過的〈滄浪曲〉，與隨波逐流的士大夫心態，縱使屈原身死千年，依然傳唱。

對於金末元初士大夫不願積極救國，避隱的心態，感到痛心。

對於在〈九章〉中〈懷沙〉與〈滄浪曲〉的感慨，李俊民還表現在〈競渡〉一詩中，序云：

> 屈原以五月五日赴汨羅，土人追至洞庭，湖大舟小，莫得濟者乃歌曰：「何由得渡湖！」自此習以相傳，為之戲。

感歎此時此刻，屈原因忠君愛國赴汨羅自殺的歷史悲痛，在端午中卻變成競賽遊戲，忘卻屈原精神。憂傷的寫道：

> 憔悴沉湘楚大夫，魂招魚腹肯來無。至今江上漁歌在，尚問何由得渡湖。（頁 287）

「憔悴沉湘」寫出的正是李俊民與屈原共有的亡國歷史悲痛，醉生夢死之士卻不思哀憐國家的危亡。

　　在同王德華、子正、善卿、澤之、焦彥昭、唐俊卿、張伯宜、史正之、李文長、姚子昂男李楊、杜浩然書壁。所作〈伊闕灕鶹堂二首〉之一：

> 千年古道入荒城，破屋頹垣一聚塵。天地如何收險阻，山川猶覺露精神。餘波禹貢朝宗水，習俗周南既醉人。把酒西風無限興，黃花時節對佳賓。（頁207）

　　全詩感慨今古時空轉換，時光如流水進入金末此地的繁華，卻已被一片荒涼取代。「天地如何收險阻，山川猶覺露精神。」運用倒裝手法，表達「天地如何險阻收，山川猶覺精神露。」如今險阻局勢要由何人才能平定？自然山川所顯現的生氣，似乎讓人覺得復國仍有希望。

　　「餘波禹貢朝宗水，習俗周南既醉人」運用《楚辭・天問》[20]所論禹貢之典故，取其對於朝代遷異的迷惘與感嘆。然而文化的傳承仍是必要的，如同周代重陽節喝菊花酒的習俗卻仍影響至今。

　　除了七言的形式、忠貞的節操與直接源至於《楚辭》義理的典故，李俊民習自於《楚辭》的還有在〈中秋二首〉詩中學習學習《楚辭》「天問」篇的手法問起天意。全詩自我省思與對話不斷，顯現出無限愁緒。並襲取陶淵明〈形影神〉、李白〈月下獨酌〉、蘇軾〈水調歌頭〉以「月」、「影」、「我」三人，論及「國君」、「自我期許」、「本我心靈」[21]三者之間的對話：

---

20 〈天問〉所論：「伯禹愎鯀，夫何以變化？纂就前緒，遂成考功。何續初繼業，而厥謀不同？洪泉極深，何以窴之？地方九則，何以墳之？應龍何畫，何盡何歷？鯀何所營？禹何所成？」（同註17，頁77）。

21 參見第二章　第二節「哀悼時局」中。

露下天街一氣涼，月明不復被雲妨。正當金帝行秋令，疑是銀
河洗夜光。蛟室影寒珠有淚，蟾宮風散桂飄香。席間醉客忙歸
去，獨共三人盡此觴。（頁219）

共對青天好舉觴，從前三五是尋常。一年佳節秋將半，萬里清
輝夜未央。纔向缺時舒窈窕，欲從盈後斂光芒。姮娥曾得長生
藥，我欲停杯問此方。（頁219）

　　「席間醉客忙歸去，獨共三人盡此觴」，所指即自己與月與影
「三人」的對飲，第二首更學習《楚辭》[22]「天問」篇的手法問起天
意，全詩自我省思與對話不斷，顯現出無限愁緒。

　　運用濃厚的神話用語，「問天」等同於問「君王」，表達自己的無
奈與期許。「共對青天好舉觴，從前三五是尋常」對著君王舉杯提
問，為何月圓清明之時不再。「一年佳節秋將半，萬里清輝夜未央」
更指時間飛逝，但是屬於金國的「黑夜」似乎永無止盡。或許自己只
能學習不得君王賞識的嫦娥，孤獨地守候清冷的廣寒宮。

　　〈昨晚蒙降臨，無以為待，早赴院謝，聞已長往，何行之速也！
因去人寄達，少慰客中未伸之志耳二首〉之一中更哀悼屈原的犧牲：

縱橫入市盡裴頠，一旦衣冠氣索然。豈信魯連歸海上，頗哀屈
子老江邊。汗流石馬誰堪恨，草沒銅駝世所憐。莫憚區區困刀
筆，論功終讓指蹤先。（頁217）

---

22　〈天問〉：「九天之際，安放安屬？隙限多有，誰知其數？天何所沓？十二焉分？
日月安屬？列星安陳？出自湯谷，次于蒙汜。自明及晦，所行幾里？夜光何德，
死則又育？厥利維何，而顧菟在腹？女岐無合，夫焉取九子？伯強何處？惠氣安
在？何闔而晦？何開而明？角宿未旦，曜靈安藏？」（同註17，頁77）。

道出儒生忠義卻無法以武力救國的感慨。最後選擇沉江的無奈。

## 參　學習杜甫

李俊民詩歌中以詩語記錄歷史時事，以詩記史的精神與詩聖杜甫是相同的。

雖然《莊靖集》序言中收錄葉贄評論李俊民詩歌，言及：

> 先生自號鶴鳴，故其集亦以名之。在《中孚・九二》云：「鶴鳴在陰，其子和之。」言誠信感通之理也。在《小雅・鶴鳴》云：「鶴鳴於九皋，聲聞於野。」言誠身莫掩之機也。吾即此知先生心湛誠源，腳踏實地。故讀先生之文者，當如讀程氏《易傳・序》，上溯〈十翼〉之淵源可也；讀先生之詩者，當如讀邵氏《擊壤集》，上合六義之中正可也。又何必以韓昌黎、杜少陵比方乎先生者哉！遂書此以應命。

認為不該只稱美李俊民詩歌承繼韓愈與杜甫，應評論其詩作直接承繼《詩經》。據此可以推論，當時即有人稱美《莊靖集》詩中承繼杜甫詩歌與《詩經》之美，二者的共通點即以詩歌記錄史事，為民發聲的詩歌。

李俊民在〈資聖寺壁〉一詩中即說明：

> 是誰將壁疥，盡可著紗籠。今代無詩史，何時入國風？（頁239）

「今代無詩史，何時入國風？」，詩歌流傳的意義，在於學習

《詩經》以史入詩，重視「詩史」的意義正同於杜甫。

在〈避亂〉一詩中明言「人如杜甫詩」：

> 雪巖依日暖，霜樹弄風悲。山似王維畫，人如杜甫詩。（頁
> 238）

所指為顛沛流離的戰亂身世，如同杜甫詩歌所記載之史實。由此詩可推論李俊民亦熟讀杜甫詩作。了解杜甫詩歌的真正意義，在於「詩史」的傳承。

李俊民自己多次說明，閱讀杜詩的心得，如在〈昨晚蒙降臨，無以為待，早赴院謝，聞已長往，何行之速也！因去人寄達，少慰客中未伸之志耳二首〉之二，中也以「杜甫詩」代表記載史實之作：

> 書生掉舌豈其時，手底青編亦倦披。鐵鎖尚沈江漠漠，銅駝又
> 沒草離離。陰山路上明妃曲，天寶年中杜甫詩。古往今來幾興
> 廢，白頭恨見太平遲。（頁 217）

說明讀杜甫天寶年間詩歌，可以看到「古今興廢」的史實，卻也感慨杜甫與自己都未得見太平之時。

李俊民在〈勉和籌堂來韻四首〉[23]之三也說：

> 四海男兒得志時，歸來一段話新奇。野人不管興亡事，飲恨閑
> 看老杜詩。（頁 260）

---

23 元太宗六年、宋理宗紹定六年、天興三年，五十九歲，金亡至懷州所作。

　　自己值此金末元初之際，雖歸隱於野，但是仍然「飲恨」看杜甫之詩，所飲之恨應當是古今黎民百姓所共同承受的戰亂之苦。

　　在〈再和秦彥容韻〉詩中，進一步點化杜甫詩句，成為自己作品：

> 戾廖歌後伏雌烹，箸猶未下愁覆羹。布衾多年踏裏裂，夜半寒窗灑風雪。待與重尋痛飲師，東山杲杲日出遲。撐腸拄腹文字五千卷，一字不入高人詩。幾年不踏紅塵路，直入白雲最深處。君不見洛陽城下未歸魂，一夢思鄉嘆溫序。（頁 192）

　　「戾廖歌後伏雌烹，箸猶未下愁覆羹」二句點化古琴曲名「戾廖歌」，「戾廖」為古代木門的門柵。擋插在木門後面可以將木門關上，外面推不開，相傳百里奚牧牛時，秦穆公聞其賢，以五羊之皮贖之，擢為秦相。其故妻為傭于相府，堂上作樂，婦自言知音，因援琴撫弦而歌曰：「百里奚，五羊皮。憶別時，烹伏雌，炊戾廖；今日富貴忘我為！」[24]以春秋時，百里奚離家適秦，其妻以戾廖烹雞為之餞行，比喻與秦彥容貧賤不移的情感。

　　「布衾多年踏裏裂，夜半寒窗灑風雪」二句點化杜甫〈茅屋為秋風所破歌〉[25]：「布衾多年冷似鐵，驕兒惡臥踏裏裂。床床屋漏無乾處，雨腳如麻未斷絕」[26]四句而成，表達時局的艱辛與民生的困苦。

---

24　〔漢〕應邵撰，王利器點校：《風俗通義》（濟南：山東書報出版社，2004 年）。

25　〔唐〕杜甫著楊倫編輯：《杜詩鏡銓》（臺北：華正書局，1989 年 8 月）。

26　杜甫〈茅屋為秋風所破歌〉：「八月秋高風怒號，卷我屋上三重茅。茅飛度江灑江郊，高者掛胃長林梢，下者飄轉沈塘坳。南村群童欺我老無力，忍能對面為盜賊，公然抱茅入竹去。脣焦口燥呼不得，歸來倚杖自歎息。俄頃風定雲墨色，秋天漠漠向昏黑。布衾多年冷似（一作象）鐵，驕兒惡臥踏裏裂。床床屋漏無乾處，雨腳如麻未斷絕。自經喪亂少睡眠，長夜霑溼何由徹。安得廣廈千萬間，大

「待與重尋痛飲師」一句點化杜甫〈醉時歌〉[27]：「得錢即相覓，沽酒不復疑。忘形到爾汝，痛飲真吾師」取杜甫此詩：「儒術於我何有哉，孔邱（丘）盜跖俱塵埃」表達儒士苦守忠義的艱辛處境。

「東山杲杲日出遲」點化杜甫〈醉歌行〉：「風吹客衣日杲杲，樹攪離思花冥冥。」取杜甫此詩：「酒盡沙頭雙玉瓶，眾賓皆醉我獨醒」[28]眾人皆醉我獨醒的艱苦義。

全詩學習宋代江西詩派，點化杜甫詩句，增加作品的學問與深度。足見其尊崇杜甫的特色。

在〈暴雨〉一詩中也承繼杜甫多首詩歌的關懷民生意義，序言：「秋夜暴雨，上漏下濕，終夕不寐。因得鄙句奉呈」。

對於終日暴雨，關懷民生，終夜難眠，憂心而詠：

疾雷破山雲暗天，雨腳不斷如麻懸。淋浪一室無乾處，何異露

---

庇天下寒士俱歡顏，風雨不動安如山。嗚呼！何時眼前突兀見此屋，吾廬獨破受凍死亦足。」（同註 25，頁 364）。

27 杜甫〈醉時歌〉（贈廣文館博士鄭虔）：「諸公袞袞登臺省，廣文先生官獨冷。甲第紛紛厭粱肉，廣文先生飯不足。先生有道出義皇，先生有才過屈宋。德尊一代常坎軻，名垂萬古知何用。杜陵野客人更嗤，被褐短窄鬢如絲。日糴太倉五升米，時赴鄭老同襟期。得錢即相覓，沽酒不復疑。忘形到爾汝，痛飲真吾師。清夜沈沈動春酌，燈前細雨簷花落。但覺高歌有鬼神，焉知餓死填溝壑。相如逸才親滌器，子雲識字終投閣。先生早賦歸去來，石田茅屋荒蒼苔。儒術於我何有哉，孔邱盜跖俱塵埃。不須聞此意慘愴，生前相遇且銜杯。」（同註 25，頁 60）。

28 杜甫〈醉歌行〉（別從姪勤落第歸）：「陸機二十作文賦，汝更小年能綴文。總角草書又神速，世上兒子徒紛紛。驊騮作駒已汗血，鷙鳥舉翮連青雲。詞源倒流三峽水，筆陣獨掃千人軍。只今年纔十六七，射策君門期第一。舊穿楊葉真自知，暫蹶霜蹄未為失。偶然擢秀非難取，會是排風有毛質。汝身已見唾成珠，汝伯何由髮如漆。春光潭沱秦東亭，渚蒲牙白水荇青。風吹客衣日杲杲，樹攪離思花冥冥。酒盡沙頭雙玉瓶，眾賓皆醉我獨醒。乃知貧賤別更苦，吞聲躑躅涕淚零。」（同註 25，頁 61）。

坐乘漏船。鼠牙便是潰隄蟻，牆有百道飛來泉。狂客豈因狂藥使，眼花如落井底眠。採石江頭弄明月，一夕去作騎鯨仙。我雖忘我亦可憐，但恐不免蛟龍涎。苦無根源笑潢潦，可能朝宗東注覓海道。君不見來陽禹力所不到，至今難尋杜陵老。（頁187）

　　詩句中「疾雷破山雲暗天，雨腳不斷如麻懸。淋浪一室無乾處，何異露坐乘漏船」點化杜甫〈茅屋為秋風所破歌〉：「床床屋漏無乾處，雨腳如麻未斷絕。自經喪亂少睡眠，長夜霑溼何由徹。」詩句，表現出與杜甫此詩：「安得廣廈千萬間，大庇天下寒士俱歡顏，風雨不動安如山。」的關懷社會精神。

　　「狂客豈因狂藥使，眼花如落井底眠」引用杜甫〈飲中八仙歌〉[29]中形容「四明狂客」賀知章醉酒之句。

　　「採石江頭弄明月，一夕去作騎鯨仙。」引用杜甫〈送孔巢父謝病歸遊江東兼呈李白〉：「仙人玉女回雲車，指點虛無引歸路。」、「若逢李白騎鯨魚，道甫問信今何如」[30]中之形容李白歸隱之句。借以形

---

29 杜甫〈飲中八仙歌〉：「知章騎馬似乘船，眼花落井水底眠。汝陽三斗始朝天，道逢麴車口流涎，恨不移封向酒泉。左相日興費萬錢，飲如長鯨吸百川，銜杯樂聖稱避賢。宗之瀟灑美少年，舉觴白眼望青天，皎如玉樹臨風前。蘇晉長齋繡佛前，醉中往往愛逃禪。李白一斗詩百篇，長安市上酒家眠。天子呼來不上船，自稱臣是酒中仙。張旭三杯草聖傳，脫帽露頂王公前，揮毫落紙如雲煙。焦遂五斗方卓然，高談雄辨驚四筵。」（同註25，頁16）。

30 杜甫〈送孔巢父謝病歸遊江東，兼呈李白〉：「巢父掉頭不肯住，東將入海隨煙霧。詩卷長留天地間，釣竿欲拂珊瑚樹。深山大澤龍蛇遠，春寒野陰風景暮。蓬萊織（一作仙人玉女）回雲車，指點虛無引歸路。自是君身有仙骨，世人那得知其故？惜君只欲苦死留，富貴何如草頭露。蔡侯靜者意有餘，清夜置酒臨前除。罷琴惆悵月照席，幾歲寄我空中書。南尋禹穴見李白，道甫問信今何如？」（同註25，頁32）。

容自己雖欲不問世事，卻難掩憂心之情。

末句所云：「君不見來陽禹力所不到，至今難尋杜陵老」，為全詩主旨，所言即官方未見有大禹的賢君可以主導治水，連杜甫一般關懷民生記載史實的詩人，亦未得見。可以推知李俊民寫作此詩是希望承繼杜甫詩史關懷民生的精神。

更由〈驢為人盜去二首〉活化杜甫詩句，可見其熟讀杜甫詩作：

> 磨嫌居士謀生拙，碑恨詩人下道看。好在隔花臨水處，為誰信轡逐金鞍。長街愁殺鄭昌圖，便是徒行魯大夫。縱復東家借還許，不知泥滑敢騎無。（頁264）

全詩引用杜甫〈偪仄行贈畢曜〉[31]：「東家蹇驢許我借，泥滑不敢騎朝天。」之哀嘆貧苦意義，自注汲取杜詩。感慨文人窮困，無馬可騎，騎驢已令人如「鄭昌圖」[32]感到困窘，何況連僅有的驢也被盜走。李俊民尚且如此，何況平民百姓，表達出時人經濟的困窘。

在〈和君瑞月下聞砧〉詩中指戰亂不停歇的哀苦：

---

31 杜甫〈偪側行贈畢曜〉：「偪側何偪側，我居巷南子巷北。可恨鄰里間，十日不一見顏色。自從官馬送還官，行路難行澀如棘。我貧無乘非無足，昔者相過今不得。實不是愛微軀，又非關足無力。徒步翻愁官長怒，此心炯炯君應識。曉來急雨春風顛，睡美不聞鐘鼓傳。東家蹇驢許借我，泥滑不敢騎朝天。已令請急會通籍，男兒信命絕可憐。焉能終日心拳拳，憶君誦詩神凜然。辛夷始花亦已落，況我與子非壯年。街頭酒價常苦貴，方外酒徒稀醉眠。徑須相就飲一斗，恰有三百青銅錢。（建中三年，置肆釀酒，斛收直三千。）」（同註25，頁190）此詩以酒價反映主題為物價飛漲的困苦。

32 無名氏〈嘲舉子騎驢〉（咸通中，以進士車服僭差，不許乘馬，時場中不減千人。雖勢可熱手，亦皆騎驢。或嘲之云云。）：「今年敕下盡騎驢，短軸長鞦（一作紫軸緋氈）滿九衢。清瘦兒郎猶自可，就中愁殺鄭昌圖（昌圖魁偉甚。故有此句）。」（同註10，頁872）形容其窘迫。

夜涼枕上夢頻驚，有底秋天不肯明。老眼近來閑淚少，那禁月
下擣衣聲。（頁 266）

首二句寫對於時局的驚恐與哀慟。後二句寫承繼杜甫〈擣衣〉
詩，關心百姓征戰勞役之苦的精神，論說閨中婦女「擣衣」[33]以供征
戰的苦楚與哀怨，對於當時征戰的頻繁，深感惶恐。

在集句詩之中更直接引用杜甫詩句，描寫感受。如〈花期不
赴〉：

雲泥豈合得相親，（戎昱）還把閑吟慰病身。（丁謂）
一種是春長富貴，（杜子美）有愁人有不愁人。（來鵬）（頁 312）

表達同樣的春天，因為國家危亡，而難以與眾人同歡，雖然「一
種是春長富貴」[34]當為李俊民誤為杜甫之作，但是仍舊可以代表其學
習杜甫的用意。又如〈醉眠〉：

糝徑楊花鋪白氈，（杜子美）日西鋪在古苔邊。（王建）
滿山明月東風夜，（韓偓）留與遊人一醉眠。（鄭穀）（頁 312）

---

33 杜甫〈擣衣〉：「亦知戍不返，秋至拭清砧。已近苦寒月，況經長別心。寧辭擣衣
倦，一寄塞垣深。用盡閨中力，君聽空外音。」（同註 25，頁 256）。

34 據《全唐詩》所載「一種是春長富貴」一句出自李山甫〈曲江二首〉：「南山低對
紫雲樓，翠影紅陰瑞氣浮。一種是春長富貴，大都為水也風流。爭攀柳帶千千
手，閒插花枝萬萬頭。獨向江邊最惆悵，滿衣塵土避王侯。」、「江色沈天萬草
齊，暖煙晴靄自相迷。蜂憐杏蕊細香落，鶯墜柳條濃翠低。千隊國娥輕似雪，一
群公子醉如泥。斜陽怪得長安動，陌上分飛萬馬蹄。」（同註 10，頁 7368）李俊
民或以詩名〈曲江二首〉，誤為杜甫同名之作。

描寫在春天景象背後，自己因為國家危亡無心欣賞[35]。

# 肆　學習韓愈

除了承自於《詩經》與杜甫詩的傳統詩學觀念，與詩言志的意義之外，李俊民詩歌承自於韓愈詩的特色，正是了解李俊民詩風的先賢所共同認知的。

門人史秉直在《莊靖集》[36]中進一步說明李俊民詩歌特色：

> 史稱唐文三變。至韓昌黎而後，而稍稍可述，誠確論也。
> 以其當世文世，類皆流於一偏，如白樂天之平易，李長吉之放逸，孟東野之酸寒，賈浪仙之窮苦。是豈不欲去其偏而就其全乎？蓋以平日所賦之性，所養之氣，所守之學，迂疎局促，執之而不能變之耳。
> 唯韓昌黎則不然，中正之學，發為文章，粹然一出於正。其於觴詠之間，給談笑，助諧謔，敘人情，狀物態，鉤玄提要，據古論今，左右逢源，意各有寓。為時人之宗師，豈一偏之所能囿哉！
> 我鶴鳴先生，今之昌黎公也。其出處事業自有年譜，德行才學自有公論，雄文傑句板行于世，名儒鉅公又從而備序之，尚何待僕之諜諜也！然，承先生之教，游先生之門，誦其詩、閱其文者，三十餘年矣。睹茲偉事，安敢默然？姑道其萬一，亦涓塵禆益之意也。故喜而書之。

---

35 杜甫〈絕句漫興九首〉之八：「糝徑楊花鋪白氈，點溪荷葉疊青錢。筍根稚子無人見，沙上鳧雛傍母眠。」（同註 25，頁 357）。

36 同註 1，原序・葉四上。

　　癸卯年四月望日，門人史秉直謹序

　　這一段論述中，可見史秉直言明：「我鶴鳴先生，今之昌黎公也。」史秉直承李俊民之學已三十年，在「癸卯年四月望日」寫序言時也以韓愈之詩文比李俊民詩文。並說明李俊民詩歌兼具白居易關心民生及詩語之平易，李賀超然於俗的放逸，孟郊憂患國家的寒氣，賈誼不得志的窮苦。

　　所稱李俊民詩文具備韓愈之學，特色在於：「中正之學，發為文章，粹然一出於正。」文章表現出古文八大家所承「文以載道」的中正之學。「其於觴詠之間，給談笑，助諧謔，敘人情，狀物態，鉤玄提要，據古論今，左右逢源，意各有寓。」即具備韓愈之學詩歌主題內容寬廣、各類主題皆可入詩，並以古論今；深具寓意。

　　劉瀛在〈莊靖集序〉中就也說到李俊民所承自於韓愈詩歌之處：「雄篇鉅章，奔騰放逸，昌黎公之亞也。」[37]，「雄篇鉅章，奔騰放逸」即承自於韓愈之處，包含以長篇序言以長篇序事之處。

　　在〈《後山詩話》：昔之黠者滑稽以玩世。蒯通初善齊人安期生，安期生嘗干項羽，羽不能用其策，而項羽欲封此兩人，兩人卒不肯受〉一詩中，也提及：

　　　君不見醉吟居士不歸海上山，又不見昌黎先生屈曲自世間。況非出塵風骨羽化難，夜叉白日守天關。黃庭正恐坐誤讀，鐵鎖縱垂那可攀。我笑學仙王屋著道冠，只待河南李侯脫去然後還。（頁189）

---

37 同註1，原序・葉三下。

　　「昌黎先生屈曲自世間」即說明李俊民認為韓愈是積極入世的代表人物。

　　以文為詩是韓愈詩影響宋詩最大之處，金代李俊民在〈趙二首〉中也學習韓詩以古論今：

> 欲憑從約抗強秦，完璧那能係重輕。兩虎共圖全國計，豈無一術救長平。（頁257）
>
> 紛紛列國事縱橫，誰似邯鄲得地形。會罷澠池方氣勝，不思嫁禍有馮亭。（頁257）

　　全詩論述趙國史事，評論「完璧歸趙」藺相如可以用智使和氏璧從強秦歸趙。但是平原君卻不知「馮亭嫁禍」[38]馮亭獻上黨，嫁禍於趙的計謀，使趙國被秦國大敗。二件趙國興與衰的典故。

　　李俊民學習韓愈以文為詩的特色，也表現在宋代詩詞所承繼於韓愈的「序文運用」之處。

　　如韓愈記載唐憲宗即位。元和元年正月，以高崇文為左神策行營節度使討闢。九月，克成都，十月，闢伏誅。二年正月己丑，朝獻於大清宮。庚寅，朝享於太廟。辛卯，祀昊天上帝於郊丘，大赦天下的史實。所作有〈元和聖德詩並序〉[39]一詩，即寫作長篇序言，言及：

> 臣愈頓首再拜言，臣伏見皇帝陛下即位已來，誅流姦臣，朝廷

---

38 「馮亭」指戰國時期，秦國白起佔領了韓國，把韓國的上黨分隔了，上黨太守馮
　亭遣使將上黨獻給趙國。趙王問平陽君以為如何，平陽君說接受沒有緣由的利益
　不吉利，此是韓國李代桃僵之計，讓秦國遷怒趙，還是不要接受上黨的好。趙王
　又去問平原君，平原君主張接收上黨。平原君封馮亭為華陽君。兩年後，上黨失
　守。秦戰趙與長平，坑趙降卒四十」。

39 同註10，頁3760。

清明，無有欺蔽，外斬楊惠琳、劉闢，以收夏蜀，東定青齊積年之叛，海內怖駭，不敢違越，郊天告廟，神靈歡喜，風雨晦明，無不從順，太平之期，適當今日。臣蒙被恩澤，日與群臣序立紫宸殿陛下，親望穆穆之光，而其職業，又在以經籍教導國子，誠宜率先作歌詩以稱道盛德，不可以辭語淺薄不足以自效為解，輒依古作四言元和聖德詩一篇。凡千有二十四字，指事實錄，具載明天子文武神聖，以警動百姓耳目，傳示無極，其詩曰……。

明確言及寫作目的即是使詩歌記史的功用，更確實的為讀者所了解。

李俊民承繼韓愈，表現在〈雨雹〉一詩中，即序言說明創作因素：

庚子年四月二十八日壬戌，大雨雹。五月七日、八日又雹。按《左傳》昭公四年魯大夫申豐曰：聖人在上，無雹。雖有，不為災。以古者藏冰為禦雹之道，祭寒而藏之，獻羔而啟之。今棄而不用，雹之為災，誰能禦之？由是言之，禦災其在人乎？感而賦詩，傷今之不如古也。（頁 184）

「庚年」為元太宗十二年，李俊民 65 歲時，學習韓愈以詳細的序言說明詩歌創作的功用，記載當時百姓的災難。期望君王以古為鑑。

在〈遺善堂〉[40]一詩中，雖是為私人建築遺善堂作詩，序言也特

---

40 〈遺善堂〉詩：「君不見遺子韋侯只一經，相門出相那在金滿籯。又不見燕山教子

別說明詩歌創作的主旨：

> 雪嚴老人欲其子孫之善，何如是諄諄也哉！有子仲賢，以其遺
> 命書之於堂，訂曰：「遺善」，遵而行之，朝夕於是。其命之使
> 行者，不敢不行其所行者，皆善事也。命之使不行者，不敢行
> 其所不行者，皆不善事也。非惟不失士君子之行，其孝子之
> 心，何時而已耶。噫！處世兵革之間，不忘於善，亦所未聞。
> 故喜而為之詩。（頁 188）

學習韓愈以長篇序言形式，說明此詩主旨在於期望時人，雖「處
世兵革之間」不要忘了積善傳家的重要。

在〈贈出家張翔卿〉[41]詩中也學習韓愈，以長篇詩序形式，寫作
傳記：

序云：

> 翔卿河內人也。篢堂毀其簮冠，使復儒業。昔唐李素拜河南少
> 尹，呂氏子炅紊其妻，著道士衣冠，謝母曰：當學仙王屋山。
> 去數月復出，間詣公。公立之府門外，使吏卒脫道士冠，給冠

---

以義方，靈椿老去五枝丹桂芳。破散錢堆一百屋，紫微不願有子如窟郎，陷為天
下輕薄子。伏波不願有子學季良，身前身後事范范。我恤我躬猶未遑，長把賢愚
掛懷抱。請看積善之家遺善堂。」（同註7，頁189）。

41 〈贈出家張翔卿〉詩云：「大袖斜襟粗布袍，髽丫撐似彌明高。滑稽自謂世可玩，
清淨不守形徒勞。百年光景已強半，容易便把青春拋。欲向蓬壺尋福地，奈何龍
伯釣後負山無海鼇。欲駕天風朝帝闕，奈何巫陽去後九虎守關牢。養生未獲一漑
力，那忍遽絕平生交。但今造物哀正直，豈肯屈曲從仙巢。留侯學道欲輕舉，尚
且強食扶金刀。安期當年本策士，意氣直謁扛鼎豪。平地作仙亦不惡，或恐上界
官府名難逃。」（同註7，頁189）。

帶，送付其母。事類翔卿，故書。

也是以長篇序言形式表達，說明張翔卿進出於儒道之間的際遇，在詩作之前特別加入說明。學習韓愈以文為詩特色，使詩歌具備散文以文傳道的功用。

在〈贈陳仲和〉詩中，更是序言比詩歌原文長。

序文：

> 吾友仲和故遼降虎太師之後，以廕補官，累階三品。喪亂之際，相會於山陽，年六十有二。神閑而意適，手持數珠，日誦佛書不輟，真髮僧也。因誦「飽諳世事慵開口，會盡人情只點頭」之句，以此意索詩，因書以示之。

詩云：

> 百年浮世落花風，漆水榮華一夢空。拈起數珠都忘卻，大千沙界入圓融。（頁261）

以長篇序文加強幫好友陳仲和留下生平記錄的用意。可以看出喪亂之際金代文人在無可奈何之時，只能日誦佛書消極處世的歷史情懷。

在〈段侯行春顯聖觀喜雨〉[42]一詩更以長篇序文記載當時民生問題：

序云：

---

42 「癸卯年」為元太宗后二年（西元1243）年，李俊民68歲所作。

癸卯季春，小旱。清明後七日，段侯正卿行縣回，會名流勝士
五十餘人於仙翁山下之顯聖觀，須臾雨作，自未至亥而止，大
滿人望，酌酒相賀，莫不盡醉。適之與張種德有詩，因和韻以
紀其勝。元帥申甫段玉使姚昇書於壁。

詩云：

行春冠蓋暫躊躇，誰信東山面目疏。興盡奚勞風送客，氣和不
覺雨隨車。移民雖恨梁加少，腐粟猶誇漢有餘。獨嘆吾儒有何
貴，自今牛角莫橫書。（傷儒人種田事。）（頁220）

長篇的序言說明主旨在於「傷儒人種田事」，以文為詩，表達戰
亂之後，亡國遺臣的深沉悲痛。詩歌學習散文，以詩載道記錄史事的
精神亦是承繼於韓愈詩文精神之處。

在〈寄趙楠〉詩序中記一代學者之悲。

序云：

余閱承安庚申《登科記》，三十三人，革命后獨與高平趙楠庭
幹二人在。一日邂逅於鄉邑，哽咽道舊。壬寅五月[43]，庭幹復
挈家之燕京。感慨忍淚，書五十六字寄之。

詩云：

試將小錄問同年，風采依稀墜目前，三十一人今鬼錄，與君雖

---

43 「壬寅」為元太宗后元年，李俊民67歲時。

在各華顛。君還攜幼去幽燕，我向荒山學種田。千里暮鴻行斷
處，碧雲容易作愁天。（頁 313）

學習韓愈，以長篇序言表達，寫作此詩，是因為有感於同年登科
者，在風雨飄零之中，未能等到太平盛世。哀悼已身亡的友人。

在〈和新秋〉一詩之中：

簾捲兩山雨乍停，自知時節候蟲聲。新涼邂逅如佳客，殘暑留
連似宿酲。可見韓檠燈下志，且憐班扇篋中情。若為解得吾民
慍，更鼓南風一再行。（頁 204）

引用韓愈〈短燈檠歌〉[44]儒生提燈夜讀，急思報效國家，有志不
得申張的苦痛；並舉班婕妤於漢宮中作〈團扇詩〉：「常恐秋節至，涼
飆奪炎熱。棄捐篋笥中，恩情中道絕。」；哀悼自己與忠貞之士如團
扇至秋天即招受遺棄；希望如《禮記‧樂記》所載：「昔者，舜作五
弦之琴以歌南風，夔始制樂以賞諸侯。故天子之為樂也，以賞諸侯之
有德者也。」（卷 19），般有英明的國君，能任用賢臣，解百姓之
苦。

李俊民在〈止姚亞之刲羊〉學習《詩經》以「碩鼠」比喻官員為
禍的比興方法表現出重視百姓生計的困苦。〈紙扇〉一詩更以《詩
經》中所錄之〈碩人〉詩，形容忠臣「繪事後素」的高潔。

---

44 韓愈〈短燈檠歌〉：「長檠八尺空自長，短檠二尺便且光。黃簾綠幕朱戶閉，風露
氣入秋堂涼。裁衣寄遠淚眼暗，搔頭頻挑移近床。太學儒生東魯客，二十辭家來
射策。夜書細字綴語言，兩目眵昏頭雪白。此時提攜當案前，看書到曉那能眠。
一朝富貴還自恣，長檠高張照珠翠。吁嗟世事無不然，牆角君看短檠棄。」（同註
10，頁 3821）。

在〈椶扇〉詩中承繼〈青蠅〉詩以「青蠅」比為小人讒言誤國之危害。在〈學中史正之會客〉中學習〈泮水〉以緬懷金朝當日的強盛,以「南金」借比金朝所處局勢,表示對於賢能之士挺身報效國家的感激。

可以了解李俊民對於《詩經》的承繼,不僅是形式上四言的形式,還包含承繼了「六義」的宗旨。

李俊民詩歌以七言的形式,表現出忠貞的節操,可以推源至於《楚辭》忠義倫理,更習自於《楚辭》的充滿地方色彩與神話思想。

承繼〈離騷〉精神之處在於國家危亡的感慨,唯有此文可以表達心中的哀傷。承自〈滄浪曲〉之處,在於感歎在舉世皆濁的時代,多少人如漁父般嘲笑自己的堅貞。

除了七言形式之外,更學習《楚辭》「天問」篇的寫作手法問起天意。襲取陶淵明〈形影神〉、李白〈月下酌〉、蘇軾〈水調歌頭〉藉由「月」、「影」、「我」三人的論述,寓指「國君」、「自我期許」、「本我心靈」三者之間的矛盾情感。

李俊民詩歌承自於杜甫精神之處,在於其以詩為史的歷史使命,要將時代百姓所受所感在正史之外,藉由詩歌留傳。在形式之上更直接學習江西詩派點化古人詩句的方式,點化杜甫詩句,表達相同以詩為史的詩歌功用。

李俊民詩歌承繼於韓愈詩歌精神之處在於「中正之學」,即是:「發為文章,粹然一出於正。」,即「文以載道」的中正之學。承於韓愈詩歌形式之處,在於「雄篇鉅章,奔騰放逸」,以長篇序言及長篇序事方式,明確表達與記載「儒道」與民生問題。

# 第五節　李俊民詩學對宋文化的承繼

　　本文以「李俊民詩學對宋文化的承繼」為探討目標，筆者借由了解金末遺臣李俊民對於宋文化的學習與繼承，有助於引導今日學者對於宋代詩學與文化的學習方向與方法；了解閱讀古籍時，如何活化成為新的作品。

　　金末遺臣李俊民為《宋元學案》重要作家之一，在「明道學案表」[1]上，說明李俊民為傳承「程顥」之學的重要學者。

　　〈明道續傳〉中更以李俊民為代表人物。〈明道續傳〉[2]中說明：

> 莊靖李鶴鳴先生俊民。李俊民，字用章，澤州人。少得河南程氏之學。金承安中，以經義舉進士第一，授應奉翰林文字。未幾，棄官歸，教授鄉里。其於理學淵源，冥搜隱索，務有根據。金源南遷後，隱嵩山，再徙懷州，俄而隱西山。既而變起倉卒，人服其先知。先生在河南時，隱士荊先生者授以《皇極》數學，時知數者無出劉秉忠右，亦自以為弗及。世祖在藩邸，以安車召至，延訪無虛日。遽乞還山，遣中貴護送之。又嘗令張仲一問以禎祥，及即位，其言始驗。而先生已卒，年八十餘，賜諡莊靖先生。

　　可以了解李俊民是宋代理學家重要的傳承學者，影響所及到元世祖忽必烈親自召見，恭敬的請教李俊民世局的變化，可以推知李俊民

---

1　〔明〕黃宗羲著，楊家駱編：《宋元學案》（臺北：世界書局，1982 年 5 月），頁313。

2　同註 1，頁 338。

所承繼於宋代理學家的學問與文化，也藉由與元世祖的討論，影響元代文化與文學的方向。

郝經所記《陵川集‧兩先生祠堂記》中也稱：

> 泰和中，鶴鳴先生得先生之傳，又得邵氏皇極之學，廷試冠多士。退而不仕，教授鄉曲，故先生（程顥）之學復盛。[3]。

李俊民在金朝將北宋程顥的理學推廣影響遠大，足見李俊民受宋文化影響至深，並對於宋文化的推廣有顯著功。

李俊民詩歌除了承繼《詩經》以來「詩言志」，上以風化下，下以風刺上的優良傳統，學習杜甫以詩記史、韓愈以文為詩的文以載道社會意義之外。在形式上更繼承宋代江西詩派奪胎換古法與尊杜甫詩特色，點化古人詩句。

劉瀛在〈莊靖集序〉[4]中就也說到：

## 一 李俊民所承自於經史及宋詩之處

序言：

> 先生世家濩澤，唐韓王元嘉之裔。生而聰敏，幼而能文，弱冠而魁天下。蓋以學問精勤，耽玩經史，諸子百家，無不研究。故其文章典贍，華實相副，字字有源流，句句有根柢。格律清新似坡仙，句法奇傑似山谷。集句圓熟，脈絡貫穿，半山老人之體也；雄篇鉅章，奔騰放逸，昌黎公之亞也。小詩高古涵

---

3  王慶生著：《金代文學家年譜》（南京：鳳凰出版社，2005 年 3 月），頁 1400。

4  〔金〕李俊民《莊靖集》（臺北：臺灣商務印書館，1983 年，《景印文淵閣四庫全書》），第 1190 冊，序‧葉三上。

蓄，尤有理致而極工巧，非得天地之秀，其孰能與於此？

文中認為李俊民秉承中原世家唐皇朝之家學，深研「經史，諸子百家」，所以詩文深具典故「字字有源流，句句有根柢」，這樣的特色正與江西詩派承自於經史典故之處相同。承自於蘇軾之處在於形式上的「格律」與詩風的清新；承自於黃庭堅在於「句法奇傑」，而「集句圓熟，脈絡貫穿」則承自於王安石。「雄篇鉅章，奔騰放逸」則承自於韓愈。

## 二　李俊民所留存作品多為晚年之作

先生平昔著述多矣！變亂以來，蕩析殆盡，此特晚年遊戲之緒餘耳。每一篇出，士大夫爭傳寫之，第以不見全集為恨。錦堂主人崇儒重道，待先生以忠厚，迺與諸同道購求散落篇什，募工鋟木，用廣其傳，使國人有所矜式。門下劉公濟之、君祥、仲寬、姚子昂左右其事，未百日而工畢。瀛久蒙先生教載，仍嘉錦堂之好事，不揆荒蕪，姑道其梗概云爾。余月初吉劉瀛序。

由於所留存為「錦堂主人」段直邀約眾人編輯而成，多為晚年之作，目的是希望元代學者以其為「矜式」，了解為學努力的方向，所學習的部份是《莊靖集》[5]中作品內容具備深厚國學根基，也是宋代理學的重要目標。

此段序文中更明言李俊民詩歌學習宋人之處，主要在於「格律清新似坡仙，句法奇傑似山谷。集句圓熟，脈絡貫穿，半山老人之體

---

5　元太宗后二年，六十八歲，段直於錦堂發起編刊《莊靖集》。

也」蘇軾、黃庭堅與王安石上。學習三人之作以學習王安石的集句詩最多。

## 壹　承自王安石「集句圓熟，脈絡貫穿」

據劉瀛在〈莊靖集序〉所言李俊民詩作：「集句圓熟，脈絡貫穿」的〈集句詩〉承自於王安石。

劉瀛認為集句詩承自於王安石，當是據沈括的《夢溪筆談》[6]所說：

> 古人詩有「風定花猶落」之句，以謂無人能對。王荊公以對「鳥鳴山更幽」。「鳥鳴山更幽」本宋王籍詩，原對「蟬噪林逾靜，鳥鳴山更幽」，上下句只是一意；「風定花猶落，鳥鳴山更幽」則上句乃靜中有動，下句動中有靜。荊公始為集句詩，多者至百韻，皆集合前人之句，語意對偶，往往親切過於本詩。後人稍稍有效而為者。

集句詩之作並非創始於王安石，但是王安石晚年大量創作集句詩，集結前人詩句，付與前人作品全新的意義與詩境，成為日後詩人模仿學習的標的。顯然李俊民學習王安石也是學習中原文化及受宋文化薰陶，表現在大量集句詩中。

李俊民集句詩創作背景為李俊民南逃至宋朝任官時所作。作於宋理宗紹定五年、金哀宗天興元年（西元 1232 年），五十七歲在襄陽與宋襄陽太守史嵩之往來之時。

---

6　〔宋〕沈括著，侯真平校點：《夢溪筆談》（湖南：岳麓書社，1998 年），頁 123。

　　據《金代文學家年譜》[7]所考正大八年，元軍冬日從宋光化軍入
唐郡，金人紛紛避兵南宋。李俊民當於此時南逃入宋。李俊民此期有
為襄陽太守史嵩之「代作」[8]的詩作，此期李俊民或為史嵩之的幕僚。

　　李俊民大量的〈七言絕句集古〉一百二十首，作於在宋朝管轄的
襄陽，所以更可以明確了解其受宋人王安石影響。

　　李俊民〈七言絕句集古〉詩中所表達的特色，可歸納為：

## 一　李俊民廣泛閱讀歷代詩歌

　　〈南遊〉一詩運用集句詩寫離別之苦：

> 一片歸心白羽輕，（高蟾）一場春夢不分明。（張泌）
> 東風二月淮陰郡，（劉商）總是關山離別情。（王昌齡）[9]（頁
> 291）

　　藉由集句詩可以了解，李俊民廣泛閱讀詩歌，因為四句詩中除知
名作家王昌齡之外，「高蟾」[10]、「張泌」[11]、「劉商」[12]並非知名作

---

7　同註3，頁1405。宋理宗紹定四年、金哀宗正大八年，五十六歲入襄陽。

8　據〈史嵩之傳〉，〔元〕脫脫著：《宋史》（北京：中華書局，19974年10月），頁
　　1423 史嵩之於宋理宗紹定五年至六年，知襄陽府。宋紹定五年即金哀宗天興元
　　年，所以此期李俊民與史嵩之當在襄陽。史嵩之參與攻打金哀宗的戰役 李俊民南
　　逃與史嵩之交遊，史嵩之卻參與了滅金的蔡州之役，「破蔡滅金」，所以可以了解
　　李俊民為何在蔡州被破之後，選擇北歸，亡國遺臣對於國家的哀悼，只能以此表
　　達。

9　本文李俊民詩歌引用薛瑞兆、郭明志編纂：《全金詩》（天津：南開大學出版社，
　　1995年11月）版本，文中只引用頁碼未註明出處皆出於《全金詩》。

10　作者小傳：「高蟾，河朔人，乾符三年，登進士第。乾寧間，為御史中丞，詩一
　　卷。」〔清〕曹寅編：《全唐詩》（北京：中華書局出版，1996年）。

11　作者小傳：「張泌，字子澄，淮南人，仕南唐為句容縣尉，累官至內史舍人，詩一
　　卷。」（同註10）。

家。

在〈自遣〉一詩中運用集句詩寫自我安慰：

南路蹉跎客未回，（樊晃）山桃野杏兩三裁。（雍陶）
逢春漸覺飄蓬苦，（才調集）更向花前把一杯。（嚴惲）（頁291）

所引用四人詩句，以今日關之亦非知名大家之作。《才調集》[13]是五代後蜀韋縠所編唐代詩選，共十卷，每卷一百首，共一千首。所選署名詩人180多人，自初唐沈佺期至唐末五代的羅隱等，廣涉僧人婦女及無名氏。

李俊民汲取《才調集》之因，應當在於其「廣涉僧人婦女及無名氏」之處，內容廣泛。

在〈雨後出郊〉以集句詩寫出客遊的「心傷」：

柳塘煙起日西斜，（鮑溶）[14]馬踏春泥半是花。（竇鞏）[15]
何處最傷遊客思，（武元衡）[16]綠陰相間兩三家。（司空圖）（頁

---

12 作者小傳：「劉商，字子夏，彭城人，少好學，工文，善畫，登大曆進士第，官至檢校禮部郎中，汴州觀察判官，集十卷。今編詩二卷。」（同註10）。

13 〔蜀〕韋縠：《才調集》（上海市：上海古籍出版社，1993）。

14 作者小傳：「鮑溶，字德源，元和進士第，與韓愈、李正封、孟郊友善。集五卷，今編詩三卷。」（同註10）。

15 作者小傳：「竇鞏，字友封，登元和進士，累辟幕府，入拜侍御史，轉司勳員外、刑部郎中，元稹觀淛東，奏為副使，又從鎮武昌，歸京師卒。鞏雅裕，有名於時，平居與人言，若不出口，世稱囁嚅翁。白居易編次往還詩尤長者，號元白往還集，鞏亦與焉。詩三十九首。」（同註10）。

16 作者小傳：「武元衡，字伯蒼，河南緱氏人。建中四年，登進士第，累辟使府，至監察御史，後改華原縣令。德宗知其才，召授比部員外郎，歲內，三遷至右司郎中，尋擢御史中丞。順宗立，罷為右庶子。憲宗即位，復前官，進戶部侍郎。元和二年，拜門下侍郎平章事，尋出為劍南節度使，八年，徵還秉政，早朝為盜所

291）

　　所引用四人詩句，只有「司空圖」為知名詩論家，其餘都不是今人所熟知的詩人，所以閱讀李俊民的集句詩作，可以更拓寬今人的視野。

　　在〈王公樓上會飲〉以集句詩寫出對故國的緬懷：

　　　　詩酒能消一半春，（趙嘏）紫微才調復知兵。（崔道融）
　　　　黃河九曲今歸漢，（薛逢）獨上高樓故國情。（羊士諤）（頁 304）

　　所引用四人皆為《全唐詩》中所收錄作家，皆非知名作家之作。由此可以推知李俊民對於詩歌的涉獵是極為廣泛的。

　　再由〈夜飲〉詩中所引，可見其取材不僅唐詩，擴及宋詩：

　　　　虛樞吟窗更待誰，（王禹偁）酒無多少醉為期。（東坡）
　　　　明朝騎馬搖鞭去，（揚憑）[17]會有求閒不得時。（王建）（頁 312）

　　其中包含宋人王禹偁、蘇軾等人的詩句，亦為李俊民所採集。「明朝騎馬搖鞭去」一句在《全唐詩》中是「揚凝」的作品，與李俊民所載不同。

---

害，贈司徒，諡忠愍。臨淮集十卷，今編詩二卷。」（同註 10）。
17 楊凝〈送客入蜀〉：「劍閣迢迢夢想間，行人歸路遶梁山。明朝騎馬搖鞭去，秋雨槐花子午關。」（同註 10，頁 3302）。

## 二 以「寒食」象徵紀念忠臣

在屬於忠臣的「寒食」節，有許多以集句詩表達之作，〈寒食〉寫出亡國後置身異朝，有家歸不得的心境：

> 閑身行止屬年華，（薛能）故國春歸未有涯。（司空圖）
> 一樹梨花一溪月，（才調集）不知牆外是誰家。（郎士元）（頁292）

詩中懷念金國故國，感傷牆外已非自己國家。遙祭故國之心，只能在牆內表達。所引用四人詩句，今人也只有熟知「司空圖」為知名詩論家。

在〈寒食席次〉以「日又曛」形容時局昏亂：

> 鞦韆打困解羅裙，（韓偓）把酒相看日又曛。（韋莊）
> 處士不知巫峽夢，（蓮花妓）春來猶見伴行雲。（韋氏子）（頁292）

感傷時局變遷快速，歸鄉之路不可得。引用四人詩句，也以「韋莊」為最知名。

在〈郭外〉一詩也寫「寒食」節心中的「悲」：

> 寒食悲看郭外春，（雲表）數聲鴉噪日將曛。（潘閬）
> 山中舊宅無人住，（戴叔倫）一樹繁花傍古墳。（盧綸）（頁292）

「寒食」祭祀之日，卻因戰亂舊宅與故墳都已人去樓空，無人掃

墓。其中所引「潘閬」為宋太宗時詩人，號「逍遙子」與寇準、錢易、王禹偁、林逋、許洞等交遊唱和，著《逍遙詞》。亦可見其集句詩之引用廣及宋代詩人。

在〈寒食夜雨〉中對於忠臣不得任用，更感到哀淒：

> 風景依稀似去年，（趙渭南）鳥啼花發柳含煙。（顧況）
> 夜深斜搭鞦韆索，（韓偓）獨向檐床看雨眠。（雍陶）（頁307）

年復一年忠臣不得用，所以在夜雨之中，只能看雨，因為不得任用難以成眠。

在〈寒食野外〉中對於國君昏庸，國勢衰微，感到灰心：

> 浮雲飛盡日西頹，（韋檢）莫向花前泣酒杯。（趙嘏）
> 獨上郊原人不見，（成文幹）野風吹起紙錢灰。（吳融）（頁307）

「日西頹」喻指國君昏庸，國勢衰敗。在寒食節悼念忠臣的日子中，更顯得哀淒與傷痛。

## 三　以「春風」借比國君

「春風」承自傳統「上以風化下」，指國君的「風行草偃」，比喻恩惠德澤。

在〈下樓〉詩中轉化宋代蘇軾之句，表達自己不問世事的心境：

> 繡簾珠戶未曾開，（東坡）卻向春風領恨回。（李山甫）
> 行到中庭數花朵，（劉禹錫）遙聞語笑自空來。（李端）（頁294）

　　然而李俊民感傷不為「春風」所用的臣子，只能「領恨回」，首二句點出足不出戶的落寞，但是聽聞門外傳來笑語，了解國人多半已忘卻亡國之恨。

　　在〈送春二首〉詩中轉化江西詩派黃庭堅詩句，表達擔憂國事之情：

> 可憐寥落送春心，（高駢）負郭依山一徑深。（李涉）
> 燕子不歸花著雨，（韓偓）小溪猶憶去年尋。（山谷）
> 二月已破三月來，（杜子美）常嗟物候暗相催。（樊晃）
> 幾時心緒渾無事，（李商隱）終日傳杯不放杯。（山谷）（頁293）

　　正因為國愁未解，所以「終日傳杯不放杯」。

　　在〈遣興〉詩中提及隱居生活的無奈：

> 讀徹閑書弄水回，（趙嘏）綠楊移傍小庭栽。（成文）（頁293）
> 閉門盡日無人到，（韋莊）便有春光四面來。（邵謁）（頁294）

　　因為不能貢獻國家，在朝為官，所以「讀徹閑書」所以「閉門盡日」。「便有春光四面來」，感傷只有在書中才有英明君主任用賢才。

　　在〈春怨〉詩中提及不得重用的艱辛：

> 已恨東風不展眉，（段成式）落花惆悵滿塵衣。（趙渭南）
> 與君試向江邊覓，（東坡）贏得悽涼索漠歸。（吳融）（頁294）

　　因為國君「東風」不展眉，所以士人成「落花」，只能無奈地歸去。

在〈席上〉詩中所言戰爭結束：

> 春風寂寞旆旌回，（武元衡）兩度天涯地角來。（雍陶）
> 重到笙歌分散地，（杜牧）與人頭上拂塵埃。（李山甫）（頁296）

因為君王落敗所以「春風寂寞」，再次回到因戰爭而別離之地，互相慰勉。

〈寄情〉詩轉化「春風」比「王風」；「落花」比流離失所的臣子。

其一：
年光空感疾如流，（吳商誥）同向春風各自愁。（李商隱）
有境牽懷人不會，（齊巳）落花深處指高樓。（權德輿）（頁300）

時間快速流逝，雖然心向朝廷，但是不得任用，只能閒置於野，遙望朝廷中央。

其三：
寂寥滿地落花紅，（京兆女子）獨倚欄杆花露中。（趙嘏）
征客未來音信斷，（張泌）年年回首泣春風。（王條）（頁300）

形容士子閒置於野，年復一年無法獲得朝廷中央消息，不得歸去朝廷，只能回首遙泣。

## 四　以「花」借比士子

集劉禹錫詩句，襲取劉禹錫以「花」借代士子的意義；在〈看

花〉詩中稱：

> 兩岸山花似雪開，（劉禹錫）開時莫放艷陽回。（李商隱）
> 明朝攜酒猶堪賞。（李涉）雨漲春流隔往來。（劉商）（頁292）

看取世代交替，新一代的士子在新時代中俊才輩出；自己已有歸隱之意。在〈感花〉詩中，也說：

> 無人不道看花回，（劉禹錫）猶憶紅螺一兩杯。（陸龜蒙）（頁292）
> 曾是管絃同醉伴，（趙嘏）來時歡笑去時哀。（韋冰）（頁293）

對於仕與隱之間，感慨到「來時歡笑去時哀」富貴如浮雲。在〈小桃〉詩中則點化崔護〈題都城南莊〉詩意：

> 桃花依舊笑春風，（崔護）悵望無人此醉同。（趙嘏）
> 應是夢中飛作蝶，（呂溫）樹頭樹底覓殘紅。（王建）（頁292）

轉化成物是人非，對於故國緬懷的心境，「殘紅」更以落花指被棄用的賢臣。

〈惜花二首〉也集前人詩句，用花借指「士子」，詩云：

> 花樹流鶯日過遲，（武元衡）少年爭惜最紅枝。（崔塗）
> 何人盡得天生態，（薛能）為報東風且莫吹。（李涉）
> 繡軛香韉夜不歸，（崔塗）看花只恐看來遲。（韓偓）
> 今朝幾許風吹落，（楊巨源）多在青苔少在枝。（崔櫓）（頁

293）

「看花只恐看來遲」指朝廷對真正人材的汲取，恐怕太遲。「今朝幾許風吹落，多在青苔少在枝」，則暗喻朝廷所舉用者並非真正有才能之士。

在〈暮春〉一詩中集杜牧等人詩作，轉化為國家危亡感慨：

　　一年春色負歸期，（韓偓）綠葉成陰子滿枝。（杜牧）
　　公子王孫莫來好，（韓琮）如今不似洛陽時。（崔櫓）（頁293）

前二句寫年復一年國家仍舊危亡，歸鄉之日遙不可及，一切都無法再如往日光景。

在〈對花〉一詩中再此轉用劉禹錫的詩意：

　　盡是劉郎去後栽，（劉禹錫）為誰零落為誰開。（嚴惲）
　　風流才子多春思，（戴叔倫）半醉閑吟獨自來。（高駢）（頁306）

寫多少有志賢士，在朝中起伏，希望得國君重用，最終仍是獨自歸隱。

在〈登山陽郡樓〉一詩中寫國亡後，士子的遭遇：

　　將軍一去泣空營，（乾符童謠）槐柳蕭疏繞郡城。（羊士諤）
　　試上高樓望春色，（李涉）落花流水嘆浮生。（溫庭筠）（頁304）

在亡國之後，回望故國，不勝唏噓，「落花」借指流亡各地的士子。

## 五　以「別」表現戰亂心境

在戰亂的時代背景之下，李俊民輾轉流亡於各地，關於「別離」的感受，更是感同身受。

在〈送客之江陵〉詩中，對於別的苦痛，選擇江西詩派黃庭堅的意境：

> 獨上江樓思渺然，（趙渭南）故人去後絕朱絃。（山谷）
> 西南一望和雲水，（竇鞏）入郭登橋出郭船。（羅隱）（頁 295）

所以說「故人去後絕朱絃」，一切聲歌之樂，都因別離而絕。

在〈有別〉詩中對於別離國君，借比對「春風」之別：

> 長對春風拂淚痕，（才調集）殷紅馬上石榴裙。（張諤）
> 無端更唱關山曲，（王表）哀怨教人不忍聞。（蓋嘉運）（頁 298）

因為國亡，所以對「春風」拂淚，所以「唱關山曲」，所以哀怨不忍聞。

此詩所引用作者，也非唐宋大家，可見李俊民詩歌閱讀涉獵之廣。

在〈贈別〉詩中以集句詩方式，表達對於國君的思念：

> 其一：
> 蕭蕭落葉送殘秋，（權德興）樓上黃昏欲望休。（李商隱）
> 滿目暮雲風捲盡，（陸龜蒙）亭亭孤月照行舟。（蓋嘉運）（頁 295）

　　在殘秋時刻，「孤月」暗指國君，在別後對於國君與國事的擔憂仍是存在的。

　　　其二：
　　　洞庭風軟荻花秋，（鄭德璘）客散江亭雨未休。（岑參）
　　　南去北來人自老，（杜牧）此中離恨兩難收。（魏野）（頁295）

　　「南去北來」深切道出戰亂流離之苦，「魏野」為宋代晚唐體作家。

　　　其三：
　　　誰家紅袖倚江樓，（杜牧）白袷行人又遠遊。（陸龜蒙）
　　　今夜不知何處泊，（權德輿）青山萬里一孤舟。（劉長卿）（頁295）

　　「今夜不知何處泊，青山萬里一孤舟」形容國亡後的孤寂。
　　在〈怨別〉詩中以集句詩方式，表達對於國君的思念：

　　　書來未報幾時還，（竇鞏）終日昏昏醉夢間。（李涉）
　　　別易會難長自嘆，（韓偓）不堪重過望夫山。（真氏）（頁298）

　　「書來未報幾時還」道出戰亂音訊難得之苦，「別易會難」正是金末元初亂離現象的特色。
　　〈送客之荊南〉中引蘇軾詩句，表達自身孤寂：

　　　千山紅樹萬山雲，（韋莊）山鳥江楓得雨新。（雍陶）

我自飄零是羈旅，（東坡）不堪仍送故鄉人。（顧非熊）（頁 296）

在楓紅暮秋時刻，更顯現別離後，孤寂飄零之心。「蘇軾」為宋人。

在〈恨別二首〉中轉引多家詩句，強化自己別離心傷：

其一：
淒淒長是別離情，（韋莊）冰簟銀床夢不成。（溫庭筠）
昨夜秋風今夜雨，（盧綸）篝燈愁泣到天明。（韓偓）
其二：
君問歸期未有期，（李益）邇來中酒起常遲。（韋莊）
山長水遠無消息，（李涉）指點庭花又過時。（韓偓）（頁 299）

轉引「溫庭筠」、「韋莊」等知名詞作家之作品，可見其取材之廣。「君問歸期未有期」一詩，今傳於《全唐詩》中為李商隱所作知名詩句，李俊民在此誤植為「李益」所作。今《全唐詩》李益作品中未見此作。

在〈代送別〉一詩中引用王安石〈明妃曲〉中對於不得國君任用的感受，而有：

隴上流泉隴下分，（崔涯）自隨征雁過寒雲。（李涉）
人生適意無南北，（王介甫）莫向陽臺夢使君。（戎昱）（頁 299）

「人生適意無南北」深沉的哀怨，「人生適意無南北」一語為王安石〈明妃曲〉名句。此詩為李俊民替宋將史嵩之所作，旨在勸慰為宋人所用的金人，金代國君不知重用有賢能之士，那麼被宋朝所任用

也是一種貢獻社會的方法。

## 六　描寫國君不知「征戰」苦

其一：
在〈老將三首〉中對於戰亂不斷，老將仍須出征，感到悲傷，詩云：

> 蓬根吹斷雁南翔，（盧弼）曉鼓鐘中兩鬢霜。（趙嘏）
> 獨倚關亭還把酒，（杜牧）不堪秋氣入金瘡。（盧綸）（頁297）

第一首以集句詩形式寫老將經過長年征戰，身體外表的衰「老」。

其二：

> 憐君一見一悲歌，（劉長卿）破虜曾輕馬伏波。（趙嘏）
> 今日寶刀無殺氣，（朱沖和）太平功業在山河。（吳融）（頁297）

第二首寫老將內心精神的悲「老」。

> 門前不改舊山河，（趙渭南）淚落燈前一曲歌。（李群玉）
> 更把玉鞭雲外指，（韋莊）只緣君處受恩多。（李沖和）（頁297）

第三首寫國亡後老將無用武之地的絕望。
在〈感征夫家〉家中表達「戰士軍前半死生，美人帳下猶歌舞」的哀怨：

臂上彤弓百戰勳，（王維）居延城外又移軍。（令狐楚）
不知萬里沙場苦，（高駢）猶自笙歌徹曉聞。（王建）（頁297）

「不知萬里沙場苦，猶自笙歌徹曉聞。」寫出基層士兵與將領之間的不公平。

在〈從軍〉詩中以集句詩形式表達，征戰萬里，戰敗後歸鄉之苦：

萬里還鄉未到鄉，（盧綸）受降城外月如霜。（李益）
誰家營裏吹羌笛，（蓋嘉運）不是愁人也斷腸。（戴叔倫）（頁297）

歸鄉之路遙遠，更因戰敗尤為心酸，所以說「受降城外月如霜」。

在〈聞角〉詩中寫「孤城」的哀苦：

鐵馬狐裘出漢營，（常建）瘴雲深處守孤城。（劉禹錫）
無端遇著傷心事，（吳融）鳴軋江樓角一聲。（杜牧）（頁297）

在困苦的「孤城」之下，聽聞邊塞樂聲，只有悲傷罷了。

在〈悼征婦〉詩因征戰所至獨守空閨的苦楚：

萬里行人尚未還，（儲嗣宇）百年多在別離間。（盧綸）
當時驚覺高唐夢，（李涉）為雨為雲過別山。（李美玉）（頁300）

藉由閨中婦人，表達連年征戰的危害。

## 七　「隱居」感舊

在〈招飲〉詩中集宋代蘇軾之句，以「招飲」音借「招隱」轉化為：

> 當時朝士已無多，（劉禹錫）故里心期奈別何。（羊士諤）
> 不用憑欄苦回首，（杜牧）且來花裏聽笙歌。（東坡）（頁294）

首句點出「當時朝士已無多」往日朝臣已凋零殆盡；今日雖聞「招隱」，往日朝中生活，已不堪回首，因為今日朝中之士已是新輩林立。引蘇軾〈浣溪沙〉詞作「且來花裏聽笙歌」。

在〈無睡〉中對於戰事連年，隱居的李俊民只能「無睡」：

> 江南江北望煙波，（劉禹錫）顰黛低紅別怨多。（李群玉）
> 盡日傷心人不見，（許渾）臥來無睡欲如何。（李商隱）（頁300）

在紛亂的時局中，因為不得任用，在野歸隱，所以盡日傷心人不見，卻也心憂國事難以成眠。

在〈洛中感舊〉中對於朝代的變遷，有所感觸：

> 千里江山一夢回，（盧中）悔緣名利入塵埃（雍陶）
> 年光到處皆堪賞，（令狐楚）誰與愁眉唱一杯。（山谷）（頁296）

在改朝換代後，才了解一切功名利祿都是一場夢。引黃庭堅〈寄賀方回〉之作「誰與愁眉唱一杯」。

在〈憶昔〉詩中引用杜甫詩句，今昔對比：

> 憶昔爭遊曲水濱，（王駕）當軒下馬入錦茵。（杜子美）
> 如今不似時平日，（王建）風起楊花愁殺人。（李益）（頁296）

「如今不似時平日」道出往日如夢的辛勞與苦痛。

在〈隱居〉之中引用蘇軾詩句，表達對於時局變化的無奈：

> 此去秦關路幾多，（李商隱）中原無鹿海無波。（吳融）
> 荷蓑不是人間事，（李涉）造物小兒如子何。（東坡）（頁308）

因為對於造物者的多變，無可奈何，所以以隱居來自處。蘇軾〈贈梁道人〉之作「造物小兒如子何」。

在〈訪隱者不遇〉一詩中則引用韋應物詩句，表達自己排徊在仕與隱之間的無奈：

> 忽聞春盡強登山，（李涉）卻笑孤雲未是閑。（施肩吾）
> 惆悵仙翁何處去，（高駢）尋真不見又空還。（韋應物）（頁309）

訴說在國家危亡之際歸隱，但是顯耀的學問，又一再被召見與諮詢，未能真得閒情。

李俊民學習王安石之處，表現在大量的集句詩中，藉由集句表達自己對於古籍的了解，感受到李俊民承自於宋文化中深厚的學術修養。

藉由集句詩的顯現，將心中與古人相同的情感，以絕句形式表達，轉化成自己的詩意，使後人更清楚了解李俊民心中所感，發而為詩的情感。

## 貳　承自江西詩派好用典故

劉瀛所說李俊民學習宋人之處：「格律清新似坡仙，句法奇傑似山谷」，所學習蘇軾與黃庭堅之處在於格律句法，也就是形式之上。

今日閱讀李俊民詩作，除劉瀛所說與蘇軾、黃庭堅相似之處為「格律清新」、「句法奇傑」之外，由於其「經義狀元」的背景。

更可以理解其對於傳統經史子集的博覽與鑽研，表現在詩歌之中，在運用大量歷史故事與典故，表達詩歌意義，使得詩歌句句有來處，重典故的運用，這與黃庭堅所影響江西詩派，使詩歌句句有來歷，直承經書之義相通。

在〈壬寅九日和君玉來韻二首〉[18] 詩中，就襲取蘇軾〈送筍芍藥與公擇詩〉詩中「久客厭虜饌，枵然思南烹」[19]二語，同樣表達讀書人與友人抒發在野不得朝廷重用之感：

> 山城與客醉陶然，日日相陪費萬錢。馬上行人幾時去，一杯我欲助離筵。（頁 269）
> 書生紙裹亦枵然，欲去街頭恰百錢。寄語西風莫相笑，一杯便是菊花筵。（頁 269）

「日日相陪費萬錢」，以好友「費萬錢」招待，形容好友的盛情

---

18　「壬寅」為元太宗后元年，李俊民 67 歲時。

19　〈送筍芍藥與公擇二首〉其一：「久客厭虜饌，枵然思南烹。故人知我意，千里寄竹萌。駢頭玉嬰兒，一一脫錦褓。庖人應未識，旅人眼先明。我家拙廚膳，麤肉芼蕪菁。送與江南客，燒煮配香粳。」〔宋〕蘇軾撰・〔清〕王文誥輯注：《蘇文忠公詩編註集成》（臺北：臺灣學生書局，1987 年），頁 2286。

與才華，引杜甫〈飲中八仙歌〉[20]：「左相日興費萬錢，飲如長鯨吸百川，銜杯樂聖稱世賢」表達宴請的愉快。

「書生紙裏亦枵然」，「枵然」一語指飢餓的樣子，則與杜甫〈奉贈韋左丞丈二十二韻〉中「紈褲不餓死，儒冠多誤身」[21]的感慨相同。

在〈觀射柳〉一詩中引用王維〈觀獵詩〉：「忽過新豐市，還歸細柳營。」[22]之詩典：

> 羽箭星飛霹靂聲，追風馬上一枝橫。平生百中將軍手，不意今朝見柳營（頁 257）

引漢代周亞夫為將軍時，屯兵於細柳，軍紀森嚴，天子欲入軍營，亦須依軍令行事。後以細柳營比喻模範軍營或泛指一般軍營。李俊民此詩以「不意今朝見柳營」，感慨儒生所見當日兵戎不斷。

在〈蟻戰圖二首〉二首中提及戰爭的頻繁與困頓：

> 聲勢何勞鬥似牛，看看一雨到山頭。大家不肯勤王去，只待槐

---

20 杜甫〈飲中八仙歌〉：「知章騎馬似乘船，眼花落井水底眠。汝陽三斗始朝天，道逢麴車口流涎，恨不移封向酒泉。左相日興費萬錢，飲如長鯨吸百川，銜杯樂聖稱避賢。宗之瀟灑美少年，舉觴白眼望青天，皎如玉樹臨風前。蘇晉長齋繡佛前，醉中往往愛逃禪。李白一斗詩百篇，長安市上酒家眠。天子呼來不上船，自稱臣是酒中仙。張旭三杯草聖傳，脫帽露頂王公前，揮毫落紙如雲煙。焦遂五斗方卓然，高談雄辨驚四筵。」〔唐〕杜甫著，楊倫編輯：《杜詩鏡銓》（臺北：華正書局 1989 年 8 月），頁 16。

21 同註 20，頁 24。

22 王維〈觀獵〉：「風勁角弓鳴，將軍獵渭城。草枯鷹眼疾，雪盡馬蹄輕。忽過新豐市，還歸細柳營。回看射雕處，千里暮雲平。」〔唐〕王維撰，陳鐵民校注：《王維集校注》（北京：中華書局，1997 年 8 月），頁 609。

宮壞即休。（頁 262）

膠膠擾擾戰爭多，歲月循環得幾何。樹下老人觀物化，夢魂應
不到南柯。（頁 263）

黃庭堅有〈蟻蝶圖〉一詩，感嘆：「蝴蝶雙飛得意，偶然畢命網
羅。群蟻爭收墜翼，策勳歸去南柯。」[23]，李俊民同樣在題畫詩中提
及當時局勢征戰不斷，卻沒有人肯真正輔佐國君，學習黃庭堅運用唐
傳奇中「南柯一夢」的典故。

在〈和泰禪〉詩中直指「淡泊生涯」的人生抉擇：

淡泊生涯分自甘，十年霜葉碎青衫。忽從問道山前過，牧馬之
兒是指南。（頁 246）

自甘於淡泊生涯，儒教讀書人的「青衫」已為多年風霜所碎。今
後選擇「問道」山前，此「道」所指為佛教之道，所以「牧馬之兒是
指南」引用三生石的典故。

宋・蘇軾有〈僧圓澤傳〉：

洛師惠林寺，故光祿卿李愿登居第。祿山陷東都，愿登以居守
死之。子源，少時以貴游子豪侈善歌，聞於時。及愿登死，悲
憤自誓，不仕不娶不食肉，居寺中五十餘年。
寺有僧圓澤，富而知音，源與之游，其密，促膝交語竟日，人
莫能測。一日，相約游蜀青城峨眉山。源欲自荊州泝峽，澤欲

---

23 〔宋〕黃庭堅著，任淵等注：《山谷詩集注》（臺北縣板橋市：藝文印書館，1969
年 10 月出版），頁 295。

取長安斜谷路。源不可，曰：「吾已絕世事，豈可復道京師哉！」澤默然久之，曰：「行止固不由人。」

遂自荊州路，舟次南浦，見婦人錦襠負甖而汲者，澤望而泣曰：「吾不欲由此者，為是也。」源驚問之。澤曰：「婦人姓王氏，吾當為之子。孕三歲矣，吾不來，故不得乳。今既見，無可逃者。公當以符咒助我速生。三日浴兒時，願公臨我，以笑為信 後十三年中秋月夜，杭州天竺寺外，當與公相見。」源悲悔而為具沐浴易服，至暮，澤亡而婦乳。三日，往視之，兒見源果笑。具以語王氏，出家財葬澤山下。源遂不果行，反寺中，問其徒，則既有治命矣。

後十三年自洛適吳，赴其約，至所約，聞葛洪川畔有童扣牛角而歌之。曰：「三生石上舊精魂，賞月吟風不要論。慚愧情人遠相訪，此身雖異性長存。」呼問：「澤公健否？」答曰：「李公真信士。然俗緣未盡，慎勿相近。惟勤修不墮，乃復相見。」又歌曰：「身前身後事茫茫，欲話因緣恐斷腸。吳越山川尋已遍，卻因烟棹上瞿塘。」遂去，不知所之。後二年，李德裕奏源忠臣子，篤孝，拜諫議大夫，不就，竟死寺中，年八十。[24]

　　引用蘇軾文及所記載三生石的典故，指唐僧人圓澤和李源交好，有一天一起去峨嵋山，碰見一個大著肚子的孕婦，圓澤說：我所以堅持不走這條路就是這個原因，她孕的就是我，已經三年了。如果有緣十三年後在錢塘天竺寺外可以一見。十三年後，李源如約前往，聽到

---

24 〔宋〕蘇軾撰，孔凡禮點校：《蘇軾文集》（北京市：中華書局，1992 年 10 月出版），頁 423。

一個牧童唱：「三生石上舊精魂，賞風吟月不要論。慚愧情人遠相訪，此身雖異性常存。」，又唱到：「身前身後事茫茫，欲話因緣恐斷腸。吳越山川尋已遍，卻因煙棹上瞿塘。」唱完就不知所蹤。三生石代表了參看「前世、今世、後世」的佛理。

李俊民以「忽從問道山前過，牧馬之兒是指南」二句代表三生石的典故，可見其熟讀蘇軾〈僧圓澤傳〉故事。以此事典來表現禪理。對於宋代典籍的活用，表現在詩歌之中。

在〈德老栽花成竹〉（芍藥花）一詩中說：

> 物性隨所移，歲晚氣自變。失卻本來身，還於身外見。得參玉版禪，如對菩薩面。叢林一花祖，派入香嚴傳。（頁 181）

全詩以詠物手法，表達自我雖處異朝，但是如竹一般的忠貞氣節決不更改。「栽花成竹」。更引蘇軾與友人「玉版和尚」[25]參禪典故說明自己與德老參禪。

釋惠洪《冷齋夜話・東坡戲作偈慈雲長老又與劉器之同參玉版禪》：

> 東坡自海南至虔上，以水涸不可舟，逗留月餘，時過慈雲寺浴。長老明鑒，魁梧如所畫慈恩，然叢林不以道學與之。東坡作偈戲之曰：「居士無塵堪洗沐，老師有句借宣揚。窗間但見蠅鑽紙，門外時聞佛放光。遍界難藏真薄相，一絲不掛且逢場。卻須重說圓通偈，千眼熏籠是法王。」又嘗要劉器之同參玉版和尚，器之每倦山行，聞見玉版，欣然從之。至廉泉寺，

---

25 吳文治編：《宋詩話全編》（江蘇古籍出版，1998 年 10 月出版），頁 2424。

燒笋而食，器之覺笋味勝，問：「此笋何名？」東坡曰：「即玉版也。此老師善說法，要能今人得禪悅之味。」于是器之乃悟其戲，為大笑。東坡亦作悅，作偈曰：「叢林真百丈，嗣法有橫枝。不怕石頭路，來參玉版師。聊憑柏樹子，與問籜龍兒。瓦礫猶能說，此君那不知。」

李俊民對宋文化的了解，由詩中記錄眾多的歷史故事可以了解，這些「句句有來歷」的特色，不僅表現出受江西詩派影響的個人風格，也可以了解宋文化對於金人的影響，直至金代末年仍是深遠流長。

在〈歷陽侯〉一詩中引范增典故說明：

韓生去世冠軍廢，獨望楚強心亦勞。謾向鴻門撞玉鬥，豈知鹿死在金刀。（頁 268）

引用《史記‧項羽本紀》[26]記載典故，寫范亞父范增力薦韓信給項羽，不為項羽所採用，在鴻門宴中，要求項羽殺劉邦，亦不為項羽所採用，西楚霸業終歸功虧一匱，天下終為劉姓取得。

李俊民引用范增忠言不得進用的典故，以古諷今，可以了解是金代危亡原因之一。

在〈酈食其〉以漢代酈食其之典故，表達心聲：

多少中原逐鹿人，獨憑片舌下齊城。淮陰不喜書生事，能免他年獵犬烹。（頁 268）

---

26 〔日〕瀧川龜太郎：《史記會注考證》（臺北：洪氏出版社，1986 年 9 月版），頁 140。

引用《史記・酈生陸賈列傳》[27]中記載，劉邦一向惟獨任用張良與酈食其二位謀士，酈食其曾經為劉邦成功勸降秦軍。但劉邦命其與齊國和平談判，正在攻齊的韓信起了妒忌之心，以未收到劉邦停戰命令為由攻齊，連破多座城池，齊王田廣聞信大怒，將酈食其烹殺。

李俊民引用酈食其被烹殺的典故，反映當時朝廷不重用儒生謀略，重武輕儒的弊病，儒生往往受遷怒枉死。

在〈四皓奕棋圖〉中以商山四皓典故，道出自己隱居的價值：

> 坐看咸陽王氣收，豈無人傑自安劉。都緣鴻鵠心猶在，一局閒棋不到頭。（鴻鵠高飛，一舉千里。羽翼已就，橫絕四海。）
> （頁 268）

引用《史記・留侯世家》[28]中所記「商山四皓」典故，指秦末隱士東園公、夏黃公、綺里季、甪里四人，因避秦亂世而隱居商山，采芝充飢，四人年皆八十多歲，鬚眉皓白，世稱為商山四皓。四人除有確立劉盈為太子，穩定漢室之功外；夏黃公傳說還是張良之師黃石公，對於奠定漢室的丞相有啟蒙之功。

李俊民引用商山四皓的典故，道出自己隱居澤州，教育與舉薦人才的職志。

在〈魏徵〉詩中引一代直諫之臣魏徵典故，說明忠臣的重要：

> 立朝讜議盡良規，誰使君王死後疑。一旦鑾輿渡遼水，即時扶起墓前碑。（頁 269）

---

27 同註 26，頁 1100。
28 同註 26，頁 803。

引疾言直諫的賢臣魏徵典故，感傷於唐太宗曾言：「以人為鏡，可以知得失。魏徵沒，朕亡一鏡矣！」，魏徵死後，太宗為之立碑，後因魏徵生前每有諫書，必留副本於家中，太宗大怒之下，下令推倒所立之碑。太宗伐高句麗失利後，太宗想起魏徵，認為若有魏徵反對，就會放棄高句麗戰事，特別下令重新為魏徵樹立墓碑。

以魏徵典故以古諷今，如果金代國君可以接受忠言直諫，國家也不會危亡敗壞。

在〈申元帥四隱圖〉提出四位隱士，分別為：

〈嚴子陵〉

羊裘隱跡喚難回，曾犯當年帝座來。京洛江湖樂天性，釣魚臺不羨雲臺。（頁272）

〈陶淵明〉

迎門兒女笑牽衣，回首人間萬事非。自是田園有真樂，督郵那解遣君歸。（頁272）

〈孟浩然〉

平生只有住山緣，北闕歸來也自賢。破帽寒驢風雪裏，新詩句句總堪傳。（頁272）

〈李太白〉

謫在人間凡幾年，詩中豪傑酒中仙。不因採石江頭月，那得騎鯨去上天。（頁273）

其中三位皆為詩人，四人都是從政後，對朝政失望，所以說「曾犯當年帝座來」、「回首人間萬事非」、「謫在人間凡幾年」。決心歸隱之後成就了「京洛江湖樂天性」、「新詩句句總堪傳」、「那得騎鯨去上天」於為政時所難得的快樂。

引用周處除三害圖典故，吟〈三害圖二首〉：

　　慷慨平西氣不衰，勇於三害欲除時。流芳已入忠臣傳，何處人
　　間更有詩。（頁273）
　　挾矢操弓短後衣，揚揚意氣似男兒。欲憑一怒除民害，可惜為
　　人自不知。（頁273）

　　所言即東吳周處改過自新、除南山白額虎、長橋下蛟龍三害一
事；然而李俊民更深入了解《晉書》[29]史實，寫出日後縱使周處身懷
絕技，志在復國，然而時局已成定局，援助殆盡，終至「欲憑一怒除
民害，可惜為人自不知」。這樣的辛苦正與李俊民身處於金末元初，
憑一己之力，難以回天的感受相同。

---

29　《晉書・周處傳》：「周處，字子隱，義興陽羨人也。父鮌，吳鄱陽太守。處少
　　孤，未弱冠，膂力絕人，好馳騁田獵，不脩細行，縱情肆欲，州曲患之。處自知
　　為人所惡，乃慨然有改勵之志，謂父老曰：『今時和歲豐，何苦而不樂耶？』父老
　　歎曰：『三害未除，何樂之有！』處曰：『何謂也？』答曰：『南山白額猛獸，長橋
　　下蛟，並子為三矣。』處曰：『若此為患，吾能除之。』父老曰：『子若除之，則
　　一郡之大慶，非徒去害而已。』處乃入山射殺猛獸，因投水搏蛟，蛟或沈或浮，
　　行數十里，而處與之俱，經三日三夜，人謂死，皆相慶賀。處果殺蛟而反，聞鄉
　　里相慶，始知人患己之甚，乃入吳尋二陸。時機不在，見雲，具以情告，曰：『欲
　　自脩而年已蹉跎，恐將無及。』雲曰：『古人貴朝聞夕改，君前途尚可，且患志之
　　不立，何憂名之不彰！』處遂勵志好學，有文思，志存義烈，言必忠信克己。期
　　年，州府交辟。仕吳為東觀左丞。孫皓末，為無難督。及吳平，王渾登建鄴宮釃
　　酒，既酣，謂吳人曰：『諸君亡國之餘，得無感乎？』處對曰：『漢末分崩，三國
　　鼎立，魏滅于前，吳亡於後，亡國之感，豈惟一人！』渾有慚色。……將戰，處
　　軍人未食，肜促令速進，而絕其後繼。處知必敗，賦詩曰：『去去世事已，策馬觀
　　西戎。藜藿甘梁黍，期之克令終。』言畢而戰，自旦及暮，斬首萬計。弦絕矢
　　盡，播、系不救。左右勸退，處按劍曰：『此是吾效節授命之日，何退之為！且古
　　者良將受命，鑿凶門以出，蓋有進無退也。今諸軍負信，勢必不振。我為大臣，
　　以身徇國，不亦可乎！』遂力戰而沒。」〔唐〕房玄齡等撰：《晉書》（北京：中華
　　書局，1974年），頁1583。

## 參　宋詩言理的承繼

　　宋詩言理的特色，原是承自唐人杜甫、韓愈、白居易等人，宋人進一步集大成而成為宋詩的時代特色，李俊民詩歌之中也可見受時代影響之處。

　　李俊民不只在長篇詩歌之中言理，在短篇絕句之中也善於論述，李俊民以絕句表達政治哲理，議論主上遭蒙蔽的特色是受宋代詩人與理學家的影響，使得詩作表現出議論論理的特色。

　　李俊民對於宋文化的承繼，還在於「小詩」詩體的表現。劉瀛在〈莊靖集序〉中就也說到：「小詩高古涵蓄，尤有理致而極工巧，非得天地之秀，其孰能與於此？」用「高古」來形容，足見其承自於古詩的特色。

　　在〈擣衣〉詩中更直接批評朝政：

> 一夕秋風雁過聲，鐵衣辛苦向邊城。將軍不用和戎計，雙杵休辭月下鳴。（頁 278）

　　短短四句，表達征戰的一切辛苦，都是因為主政者決策錯誤，導至前線將領功敗垂成。

　　在〈彈琴〉中以彈琴尋求知音論述與政治的關係：

> 休言三尺是枯桐，大抵聲音與政通。曾得王君意中事，便從絃上和薰風。（頁 278）

　　表達好的諫言，欲得君王了解，如同古琴彈奏，曲高和寡，欲得

知音，實屬困難。

在〈學書〉中以寫史論述學史與記史的價值：

> 數幅雲牋自卷舒，試教落筆看何如。休將彤管題閑句，正要班
> 姬續漢書。（頁 279）

所學之「書」指「漢書」，認為學書的目的在於記一代之史，所
效法的對象是班昭，原因在於其繼兄長班固之志，完成《漢書》。

## 一　題畫詩的傳承

對於宋文化的「言理」傳承還表現在題畫詩的傳承上，〈平水八
詠〉[30]之作，衣若芬先生也認為[31]金元文人題畫詩八詠的形態是承繼
於宋人。說道：

> 北宋末年興起的「瀟湘八景」向全國各地傳布，促成了各種地
> 方八景或十景的產生，其中最為稱著者；當屬首都所在的「燕
> 京八景」和「西湖十景」。「燕京八景」和「西湖十景」既受
> 「瀟湘八景」之影響而組成，其禮讚繁盛和欣賞風光的性質又
> 從而轉移了詩人觀覽「瀟湘」山水畫的角度，宋人眼中偏向失
> 意感傷的「瀟湘」山水，到了元代，成為優美安詳的景致。

肯定其承自於宋詩，但是由宋代的題畫詩的「失意感傷」轉化為

---

30 元太宗八年，六十一歲，澤州新居「鶴鳴堂」落成元太宗九年，六十二歲，至元
　太宗后三年七十歲，奉命至山陽及平陽編纂《道藏經》。

31 衣若芬：〈「江山如畫」與「畫裡江山」──宋元題瀟湘山水畫詩之比較〉，《中國
　文哲研究集刊》第 23 期（2003 年 9 月），頁 33～70。

「優美安詳」的意象。

衣若芬先生並且認為：

> 作者對照了宋、元人題寫「瀟湘八景圖」中「魚春夕照」和
> 「瀟湘夜雨」的詩作內容，發現宋人重視「情景交融」，將個
> 人主觀的情思投射於畫中景物，山水往往帶有「我」之意識，
> 運用「瀟湘」文學與文化典故時，也能與詩人所欲傳達的情感
> 相呼應。元人則傾向「以景代情」，喜以客觀的、疏離的態度
> 白描畫上景致，將個人置於歷史的脈絡中思考，故而富有鮮明
> 的時間感與普遍性。

元人題畫詩繼承宋人，演變成「以景代情」，雖以客觀的、疏離
的態度表現，仍將個人置於歷史的脈絡。

李俊民處於由宋至元的階段，由〈平水八詠〉之中，我們可以深
入理解，作者將自己如何置放於歷史之中，以景代情表達：

其一〈陶唐春色〉序云：「府西南三里有陶唐廟，每至春月，傾
城出遊祭享」。詩云：

> 松柏森森護帝宮，至今和氣在河東。詩人不盡當時事，八景圖
> 中見國風。（頁273）

首句藉由「陶唐廟」轉化聯想「武侯廟」，「松柏森森護帝宮」表
現出杜甫〈古柏行〉[32]詩中「古來材大難用」的感傷，末句更表現詩

---

32 杜甫〈蜀相〉：「丞相祠堂何處尋，錦官城外柏森森。映階碧草自春色，隔葉黃鸝
空好音。三顧頻煩天下計，兩朝開濟老臣心。出師未捷身先死，長使英雄淚滿
襟。」（同註20，頁316）〈古柏行〉：「孔明廟前有古柏，柯如青銅根如石。霜皮

人所寫題畫詩，具有《詩經》國風記載民間疾苦上諫君王的功用。

其二〈廣勝晴嵐〉序云：「府北七十里有寺，曰廣勝。霍山之陽，寺下有海，曰大郎」。

　　等閒過了萬千峰，慪寒相看意不濃。洗出青山真面目，祇疑海　　底有天龍。（頁273）

以「廣勝」雙關語期望軍隊強盛，國勢復興能夠如同「海底天龍」再起。

其三〈平湖飛絮〉序云：「府西五里有泊，曰平湖。姑山之東，汾水之西，四面皆楊柳，如幄。三月上巳，居民祓禊於此。」

　　三月湖邊祓禊亭，依依楊柳雨中青。晚來風起花如雪，春色都　　歸水上萍。（頁274）

本詩取三月上巳寒食節紀念忠臣介之推殉難之意，在上巳節時「風起花如雪」暗指時局紛亂，士子凋零；終至忠臣士子「都歸水上萍」無依無靠。

其四〈錦灘落花〉序云：「府西門外有汾水，退灘南北二十餘里皆樹桃焉。」

---

溜雨四十圍，黛色參天二千尺。君臣已與時際會，樹木猶為人愛惜。雲來氣接巫峽長，月出寒通雪山白。憶昨路繞錦亭東，先主武侯同閟宮。崔嵬枝幹郊原古，窈窕丹青戶牖空。落落盤踞雖得地，冥冥孤高多烈風。扶持自是神明力，正直原因造化功。大廈如傾要梁棟，萬牛回首丘山重。不露文章世已驚，未辭翦伐誰能送。苦心豈免容螻蟻，香葉終經宿鸞鳳。志士幽人莫怨嗟，古來材大難為用。」（同註20，頁599）。

> 春風桃葉復桃根，相妒封姨似少恩。無限亂紅隨水去，人間何
> 處覓仙源。（頁 274）

「封姨」是古時神話傳說中的風神。亦稱「封家姨」，此詩以風神妒花之典故為喻，比喻士子遭嫉妒，紛紛離開朝廷至民間歸隱。

其五〈汾水孤帆〉序言：「府西二三里有渡口」。

> 古渡無人鳥跡多，眼前歷歷舊山河。片帆不是秋風客，誰向中
> 流發棹歌。（頁 274）

首句寫戰亂後國家蕭瑟景象，「眼前歷歷舊山河」明確點出亡國的史實。末二句「秋風客」指漢武帝，感歎何日才有中興君王，感傷自己如漢武帝吟〈秋風辭〉：「秋風起兮白雲飛，草木黃落兮雁南歸。蘭有秀兮菊有芳，懷佳人兮不能忘。汎樓船兮濟汾河，橫中流兮揚素波。簫鼓鳴兮發櫂歌，歡樂極兮哀情多。少壯幾時兮奈老何！」一般，年華老去，難以看到振興故國的君王。

其六〈姑山晚照〉序云：「府西五十里有姑射山，神人居焉。」

> 物外神仙自一家，等閑不許占煙霞。只今冰雪人何處，惆悵山
> 前日易斜。（頁 274）

「日」暗指為國勢，詩言如今金朝國勢傾斜，物是人非。

其七〈晉橋梅月〉序言：「府西南二十五里，有縣曰襄陵，北門外有橋如虹，左右皆梅圃。」

> 嫩寒籬落似江村，雪裏精神月下魂。橋北橋南路分處，行人立

馬待黃昏。（頁 274）

　　詩中表現出在紛亂時局及歷史洪流之中，對於人生道路仕與隱之間的決擇。

　　其八〈西藍夜雨〉序言：「府北五十五里，洪洞縣之西，有寺曰西藍，近汾水一二里，繞寺多花竹，有水杯池。」

　　暮雲深鎖梵王家，樓閣崢嶸閱歲華。香火半殘僧入定，臥聽窗外落檐花。（頁 274）

　　「梵王家」指大梵天王的宮殿，泛指佛寺，全詩寫淨心於佛寺之中，如同僧人入定，聽任窗外一切是非紛亂。

　　衣若芬先生[33]於〈「江山如畫」與「畫裡江山」－宋元題瀟湘山水畫詩之比較〉，所舉宋、金地方八景詩之例，包含李俊民〈平水八詠〉。並強調其承自於宋詩寫景詩之意義：

　　衝接宋、明二朝的元代題畫詩作者不僅具有寫作傳承的中介作用，更值得留意的是觀看同類圖象的視界與思想的迥異；儘管元、明的「瀟湘」山水畫題畫詩作者仍然於作品中保持抒情的本質，但是所抒之情感、關懷的重心，以及抒情的方式皆已殊途，其具體情況唯有從對照中得知，因此本文由比較宋、元「瀟湘」山水畫題畫詩著手，集中探討「視山水為圖象」的「江山如畫」，與「觀圖象如真山水」的「畫？江山」兩種心態，並衡量其在宋、元人心目中的比重，顯示宋人「情景交

---

33 同註 31。

融」與元人「以景代情」的書寫傾向。

今觀李俊民〈平水八詠〉之作，確實是承自宋人「情景交融」至元人「以景代情」脈絡下：

由〈陶唐春色〉詩中：「松柏森森護帝宮，至今和氣在河東。」感慨「古來材大難用」。由〈廣勝晴嵐〉詩中：「洗出青山真面目，祇疑海底有天龍」期望國勢復興「海底天龍」再起。〈平湖飛絮〉詩中：「晚來風起花如雪，春色都歸水上萍。」感傷忠臣士子「都歸水上萍」無依無靠。〈錦灘落花〉詩中：「無限亂紅隨水去，人間何處覓仙源。」比喻士子遭嫉妒，歸隱民間。〈汾水孤帆〉詩中：「古渡無人鳥跡多，眼前歷歷舊山河。」，感受亡國的荒涼。〈姑山晚照〉詩中：「只今冰雪人何處，惆悵山前日易斜。」，感到物是人非。〈晉橋梅月〉序言：「橋北橋南路分處，行人立馬待黃昏。」個人對於人生道路仕與隱之間的抉擇。〈西藍夜雨〉詩言：「香火半殘僧入定，臥聽窗外落簷花。」，最終只能聽任窗外一切是非紛亂。

承自於宋代題畫詩，將自己的生命情懷與國家的存亡脈絡結合為一；對於情與景、歷史與自我作充分的結合。

除〈平水八詠〉外，李俊民還有〈沁園十二詠〉及〈碧落四景〉[34]二組絕句，以寫景方式，表達景色與自我及歷史的結合。

〈雪庵題錢過庭梅花圖〉以六絕題畫詩表達：

> 已把傳神畫譜，又看格在詩評。月落難尋清夢，雲空乃見高情。（頁240）

---

34 〈游碧落〉詩曾自注：「壬寅重午，日陪郡侯段正卿暨王用亨、劉漢臣、濟之、君祥、仲寬、姚子昂、張唐臣、祿卿，平陽趙君玉、王潤之同行。」（同註 9，頁182）「壬寅」為元太宗后元年，李俊民 67 歲時。

承自李白〈靜夜思〉，以「月」比君王，蘇軾〈八月十五夜渡海〉以「雲」比小人。前二句形容圖畫本身，後二句借畫景生情，形容國君殞落，賢臣為小人所遮蔽。

在〈淵明歸去來圖〉以六絕題畫詩表達：

> 先生從來寄傲，肯向小兒鞠躬？笑指田園歸去，門前五柳春風。（頁241）

以題詩淵明圖，表達自己歸隱的因緣與背景。

〈中秋〉一詩以六絕詩議論：

> 三百六旬歲周，一十二度月圓。試問姮娥甲子，和閏到今幾年？（頁241）

感歎一年三百六十天中，只有十二次月圓，感歎國君英明之時無多。

〈郎文炳心遠齋〉一詩以六絕自抒懷抱：

> 竊笑濫巾北嶽，那能補衲中條。自有胸中邱壑，不妨隱向市朝。（頁241）

自言大隱隱於市，雖然隱於市胸中仍有「邱壑」即國家山河。

〈伯德仲植張長史帖〉一詩以六絕包羅典故：

> 莫就嚴陵買菜，無勞逸少換鵝。但得雲煙一紙，那在鄴侯書多。（頁241）

用到漢武帝「嚴陵」歸隱賣菜，與「王羲之」歸隱終身不仕，以帖換鵝之典故，述說二人雖難僅存書法珍跡，數量不如漢代袁紹「鄴侯」家中藏書萬冊。但是珍貴價值更勝後者，以此突顯隱者珍貴的價值。

〈戲沂公巨川〉一詩以六絕稱美沂公：

八仙詩裏蘇晉，三笑圖中遠公。選甚逃禪破戒，我師自有家風。（頁241）

以八仙中蘇晉與淨宗十三祖遠公，形容沂公。

〈戲武夫韓公二首〉一詩以六絕論史：

論功終是獵犬，見事不如擒虎。我願一識荊州，人道莫逢玉汝。（頁241）

結柳未送窮車，敝衣先入歌院。雖得蕭何指蹤，難與老子同傳。（頁241）

指韓信終不如蕭何善於謀略與算計。但是蕭何的作為卻違背了老莊無為而治的宗旨。

〈老杜醉歸圖二首之一〉以六絕題畫：

尋常行處酒債，每日江頭醉歸。薄暮斜風細雨，長安一片花飛。（頁242）

詩歌中轉化杜甫詩句「酒債尋常行處有」、「每到江頭盡醉歸」表達自己與杜甫相同的困頓。

李俊民以六絕為體格創作的主題寬廣，內容豐富，還包括：

〈竇子溫江山圖〉

醉裏扁舟煙浪，望中幾展雲山。長天秋水一色，明月清風兩閑。（頁 242）

〈北窗高臥圖〉

問字不得兀兀，借書不得陶陶。誰遣人來送酒，枕邊正讀離騷。（頁 242）

以六絕題畫詩表達歸隱意境。

〈貓犬圖〉

狡兔空有三穴，首鼠漫持兩端。我輩天生健武，從渠股慄心寒。（頁 242）

以六絕題畫詩諷刺小人奸邪。

## 二　一字百題之作

李俊民對於小詩的擅長，由〈一字百題示商君祥〉[35]巨作，可以了解其文筆與才學之高古，此作是甲戌之變發生之後所作，「甲戌」為貞祐二年（西元 1214 年），國家危亂之際，李俊民避難「河南福昌」，其姪謙甫任主簿所在之地。

詩序云：

---

35 作於金宣宗貞祐三年，四十歲避亂福昌。

餘年三十有九，遭甲戌之變。乙亥秋七月，南邁時，姪謙甫主
河南福昌簿，迎至西山僑居。廳事之東齋小學師商君祥投詩索
和，頃刻間往回數十紙。謙甫曰：「一鼓作氣未可敵，姑堅壘
以待。」姪婿郭鴻新曰：「可以單師挫其銳。」乃出百字題，
請賦以酬之。遂信筆而書，殊無意義，付其徒孫男樂山示之，
三日不報。謙甫笑曰：「五言長城不復敢攻也。」君祥於是攜
酒來乞盟，大會所友，極歡而罷。（頁 224）

由詩序所言了解，百首之作成於「頃刻間」，足見其才華。而創
作此巨作之前，仍不忘「遭甲戌之變」。詩序中雖言「殊無意義」，但
值此國家危急之際，仍可觀見其心緒。

本文選錄其可看出與時局相關之作：

在〈風〉中：

汝未聞天籟，簸揚箕有神。能清常侍暑，不動庾公塵。（頁
224）

「簸揚箕有神」以《毛詩·大東》[36]暗喻朝廷該為百姓福祉謀福

---

36 《詩經·大東》：「有饛簋飧，有捄棘匕。周道如砥，其直如矢；君子所履，小人
所視。睠言顧之，潸焉出涕。小東大東，杼柚其空。糾糾葛屨，可以履霜。佻佻
公子，行彼周行。既往既來，使我心疚。有冽汜泉，無浸穫薪。契契寤歎，哀我
憚人。薪是穫薪，尚可載也；哀我憚人，亦可息也。東人之子，職勞不來；西人
之子，粲粲衣服，舟人之子，熊羆是裘；私人之子，百僚是試。或以其酒，不以
其漿。鞙鞙佩璲，不以其長。維天有漢，監亦有光。跂彼織女，終日七襄。雖則
七襄，不成報章。睆彼牽牛，不以服箱。東有啟明，西有長庚。有捄天畢，載施
之行。維南有箕，不可以簸揚；維北有斗，不可以挹酒漿。維南有箕，載翕其
舌；維北有斗，西柄之揭。」〈詩序〉云：「大東，刺亂也。東國困於役而傷於
財，譚大夫作是詩以告病焉。」朱守亮註：《詩經評釋》（臺北：臺灣學生書局，

利，不該有名無實；喻指朝廷當如「風」行草偃一般「清暑」，解救人民於水深火熱之處。「庾公塵」[37]所指為對於強權之士的無可奈何。在〈月〉中：

> 過圓旁死魄，遇缺哉生明。高賴玉斧手，再修然後成。
> （頁 224）

承自於古詩之中，「月」喻指國君，詩意希望國君可以修正已有缺失的朝政，再現英明。

〈雲〉：

> 旱魃將為虐，從龍便出山。人間三尺雨，命駕早知還。
> （頁 225）

承自於古詩之中，「雲」喻指小人，因此期望在雨後雲「知還」。

〈雨〉：

> 晚有來蘇意，憂深望歲人。一犁雖美滿，猶恨不當春。
> （頁 225）

承自於〈憫農詩〉之中，以雨興起關心農事之情。

〈雪〉：

---

1988 年 8 月），頁 600。

37 庾亮字元規，掌握強權，一日王導以扇子阻擋從庾亮方向吹來的西風所揚起的塵土，並說：「元規塵汙人。」（同註 29，頁 1745）。

細看花是雨，將見麥宜秋。度臘無三白，梁園誰與遊。

（頁 225）

「將見麥宜秋」、「度臘無三白」引西北人諺語〈占年〉一詩：
「要見麥，見三白。正月三白，田公笑赫赫。」[38]反指收成不好，無
「三白」可收成。

「梁園」則引用《史記・梁孝王世家》[39]指漢梁孝王於梁園宴請
文人流賞雪品酒，吟詩作賦。此感嘆文人不受朝廷任用，再無君臣相
遊之日。

〈山〉：
功名雙鬢雪，心事數重山。山下人家好，終朝爽氣間。

（頁 225）

在此詩則學自李白〈蜀道難〉一詩，將「山上」借比為朝廷，所
以說「心事數重山」是因為心繫朝廷。「山下」則指在野歸隱之處。

〈泉〉
滾滾勢長往，冷冷味自清。擬將修水記，何況有詩情。

（頁 225）

在此詩承自《詩經・下泉》[40]哀嘆亡國之感，如同飲用冷冽之

---

38 同註 10，頁 9958。
39 同註 26，頁 825。
40 《毛詩・曹風・下泉》：「冽彼下泉，浸彼苞稂。愾我寤嘆，念彼周京。冽彼下
　泉，浸彼苞蕭。愾我寤嘆，念彼京周。冽彼下泉，浸彼苞蓍。愾我寤嘆，念彼京

泉；「滾滾勢長往，冷冷味自清」二句更有大勢已去力難回天之感。

〈塵〉：

　　不憂懸榻室，可奈汙人風。踏破青鞋底，猶疑是軟紅。（頁225）

「懸榻室」此詩引「陳蕃懸榻」<sup>41</sup>之典，形容高潔之士所居之地。詩指俗世之「塵」風，縱使高潔之士亦難倖免。

〈春〉：

　　來莫怨春遲，去莫怨春忙。春不隨人老，誰教汝斷腸。（頁225）

以「春」指時光飛逝，年復一年，「斷腸」之因在於國家危難，或恐「壯志未酬身先死」吧。

〈暑〉：

　　人間三伏暑，海內一薰風。獨詠微涼句，公權似不公。（頁226）

相傳舜唱〈南風歌〉有「南風之薰兮」一句，此以「薰風」指

---

　　師。芃芃黍苗，陰雨膏之。四國有王，郇伯勞之。」（同註36，413）。

41 〈徐稚傳〉：「徐稚字孺子，豫章南昌人也。家貧，常自耕稼，非其力不食。恭儉義讓，所居服其德。屢辟公府，不起。……時陳蕃為太守，以禮請署功曹，稚不免之，既謁而退。蕃在郡不接賓客，唯稚來特設一榻，去則縣之。後舉有道，家拜太原太守，皆不就。」〔宋〕范曄撰〔唐〕李賢等注：《後漢書》（北京：中華書局，1965年，頁1746）東漢時徐稚因為家貧常親自耕種，他的品行恭謹講禮義，官府屢次徵召他，他也不應聘。當時陳蕃為太守，禮聘徐稚，徐稚去拜謁陳蕃後就告退。陳蕃一向在郡裡不喜歡接待賓客，只有為徐稚專門設一床榻。徐稚一離去，便將床榻懸起。

〈南風歌〉，

　　詩意在期待有舜一般的君王治理國家，「薰風」再行。

　　〈寒〉：

　　　廣廈千萬間，吾廬敝獨寒。猶將折弦琴，欲和薰風彈。（頁 226）

　　前二句承自杜甫〈茅屋為秋風所破歌〉：「安得廣廈千萬間，大庇
天下寒士俱歡顏。風雨不動安如山。嗚呼！何時眼前突兀見此屋，吾
廬獨破受凍死亦足」，表現自己關心民生的精神。末二句期望百姓可
以再見如「舜」一般的聖主。

　　〈晝〉：

　　　冬之日何速，夏之日何遲。山中無歷日，遲速兩不知。（頁 226）

　　此詩承古詩以「日」比君王，則指避禍於福昌，不知朝廷變化。

　　〈夜〉：

　　　令乎日之夕，政乎日之朝。一尊待君子，風雨會良宵。（頁 226）

　　前二句引「朝令夕改」典故，希望在多變的時局之中，可以有所
依循。

　　〈陰〉：

　　　朝見白雲縱，暮見白雲橫。不作及時雨，何為點太清。（頁 226）

　　承自蘇軾〈六月二十日夜渡海〉：「雲散月明誰點綴，天容海色本

澄清」之意，此作期待雲雨過後天青之作。

〈花〉：

　惜花不論命，看花須努力。能得幾時好，狂風妬春國。（頁226）

此作承自劉禹錫〈看花諸君子〉詩：「紫陌紅塵拂面來裏無人不道看花回。玄都觀裡桃千樹，盡是劉郎去後栽。」以「花」比當朝士子。此詩意指好的臣子得之不易，不應為讒言所惑，當好好珍惜。

〈菊〉：

　色笑秋光淡，香嫌酒力慳。東籬在何處，客裏見南山。（頁227）

詩中承自陶淵明〈飲酒〉詩歌：「採菊東籬下，悠然見南山」的意境，更深入感嘆「客裏」作客他鄉，暫時將心放下，戰亂之中得到暫時的坐忘。

〈松〉：

　鬱鬱愁無地，青青獨有心。疑從大夫後，傾蓋到如今。（頁227）

詩中承自《史記・秦始皇本紀》，始皇封泰山後，途中遇大風雨，在松樹下躲避，因而封松為五大夫。比喻忠臣至今仍一心守護朝廷。詩句多能表達避禍期間心境。

李俊民三十九歲此年除此百題之作外，還有〈書壁〉一詩運用絕句，寫金宣宗貞祐二年元軍攻下澤洲時的哀痛：

　世事紛紛變，人生種種愁。行年三十九，得歲又平頭。（頁238）

「世事紛紛變」對比「人生種種愁」可見作者對於大環境變動與
個人生命無常的無奈。

在〈東郊行〉中也以絕句表達深沉的憂心：

四海尚于戈，幾人知稼穡。青青原上麥，忍放征馬食。（頁238）

以絕句論述對戰事不斷，人民生計困難的關懷。

李俊民在一字百題，絕句小詩之中多能承自古詩意旨，具備言外
之意，充分表現其才華，並表現其所處時代的特殊時代背景。

## 三　七言絕句

李俊民七言絕句之作多寫景自釋之作。如同〈平水八詠〉之作，
將自己置放於歷史情感之中，以景興情。

在〈古堤〉詩中以七言絕句方式總括古堤歷史，以史為典，序
曰：「……年，平地溢四丈五尺。魏太守胡烈補缺隄以利民。至唐盧
鈞為山南節度，因烈之舊而增培之。俗謂附城北者為金鎖隄，南曰白
銅隄。」

一決江源水自東，長隄隱隱臥如虹。不因傳得襄陽操，人世何
由見禹功。（頁280）

由序言與絕句詩中歌頌治水修堤之歷史功臣。

在〈白沙湖〉中以七言絕句評論治水功過：

聞道沙隄水陷時，茫茫無處覓完隄。當時禹跡依然在，以壑為
鄰笑白圭。（頁280）

　　說明治水方法以大禹疏通為正確方法，白圭當時治水防範於未然，隨時修補；而後治水者不思治理方法，以鄰為壑。

　　〈戍邏墾田〉以七言絕句訴說羊祜鎮守襄陽功在百姓，序曰：「羊公鎮襄陽，吳人罷守石城，戍羅減半分以墾田八百餘頃。公之始至，無百日之糧，及季年有十年之積。」

　　　　屯徹南陽井井田，劍牛刀犢兩功全。石城驚落吳兒膽，野宿貔
　　　　貅萬灶煙。（頁 280）

　　以七言絕句運用典故，表達對於歷史人物羊祜鎮守襄陽，建設地方的感念。

　　〈樊城〉以七言絕句詠史，序曰：「在襄陽北漢江之湄，張參議：昔年山甫興周地，想見曹仕霸魏功。昔仲山甫封於樊城，曹公使曹仁守樊，關侯攻之不能破。」

　　　　暫來朱序秦還守，初入曹仁漢復攻。顛倒江山今幾主，樊侯依
　　　　舊襲周封。（頁 281）

　　記載三國時曹操使曹仁守襄陽北部之樊城，縱使一代名將關羽亦不得攻破。李俊民以七絕詠史，期望能出名將鎮守襄陽。

　　〈漢高廟〉一詩則寫襄陽縣西南鍾山的劉邦廟：

　　　　垓下未聞歌散楚，澤中已見哭亡秦。乾坤到底歸真主，愁殺鴻
　　　　門碎斗人。（頁 281）

　　李俊民對於當時項羽與楚人的亡國悔恨，感同身受。

〈光武廟〉一詩則希望有漢光武帝一樣的復興君王再現，序曰：「在襄陽東四十五里。光武，南陽棗陽人，今棗陽縣是也。舂陵在棗陽東，望氣者蘇伯阿至南陽，遙見舂陵曰：『氣佳哉！鬱鬱蔥蔥』。」光武始起兵，還舂陵，望舍南火光燭天。今棗縣在襄陽東界六十里。」稱美襄陽城近郊舂陵具有王氣。

> 海內英雄待一呼，雲籠際會入東都。羯奴不識真人事，徼倖中
> 原欲並驅。（頁281）

前二句氣勢雄偉，意在言外，希望海內外有人如漢光武帝中興漢室一般復興金朝。「羯奴」古指胡人，此處當指元軍。

〈楚昭王廟〉據序言所說在宜城東北，李俊民有感於唐韓愈：「〈昭王廟詩〉『丘墳滿目衣冠盡，城闕連雲草樹荒。猶有國人懷舊德，一間茅屋祀昭王。』」而作此七絕：

> 一間茅屋暗塵埃，香火淒涼幾奠杯。故國到今如傳舍，後人復
> 使後人哀。（頁282）

對於古今變化具有深沉感受，一切故國皇朝之物，亡國後已成荒煙蔓草。

〈宋玉宅〉則以七言絕句記載宜城縣中宋玉故宅：

> 離騷經裏見文章，水綠山青是楚鄉。往事一場巫峽夢，秋風搖
> 落在東牆。（頁282）

詠懷古跡，對於一代文人宋玉故宅破落至此，思及舊日故宅當已

荒廢不存，感慨不已。

〈鄭城〉一詩以七絕詠史，稱美漢代良將蕭何，序言：「蕭何初封在穀城縣，《西漢功臣表》：高祖六年十二月甲申，封曹參，以正月甲午封張良，最後封蕭何。」

> 誰是興劉第一功，我侯只合最先封。當時獵犬猶爭甚，得鹿權都在指蹤。（頁282）

以此詩表達希望有如蕭何一般的良將，復興故國。

〈三顧門〉一詩寫劉備三顧茅廬的史事：「世傳襄陽水西門為三顧門，先主自此三往見武侯。張參議：『水西門外公來處』。」

> 將軍命駕出門西，想見門從向日題。山下臥龍誰說破，賞音元直在檀溪。（頁282）

期待當代有如同劉備一般的明主，聽從建言，拔擢諸葛亮一般的老臣。

〈隆中〉一詩也寫襄陽縣西二十里的諸葛亮宅：

> 一朝師出震關東，料敵曹吳幾日功。未畢將軍天下計，乾坤容易老英雄。（頁283）

對於諸葛亮出師未捷身先死的感慨，有千古同感。

〈關將軍廟〉以七絕寫襄陽南方關羽廟：

> 鼎足相吞勢未分，誰能傾蓋得將軍。曹吳不是中原手，天下英

雄有使君。（頁283）

　　稱美關羽之能，足以令曹魏與東吳不得一統中原；李俊民感嘆三分天下的局勢正如當時金宋元鼎立之局。

　　李俊民以七言絕句詠史感嘆，興今古之思的作品眾多見。主要特色是寫景詩，以史為詩，將自己置放於歷史脈絡之中，深入感受古今之事。

　　李俊民對於宋文化的承繼，在於學習宋代以前文人以題畫詩表現歷史情懷，以絕句「小詩」詩體上，蘊藏典故，具有風骨的寓意。

　　李俊民詩歌除了承繼《詩經》以來「詩言志」的傳統，學習杜甫以詩記史、韓愈以文為詩的文以載道精神。在形式上更繼承宋代江西詩派奪胎換骨法與尊杜甫詩特色，點化古人詩句。

　　《宋元學案》在「明道學案表」上說明李俊民為傳承「程顥」之學的重要學者，李俊民傳承宋代理學，影響金、元文化與文學的方向。

　　李俊民詩歌學習宋人的方向，在於「格律清新似坡仙，句法奇傑似山谷。集句圓熟，脈絡貫穿，半山老人之體也」，依循王安石、蘇軾與黃庭堅三人。

　　李俊民承自王安石之處在於「集句圓熟，脈絡貫穿」，學習王安石「集句詩」的創作方式，將心中所表達的義理，借由前人詩句引申譬喻。

　　李俊民廣泛閱讀歷代詩歌運用集句詩形式，以「寒食」象徵紀念忠臣、以「春風」借比國君、以「花」借比士子、以「別」表現戰亂心境、描寫國君不知「征戰」苦、感舊「隱居」，除了承繼古詩義理外，擴大絕句的詩歌內容意義。

　　「經義狀元」的背景，了解李俊民的詩歌內含建立在傳統經史子

集博覽之上，詩歌之中運用大量典故，句句有來處的特色，與黃庭堅所影響江西詩派相通。

　　李俊民詩歌之中也可見受時代影響之處，還表現在承繼宋詩言理的特色，李俊民不只在長篇詩歌之中言理，在短篇絕句之中也善於論述，李俊民以絕句表達政治哲理，議論主上遭蒙蔽的特色是受宋代詩人與理學家的影響，使得詩作表現出議論論理的特色。

# 第三章　楊宏道詩學研究

## 第一節　楊宏道仕宦與遊歷

　　楊宏道與李俊民同處於金末元初，楊宏道同樣為戰亂所苦，輾轉顛沛，流離於金、宋、元三朝，同樣寫出記載史實與人生義理的文學佳作。

　　本節參考《全金詩》[1]、《小亨集》[2]、《金代文學家年譜》[3]等著作，對於楊宏道先生的生平與仕宦將作進一步完整的歸納與整理，並提出新的看法與佐證。

## 壹　家族資料

　　楊宏道字叔能，號素庵，淄川人[4]，在其所創作的〈送鄭飛卿〉[5]詩中提及：

　　　　晉亡氏族入遼東，吾祖君家事略同。曲阜臨淄非故國，烏丸白

---

1　薛瑞兆、郭明志編纂：《全金詩》（天津：南開大學出版社，1995 年 11 月出版），第 3 冊。本文所標明之楊宏道詩作皆出自此本。
2　〔金〕楊宏道：《小亨集》（臺北：臺灣商務印書館，1983 年，《景印文淵閣四庫全書》），第 1198 冊。
3　王慶生著：《金代文學家年譜》（南京：鳳凰出版社，2005 年 3 月第一版）。
4　今山東省淄博市。
5　同註 1，頁 500。

雪有華風。百年勝負興亡裏，幾處悲歡離合中。別後相逢無定
在，太行山色翠連空。

可知楊宏道的先祖本是中原人士，在晉亡後遷至遼東，成為日後
的金國人。因此說「曲阜臨淄非故國」，對於時空的變化及歷史興
亡，常有身不由己之感。

## 一　出華陰楊氏

由楊宏道〈自述〉詩中五言長律所說：

為氏因封邑，名家出華陰。行藏由治亂，用舍自浮沉。五代生
民極，末年流毒深。華夷兩牢窄，宇宙一刀砧。泯滅青牛跡，
寂寥白鶴音。（頁 507）

了解楊宏道出自華陰郡望，為中原名家之後，按《金代文學家年
譜》[6]所考，楊氏出於「羊舌氏」。是春秋時晉國大夫叔向，封在
「楊」（今山西洪桐縣東南）；叔向子「食我」因此以楊為姓氏，後晉
頃公殺食我，分其封地，其子孫逃往華山，稱華山楊氏。

所以楊宏道感嘆，自己家族至從春秋晉國後，即無法避免大時代
戰亂的禍事，一直到五代也是處於「華夷之爭」，深受戰爭所苦，感
慨楊氏子孫在浩瀚宇宙之中，只能任時代宰割，漸漸沒落。

即至金朝開國，楊宏道先祖也曾任官：

日升消薄霧，雲欲出高岑。開國榮持節，歸田足賜金。名駒追

---

6　同註3，頁 1364。

老驥，稚栝秀長林。鼙角催朝暮，星霜換古今。

由詩中所言：「開國榮持節，歸田足賜金」，可知楊氏先祖在金朝開國時，也曾位居高官，顯耀一時。

## 二　出生於淄川山城、父親曾於汝陰任官，十一歲父母雙亡

據《全金詩》、《金代文學家年譜》所考楊宏道生於西元 1189 年（金世宗大定二十九年）。

### （一）出生於淄川山城

金世宗大定二十九年出生《金代文學家年譜》[7]以楊宏道在〈窺豹集後序〉[8]中提及：

> 余生淄川，不與前輩接，山城非大都會，無所考究，年二十九避地逾河關。五十有二東歸鄉里，親戚故舊無在者。

詩序中所言：「二十九避地逾河關」，與〈優伶語録〉[9]所稱：「今也路出東原（原注興定元年東平府録事雷晞顏名淵），欲致謁於左右疑而未敢進也。」相推論，如果五十二歲所指為元太宗十一年（西元 1239 年）回淄川之日，二十九歲即為興定元年（西元 1217 年），推之出生於大定二十九年（西元 1189 年）。[10]

---

7　同註 3，頁 1365。

8　同註 2，卷六・葉四下。

9　同註 2，卷六・葉二十七下。

10　筆者對於楊宏道出生確實年份於林宜陵著：〈楊宏道詩歌析論〉，《東吳中文學報》第 11 期（1995 年 5 月），頁 159～190。一文中，另有持論，爭議點在於五十二歲回歸故里，指回歸「濟源」或故里「淄川」。

（二）父親曾於汝陰任官，十一歲父母雙亡

在〈重到靈巖寺〉一詩曾云：

> 七歲嘗來此，于今五十年。當時隨杖屨，名刹在林泉。已廢嗟
> 何及，猶存亦偶然。先塋耕墾後，濃露濕荒煙。（頁 491）

七歲時曾至山東濟南靈巖寺。靈巖寺在山東濟南市，始建於東
晉，七歲時楊宏道童年曾於此度過。

由楊宏道受當時文人所肯定的自述詩〈幽懷久不寫一首效韓子
（此日足可惜）贈彥深〉可見其金亡以前的生平遭遇：

> 幽懷久不寫，鬱紆在中腸。為君一吐之，慷慨纏悲傷。辭直非
> 謗訐，辭誇非顛狂。流出肺腑中，無意為文章。兒時捧書卷，
> 十日讀一箱。少年弄柔翰，開口吐鳳凰。正月號悲風，穗帷掛
> 萱堂。先君官汝陰，九月飛嚴霜。纍纍二十口，丹旐迴南方。
> （余年十一，正月喪母；九月喪父，哀哉！）（頁 461）

詩中言楊宏道生於書香世家，對於書籍的閱讀多到「十日讀一
箱」，由「先君官汝陰」可知當時父親在「汝陰」任官。

十一歲時正月母親過世，九月父親過世，父母雙亡之後家族中二
十多人因母親與父親的早逝頓失依靠。

## 三　依靠叔父，拜師南溪先生

在〈幽懷久不寫一首效韓子（此日足可惜）贈彥深〉：

有叔不讀書，但知禽色荒。呼盧畜鷹犬，置我遊戲場。珠璧不
受污，拂拭增耿光。鬱鬱弭南溪，絳帳縣郡庠。組織合尺度，
道業傳諸生。摳衣無幾何，義手一韻成。南溪具酒饌，列坐子
侄行。青綾復我身，醉臥家人傍。雲間陸士龍，秋試獨騰驤。
（南溪先生之弟庭賢，名天瑞，嘗為義都府經義都魁）（頁
461）

言其寄居叔父家中，叔父不知上進縱情聲色，但是楊宏道仍堅持
父親遺訓，嚴守尺度，拜師「南溪先生」學習詩歌，與陸士龍師出同
門。

## 四　娶二妻皆亡

楊宏道在〈悼亡〉詩中言及：

賡歌長相思，未歌先淚垂。憶昔初裹頭，娶妻濟水湄。綢繆十
載間，憂患雜歡嬉。一朝遭喪亂，倉卒不得辭。荒城落日哭，
悲在留兩兒。兒癡誠可憐，鞠養失母慈。再娶般溪上，婦道良
同規。願從髮抹漆，得到頭梳絲。奈何同穴志，眷戀方再期。
食貨居難安，一官調京畿。分袂未云久，故里嗥狐狸。凌霄失
高樹，化作柔楊枝。摧枯與攀折，寂寥兩不知。沉痛傷人心，
出門何所之。路逢翁與媼，傴僂行相隨。感我少年心，兩度生
別離。（頁 471）

自憐二位髮妻皆不得與己白頭終老，於濟水畔娶第一任妻子，婚
後十年因戰亂中顛沛流離而喪生，生下二位兒子；於般溪畔再娶第二
任妻子，卻因調官汴京分離二地。

又從楊宏道在〈汴京元夕〉中提及第二任妻子在戰亂中被害:

> 一朝別鵠動離聲,伉儷三年曉夢驚。當日想君應被害,此時憐
> 我不忘情。杜鵑啼血花空老,精衛償冤海未平。追憶月明合巹
> 夕,何堪燈火照春城。(頁 501)

詩中言及與第二任妻自結婚三年後,其妻遇害身亡,自己卻不知
確實死因,由此可以推知二任妻子皆於戰亂流離中喪生。

在〈自述〉中說:

> 名駒追老驥,稚梧秀長林。鼙角催朝暮,星霜換古今。
> 卻辭石熊麓,來卜籠溪潯。溫飽童耆樂,馨香祖禰歆。
> 一朝人事變,萬里塞塵侵。火燎傾巢燕,弓驚鎩羽禽。
> 半攜陳國鏡,百感少原簪。擬賦蕪城賦,長吟梁甫吟。
> 蕭條君子澤,恒久士人心。誰把焦桐木,收為綠綺琴。
> 坐中驚倒屣,樓上快開襟。才藝如毫髮,忠誠或倍尋。
> 相知誓相報,歲月莫駸駸。(頁 507)

詩中自述,自十一歲父喪後,得蔭官職,遭遇戰亂,飽受顛沛流
離之苦。自己滿腹忠誠,卻懷才不遇,身世坎坷。

## 五 育有二子五女

楊宏道在〈甲辰年門帖子〉[11]中言及:

---

11 宋理宗淳祐四年(西元 1244 年),前一年蒙古將張柔分兵屯田於襄城。見陳慶麒
編:《中國大事年表》(臺北:臺灣商務印書館,1994 年 6 月出版),頁 253。

歲在龍蛇何足慮，庭疏蘭玉最堪憐。故將西漢緹縈事，說與君
家老孟光。（頁 517）

在自注中言及自己育有「一子五女」，因此以緹縈一事，安慰自
己，女兒仍是可以光耀門楣。

如前文所言第一任妻子留有二子，由〈哀子〉詩中可以了解一子
死亡：

鬅齓哀哀失所天，衣衾草草殯荒煙。西南流寓三千里，東北攀
號二十年。負土起墳常在念，刻銘納壙未能遷。此生已矣知無
奈，唯願華顛孝道全。（頁 505）

由詩中所言「西南流寓三千里，東北攀號二十年」，其子當卒於
南流寓南方之時，當時匆匆埋葬後，在逃亡的路途中，始終心心念
念，可是在亂世之中，哪有餘力處理死者之事。

## 貳　金代仕宦

本論文於此分論楊宏道在金代的仕宦歷程：

### 一　金宣宗興定元年（1217 年）二十九歲至汴京擔任「刑部委差官」

二十九歲前與何元理至前線「遼地」，二十九歲後回汴京，至興
定五年三十二歲在汴京。

楊宏道在〈窺豹集後序〉中提及：「余生淄川，不與前輩接，山

城非大都會無所考究，年二十九避地遁河關」<sup>12</sup>。

在楊宏道〈幽懷久不寫一首效韓子此日足可惜贈彥深〉中記載這段時期的遭遇為：

> 故人何元理（中庸），白日照忠誠。勸我從延賞，然後學明經。三年走遼竭，險阻實備嘗。鯨翻地軸傾，狼狽歸故鄉。鐵馬逐人來，蹴踏般溪水。朔風振屋瓦，蒼陌屍縱橫。鳴鏑射迴雁，冰消溪水清。親朋半凋落，殘月依長庚。婉婉兩稚子，面鯨刀劍瘡。田園幸無恙，出郭依農桑。鋤耰干戈裏，三稔無積倉。（頁461）

至金遼邊境求學尋求立功沙場，準備日後明經科科考，三年奔波之後，歸鄉耕種，卻仍難以維生。

此段遭遇楊宏道在〈幽懷久不寫一首效韓子此日足可惜贈彥深〉中記載至汴京的景象為：

> 一官調神京，妻子不得將。風塵復滇洞，齊魯多豺狼。謳歌無家別，揮淚哭途窮。李侯藝九畹，早播芝蘭香。奇字來無趾，側耳屬垣牆。妝鈿剪翠羽，墮珥捨明璫。綴緝不憚煩，既成衣與裳。一朝忽變化，頭角高軒昂。男兒可如此，陋質傾高風。庶幾困而學，否極承變通。

國家危亡之際至汴京所感受風雨欲來，人心惶惶的精神壓力，及經濟困頓的悲苦。詩歌之中表現出南北奔波的淒涼之情，卻也表現出

---

12 同註2，卷六・葉四下。

如屈原寧為玉碎的忠貞。

在〈古興二首之二〉所言：

> 平原陷為湖，浩蕩迷津步。中有斷纜舟，楫舵失先具。風濤無
> 定期，浮沉付冥數。忽忽已三年，未知止泊處。余生天地間，
> 正可以此喻。春郊麥將枯，籲嗟望雲霧。（頁 460）

此詩當作於二十九歲入京之後，雖得眾人賞識，但科舉屢次落
榜，由「忽忽已三年，未知止泊處」知約為三十二歲時所作。[13]

由〈謁詩〉中所言知任職「刑部委差官」

> 我夢神遊入官府，少年掖翁出東廡。傍人相指竊笑語，掖翁少
> 年乃宗武。須臾呼我傍簷楹，聞汝頗有能詩聲。奈何低首就驅
> 役（時為刑部委差官），更勿赴我詩壇盟。（頁 480）

楊宏道自己說明在金朝廷擔任「刑部委差官」一職，低首就驅
役。

此期作品[14]詩歌著作有：〈幽懷久不寫〉、〈謁詩〉、〈赴京〉、〈古興
二首〉、〈悼亡〉、〈甘羅廟〉、〈空村謠〉。

賦有：〈臨水殿賦〉。

## 二　金宣宗興定五年三十三歲與元好問會於汴京

金宣宗興定五年[15]三十三歲與元好問會於汴京，金代末年始享有

---

13　《金代文學家年譜》未編此詩創作時期。

14　據《金代文學家年譜》增補。

15　興定元年至五年為為西元 1217 年至西元 1222 年。《中國大事年表》：「（金）興

詩名。科舉不第，入陝西為吏。

元好問在《小亨集序》中：

> 貞祐南渡後詩學大行，初亦未知適從，溪南辛敬之、淄川楊叔
> 能，以唐人為指歸。敬之舊有聲河南，叔能則未有知者。興定
> 末叔能與予會于京師，遂見禮部閑閑公及楊吏部之美。二公見
> 其〈幽懷久不寫〉及〈甘羅廟〉詩嘖嘖稱讚不已。今世少見其
> 比，及將往關中，張左相信甫、李右司之純、馮內翰子駿皆以
> 長詩贈別，閑閑作引，謂其詩學退之，〈此日足可惜〉[16]頗能似
> 之，至比之『金膏水碧、物外自然奇寶、景星丹鳳，承平不時
> 見之嘉瑞。』叔能用是名重天下令三十年。[17]

認為楊宏道是獨當一面之詩學專家，其詩作〈幽懷久不寫〉、〈甘
羅廟〉為時人趙秉文、楊雲翼所推許，足可見其詩學成就。

此期除與元好問、趙秉文、楊雲翼交遊外，還與張介、楊信卿交
遊。

張介曾有詩贈楊宏道[18]稱：「我貧自救亦沃焦，君來過我亦何聊。
為君欲寫貧士嘆，才思殊減〈荒村謠〉」。

此期作品詩歌著作有：〈贈裕之〉、〈同張介夫、楊信卿賦龍德宮
詩〉、〈出京〉、〈別楊信卿〉。

---

定三年，蒙古盡取金河北州縣」。（頁 250）

16 即〈幽懷久不寫一首效韓子此日足可惜贈彥深〉一詩。

17 同註 2，原序・葉一上。

18 《中州集》，卷八。

## 三　金宣宗元光元年（西元 1222）三十四歲至邠州

至邠州與趙伯成、趙晉卿，張相公交遊。

此期作品詩歌著作有：〈九日邠州公宴席上奉呈趙節使張相公〉、〈陪趙節使遊自雨亭〉、〈李廷珪墨歌〉。

## 四　金哀宗正大元年[19]三十六歲監麟游縣酒稅

再次入京應試，落榜。

〈養浩齋記〉中言：「余以正大元年監麟游酒稅」[20]可知金哀宗正大元年楊宏道監麟游縣酒稅。

由〈別鳳翔治中艾文仲序〉詩序中言：

> 制榷酒而征商，吏部差監務二員，曰監，曰同，常以五月中官給本，造周歲所用之麴，九月一日新舊相代，監務相呼，我代者為上，交代我者為下，交余自京兆從劉監察光甫到鳳翔，而府帥郭公仲元囑文仲，請余教其子倕於府學。麥既熟，上交不至，辭，赴麟遊造麴。八月上交至而罷。監務造麴已竟，雖上交至例不當罷，蓋彼貨吏而罷余也，將往邠州以詩告別。（頁509）

由詩序中可知正大元年前一年楊宏道曾至鳳翔任教於府學，後以製酒不當遭到罷官，因此往邠州。

元好問〈懷叔能〉詩中對於楊宏道落榜感到歎息：「別後楊侯又

---

19 西元 1224 年，《中國大事年表》：「春三月金來請和……冬十月金及夏平」（同註 11，頁 251）。

20 同註 2，卷六・葉十五下。

一年，西風每至輒淒然。酒官未得高安上，詩印空從吏部傳。三沐三薰知有待，一鳴一息定誰先。黃塵憔悴無人識，今在長安若個邊。」，以「三沐三薰」形容對楊宏道落榜的震驚。

詩歌著作：〈酬劉京叔祁〉、〈別鳳翔治中艾文仲〉、〈郊城僧院二首示縣令〉、〈橙實蠟梅〉、〈赴麟遊縣過九成宮〉、〈宿普照寺〉、〈麟遊秋懷〉、〈再至鳳翔普照寺〉。

文體著作：〈養浩齋記〉。

## 五　金哀宗正大二年（西元 1225 年）至正大三年（西元 1227 年），三十七歲自邠州入平涼

三十七歲自邠州入平涼，平涼太守任其軍職，三十八歲楊宏道以不稱才請辭。在〈贈裕州防禦〉一詩中提及：

皇帝二載歲乙酉，八月花川墮天狗。（田瑞據鞏州反）宥親釋黨可攻心（田瑞之父在甘谷釋，不殺），結趙連蜀憂掣肘。運芻輸粟正嗷嗷。擐甲執戈徒赳赳，聊城朝飛仲連箭（矯制赦城中）。夏人暮擲惠琳首，借籌功大克渠魁。失馬過輕傷利口，（防禦時為行省郎中，陝西和買馬在鞏州，城降，多為將士掠取之，坐此而罷。）天鑒長懸日月明，皇恩更賀丘山厚。萬家特旨畀韋虎，千里長謠得杜母。憶昔軺車到鳳翔，特遣朱衣邀馬走。金剎剝橙催賦詩，（鳳翔普照方丈席上請余賦橙實蠟梅）銀杯行酒無停手。許遊蓮幕廁英髦，欲瀉蘭湯洗塵垢。武陵回首山縱橫，薦福打碑雷震吼。（余到平涼，防禦已罷職）。馬首東之詎可留，雞肋空持復何有。嘶風驚聞沙塞馬，挈家來覓商巖叟。控弦突騎若憑虛，戰格連雲如拉朽。洛南屠滅彼何辜，渾谷奔忙誰敢後。仰攀危磴蝸篆壁，下墜深阬杵投臼。血

屬有幸脫微軀，僚俱豈能存敝帚。恩全終始屬賢良，仁濟困窮
多福壽。借君寶劍買黃牛，苟全性命歸南畝。（頁 478）

寫出戰爭的危急，從鳳翔至平涼，兵敗如山倒，金朝領土一一淪
陷，「余到平涼，防禦已罷職」，平涼守已罷守，只得回歸田園。

楊宏道在〈送張景賢張彥遠引〉：「年將四十，被檄西來。借一軍
職，有名無實。若此而與夫啗膄飲醇者，同責其畏避而不事事，不亦
冤乎。後世惑於流俗，不知文武同方，而失其所以用人。使貧賤之
士，進退狼狽而不知其所為，悲夫因二君之赴省也，爰書此以贈之
焉。」[21]道出任職平涼軍職者，有名無實的無奈。

此時詩歌著作有：〈贈裕州防禦〉、〈赴平涼留別趙晉卿〉、〈次韻
趙晉卿二首〉、〈聞有將遊崆峒者示之以詩〉、〈中庭植梧竹一首〉、〈來
復生〉。

文體著作有：〈送張景賢張彥遠引〉。

## 六　金哀宗正大四年（西元 1227 年）三十九歲避兵至藍田縣

此時平涼已為蒙古軍所攻陷，八月離開平涼避兵藍田縣投靠張德
直。遊秀野園及渼陂。阻於隆曲寨一地。至鄧州，求助劉祖謙，至內
鄉見元好問。

（一）離開平涼

在〈投鄧州節副劉光甫祖謙〉詩中言及：「仲秋八月離平涼，隴
月光寒涇水黃。弱妻抱子乘瘦馬，服玩附行猶一囊。鄠郊藍水不敢
住，東南深杳崔嵬藏。」（頁 471）了解正大四年，攜妻抱子，離開

---

21 同註 2，卷六・葉九上。

平涼。

（二）至藍田縣

〈投藍田縣令張伯直啟〉[22]（名德直以稱職復任）：

> 十年避地，事業從可知，四海無家，生理何勞問，惟是心存其
> 恒，德亦蒙齒錄於高人，初疑已斷之機，便成棄置，終悟不調
> 之瑟，猶可更張，死灰有意於復然，璞玉敢期於再獻。少作既
> 悔，舊文盡焚，欲營一畝之宮，潛究六經之旨，志久未遂，時
> 難再來，感落葉於清秋，每臨風而浩歎，螢飛庭戶，思披車胤
> 之書，雨霽郊墟，空詠文公之句，伏惟某官學而入仕，惠以臨
> 民，交章薦而榮被，新恩六事修而與聞。政事里閭和會吏，卒
> 歡迎草長訟庭尚收。曾雷之犢風，回春郭重開舊種之花，竊聞
> 有德可尊，處仁為智。伏願息肩餘蔭，拜手清塵，身雖貧而累
> 輕，易足支消之計，道既獨而交寡，斷無請謁之私。

「十年避地，事業從可知，四海無家，生理何勞問。」即指二十
九歲後十年，是三十九歲。可知三十九歲時至藍田縣。

此時有〈章谷村〉詩為《永樂大典》所收錄，詩云：

> 洛南千戶邑，章谷一家村。屏跡山川僻，無時霧雨昏。短檐垂
> 葦箔，老樹並紫門。日汲清泉飲，汲多常恐渾。（頁519）

寫戰爭的慘狀，章谷村中僅剩一戶人家的景象，此詩只被《永樂

---

22 同註2，卷六·葉三下。

大典》所收，未為《四庫全書》所收，應當是因為寫得太過慘烈，清
代《四庫全書》決定不收此作。

（三）遊秀野園及渼陂

　　此時曾遊秀野園，有〈秀野園記〉之作：「正大四年六月，余始
來遊望之青林蔚然，既至其處，怪其蕪穢不治……宴賞遊觀之樂，如
秀野而已哉。淄川楊某記」。[23]可見正大四年六月，楊宏道曾經至秀野
園遊歷，並為之作序言。

　　也曾經至渼陂一地，有〈渼陂〉詩：

　　　　空翠堂中望陂水，岸回山列若無窮。鏡銅新拭寶匳坼，機絲未
　　　　張雲錦空。一飯常懷源少府，勞生更甚杜陵翁。鳥飛魚泳方自
　　　　得，慙愧此身如轉蓬。（頁 506）

　　「渼陂」[24]在鄠縣與藍田縣於金朝同屬於京兆府管轄，今日屬於
陝西省西安市。詩中描寫自己所處戰亂時局，比之杜甫之時更加險
峻。

（四）受阻於隆曲寨一地

　　此時戰亂危急，曾經受阻於「隆曲寨」，在〈阻隆曲寨〉一詩
中：

---

23 同註 2，卷六・葉十八上。
24 岑參有〈與鄠縣群官泛渼陂〉：「萬頃浸天色，千尋窮地根。舟移城入樹，岸闊
　　水浮村。閒鷺驚簫管，潛虯傍酒樽。暝來呼小吏，列火儼歸軒。」〔清〕曹寅編：
　　《全唐詩》（北京：中華書局出版，1996 年），頁 2084

十月雷驚蟄，黃雲接地陰。冰銜丹水細，山擁武關深。濡沫思靈沼，傷弓失鄧林。通途施陷穽，之子獨何心。（頁 486）

「隆曲寨」在今日陝西省丹鳳縣，楊宏道寫戰況危急，逃難途中履遇陷阱，驚險萬分，受阻在「隆曲寨」一地。寫逃難中驚險的景況，「十月雷驚蟄，黃雲接地陰」寫天氣的變動之大，也寫朝政的變天。「濡沫思靈沼，傷弓失鄧林」二語，「濡沫」比喻處困境之魚，急思得一「靈沼」得以生存。如傷弓之鳥，如夸父追日般逃至「鄧林」已無路可逃，逃亡的道途中處處危機，令人愁思難解，表達出亡國遺臣絕望的哀傷。

（五）至鄧州，求助劉祖謙，見內鄉縣令元好問

有〈投鄧州節副劉光甫祖謙〉一詩，求助劉祖謙。詩言：

勞筋苦骨數百里，今日得升君子堂。一囊服玩不復顧，數冊猥槁情難忘。君能貸我一茅屋，忍饑默待時明昌。（頁 475）

戰亂流離失所，至鄧州懇求劉祖謙援助，與杜甫因戰亂流離各地的遭遇相同。其間曾於內鄉縣見元好問，有〈達內鄉見縣令裕之〉（頁 505）之作，「內鄉」在河南省西峽縣，當時內鄉縣令是元好問，元好問字裕之。詩中表現出一路逃離戰亂，所受的饑寒交迫。

此時詩歌著作有：〈贈裕州防禦〉、〈赴平涼留別趙晉卿〉、〈次韻趙晉卿二首〉、〈聞有將遊崆峒者示之以詩〉、〈渼陂〉、〈章谷村〉、〈阻隆曲寨〉、〈中庭植梧竹一首〉、〈來復生〉、〈投鄧州節副劉光甫祖謙〉、〈達內鄉見縣令裕之〉。

文體著作有：〈秀野園記〉。

## 七　金哀宗正大五年（西元 1228 年）四十歲在鄧州

在鄧州安家，與元好問、劉祖謙、李長源交遊於內鄉。

### （一）安家於鄧州

有〈贈鄧帥〉一詩：

> 順陽江上早梅開，一夕風吹斗柄回。漢日舒長鈴閣靜，楚天空
> 闊野鷹來。奇才既已蒙三顧，羈客何須賦七哀。好結茅齋為小
> 隱，無心求比少城隈。（頁 499）

詩中感到慶幸得以暫時隱居於鄧州，得到基本的生活安定。
在〈寓居書懷〉一詩中也說：

> 疏栽枯棘作籬藩，鄰舍相望不設門。去燕來鴻為客慣，佩蘭懷
> 玉與誰論。河名無定亦歸海，草日寄生猶有根。但得生涯能地
> 著，何嫌山谷數家村。（頁 499）

對於亂世之中得一地，稍得棲身的感恩。

### （二）與元好問、劉祖謙、李長源交遊

有〈次韻裕之元夕山村見寄〉一詩：

> 山人不得住山村，敗履常穿畫戟門。歌舞滿堂非我事，枉教紅
> 燭照眵昏。（頁 514）

記載與元好問在鄧州歡遊之景。

在〈劉節副內鄉新居〉詩中言及：

> 去職未云久，幽人時到門。劇談臻性理，隨意具盤飧。鑿井城
> 隅宅，買牛江上村。聖朝深眷遇，安得守田園。（頁490）

記載與劉祖謙於內鄉，談理聊天，安守田園之樂。

有〈調李長源〉一詩：

> 何時一門鳳鳴酒，滿酌與君洗不平。男兒年少鬢如漆。日落胭
> 脂坡上行。（頁516）

為李長源抱不平之作，感歎李長源的未老髮先白。

有〈裕州防禦使題名記〉一文：

> 郡縣廢置視時之重輕，立本圖始，必選世之望人，以培植之。
> 戰國時「方城」重於楚，逮漢唐之隆利盡南海，其地不過為四
> 會五達之衝。自是而後漸降而為縣，皇朝應運興滅繼絕，割淮
> 之南以為晉。故方城稍重於漢唐，而為縣仍舊。泰和六年，晉
> 既渝盟沿淮上下，增益屯戍。於是改曰：「裕州」置刺史國制
> 刺史職五品，受約束於大鎮，而不得專是。州縣之名雖殊，其
> 施為舉措亦無以大異。今主上即位之，四年有司，再以為言。
> 乃更刺史為防禦使，首以某官蒞之。某官嚴幹之名，素著於中
> 外，故用以培植本根，俾後人樂其成，而食其實也。唐玄宗愛
> 鄭虔之才，欲置左右以不事，事更為置廣文館，以虔為博士，
> 虔聞命不知曹司何在，訴宰相：宰相曰：「上增國學置廣文館

以居賢者，令後世言廣文博士，自君始不亦美乎。」夫廣文館
閑曹也，以虔不事事，故雖愛其才，但以閑曹處之名雖美而實
不至。豈若裕州防禦使自某官始之為愈也，其山川控帶，戶口
兵賦刺史題名記備矣。此不復云。至（正）大五年五月五日淄
川楊某記[25]。

對於裕州郡縣有詳細歷史記載，文中言明作於「正大五年」，可
見「正大五年」在裕州。

此期詩歌作品有：〈贈鄧帥二首〉、〈寓居書懷〉、〈次韻裕之元夕
山村見寄〉、〈劉節副內鄉新居〉、〈調李長源〉。

文體作品有：〈裕州防禦使題名記〉。

## 八　金哀宗正大六年（西元 1229 年）四十一歲至正大八年四十三歲（西元 1231 年）在鄧州

期間至汴京赴試，落榜。與王郁、王渥、張德直書信來往，再回
鄧州上書戶部尚書楊愷，又送別麻革與張澄。

（一）至汴京赴試，落榜。與王郁、王渥、張德直書信來往。

有〈送王飛伯〉詩：

> 吟詩何所得，白髮早生頭。始覺虛名誤，應為達士羞。梁園遇
> 飛伯，俊氣挾清秋。嵩洛引歸思，因余故少留。（頁 487）

據王慶生先生所考王飛伯即王郁，王飛伯於正大六年落榜，西遊

---

洛陽[26]。

　　楊宏道有〈送王仲澤任寧陵縣令引〉：

　　　　二戴集《禮》列於五經，其文字之多倍於《易》、《詩》、
　　　　《書》。而喪服幾半之，聖賢相與丁寧問答，以明其制者，得
　　　　非禮主於敬，敬以立行，行以孝為本，孝以勉喪事為難乎。宰
　　　　我欲朞三年之喪，孔子以為不仁於汝安乎之，問責之甚深。嗚
　　　　呼去聖益遠，而安之者何其多也，太原王君仲澤之居母喪也，
　　　　擗踊至於既殯飦粥。倚廬至於食菜果，練冠至於祥琴，能率禮
　　　　以終制難矣哉。立行之本於流俗，既衰之後舉禮之難於叔世巳
　　　　壞之，後移之可以事君，推之可以從政矣。初宣廟以縣令近
　　　　民，欲得其人也，詔內外五品以上官，各舉所知，以聞而用之
　　　　他人之舉者一二人，或三四人，至於六七極矣。舉君者獨三十
　　　　餘人，自登進士第，以青衫九品職應辟書，居油幕者，殆將十
　　　　年而人無言焉，及丁母憂，唐鄧帥府。又以前職檄起之蓋不得
　　　　已而後起也，既而從吉。從吉未滿三月勅授寧陵縣令。子曰：
　　　　「不患無位，患所以立」若君者克自立者歟，不患莫巳知，求
　　　　為可知也，若君者為可知者歟。愚嘗妄論四科之長，各述其所
　　　　長，非謂有其一，而無其三也。曰德行，顏淵不能政事。政
　　　　事，季路無德行可乎。曰文學，子夏不能言語，言語，子貢無
　　　　文學可乎。故於君之赴寧陵也，唯述其能行，三年之喪夫，豈
　　　　簡君也哉[27]。

　　──────────

26　同註3，頁1378。
27　同註2，卷六·葉七上。

據王慶生先生[28]所考本文寫於金哀宗正大六年。全文引述三年之喪在金代的守禮狀況，可供後世研究金代承襲喪禮的傳承。

有〈題重刻離堆記後〉一文：

> 魯公之德之藝，咸為當代及後世之所推重。蓋公以忠義為德，以翰墨為藝，二者初不相資，以成名也。德成名隨之，藝成名亦隨之正，使公不能書，而忠義之節當與日星爭輝。如或不遭奮勵之地，有以自見，而翰墨之妙，亦當與金石不朽矣。故張巡之節不待藝顯，李斯之筆不以人廢，雖然有德以發其藝，有藝以華其德，虎之文炳然，豹之文蔚然宜乎，後公數百載，大人君子據德游藝，愛之而不置也。公嘗作《離堆記》書，而刻之石壁上，字徑三寸，比他書尤瓌奇。元符三年，唐子西祠堂記已有崩壞剝裂之語。元符距今又百餘年，鄧元帥漆水郡公，慮其崩剝不已，寖及完處。公門下客安常嘗以篆隸待詔翰林，亦能以朱蠟摹書，不失其真。適官於南陽，某人尋某復善刊字，公乃出家藏《離堆記》石本，置其點畫缺損，絕不可識者，餘悉重勒之石，凡幾百幾十字。典型具在，唯讀之不能成文，為可惜也。嗚呼！魯公之書，取譬則火也；離堆之石，取譬則薪也。火傳於薪，薪灰而火無盡。故離堆之石可壞，而魯公之書不可泯。成德之藝大矣哉，懿夫大人君子之事，可以為教於斯世也。據德游藝大人君子之事乎，孰謂元帥公重勒魯公之書於石，非大人君子之事也歟。非可以為教於斯世也，歟至（正）大六年楊某題。（《小亨集》卷六）

---

明確標明作於「正大六年」，此文可看出楊宏道對於古籍整理留傳的貢獻。時人鄧元帥將《離堆記》石碑出版之後，請楊宏道為其作序。足見楊宏道於此地已享文名。

此時有〈送張縣令赴任符離〉一詩，據王慶生先生所考，張縣令為張德直，張德直此時由藍田縣派任符離[29]。

（二）回鄧州上書戶部尚書楊慥，送別麻革與張澄

〈上楊尚書〉（戶部名慥，字叔玉）：

> 科試榮身道甚夷，敝車羸馬若為馳。聖俞仕宦由門廕，德裕譏
> 評敢自欺。惡醉已能真止酒，固窮初不坐耽詩。謀生但有依農
> 事，二頃良田未可期。（頁504）

上書戶部尚書楊慥，期望得到推薦與重用。
有〈送麻信之〉[30]一詩送別麻革：

---

29 同註26。

30 《全金詩》：「麻革字信之，號貽溪，臨晉人。正大四年，與張澄、杜仁傑等隱內鄉山中，日以作詩為業。天興元年，汴京被圍，陷圍城中。崔立之變起，迫其與劉祁以太學中名士為碑文。金亡，自雁門踰代嶺，留滯居延。蒙古太宗十一年，赴試武川，歸途訪劉祁於渾源，嘗登龍山。隱居教授而終。當金源北渡後，元好問首為河汾倡正學，革與張宇、陳賡、陳庾、房皥、段克己、段成己、曹之謙、元好問遊，從宦寓中，一時雅合，并以詩鳴。元人房祺輯麻革等八人詩作，編為《河汾諸老詩集》元好問嘗評杜仁傑，張澄、麻革三人詩曰：『仲梁詩如偏將軍將突騎，利在速戰，屈於遲久，故不大勝則大敗，仲經守有餘而攻戰不足，故勝負略相當，信之如六國合從，利在同盟，而敝於不相統一，有連雞不俱棲之勢，雖人自為戰，而號令無適從，故勝負未可知。』今錄詩三十六首。」（同註1，第4冊，頁276）

愛客出天性，君來心事違。窮愁詩興淺，風雨杏花稀。相對忘饑渴，高談訂是非。穰城二月尾，吾亦欲東歸。（頁487）

麻信之即麻革，「穰城」在鄧州，在與麻革別離之後，有了不如歸隱的念頭。

有〈別仲經〉一詩寫給張澄：

相逢嘗共被，東縣與西州。無策不成事，有身空遠遊。如君勤問學，度日亦窮愁。濡沫能微濕，生涯善自謀。（頁482）

仲經即張澄，感傷張澄與己都是窮困無助的奔波於世局之中。

此期詩歌作品有：〈送王飛伯〉、〈送張縣令赴任符離〉、〈上楊尚書〉、〈別仲經〉。

文體作品：〈送王仲澤任寧陵縣令引〉、〈題重刻離堆記後〉。

## 九　金哀宗天興元年[31]四十四歲，元軍入城，再次逃難，鄧州淪陷

該年年初對於局勢的危難，深表憂心，有〈壬辰年門帖子〉[32]一

---

31　西元 1232 年。

32　《金史紀事本末》「宋元克蔡」源起載鄧州危急：「哀宗天興元年（壬辰一二三二）冬十二月丙子朔，帝以事勢危急，遣近侍即白華問計，對以紀季以酅入齊之義，請車駕出就外兵，留荊王監國。於是親巡計決，遂拜右司郎中。（〔攷異〕薛應旂通鑑云：主召羣臣議，或言歸德四面皆水，可自保。或言宜沿西山入鄧。或言速不臺在汝州，不如取陳、蔡路往鄧。遣問白華，謂「宜直赴汝州決戰，外可激三軍之氣，內可慰都人之心。若祇圖遷避，民戀家業，未必毅然從行，可詳審之。」時丞相薩布主鄧議，哈薩喇、烏達布、珠爾、高顯、王義深均主歸德議，帝不能決。所載稍異。）甲申，詔議親出。再議於大慶殿。帝欲以官努、高顯、劉益為元帥，不果。是日，以右丞相薩布兼左副元帥，平章博索兼右副元帥。及參政恩楚，左丞李蹊，左監軍圖克坦伯嘉等，率軍扈從。命參政完顏納新等留守

詩：

> 不求高爵列王臣，不願金珠坐遠身。但願全家度災厄，白頭重
> 作太平人。（頁 516）

期望全家在戰亂時局安然度過危急時刻。

〈壬辰[33]閏九月即事〉（頁 498）一詩記載元軍攻陷京城，身家朝

---

汴京。丁亥，御端門，發府庫及兩府器皿、宮人衣服賜軍士。遂發南京，與太
后、皇后、諸妃別，大慟。行次公主苑，太后持米肉徧犒軍士。辛丑，詔諭戍兵
曰：「社稷宗廟在此，汝等軍士勿以不預進發便謂無功，若保守無虞，將來軍賞豈
在戰士下？」聞者灑泣。是日，鞏昌元帥呼沙呼至自金昌，為帝言京西三百里間
無井竈，不可往，東行之議遂決，授右丞。癸卯，次黃城。丞相薩布子安春有
罪，伏誅。甲辰，次黃陵岡。乙巳，諸將請幸河朔，從之」〔清〕李有棠撰：《金
史紀事本末》（上海市：上海古籍出版社，1998 年），卷 47。

33 《金史紀事本末》「博索誤國」載：「天興元年（（壬辰一二三二），即正大九年
也。）春正月丁酉，兩省軍敗績於峯山，元兵與白坡兵合，長驅趨汴。令史楊居
仁請乘其遠至擊之，博索不從，且陰怒之。遂遣完顏莽伊蘇、邵公茂等部民萬
人，開短隄、決河水以固京城。功未畢，騎兵奄至，莽伊蘇等皆被害，丁壯無還
者。壬辰，棄衞州，運守具入京。初，元兵破衞州，宣宗南遷，移州治於宜村
渡，築新城於河北岸，去河不數步，惟北面受敵，而以石包之，歲屯重兵。元兵
屢至不能近。至是棄之，旋為元軍所據。甲午，修京城樓櫓。先是宣宗以京城闊
遠難守，詔高琪築裏城，公私力盡，乃得成。至是，議所守。朝臣有言「裏城決
不可守，外城決不可棄。」於是決計守外城。在城諸軍不滿四萬，京城周百二十
里，人守一乳口尚不能遍，故詔避遷之民充軍，又詔在京軍官有於上清宮平日防
城得功者，如內族按春、塔呼喇、劉伯綱等皆隨召而出，截長補短，假借而用，
得百餘人。又集京東、西沿河舊屯兩都尉及衞州已起義軍，通建咸得四萬人，益
以丁壯六萬，分置城。每面別選一千名「飛虎軍」，以專救應。然亦不能軍矣。
〔攷異〕喀齊喀傳，元攻城，具有大礮，名「震天雷」者，鐵罐盛藥，以火點
之，礮起火發，其聲如雷，聞百里外。所蒸圍半畝之上，火點著甲鐵皆透。大兵
又為牛皮洞，直至城下。掘城為龕，間可容人，則城上不可奈何矣。人有獻策
者，以鐵繩懸「震天雷」者，順城而下，至掘處火發，人與牛皮皆碎迸無跡。又
飛火槍，注藥，以火發之，輒前燒十餘步，人亦不敢近。大兵惟畏此二物云。所

夕不保的景況，可知壬辰年[34]，鄧州已危殆不堪。

此時有〈賞菊張濟道家分韻得菊字〉一詩[35]：

> 鹿車西來聲轆轆，夜夜空山草間宿。今年蝗旱草亦無，懷川竹
> 林如帚禿。旅人懷抱從可知，失喜君家籬下菊。況逢名勝宜盡
> 歡，談笑未終眉暗蹙。賦詩把酒獨移時，日下風淒體生粟。吁
> 嗟世上無唐衢，若有唐衢見應哭。（頁479）

首句「鹿車西來聲轆轆」引「共挽鹿車」典故，指東漢鮑宣妻少
君棄富從貧，與夫共駕鹿車回鄉之典。比喻夫妻二人同甘共苦，以小

---

載甚詳。）」（同註32，卷48）記載元軍攻入汴京的危急。

34 《金史紀事本末》記「官努之叛」中所載：「哀宗天興元年（壬辰一二三二）冬十
二月乙酉，帝欲以富察官努、（原作蒲察官奴。〔考異〕大金國志云：本名移
剌。）高顯、劉益為元帥，不果。官努少嘗為北兵所虜，往來河朔。後以姦事繫
燕城獄，刦走夏津，殺回紇使者，得鞍馬資貨，自拔歸朝，以特恩收充忠孝軍萬
戶。月給甚優，日與羣不逞博，為有司所劾。事聞，以其新自河朔來，未知法
禁，詔勿問。從伊喇布哈攻平陽，論功最，遷本軍提控，佩金符。三峯之敗，走
襄陽，說宋制使以取鄧州自効，制使信之，至與同燕飲。已而，知汴城圍解，復
謀北歸。遣伊喇留格入鄧，說鄧帥轟赫，稱欲刦南軍為北歸計。轟赫欲就此擒
之，官努知事泄，即馳還，見制使，請兵略鄧邊，獲牛羊數百，宋人不疑。因掩
宋軍，得馬三百。至鄧州城下，移書轟赫自辨，留馬於鄧而去，乃縛忠孝軍提控
姬旺，詐為唐州太守，械送北行。隨營帳取供給，因得入汴。有言其出入南北
軍、行數千里而不懾，其智能可取，宰相悅，使權都尉。尋提軍數百馳入北軍獵
騎中，坐挾一回紇還。巡黃陵、八谷等處，刦獲甚眾，轉正都尉。又至黃陵，幾
獲鎮州大將，中外皆以為可用，至是欲拜為元帥，不果。未幾，真授元帥。戊
戌，官努、阿里哈謀立荊王，未發，朝廷知之，置不問。庚子，帝發南京。甲
辰，次黃陵岡。時平章博索（原作白撒）率諸將戰，官努之功居多。及渡河，惟
官努一軍號令明肅，秋毫無犯。」（同註32，卷50）鄧州歸降宋朝。

35 《金代文學家年譜》未考證此作創作時間。

得僅容小「鹿」乘載的車子逃難。由此典故了解當做於<sup>36</sup>四十四歲，元軍入城，再次逃難，鄧州淪陷。「夜夜空山草間宿」點出無家可歸，元軍入城後奔逃的景象。

「今年蝗旱草亦無，懷川竹林如帚禿」，據《金史紀事本末》「哀宗守汴」，記載天興元年曾有旱災：「天興元年正月戊子，北兵以河中一軍由洛陽東四十里白坡渡河。白坡，故河清縣，河有石底，歲旱水不能尋丈。國初，以三千騎由此路趨汴。是後，縣廢為鎮。」<sup>37</sup>。可考證為天興元年，四十四歲之作。

此時詩歌作品有：〈壬辰閏九月即事〉、〈壬辰年門帖子〉、〈賞菊張濟道家分韻得菊字〉。

---

36 由與妻一同逃難，可知此詩當做於金哀宗天興元年四十四歲，元軍入城，再次逃難，鄧州淪陷，即楊宏道第二任妻子過世前。

37 《金史紀事本末》：「天興元年（壬辰一二三二）（是年本正大九年，正月改開興，四月始改天興。）春正月壬午朔，日有兩珥。癸未，置尚書省、樞密院於宮中，以備召問。時元兵到唐州，元帥完顏兩羅索（原作婁室）與戰襄城之汝墳，敗績，走還汴。遣完顏莎伊蘇等部民丁萬人，決河水衛京城。（癸未）起前元帥瓜爾佳實倫行帥府事。哈達、布哈引軍自鄧州趨汴京。乙酉，以點檢瓜爾佳薩哈為總帥，將兵三萬巡河渡，權近侍局使圖克坦長樂監其軍。起近京諸邑軍家屬五十萬口入京。丙戌，元兵定河中，由河清縣（宋屬河南府。）白坡（鎮名，河清縣城東。）渡河。（〔效異〕呼圖傳，天興元年正月戊子，北兵以河中一軍由洛陽東四十里白坡渡河。白坡，故河清縣，河有石底，歲旱水不能尋丈。國初，以三千騎由此路趨汴。是後，縣廢為鎮。宣宗南遷，河防上下千里，常以此路為憂，每冬日，命洛陽一軍戍之。河中破，有言此路可徒涉者，已而果然。北兵既渡，奪河陽官舟以濟諸軍。所載較詳。）」（同註 32，卷 46）金哀宗天興元年楊宏道四十四歲，元軍入城，再次逃難，鄧州淪陷。

# 參　入宋仕宦

## 一　宋理宗紹定五年（金哀宗天興二年）四十五歲，降宋，入仕宋[38]。至宋理宗端平元年四十六歲任宋職——襄陽府學教諭，依趙范[39]

金哀宗天興二年即宋理宗紹定五年入仕宋（西元 1232 年），至宋理宗端平元年[40]任宋職——襄陽府學教諭。

金哀宗天興二年即宋理宗紹定五年入仕宋，《金史紀事本末》記「官努之叛」中所載：「哀宗天興元年（壬辰一二三二）冬十二月乙酉，帝欲以富察官努、（原作蒲察官奴。〔攷異〕大金國志云：本名移刺。）高顯、劉益為元帥，不果。」（卷五十）富察官努（移刺）於天興元年底以鄧州降宋。楊宏道因此降宋。

楊宏道在〈祭劉副總管文〉文中說：「維端平元年歲次甲午三月巳亥，朔二十二日庚申襄陽府府學諭楊某。」[41]，可知富察官努以鄧州降宋後，楊宏道於端平元年三月任宋官襄陽府府學諭。

維端平元年歲次甲午，三月巳亥，朔二十二日，庚申襄陽府府

---

38　西元 1233 年。

39　趙范也為《宋元學案》作家之一：「滄洲諸儒學案（下）」：「忠敏趙先生范，趙范，字武仲，衡山人，忠肅公方子。與弟忠靖葵俱有大志。少從鄭清之、牟子才學，從父軍中。嘉定間，嘗與忠靖殲金人于高頭。累官知揚州、淮東安撫副使，屢立戰功，進工部尚書沿江制置副使。後為京湖安撫制置使，兼知襄陽。卒，諡忠敏。」〔清〕黃宗羲撰，全祖望補：《宋元學案》（臺北：世界書局，1961 年），卷 70。

40　西元 1234 年。

41　同註 2，卷六・葉二十四上。

學諭楊某拈香，酹酒告於故權京西副總管劉君之靈。惟君之先
貴重於遼，遼亡入燕，襲爵百載，必有道也。紹定癸巳，以鄧
來奔。越明年改元端平，正月巳酉，王師克蔡。乙卯疽發背，
卒。無後亦必有道也，嗚呼哀哉，某所以祭且弔者，武仙執
迷，不復唐州，不知天命，註誤而死者，不知其幾何。如鄧民
穰穰咸獲更生，以武仙唐州方之實，亦有賴於君焉。此眾論之
公也。某寓鄧六年；蒙君以客禮待，燕遊樂樂無不與焉，此一
己之私也。苟無公論，不敢遂其私魂，而有知庶幾聽之。[42]

本文說明選擇降宋的原因，是為百姓生命安全著想，以免生靈塗
炭，降宋是不得不的抉擇。也認同當時局勢，此「劉副總管」當指劉
祖謙而言，以時局險惡與百姓安危為因，不得不降宋，告知亡友劉祖
謙。

有〈澄心齋詩〉詩：

退食公園後，焚香即燕居。鏡明含萬象，水淨見群魚。幕府當
荊楚，官曹塞簿書。靈臺塵不到，作計未為疎。（頁489）

寫金國亡後，自己任職襄陽府學學諭，公餘之際靜心思考，雖身
在官府卻期許自我不要被外物蒙蔽本心。

有〈送房希白序〉一文，論及自己降宋的原因：

甲與乙俱論事，甲之論質樸可笑，乙之論閎遠可談。靜而思
之，甲論如田父之務，耕桑農，工既畢具牲牢酒醴以供祭祀，

---

以養父母，以溫飽其妻子。乙論如學仙之人逃，父母不畜，妻子道引，服氣如此數十年少無昇舉之驗，竟踣於空山爾，甲乙之論善學者奚取焉。方希白之在樊城也，朝不謀夕，誦堯舜周孔不輟，襄陽百萬人獨以詩見寄。某因謀以王氏之館，寓之他日，枉顧嘗切切以治生，語之亦何異。甲之論質樸而可笑也，延留浸漬而後試補府學，交遊趙山甫、韓景淵、諸丈受知於南漳縣令楊君，承寄詩之初，但知高尚其事，和而贊美之，以王氏為不可寓，治生為不足，語又何異。乙之論閒遠而可談也，夫五音相合以成樂，五色相錯以成章，故朋友不貴苟同，而貴乎有以相濟也。聞希白應楊宰嘉招將赴南漳，於其行也，書某所以為人謀者為之，贈會袁大本亦請以是觀之。[43]

房希白即房暭，據〈房暭年譜〉[44]可考，房暭在樊城即本年事，文中寫出房暭此時「朝不謀夕」，將往南漳一地謀職。

文中甲論所言當為楊宏道自比，說出自己於襄陽任職宋朝的原因在於「以供祭祀，以養父母，以溫飽其妻子」。

宋理宗端平元年有〈甲午年門帖子〉一詩：

儒館庇身慙廢學，官倉供米竟無功。授田儻復先王制，從此歸耕畝。（頁 516）

可見楊宏道此時雖有官銜，卻不能有所作為，因為亂世之中官學名存實亡。

---

43 同註 2，卷六・葉十二下。
44 同註 3，頁 1380。

有〈定庵〉一詩，言及：

> 社燕賓鴻秋復春，竄身南國避兵塵。露涼汴水蘋花老，風暖蘄陽柳葉新。遷徙靡常嗟我病，吉安無計與君鄰。親朋凋喪家鄉遠，羞見定庵庵裏人。（頁 499）

遊「蘄陽」因避兵亂，竄身至宋朝領地，「羞見」二字，正道出亡國之臣的苦痛。

有〈通鎮江趙守范劄子〉[45]，應召之文：

---

45 《宋史》：「范字武仲，少從父軍中。嘉定十三年，嘗與弟葵殲金人于高頭。十四年，出師唐、鄧，范與葵監軍。孟宗政時知棗陽，憚於供億，使人問曰：「金人在蘄、黃，而君攻唐、鄧，何也？」范曰：「不然，徹襄陽之備以救蘄、黃，則唐、鄧必將躡吾後。且蘄、黃之寇正銳，曷若先搗唐、鄧以示有餘，唐、鄧應我之不暇，則吾圍不守而自固，寇在蘄、黃師日以老，然後回師麾之，可勝敵而無後患。」又敗金人於久長，與弟葵俱授制置安撫司內機，事具《葵傳》。……紹定元年，試將作監、知鎮江府。三年，丁母憂，求解官，不許。起複直徽猷閣、淮東安撫副使。尋轉右文殿修撰，賜章服金帶。不得已，卒哭複視事。又為書告廟堂：「請罷調停之議」，一請檄沿江制置司，調王明本軍駐泰興港以扼泰州下江之捷徑；一請檄射陽湖人為兵，屯其半高郵以制賊後，屯其半瓜州以扼賊前；一請速調淮西兵合滁陽、六合諸軍圖救江面。不然，范雖死江皋無益也。朝旨乃許范刺射陽湖兵毋過二萬人，就聽節制。範又遺善湘書，曰：「今日與宗社同休戚者，在內惟丞相，在外惟制使與范及范弟葵耳。賊若得志，此四家必無存理。」於是討賊之謀遂決，遂戮全。進范兵部侍郎、淮東安撫使兼知揚州兼江淮制置司參謀官，以次複淮東。加吏部侍郎，進工部尚書、沿江制置副使，權移司兼知黃州，尋兼淮西制置副使。未幾，為兩淮制置使、節制巡邊軍馬，仍兼沿江制置副使。又進端明殿學士，京河關陝宣撫使、知開封府、東京留守兼江、淮制置使。入洛之師大潰，乃授京湖安撫制置使兼知襄陽府。范至，則倚王旻、樊文彬、李伯淵、黃國弼數人為腹心，朝夕酣狎，了無上下之序。民訟邊防，一切廢馳。屬南北軍將交爭，范失於撫禦。於是北軍王旻內叛，李伯淵繼之，焚襄陽北去；南軍大將李虎不救焚，不定變，乃因之劫掠。城中官民尚四萬七千有奇，錢糧在倉庫者無慮三十萬，弓矢器械二十有四庫，皆為敵有。蓋自嶽飛收復百三十年，生聚

竊以孟秋槿月，甘雨應期恭惟。某官以天上星辰主江邊風月，山川改觀，宗社發祥臺候動止，萬福。某久矣卑棲，睽焉高仰，飛沉異勢，拜伏無階。茲審賜命，帝宸陛華，匠監大江之左，正依玉節之光。二浙以西，更借金城之衛，豈但楚尾吳頭之故，有煩召父杜母之來，知已布于教條，敢敬陳于賀牘。某官英姿霽月，爽氣澄秋，讀人間未見之書，為天下有用之學，青油幕下正虔，夜光之吟，赤白囊中。忽報夕烽之警，一敔作三軍之氣，十乘代元戎之行。陰闔陽開執第六奇之用，風飛雷屬，屢摧千里之鋒，武夫悍將奉命以爭先。儒生學士動色以相賀，陸抗守邊之略信，不愧于伯言，孝文前席之思，欲亟見于。賈誼內徧儀于華，貫外洊領于藩，宣甫茲建臺，又爾易地，蓋兵之可用，古獨稱夫京口而謀之未寢。今猶慮於淮南望公之來，真以日而為，歲聞令之下，皆滌慮以洗心，貪夫骨寒，點吏膽落乖爭，侵暴足知屏息於閭閻。風采精神信可折衝於樽俎，願益體古人愷悌慈祥之意，以一洗積年愁恨歎息之聲，庶成保障之功，即正樞機之任。某蚤以多病自棄明時，再冒招延，一無補報，俔焉耕鑿免于饑寒，一塵為岷，幸遇滕君之仁政，萬間庇士敢祈杜老之歡顏，謹勒此代其身致敬于庭下，意陋辭拙，且不嫻彝式，有乖事上之恭，以度外處之幸甚。[46]

---

繁庶，城高池深，甲於西陸，一旦灰燼，禍至慘也。言者劾範，降三官落職，依舊制置使。尋奉祠，以言罷；論者未已，再降兩官，送建寧府居住。嘉熙三年，敘復官職，與宮觀。四年，知靜江府，後卒於家。」《宋史》（北京：中華書局1985年6月出版），卷417，趙范為鎮守襄陽鎮江一帶大將。

46 同註2，卷六・葉二上。

據《宋史》所載趙范此間鎮守襄陽鎮江一帶。此文足見楊宏道在金亡前通宋的心態與感傷，文中說明自己不為金代所用，今忍恥為宋朝「招延」，原因在於期望能夠輔助為政者，學習杜甫關心社會的儒者風範，達到「得廣廈千萬間，大庇天下寒士俱歡顏」的社會景象，期望洗去宋、金多年戰事的仇恨，尋求一個安寧與和諧的世界。

至武當山有〈武當山張真人〉一詩：

> 張公披髮下山來，欲為神州救旱災。感召上天垂雨露，指揮平地起風雷。槁苗再發還堪刈，枯木重榮不假栽。受詔即思歸舊隱，瓊樓玉殿繞崔嵬。（頁494）

仍是稱美張真人不仕於異朝，歸隱的高操。

更有〈寄武當山人張真人〉一詩

> 山走西南氣勢尊，大神遺跡至今存。冰橫澗下千年凍，雲起巖前萬裡昏。既有威嚴彰赫赫，詎無厚福護元元。真人制行通天地，日月飛仙降殿門。（頁494）

稱美道教真人的修行。

此時詩歌作品有：〈澄心齋〉、〈甲午年門帖子〉、〈定庵〉、〈慈湖客夜〉、〈武當山張真人〉、〈寄武當山人張真人〉。

文體作品：〈送房希白序〉、〈通鎮江趙守范劄子〉。

## 二　宋理宗端平二年（西元 1235 年），四十七歲借補迪功郎差權唐州司戶參軍兼州學教授。北遷，寓家濟源

（一）知端平二年三月後辭州學教授（襄陽府府學諭）職位，僅任職唐州司戶參軍。

楊宏道在〈投趙制置第三劄子〉：

> 某以不事科舉而充府學學諭，為名不正，以名不正而月費倉庫錢米為素餐，因愧心所激故凌晨投劄，願係職名于帳前，求人所憚為者為之，蓋欲既勞而後食則無愧于其心，所期不過如勘校兵書議事官而已也。今蒙陶鑄異恩特借補迪功郎差權唐州司戶參軍兼州學教授，既受制劄恍惚自失，何哉？出于本心所期之外故也。雖然司戶之職掌倉廩出納，但夙夜公勤供職身無貪私以率其下庶能免于罪戾，夫教授學者之師也，學諭弟子之職也。豈有不敢以名之不正充學諭而敢冒居教授之職者乎。故司戶之職不敢辭，教授之職謹辭……蓋某來本朝未滿三載，閣下之鎮襄陽纔數月爾，某不假一人之譽，而挺然孤進。……端平二年二月具位楊某劄子。[47]

　　據文中「蓋某來本朝未滿三載」推之，端平二年前三年為紹定五年入仕宋朝。端平元年官名為「借補迪功郎差權唐州司戶參軍兼州學教授」，又據楊宏道在〈贈仲經〉詩序中所言：「端平二年清明後，出襄陽，攝唐州司戶。」[48]知端平二年三月後辭州學教授（襄陽府府學

---

47　同註 2，卷六‧葉一上。
48　同註 21，頁 499。

論）職位，僅任職唐州司戶參軍離開襄陽。

（二）十二月至濟源

〈贈仲經〉[49]詩序中所言：「端平二年清明後，出襄陽，攝唐州司戶。是歲十二月上旬北遷，寓家濟源。吾友所寄書隔年方達，屠維大淵獻五月相遇於齊河，復有雙布之贈，長句四韻少酬佳貺云。」詩云：

> 南北應無再見期，雲翻雨覆事難知。大堤歸客來何遠，盤谷幽居信到遲。當暑纖絺將厚意，連朝情話慰相思。多君已享江湖樂，不忘鄢陵處陸時。（鄢陵留別詩有：「濡沫能微濕，生涯善自謀」之句故云）（頁499）

仲經即張澄，「多君已享江湖樂，不忘鄢陵處陸時」，指金哀宗正大六年四十一歲至正大八年四十三歲在鄧州[50]之故情。當時有〈別仲經〉一詩。

有〈荊楚〉之作：

> 荊楚三年客，風塵七尺軀。青蠅點白璧，赤水得玄珠。息謗能無辨，酬恩正勉圖。憂勤生逸樂，魚稻老江湖。（頁487）

言明於襄陽三年的時間。雖得暫時安定，卻時遭謗語攻擊。離開

---

49 同上註。

50 金哀宗正大六年四十一歲至正大八年四十三歲在鄧州，期間至汴京赴試，落榜；與王郁、王渥、張德直書信來往，再回鄧州上書戶部尚書楊愽，送別麻革與張澄。

襄陽的原因，應當在於元軍攻打襄陽，戰況危急。

北遷的原因在《宋史》所記載的史事是端平二年七月，元兵至唐州，全子才棄師宵頓，唐州遂為元所取，楊宏道因此北遷，詩中有「南北應無相見期，雲翻雨覆事難知。」，戰亂中無助的哀痛。楊宏道此後未曾再出仕。

詩歌作品：〈贈仲經〉、〈荊楚〉。

文體作品：〈祭劉副總管文〉。

## 肆　元代際遇

### 一　宋嘉熙二年，元太宗九年（西元 1237 年）五十歲，至元太宗十一年五十一歲，移居濟源

據王慶生先生所考證[51]在元好問的《續夷堅誌》中記載此期遊歷「芒山均慶寺」，言道：

> 吾州會長老，住飛狐之團崖。初入院，典座僧白：「廚堂一鑊，可供千人，燃火則有聲。今二年矣。人以為釜鳴不祥，廢不敢用，妨大眾作食。師欲如何？」會云：「吾就大眾乞此鑊，當任我料理。」眾諾。乃椎破釜底，穴中得一蟲，長二寸許，色深赤。蓋此蟲經火則有聲。淄川楊叔能，亦嘗見芒山均慶寺大鑊破一竅，如合拳，中有一蟲如蟒蟺而紅。此類大家往往見之。魏文帝《典論》以為火性酷烈，理無生物。特執方之論耳！團崖事，全唯識記。

---

51　同註3，頁 1382。

當為此時期曾經安徽蕭縣之芒山。

此時有〈齒搖〉三首：

> 齒搖眼始暗，庚甲到知非。菽粟價如土，我獨憂年饑。晨舂汗浹背，暮汲月在衣。弛擔長太息，數口將安歸。
>
> 出門登長途，風塵飄短組。到家投空囊，霜月照環堵。同胞陷塗泥，委蛻化黃土。山陽多羈客，有客心獨苦。
>
> 我本幽棲士，強賡彈鋏歌。俾汝為馮驩，所喪亦已多。授書不耕穫，藜羹養天和。白圭有淑質，微玷尚可磨。（頁470）

描寫因元軍南下，宋、金亡國之人，生計困苦之狀，縱使「菽粟價如土」，楊宏道仍需親耕，為衣食擔憂。

尚有〈寓濟源〉一詩，寫出自己在濟源的困苦，生計難以為繼：

> 幾年無定止，生理與誰謀。欲結黃茅屋，如營白玉樓。詠歸沂水暮，招隱桂叢幽。鄉里稱為善，懷哉馬少遊。（頁490）

此時生活上，連蓋一間茅草屋安身，都困難萬分。由楊宏道〈送李善長序〉中所提：

> 余老而還鄉封樹先塋，更期遠親有在者，田園得三之一。一二故人相與往來，以慰餘生。今親戚無在者，田園為有力者所據。一二故人以余貧賤，疎絕不相往來。故曰濟南士人唯余心苦[52]。

---

52 同註2，卷六・葉十一下。

可知晚年生活貧苦，故鄉土地早已遭人佔據，人事全非。加以楊宏道曾南逃並於宋朝任官，朋友多不肯與其往來。

在〈城隅有一士〉詩中說明歸隱後發現故鄉之地早已「荊棘三十霜。芟夷營大宅」為他人所佔據，楊宏道自己卻「城隅有一士，堁垣繚茅堂。窒坎失生理，家人知義方。」（頁 463）未能營生，然而濟原百姓因久為元軍所佔領，不知亡國恨終日醉生夢死，自己只能孤獨的隱居山谷之中。

在〈效孟東野〉詩中，感歎：

> 聞昔有廉士，井飲投青錢。嗟余七尺身，眠食須人憐。夜歸借臥榻，朝起尋炊煙。喟然長太息，俯仰羞前賢。曲肱一榻上，夢與汗漫期。或登高山顛，或步清溪湄。形開日已晏，身世交相悲。願言長不寤，夢裏心怡怡。我願如蚯蚓，食土能充腸。我願如鷦鷯，自然羽而翔。人生豈不貴，歲暮天雨霜。不知冬日短，但覺冬宵長。縕袍不息恥，恐污君衣裳。糲食不自難，恐辱君膏粱。青蠅點白石，白璧亦無光。一人向隅泣，一室皆感傷。（頁 518）

貧困的生計，饑寒交迫的生活，讓楊宏道不禁潸然淚下。

此期詩歌作品：〈齒搖三首〉、〈寓濟源〉、〈效孟東野〉

## 二　元太宗十二年（西元 1240 年）五十二歲，經濟南，宿洪濟院歸淄川[53]

楊宏道在〈窺豹集後序〉[54]中提及：

---

53 此處立論與《金代文學家年譜》相異。
54 同註 2，卷六・葉四下。

余生淄川，不與前輩接，山城非大都會無所考究，年二十九避
地育月逾河關。五十有二東歸鄉里，親戚故舊無在者。熟視田
園不敢為己有，居歲餘移居濟南[55]。

自己說明五十二歲因為「親戚故舊無在者」原因，移居濟南。在
〈先疇〉之作，自述戰後先人土地早已為他人所奪：

二紀流離不自由，得歸中路復淹留。今年再踏東秦地，昔日嘗
居南雍州。夢裏青衫霑雨露，覺來華髮望松楸。先疇亂後誰為
主，何處躬耕待有秋。（頁 500）

此作當作於元太宗十二年五十二歲，是二十九歲離鄉後「二
紀」，二十四年後歸鄉途中之作，經濟南，歸淄川。

途中宿洪濟院有〈過濟南，宿洪濟院，贈海州果上人，因寄鄉中
親友〉（頁 491）一詩，在金、宋都亡國後，楊宏道只能回鄉終老，
此時因為聽到親友尚存的消息，對於回鄉的生活充滿期望。

〈贈仲經〉詩序中所言：「端平二年清明後，出襄陽，攝唐州司
戶。是歲十二月上旬北遷，寓家濟源。吾友所寄書隔年方達。屠維大
淵獻五月相遇於齊河，復有雙布之贈，長句四韻少酬佳貺云。」，言
明詩中所指，為宋亡後回鄉所遇：

詩云：

南北應無再見期，雲翻雨覆事難知。大堤歸客來何遠，盤谷幽
居信到遲。當暑纖絺將厚意，連朝情話慰相思。多君已享江湖

---

55 淄川屬山東濟南府。

樂，不忘鄢陵處陸時。（鄢陵留別詩有：「濡沫能微濕，生涯善
自謀」之句故云）（頁499）

仲經即張澄，為楊宏道於宋理宗端平二年（西元1235年），四十
七歲借補迪功郎差權唐州司戶參軍兼州學教授。北遷，寓家濟源之好
友。「多君已享江湖樂，不忘鄢陵處陸時」，指金哀宗正大六年四十一
歲至正大八年四十三歲在鄧州[56]，相交遊之故情，當時有〈別仲經〉
一詩。

初回淄川有〈宣聖廟桃李盛開約鄉中親舊同飲花下〉一詩：

春來桃李便承恩，況復儒宮穩託根。喪亂不堪憂故國，英華猶
覺在吾門。奈何日月馳雙轂，思與親朋罄一樽。共趁東風花下
飲，此間雖小勝名園。（頁506）

與親朋好友相約共飲花下，在亡國之後更有恍如隔世之感。

此時期詩歌作品：〈舟行二首〉、〈過濟南，宿洪濟院，贈海州果
上人，因寄鄉中親友〉、〈宣聖廟桃李盛開約鄉中親舊同飲花下〉、〈贈
仲經〉、〈先疇〉。

## 三　元太宗十三年[57]五十三歲，由淄川遷至濟南

在〈辛丑年門帖子〉中敘述：

---

56 金哀宗正大六年四十一歲至正大八年四十三歲在鄧州。期間至汴京赴試，落榜。
　　與王郁、王渥、張德直書信來往。再回鄧州上書戶部尚書楊慥。送別麻革與張
　　澄。

57 西元1241年。此處立論與《金代文學家年譜》相異。

生長般溪溪上州，一朝滄海忽橫流。黍離麥秀悲歌裏，華髮歸
來萬事休。（頁517）

感傷於「辛丑年」五十三歲時，亡國之後回鄉所見，已是人事
全非。

在〈若人〉中敘述：

哀痛淄州城再破，千里蕭條斷煙火。當時逃難逾黃河，二紀歸
來非故我。眼前十口不安生，白頭又復辭先塋。若人方寸包藏
惡，害物慘於城陷兵。（頁475）

二十九歲離開故鄉，「二紀」二十四年後再次回鄉，即五十三
歲，遭到他人「若人」陷害，一無所有，只能再次離鄉。對於故鄉淄
川所受的戰火摧殘，有「哀痛淄州城再破，千里蕭條斷煙火。」哀痛
之語。詩中所說雖是自己遭遇，也是淄川百姓所受苦痛。

詩中所言離元軍攻打淄川，已有二十四年時間，二十四年的無家
可歸，回鄉後，因為改朝換代田園卻被他人所強佔，十口之家不得安
生；只得離鄉至濟南另求生路。

遷居濟南之因，在於〈送李善長序〉中說明回鄉後所見：

濟南士人唯餘心苦，而善長尤苦，何以言之？余老而還鄉，封
樹先塋，更期親戚有在者，田園得三之一，一二故人相與往
來，以慰餘生。今親戚無在者，田園為有力者所據，一二故人
以余貧賤，疏絕不相往來。故曰：濟南士人唯餘心苦。善長流
寓於此，戚屬相依，同食者殆十餘口，唯以小學為生。生之資
而復為軍戶，故曰：善長尤苦。豈不信然，善長母老而子未

冠，不得已推其母之姪魏氏子從軍。又恐傷母氏之心也，故捨
其朝夕之養，生生之資，而與之偕行。歲暮途遠不敢告勞，意
者欲哀祈所司，置其弟於優處，歸以慰其母也。閩人歐陽詹舉
進士，來京師將以有得，歸為父母榮也，雖其父母之心亦皆
然。詹在側，雖無離憂其志不樂也。詹在京師，雖有離憂，其
志樂也，昌黎先生曰：「若詹者所謂以志養志者歟」善長南
行，何以異此，或曰子為善長作序，而先自序，何哉？曰若不
知耶，唯苦心者，能知苦心者也悲夫。（《小亨集》卷六‧葉十
一上）

　　回鄉後與流寓於此的李善長共同營生，序中所言回鄉後生計難以
維持，因為改朝換代後，山河變色，田園皆為他人所佔據。好友李善
長家中更面臨徵調軍職的困擾，對於時人所受之苦楊宏道深感憂心。
　　〈故里詩〉由淄川遷至濟南依靠叔父：

　　故里蒿萊野鹿呼，翛然幽鳥下庭除。困亨何恤澤無水，姤遇可
　　傷包有魚。歷下金蘭唯仲叔，門前雲錦萬芙蕖。不知衍衍時相
　　會，曾念荒城久索居。（頁504）

　　「歷下」在濟南，至此終於得以依靠叔父，仍難忘回淄川時求一
居地不可得的慘況。
　　有〈贈楊飛卿〉詩：

　　三百周詩出聖門，文為枝葉性為根。不憂師說無匡鼎，但喜吾
　　宗有巨源。我自般溪移歷下，君從汝海到東原。東原歷下風煙
　　接，來往時時得細論。（頁496）

說明自「淄川般溪」移居「濟南歷下」與好友楊飛卿交遊的心境。

詩歌作品：〈若人〉、〈辛丑年門帖子〉、〈故里詩〉、〈贈楊飛卿〉。

文體作品：〈送李善長序〉。

四　元太宗后元年（西元 1242 年）五十四歲，至太宗后二年五十五歲在濟南。元太宗后三年（西元 1244 年）五十六歲[58]曾至蒲城。至元定宗后元年（西元 1248 年），多在濟南，五十八歲曾至益都。元定宗后二年（西元 1249 年），六十歲初仍在濟南

（一）在濟南與張敏之遊

有〈次韻張敏之新居〉寫給張敏之之作

　　廢地久不居，荒穢難平治。經營幾朝暮，眼底無棘茨。……濟南一茅屋，如在瀛洲時。學道苟無得，淚灑楊朱岐。同年李夫子，尚恨君來遲。萬事一杯酒，共和新居詩。（頁 465）

由「濟南一茅屋，如在瀛洲時」知為「濟南」時鄰居；用詩作對於新來的鄰居張敏之表達歡迎之情。[59]寫與眾多友人共同論詩的情景。

---

58　《金代文學家年譜》誤為五十五歲。

59　楊宏道有〈答張仲髦〉一詩：「韓杜遺編在，今誰可主盟。故人相敬愛，健筆過題評。風鐸不成曲，候蟲常自鳴。吾詩正如此，未敢受虛名。」（同註 1，頁 483），《金代文學家年譜》頁 1386，誤引詩題為〈答張仲經〉繫於此年。

## （二）元太宗后二年（1243 年）五十五歲幫李善長之曾祖父所作《窺豹集》作序

前朝起艮維據華夏，進用南北豪傑之士，以致太平百餘年間，民物殷富。漢唐而下良法善政，班班舉行，原其始必有啟之者也。餘生淄川不與前輩接，山城非大都會無所考究，年二十九避地逾河關。五十有二東歸鄉里，親戚故舊無在者，熟視田園不敢為已有。居歲餘移家濟南，初識李善長嘗出一巨編。題曰：《窺豹集》。細書滿紙，乃其曾祖東平府君疇昔之所著撰也，其祖靈石府君求序於節使許公。公為作序，其說甚詳。就閱之，若望大水不見涯涘。

一日攜其編來訪，曰某將版行，先君文集旅次乏力，罔克備舉請先生勘校，揀選，然後刻之，餘俟他日。余辭以才識淺薄，且老眼不能看小字，間歲復以中字謄錄數冊來，請往反三四，無慚色，懇告餘曰：「先子欲以是集傳世，居平世而易之，故因循至今。某流寓隱約閉眼不見後事，若不竭力為之，恐終泯泯也。故不恤出息，假貸以僦工，幸先生勿辭。」余曰：「句之脫漏頗能為子注，字之顛倒頗能為子乙，至於擇而先之，置而後之，子當自為也。」因得盡讀其所編錄，上皇帝書幾萬言所以立太平之基，如：〈太學登聞院提刑司常平倉兵衛屯田〉之類，皆載於書中。

前朝號稱多士，綱紀法度固非出於一人，而府君亦南北多士中數之一也。〈感應論〉謂：「善惡生於心，心知則天知」。〈儒論〉謂：「秦不能使之刑名，漢不能使之雜霸」。以下數節其言凜凜，純正能悚惕警覺於人。

立言如此又逢時頗宦達，然未嘗聞人有道其名氏者，乃知孝友

才俊之士，潛德亂世沈寂其行，實文藝者多矣。可勝歎哉！可
勝歎哉！既畢，還其集，又請為後序，因以余之所見並感而欲
言者書之。

善長遭大變革，負《窺豹集》跋跋數千里無所失墜。蓋痛其曾
大父之事業曖昧無聞，而常欲顯揚之也。客居歷下，母夫人在
堂授小學以奉甘旨，其弟早世，有妻有子，母夫人之兄歿，亦
有妻子合孤嫠數十指，皆收養之。當此時又能版行其文集，以
成父志。若善長者可謂孝矣。若李氏可謂有後矣。善長名德
元，善長其字也。嘗補父廕，父諱謙。亦以任子入官。昭陽單
閼二月序[60]。

「昭陽單閼」即癸卯年，為元太宗后二年（1243 年）五十五歲
之事。幫好友李善長之曾祖「東平府君」所作《窺豹集》整理與作
序。序中說明金代史事與文集在當時已多為亂世所埋沒。但是金人如
李善長在困苦的環境中仍努力要出版先人的文集，以期能夠立言於後
世。

（三）元太宗后二年（1243 年）五十五歲哀悼王子正

此時有〈哭王子正〉一詩：

匹婦主中饋，雖貧生理存。一編藏麗則（《中州集》作：「五言
造平淡」），隻影臥黃昏。漫下陳蕃榻，虛霑文舉樽。北平家世
絕，銜恨入荒原。（頁 492）

---

據《金代文學家年譜》所考王子正卒於此年。楊宏道對於往日好友的亡故感到悲傷。

（四）元太宗后三年（西元 1244 年）五十六歲[61]至蒲城

在〈乙巳年門帖子〉中提及「乙巳」年曾至蒲城。

> 蒲城來往愧年除，頹尾柔毛從酒壺。唯有曹君不相棄，故穿深巷送屠蘇。（曹字善良）（頁 517）

由詩中可見這一年日子並不好過。

在〈窊庵記〉中說明：「余六七年前嘗過濵，借宿於是庵，巨濟因請為記。余亦新歸鄉里，謀為繆戾，心擾擾未靜。曰：「他日當為作之」。庚戌再過濵乃為作記。」（《小亨集》卷六・葉十七上），庚戌年為元定宗后後三年（1250 年），前推約為元太宗后三年（1244 年）在濵州蒲城過。

（五）元定宗元年（西元 1246 年）五十七歲至元定宗二年五十八歲
　　　多在濟南。曾遊靈巖寺。

有〈重到靈巖寺〉詩，言明是五十七歲所作：「七歲嘗來此，於今五十年」（頁 491）了解五十七歲時曾到過靈巖寺。

元定宗元年五十七歲時有〈丙午年門帖子〉形容家計困難：

> 素貧貞士老還鄉，覓食求衣借屋忙。三事就中先有一，立錐地上蓋茅堂。（頁 517）

---

61 《金代文學家年譜》誤為五十五歲。

還鄉之後因貧困，為三餐到處奔波，更為求立錐之地，先蓋一茅屋為棲身之所。

〈丁未年門帖子〉寫：

> 數歲常懷未濟憂，欲遷東府與西州。廚邊井淺泉甘冷，大半因循為爾留。（頁517）

元定宗二年所作，表達生計難以維持，對於是否該離鄉求仕，進退兩難。

（六）元定宗二年（西元1247年），五十八歲曾至益都

據《齊乘》[62]人物：「字叔能。淄川人。金末補父廕，不就，與元遺山、劉京叔、楊煥然輩皆以詩鳴，大為趙閑閑諸公所稱。避亂走襄、漢，宋人辟為唐州司戶，兼文學，不久複棄去。晚寓益都，嘗一見李璮，議不合，為用事者所嫉。浮沉閭里，以詩文自娛。著《小亨集》、《事言補》等書行於世，延祐三年，贈文節。」（卷六）所記。知道楊宏道曾至益都，投靠李璮，與主事者不合，不為所用。此段遭遇楊宏道在詩歌中曾提及。

〈戊申年門帖子〉戊申年為元定宗后元年，楊宏道五十九歲時作，

> 南坊姹寵如宮妾，北里爭妍若市娼。唯有西鄰安義命，東風也

---

62 〔元〕于欽沙克什：《齊乘》（臺北：臺灣商務印書館，1973年，《四庫全書珍本》)。齊，指「山東」，乘為「地方志」。是現存山東現存最早的一部志書。是書修於元至元至正十一年（1351）刻，增釋音一卷，共七卷。《齊乘》以記地理為主，兼及風土、人物。

自到茅堂。（頁 518）

記載的是戊申年前一年五十八歲時，在益都為他人所排擠的遭遇[63]。

對於這段遭遇有〈般水〉[64]詩記載，詩云：

般水出南山，輦行灅與淄。雖然未知名，亦有神司之。惟人神之主，主亂荒神祠。冥冥西南去，河伯多禮儀。沂流接伊洛，涇渭同遨嬉。漆沮品秩下，不敢相追隨。朅來通漢沔，增大西南時。泓澄潛怪珍，名號遐方知。馮夷禦白馬，導我朝天池。長淮湧巨浪，陰獸翻修鬐。蹭蹬返故溪，歲旱流如絲。敢論尾閭泄，甘受蹄涔欺。三山興雲氣，擁掩從靈旗。云是東海君，按節巡方維。不言恐失人，自獻誠非宜。二者當處一，故作般水詩。（頁 463）

自比為「般水」，詩中言明投靠李璮，遭遇的困境，言自己如同般水流寓各地，遭遇險惡。

（七）元定宗后元年（西元 1248 年），五十九歲在濟南。有〈宣知賦〉、〈送趙仁甫序〉之作

在〈宣知賦〉[65]中說：

---

63 此處立論與《金代文學家年譜》考於 59 歲所作，相異。

64 同上註。

65 同註 3，頁 1389，言此期或許曾遊木庵。考〈代茶榜〉（歸義寺長老勸余作此詩長老姓英字粹中自號木庵）（同註 1，頁 473）與〈將歸阻雨用木庵送行詩韻〉（同註 1，頁 507）作於元定宗后元年，五十九歲時。但證據不夠充分，所以不錄於此時期。

昔焉不知今也，知之知之謂，何宣茲？在茲緊氣質之殊異，故嗜好之參差以己之所是非，一天下之是非兮。前三十年既昏且癡，積昏成明，積癡成智兮。

「三十年」仕宦，二十九歲的三十年後，知為五十九歲所作，此時參透仕與隱。

有〈送趙仁甫序〉一文，提出詩文理論：

帝堯在位以治天下，老而禪於舜，舜有大功二十，亦以禪禹。……德安趙君仁甫承學之士也，士有窮達其窮數也，其達學也徵之。趙君信然旄蒙協洽，君始北徙羈窮於燕巳。而燕之士大夫聞其議論證據，翕然，尊師之執經，北面者二毛半焉，乃撰其所聞為書刻之目曰《伊洛發揮》印數百本，載之南遊，達其道於趙魏東平遂達於四方，著雍涒灘十有一月，至于濟南。（同註2，卷六・葉十上）

「著雍涒灘」[66]即為戊甲年，元定宗后元年，楊宏道五十九歲所

---

66 「趙復，字仁甫，德安人。元師伐宋，屠德安。姚樞在軍前，凡儒、道、釋、醫、卜占一藝者，活之以歸，先生在其中。姚樞與之言，奇之，而先生不欲生，月夜赴水自沈。樞覺而追之，方行積尸間，見有解髮脫屨呼天而泣者，則先生也，亟挽之出。至燕，以所學教授學子，從者百餘人。當是時，南北不通，程、朱之書不及于北，自先生而發之。樞與楊惟中建太極書院，立周子祠，以二程、張、楊、游、朱六君子配食，選取遺書八千餘卷，請先生講授其中。先生以周、程而後，其書廣博，學者未能貫通，乃原義、農、堯、舜所以繼天立極，孔子、顏、孟所以垂世立教，周、程、張、朱所以發明紹續者，作《傳道圖》，而以書目條列于後。樞退隱蘇門，以傳其學，由是許衡、郝經、劉因皆得其書而崇信之，學者稱之曰江漢先生。世祖嘗召見曰：『我欲取宋，卿可導之手？』對曰：『宋，父母國也，未有引他人之兵以屠父母者。』世祖義之，不強也。先生雖在燕，常

作。「趙仁甫」為趙復，曾為元人所擄，為《宋元學案》重要人物之一。屬於「程頤伊川學案表」別見〈魯齋學案〉之中。其中記載為：「隱君趙江漢先生復」[67]，

　　趙復是金末元初重要理學家，可見此時楊宏道與理學家相互往來，還替其著作《伊洛發揮》作序。對理學的傳播有所貢獻。序言之中更強調趙復對於宋朝的忠貞。

（八）元定宗后二年，六十歲（西元1249年）初仍在濟南

　　有〈樂道〉一詩中，提及：

> 白首來何暮，青衫寵若驚。浮榮能幾日，高節冠平生。良史不虛美，真儒集大成。讀書多樂事，六十眼猶明。（頁488）

　　言明是六十歲[68]所作，「浮榮能幾日，高節冠平生」形容自己在益都所受的委屈，轉為在濟州閒居讀書之樂。

　　此期尚有〈赴千乘記舟中所見〉、〈重修太清觀記〉[69]為作於濟南作品。

　　詩歌作品：〈次韻張敏之新居〉、〈哭王子正〉、〈乙巳年門帖子〉、〈重到靈巖寺〉、〈丙午年門帖子〉、〈丁未年門帖子〉、〈城隅有一士〉、〈戊申年門帖子〉、〈東林〉、〈般水〉、〈赴千乘記舟中所見〉。

　　文體作品：〈窺豹集後序〉、〈宣知賦〉、〈送趙仁甫序〉、〈重修太清觀記〉。

---

有江、漢之思，故學者因而稱之。」（同註2，頁1389）。
67 同註39，頁125。
68 此處立論與《金代文學家年譜》考於59歲所作，相異。
69 同註3，頁1391。

## 五 元定宗后二年（西元 1249 年），六十歲至燕京。與呂鵬翼、郝伯常、高雄飛、劉道濟遊。編《小亨集》，元好問作序

楊宏道六十歲時在〈樂道〉詩中[70]感歎。

> 白首來何暮，青衫寵若驚。浮榮能幾日，高節冠平生。良史不虛美，真儒集大成。讀書多樂事，六十眼猶明。（頁 488）

楊宏道在元朝時，對於史書中儒家人物的高潔節操，仍是十分尊崇的。此時感到節操留傳於史書的重要。感到著書立說的重要性，因此到燕京為《小亨集》出版努力。

在〈劉倉副家讀其祖廢齊文集〉中也提及著書留名青史的重要性：

> 西職閒曹六十春，掛冠歸守冢前麟。試評八載齊皇帝，何似終身宋大臣。白雪袞章俄在殯，鵲山珠玉不成塵。百年事往陳編在，愛惜留傳屬後人。（頁 502）

「百年事往陳編在，愛惜留傳屬後人」，是楊宏道著書立說的主因。

（一）至燕京

有〈過燕〉一詩，提及經燕京的感受：

---

70 元定宗后二年（西元 1249 年）在濟南。

正月到季月，常厭風為政。絺袍脫復著，天氣殊未定。花殘無奈何，麥短農事病。客驅長耳來，道路方且迥。故都廢未久，所尚猶可敬。慷慨憂人憂，不但倚豪勁。今茲歲逢酉，古語庶有證。惟酒可忘憂，朝來風色淨。（頁472）

描寫亡國後第一次春天至燕京，燕京已為「故都」，「今茲歲逢酉」知為元朝己酉年，即元定宗后二年至燕京。

此時尚有〈中都二首〉，寫出亡國者深沉的悲痛：

龍盤虎踞古幽州，甲子推移僅兩周。佛寺尚為天下最，皇居嘗記夢中遊。清明穀雨香山道，脆管繁弦平樂樓。莫對遺民談往事，恐渠流淚不能收。

繁華消歇湛恩留，忍見珠宮作土丘。海日西沉燕市晚，塞鴻南度薊門秋。恭光父子三綱絕，安史君臣百代讎。善惡相形褒貶在，世宗更比孝文優。（頁505）

「甲子」知為六十歲時所作。由「莫對遺民談往事，恐渠流淚不能收。」二句，更知為元朝作品，文末有感於歷史之中改朝換代的變化不斷，對於故國充滿感傷。寫物換星移燕京一百二十年，經過歷朝改朝換代，一切彷彿歷歷在目。

「繁華消歇湛恩留，忍見珠宮作土丘」二句也寫出了元初中都因戰火導致的荒涼，點出了今不如昔的感慨。

（二）編《小亨集》成，元好問為作序

燕京此行的目的，應當在於《小亨集》刻印，並請元好問作序。

《四庫全書》引《永樂大典》之〈小亨集原序〉一文，稱：

貞祐南渡後，詩學大行，初亦未知適從。溪南辛敬之、淄川楊
叔能、以唐人為指歸。……今年其所著《小亨集》成，其子復
見予鎮州，以集引為請。……予詩其庶幾乎，惟其守之不固，
竟為有志者之所先。今日讀所謂《小亨集》者祇以增媿汗耳，
予既以如上語為集引，又申之以〈種松〉之詩，因為復言，歸
而語乃翁。吾老矣，自為瓠壺之日久矣，非夫子亦何以發予之
狂言。己酉秋八月初吉河東元好問序。[71]

　　序文中稱美《小亨集》之詩，並言序成於「己酉秋八月初」，該
年為元定宗后二年秋天，當時楊宏道六十歲，文中稱楊宏道當時「名
重天下」三十年，但是「窮亦極矣」，《小亨集》之序為其子懇求元好
問為之作序。

（三）與呂鵬翼、郝伯常（經）、高雄飛（鳴）、劉道濟（德淵）遊

　　有〈贈呂鵬翼〉詩：

燕市重來日，東風兩鬢皤。行穿鞍馬過，意厭客塵多。青眼常
相見，朱門不重過。如君古漆井，澄湛已無波。（頁484）

　　詩中所言因窮困友人不多，呂鵬翼是楊宏道晚年少數的友人之
一。

　　在〈邂逅〉詩中說明：

過燕不見世子丹，過趙不見平原君。煩襟清濯易水風，破袖欲

---

71 同註2，原序・葉一上。

拂恒山雲。天生奇才無古今，邂逅辭氣如蘭芬。北遊得此亦可樂，繫竺奮鎚何足云。（過保州，初識郝伯常；過真定，初識高雄飛，劉道濟。）（頁 478）

說明此次至燕途中，認識郝伯常、高雄飛、劉道濟三位友人。

此期詩歌作品有：〈過燕〉、〈中都二首〉、〈日落〉、〈贈呂鵬翼〉、〈邂逅〉、〈樂道〉。

## 六　元定宗后三年（西元 1250 年）六十一歲過濱州回鄉，至元世祖至元八年（西元 1271 年）至八十二歲

### （一）元定宗后三年，六十一歲過濱州，與王巨濟遊

楊宏道在〈窳庵記〉中說明：

蒲臺王巨濟少，年讀書為舉子計，及山東被兵更為權謀武士。事上黨公亦嘗有官，大變革後奉身來歸。著道士服，築室於濱州之市，東牓曰「窳庵」居之。余六七年前嘗過濱，借宿於是庵，巨濟因請為記。余亦新歸鄉里，凡謀為繆戾，心擾擾未靜。曰：「他日當為作之」。庚戌再過濱乃為作記。……窳由此言之，巨濟平生所遇如此，而處之如此，用心可謂平恕矣！豈非人情之所難乎。（《小亨集》卷六・葉十七上）

「庚戌再過濱乃為作記」，知六十一歲曾過濱州，作〈窳庵記〉，文中可見揚宏道與王巨濟二人皆有生不逢時之感。

認為處於戰亂之後異族統治的元朝，不能對生民有所貢獻，非本質之錯。

（二）元憲宗五年（西元 1255 年），六十六歲過濱州，有書室名「素庵」

　　郝經曾在《陵川集》中說明：「素庵，淄川先生書室也。先生至濟州遷益都，既定遷，以素其位而行之之義字其室。經之東遊，而請之記曰：「吾生平連蹇，今老矣，將一訴于遇，而莫之忤焉。經應之云云……乙卯冬十月，陵川郝經謹記。」[72]所記即此年之作。

（三）元憲宗九年（西元 1272 年），七十歲，作〈冬雨〉。

　　〈冬雨〉中所言：

> 北風常颾六花飛，煙靄溟濛失所宜。爐火宵殘聞佩響，簾氈晨揭看絲垂。正當江上梅開日，還似枝頭子熟時。七十衰翁嗟未見，考祥何處有人知？（頁 501）

言明為七十歲冬日感歎之作。
詩體作品：〈冬雨〉。
文體作品：〈竁庵記〉。

## 七　元世祖至元九年（西元 1272 年）八十三歲，王惲請賜號

　　元王惲《秋澗先生大全文集》〈儒士楊弘道賜號事狀〉[73]，尊楊宏道為隱逸處士，與李俊民並稱。並尊其詩、文有益時事的貢獻與「處士」身份，期望楊宏道得以與李俊民同享高名。

---

72　同註 3，頁 1393。
73　參見本論文「第一章前言」。

## 八　卒年不詳，元仁宗延祐三年（西元 1316 年），贈文節

據《齊乘》[74]人物：「字叔能。淄川人。著《小亨集》、《事言補》
等書行於世，延祐三年，贈文節。」（卷 6）所記。可知「延祐三
年，贈文節」。

總論楊宏道歷經「金」、「宋」、「元」三朝，在「金」、「宋」二
朝皆有正式官銜，「元」朝後則以著書立說為業。

關於楊宏道自述的生平，在《小亨集》卷六中有二篇代表性的文
章，〈甘白室記〉及〈優伶語錄〉。

楊宏道在〈甘白室記〉[75]中就說：

> 人之生也，厚厚者性之正也。隨其所習而善惡分焉，記曰：
> 「甘受和白，受采。甘者味之正也，和者味之習也。投之以鹽
> 則醎，調之以醯則酸。白者色之正也，采者色之習也。，塗之
> 以丹則朱。污之以墨則黑。人獨異乎？故習於善則為君子，習
> 於惡則小人也，昭昭矣。」

以甘白室為其住宅名稱，原因在於提醒自我不要為外在環境所污
染。所指當為幼時叔父沉溺於聲色犬馬生活，楊宏道自我用功，勤於
學問，不為其所左右的經歷。原因在於：

> 余生不辰，幼失恃怙，長失訓導，無養而不知所守，無學而不
> 知所擇；縱心直前，放而不收，恐違善而之惡也。故取甘白以
> 名所居之室，而為之記。將欲復性之正，視其善惡而從，違之

---

74 見元定宗二年，五十八歲曾至益都所論。

75 同註 2，卷六．葉十四下。

而議者。遽謂余援引證據，違失經義，蓋不知言異而旨同也。
抑嘗思之復之，之說猶有未盡者焉。夫易壞者味之甘也，易染
者色之白也，易流者人之性也。慾昏於內，物誘於外，眩惑顛
倒，差之毫釐，則失之尋丈矣。若能學以謹習，養以歸厚，至
於心正而意誠，則應物而不亂。事過則湛然，何善惡之辨，得
置於其間耶。亦猶味之甘者，久而不壞，色之白者，涅而不
緇，置鹽醯於度外，釋朱墨而不問，余之道其庶幾乎。

楊宏道十一歲即失去雙親，叔父又不思上進，縱情於聲色犬馬之
中，以「甘白室」為所居之地命名，期望自己能堅守節操。

其中〈優伶語錄〉[76]自述戰亂中的悲苦：

堅白子居於般溪之上，不慕榮利，喜為文章，田食井飲，與世
淡然。蕞爾山城，再罹大兵，雞犬不聞，四郊草荒，一官不
調，未獲祿食，親舊離散，無所假貸，祇服避地之訓。歲九
月，而有汴梁之行，所以赴銓調，訪親舊也。

楊宏道自述，號堅白子，不喜名利，幼年失依，一心向學；卻遭
遇兵亂，親友離散，不得不離鄉至京城為官謀生。

續言：

傳曰：「適百里者，宿舂糧，適千里者，三月聚糧，生業既
失，安在其能三月也？」行次濟水之陽，有同途者，亦欲踰大
河之南，不負不荷，若有餘齎，言語輕雜，容止狎玩，怪而問

---

之。曰：「我優伶也」。且曰：「技同相習，道同相得，相習則
相親焉，相得則相恤焉，某處某人優伶也，某地某人亦優伶
也。我奚以資糧為言，竟自得之色浮於面。」聞之有感於余心
者。夫人之所貴乎，為士者為其道存焉耳，仁義道之本歟，仁
以安人，義以利人，使人利而安之，相親相恤者近焉。優伶世
之弄人也，而有是哉，而有是哉。

　　金代末年時期，求取仕宦時，多需「言語輕雜，容止狎玩」，自
己本不欲為之。但是時人勸說，如《莊子》所說大鵬鳥要飛行千里，
亦需「資糧」，今日為求仕宦所受之屈辱，亦是為日後有所做為而忍耐。
　　因此楊宏道為求在官場上積極進取，只能忍受官場上「言語輕
雜，容止狎玩」之風氣。感傷的說：

　　因且自念修身慎行，讀書著文幾年，於今矣獨無所同然乎哉，
　　側聞某官大夫名，德之日久矣未嘗望，清塵拜下風得接絜花之
　　論。今也路出東原（興定元年東平府錄事雷晞顏名淵），欲致
　　謁於左右疑而未敢進也。俄而自笑曰：「何期大夫之淺耶，仁
　　義之道在彼，而不在此乎」。或曰為：「其同乎，大夫決巍，科
　　馳令聞，自致於青雲之上，汝身不顯於世，名不稱於人，沉滯
　　碌碌，窮於逆旅，果同乎。」堅白子曰：「轅下之駒，德不配
　　驥，然亦馬也，謂之非馬可乎？」或者不能對，因錄優伶之
　　語，以為獻伺候門外進之麾之惟命。

　　一切的忍辱試煉，都是不甘於一輩子默默無聞，為了努力用心於
讓自己對社會有所貢獻。自比為被繫於車之良馬，縱然非千里馬，亦
是有馳騁千里之志的良馬。

## 第二節　楊宏道「辭直非謗訐」的詩意

　　在中國歷史與文學中，金代因為時代與南宋並存，往往被忽略其歷史與文學的存在意義，然而在歷史的洪流中文人的創作並不會因為政局的轉變，或是因為作者種族的差異而有所停滯。當時代巨變之時，詩言志、歌詠言藉由詩歌更能宣洩作者心中的悲憤情緒，詩作的表現在作者人格與歷史悲劇的磨練下更是發出具有時代特色的璀璨光芒。金代遺臣詩人的詩作留傳超過百首者寥寥可數，楊宏道作品據《全金詩》整理，今存二百八十九首，可見其作品確實為金人與後世學者所認同，本文就其詩歌內容所表現「辭直非謗訐」的「積極進取」及「關心民生」部份特別論述，以此彰顯楊宏道詩歌的積極價值。

　　楊宏道所處歷史背景，是金代〈貞祐童謠〉中記載的金代末年戰亂悲劇，〈貞祐童謠〉[1]稱：

> 團圞冬，劈半年。寒食節，沒人烟。（〔校記〕《金史》卷二三《五行志》：「宣州貞祐元年八月戊子夜，將曙，大霧蒼黑，跋步無所見，至辰巳間始散。十二月乙卯，雨，木冰。時衛州有童謠云云。明年正月，元兵破衛，遂丘墟矣。」）

　　金宣宗貞祐二年（西元 1214 年），當時楊宏道二十五歲，童謠描寫元兵南下後，一片死寂的描寫，詩中更標示童謠的背景是，記載金

---

1　薛瑞兆、郭明兆編：《全金詩》（天津：南開大學出版社，1995 年 11 月），第 4 冊，頁 611。本論文楊宏道詩作，只標明頁碼者皆出自此版本第 3 冊。

代亡國前的民間景況。

在〈興定童謠〉[2]也描寫出這段戰亂：

> 青山轉，轉山青。眈誤盡，少年人。（〔校記〕《金史》卷二三
> 《五行志》，《金史、五行志》敘述：「興定五年三月，以久
> 旱，詔中外，仍命有司祈禱。十一月壬寅，京師相國寺。十二
> 月丁丑，霜附木。先是，有童謠云云。蓋言是時人皆為兵，轉
> 鬥山谷，戰伐不休，當至老也。」）

「興定五年」（1221 年），當時楊宏道三十三歲，童謠中描寫當
時天災不斷，加以金、元、宋三朝，窮兵黷武所造成的集體悲劇，可
以看出當時時局的危難。

這樣的時代背景之下楊宏道與當時的有志之士相同，在詩歌之中
直言表現自己積極期待有所作為的立場與關心民生的詩意。

本文將以呈現楊宏道詩歌文本，就其詩歌內容，「辭直非謗訐」
所表達的詩歌風格，分為「積極進取」與「關心民生」二主題論述，
期望使閱讀者可以體認最真實的詩歌作品與作者情感。

藉由楊宏道的詩歌，代替讀者的眼，進一步瞭解紛亂的金末，
解讀這一面歷史鏡子

## 壹　積極進取

由楊宏道的生平仕宦資料中，讀者可以了解，積極求仕是楊宏道
年少時所受家學教育的影響，父、祖歷代為官，進一步促使楊宏道理

---

2 同上註。

解，勤於學問的目的在於考取科舉經世致用。事實上成為對國家社會有助益的官員，也是歷代讀書人追求的理想，更是楊宏道一生努力的目標。

楊宏道於金宣宗興定元年，二十九歲時入仕金朝，得官於汴涼，於興定五年，三十三歲時楊宏道與元好問、趙秉文、楊雲翼會於汴京，趙秉文、楊雲翼對楊宏道詩歌極力稱美，幫助楊宏道得以享有詩名於金代末年。

元好問在《小亨集》[3]中，記載這一段相遇：

> 貞祐南渡後詩學大行，初亦未知適從，溪南辛敬之、淄川楊叔能、以唐人為指歸。敬之舊有聲河南，叔能則未有知者。興定末叔能與予會于京師，遂見禮部閑閑公及楊吏部之美。二公見其〈幽懷久不寫〉、〈甘羅廟〉詩嘖嘖稱讚不已。今世少見其比，及將往關中，張左相信甫、李右司之純、馮內翰子駿皆以長詩贈別，閑閑作引，謂其詩學退之，〈此日足可惜〉頗能似之，至比之『金膏水碧、物外自然奇寶、景星丹鳳，承平不時見之嘉瑞。』叔能用是名重天下三十年。[4]

今觀其詩作為元好問等人所稱美者為〈幽懷久不寫一首，效韓子「此日足可惜贈彥深」〉、〈甘羅廟〉二詩：

其〈幽懷久不寫一首，效韓子《此日足可惜》贈彥深〉詩歌原文為仿效韓愈〈此日足可惜贈彥深〉[5]之詩作，為一首以詩為史的自傳

---

3　〔金〕楊宏道：《小亨集》（臺北：臺灣商務印書館，1983 年，《景印文淵閣四庫全書》），第 1198 冊。

4　同註3，原序‧葉一上。

5　同註1，頁 460。

式作品，借由自傳的形式記載自己的遭遇，也記載了金末元初士大夫所面臨國家危亡的困境。

於此分論其所表達主題：

## 一　「辭直非謗訐」的寫作動機

> 幽懷久不寫，鬱紆在中腸。為君一吐之，慷慨纏悲傷。辭直非
> 謗訐，辭誇非顛狂。流出肺腑中，無意為文章。

詩歌起首先說出自己不得不陳述的痛苦，因為這個痛苦不僅是個人的，也是大時代的悲情。

## 二　「兒時捧書卷」的家學淵源

> 兒時捧書卷，十日讀一箱。少年弄柔翰，開口吐鳳凰。正月號
> 悲風，總帷掛萱堂。先君官汝陰，九月飛嚴霜。纍纍二十口，
> 丹旐迴南方。（余年十一，正月喪母；九月喪父，哀哉）

其父為金朝官員任官汝陰，開啟楊宏道的啟蒙教育，嚴格教導，使其幼時即能為文。然而十一歲時即遭父母雙亡之變，二十口之家頓失依靠。

## 三　「鬱鬱弭南溪，絳帳縣郡庠」的名師教導

> 有叔不讀書，但知禽色荒。呼盧畜鷹犬，置我遊戲場。珠璧不
> 受污，拂拭增耿光。鬱鬱弭南溪，絳帳縣郡庠。組繡合尺度，
> 道業傳諸生。摳衣無幾何，義手一韻成。

寫長於叔父之家，叔父卻不知上進，幸得名師教導，跟隨南溪先

生求學後，了解為文的法度，學會韻文寫作的方法。

## 四　寫南溪先生因其弟科舉上榜，至京赴任

> 南溪具酒饌，列坐子姪行。青綾覆我身，醉臥家人傍。雲間陸
> 士龍，秋試獨騰驤。（南溪先生之弟庭賢，名天瑞，嘗為益都
> 府經義都魁。）明年桂枝春，兄弟雙翱翔。半途失明師，欲
> 濟無舟航。

其師南溪先生對待楊宏到如同一家人一般，卻與科舉上榜的弟弟
赴任，楊宏道再次失去師法跟隨的先進。

## 五　「險阻實備嘗」的求學過程

> 故人何元理（中庸），白日照忠誠。勸我從延賞，然後學明
> 經。三年走遼碣，險阻實備嘗。鯨鬣地軸傾，狼狽歸故鄉。

寫因何元理的建議，至遼東之地學習明經之科，朋友何元理，建
議楊宏道至遼地謀職，至遼東三年期間，楊宏道學習明經之科準備考
科舉，卻遭遇到金衛紹王大安三年（西元 1211 年），蒙古大軍入關一
事，南逃歸淄川。

## 六　「鐵馬逐人來」的戰難遭遇

> 鐵馬逐人來，蹴踏般溪冰。朔風振屋瓦，蒼陌屍縱橫。鳴鏑射
> 迴鴈，冰消溪水清。親朋半凋落，殘月依長庚。婉婉兩稚子，
> 面黥刀劍瘡。田園幸無恙，出郭依農桑。鋤耰干戈裏，三稔無
> 積倉。一官調神京，妻子不得將。風塵復潰洞，齊魯多豺狼。

寫避蒙軍之禍回鄉，所見慘況、妻子被擄，蒙古軍隊入關後，一路進攻，攻陷淄川，一片屍橫遍野殘破的景象。連楊宏道的二個孩子也都受到兵傷，甚而金宣宗貞祐二年（西元 1214 年）妻子被蒙軍所擄。

楊宏道與多數的文人相同，三餐難以為繼，只能親自下田，維持生計。雖然得到可以到京師補蔭官的機會，感傷自己不能全家共同前往。楊宏道在〈汴京元夕〉中提及妻子於戰亂時被害：

> 一朝別鵠動離聲，伉儷三年曉夢驚。當日想君應被害，此時憐我不忘情。杜鵑啼血花空老，精衛償冤海未平。追憶月明合巹夕，何堪燈火照春城。（頁 501）

在汴京的元夕夜中，追悼結髮三年的妻子，因為二人於戰亂中失散，楊宏道連妻子的生死都無法得知。

感傷自己的痛苦如同望帝不得歸國啼血般傷痛，縱使如同精衛填海一般努力，在戰亂的時代中所有的悲情與愁恨都難以得到撫慰。

## 七　「溫言當八珍」的求仕際遇

> 拂衣叩君門，樹屏遮長廊。溫言當八珍，令色充壺觴。遠來誠饑渴，蔓說辭乞漿。秉心在黑白，掉舌談青黃。臉紅眼尾斜，引手摩匡牀。自惟碔玞石，不中珪與璋。

寫金宣宗興定元年二十九歲自己至汴京求官感受，對於至京師求官，受盡冷嘲熱諷，世態炎涼感受，但仍盡心隱忍自我反省。

## 八 期待「仕途得捷徑」的積極態度

> 君家杵臼閒，何事舂粃糠。乃知畜奇貨，韞匵方深藏。仕途得
> 捷徑，改轍歸大商。紛紛輕薄子，仁義久已亡。彼非仁義器，
> 仁義何可當。夫子青雲姿，疑似令人驚。在我固自存，為君惜
> 清名。冰雪正凝冱，屈指迴春陽。皓鶴毛骨輕，雲靜天蒼蒼。

深感亂世之中「仁義久已亡」，國家時局如處冰雪之中，縱有高
風亮節，也無施展之處。終以堅守仁義，積極求仕之語。

全詩雖然悲切傷懷，卻是因為要積極欲有所作為求任用而作，詩
歌創作的目的在求取經世濟民的功用。

在〈甘羅廟〉一詩中以景興情，感歎「甘羅」因年幼本不為當局
所用，詩云：

> 峻阪欲盡長坡迎，後山未斷前山橫。甘羅廟下四山合，太始鬼
> 物成天城。道傍一峰立突兀，瘦木上下攢飛甍。此郎片紙附遷
> 史，勳業不足煩題評。尚憐稚齒據高位，因使細人輕晚成，山
> 間一笑為絕倒，多少豎子談功名。（頁476）

「尚憐稚齒據高位，因使細人輕晚成」二句寫，甘羅十二歲侍奉
秦王，但不為權臣所信用；如同二十九歲的楊宏道對於國家局勢憂心
直言進諫，卻不為當權老臣所採用。

正是積極期望朝廷重用青年學子之作，希望朝廷能夠了解青年報
國的心，也是楊宏道表現積極進取於仕宦之作。

這兩首詩作之所以為，趙秉文、楊雲翼與元好問所稱美，全是因
為道出了三人處金末亂世之中，憂心時事，然而所言卻不得重視的共

同心聲。

此時還有〈謁詩〉寫自己至京師積極求官欲有所作為的歷程，與〈甘羅〉詩相呼應，於此分段論其意義：

## 一　「奈何低首就驅役」的無奈

我夢神遊入官府，少年掖翁出東廡。傍人相指竊笑語，掖翁少年乃宗武。須臾呼我傍簷楹，聞汝頗有能詩聲。奈何低首就驅役（時為刑部委差官），更勿赴我詩壇盟。慚惶趨出肩背縮，悵悵步遠山之麓。

以夢境反映自己的遭遇，說明在金代擔任「刑部委差官」，遭人呼來喝去，被當時為官者所鄙棄的遭遇。

## 二　「人生大抵如夢爾」的自釋

忽聞笑語愕睨之，小橋流水環青竹。仙人雜坐陳壺觴，舉酒揖我邀我嘗。數盃萬慮都不記，恍然寢室明晨光。人生大抵如夢爾，夢飲陶陶寤猶喜。

以夢境中仙人的勸慰，做為自己釋懷的標準，期望能夠一醉，以酒解愁。

## 三　「願從先生一訪之」的積極

益知飲酒可忘懷，市東走訪劉夫子，（寧州劉玉潤甫）先生衰髮不勝簪。研丹點句傳青衿，世緣消盡唯好飲。縱欲酌我囊無金，元年建亥月官有。陳省雜（滄州陳歌和之）嘗欲醉先生，省雜豈苟合。元年建亥月，官有呂諮議（真定呂鑑仲寶）。嘗

　　欲醉先生，諮議亦誠意。陽月風日如春熙，梅花三兩開南枝。
二官清要少公事，願從先生一訪之。（頁 480）

　　說明在興定元年二十九歲入京，與劉潤甫、陳省雜和之、呂諮議
仲寶以詩歌唱和應酬，表現出當代士子急欲一起報效國家之情。
　　楊宏道三十四歲至邠州有〈九日邠州公宴席上奉呈趙節使張相
公〉[6]之作：

　　尚父城東涇水南，秋香飄動府潭潭。羇懷卻喜逢重九，此席應
難得再三。縫掖縵胡賓畢集，臺星列宿影相參。罰觥滿酌申嚴
令，要把黃花入鬢簪。（頁 500）

　　此作為楊宏道當時與張伯成重陽佳節應酬交際之作，以「臺星列
宿影相參」稱美在場者多朝廷高官，表現出積極的仕宦動力。
　　〈赴京〉與〈出京〉二詩正足以說明楊宏道從二十九歲至三十三
歲，於金朝求官的心境變化：
　　〈赴京〉一詩：

　　柏舟泛清濟，憭慄晚秋時。畏途愁落日，泝流行苦遲。夷門望
不見，籠水牽所思。默坐柁樓底，寸心空自知。（頁 471）

　　應作於二十九歲入京前本與何元理至前線遼地，因蒙古軍南下，
不得不南逃至汴京，補父蔭擔任「刑部委差官」，對於國家的危難，
憂心不已。

---

6　金宣宗元光元年（西元 1222）。

〈出京〉一詩作於金宣宗興定五年[7]三十三歲與元好問會於汴京。科舉不第，入陝西為吏。

> 女弟數行傷別淚，翰林兩首送行詩。辛勤徒步關西去，回首觚稜日出時。（頁 513）

至京城努力多年，卻仍不為朝廷所重用，只能離開京城。

詩中結尾仍積極的以「回首觚稜日出時」收，「觚稜」指宮殿上轉角處的瓦脊成方角棱瓣之形，借指宮闕。希望金朝能再有「日出」之時，意指主上英明之時。

雖然歷經改朝換代、戰火連年，為貧賤的生計所苦，楊宏道詩歌中仍清晰可見的表現出不放棄貢獻一己之力，也積極爭取被重用機會的精神。

在〈優伶語錄〉中也積極期望自己成為《莊子》所言之大鵬鳥：

> 傳曰：「適百里者，宿春糧，適千里者，三月聚糧，生業既失，安在其能三月也？」……側聞某官大夫名，德之日久矣，未嘗望清塵拜下風，得接絮花之論。今也路出東原（興定元年東平府錄事雷晞顏名淵），欲致謁於左右，疑而未敢進也。俄而自笑曰：「何期大夫之淺耶，仁義之道在彼，而不在此乎」。或曰為：「其同乎大夫決巍，科馳令聞，自致於青雲之上，汝身不顯於世，名不稱於人，沉滯碌碌，窮於逆旅，果同乎。」堅白子曰：「轅下之駒，德不配驥，然亦馬也，謂之非馬可

---

7　興定元年至三年為為西元 1217 年至西元 1222 年。《中國大事年表》：「（金）興定三年，蒙古盡取金河北州縣」。陳慶麒編：《中國大事年表》（臺北：臺灣商務印書館，1994 年 6 月），頁 250。

乎？」或者不能對，因錄優伶之語，以為獻伺候門外進之麾之
惟命。[8]

文中表現縱然求仕的過程，卑屈如「優伶」，仍舊積極面對，只
為成就護衛生民的決心。

所以楊宏道擔憂的是士大夫「身不顯於世，名不稱於人，沉滯磙
磙，窮於逆旅」一輩子不為所用的困境。

全文為文的目的全在於積極求仕，希望得到任用。

在四十歲在鄧州時有〈劉節副內鄉新居〉[9]：

> 去職未云久，幽人時到門。劇談臻性理，隨意具盤殽。鑿井城
> 隅宅，買牛江上村。聖朝深眷遇，安得守田園。（頁 490）

「聖朝深眷遇，安得守田園」寫劉祖謙將受重用，也表達出自己
積極求仕的，不輕易放棄貢獻所學於社會。

在〈贈鄧帥〉中也羨美他人得到重用：

> 順陽江上早梅開，一夕風吹斗柄回。漢日舒長鈴閣靜，楚天空
> 闊野鷹來。奇才既已蒙三顧，羈客何須賦七哀。好結茅齋為小
> 隱，無心求比少城隈。（頁 499）

「奇才既已蒙三顧，羈客何須賦七哀」，稱美受到重用的「鄧
帥」，對比自己的茅齋更顯憔悴。

---

8 同註 3，卷六‧葉二十六上。

9 金哀宗正大五年（西元 1228 年）。在鄧州，安家於鄧州，與元好問、劉祖謙交遊
　於內鄉。

所以在〈從鄧帥遊百花洲〉中也歌詠鄧帥，欲積極求仕：

> 絳斾恐驚鷗鷺飛，綠楊陰外駐驂騑。平輿穩勝雙鸞背，極目新
> 張萬錦機。棋局分曹消永晝，酒樽遲月蘸清漪。奉陪宴賞成新
> 詠，佳興無因到諷譏。（頁 503）

說出自己跟隨鄧帥遊歷百花洲，為其奉陪與宴客，稱美其跟隨者
之多與出遊隊伍之盛，為應酬交遊之作。

在〈石盆石菖蒲〉更以石菖蒲自比：

> 山迴溪流清，瘦莖生九節。參桂伯仲間，芝蘭媲芳潔。重城煙
> 塵昏，客土膏液絕。靈藥不可活，我心方蘊結。巧匠刳雲根，
> 汲井注寒冽。青青漸滋榮，歲晚堪采擷。（頁 464）

自比處於石盆之中的石菖蒲，前四句寫端午節用於驅邪的「石菖
蒲」生於鄉野清流之中。續言至城市之中被城市的煙塵汙染，不得存
活，如同自己的仕途艱難。「巧匠刳雲根，汲井注寒冽」比喻自己到
汴京求仕，如同石菖蒲被置於石盆之中，被強加修飾，甚而根骨都遭
寒冷的井水所傷。「青青漸滋榮，歲晚堪采擷」道出一切的忍耐與苦
痛，全為了合乎當時官場時宜，期望積極為朝廷所任用。

在〈投黃司理〉一詩中可知，生活的重擔，迫使楊宏道積極自我
推薦：

> 未脫來時舊衽衣，語言面目復何施。無心求僭士人服，餬口可
> 為童子師。過世有緣蒙顧遇，窮途乏力仗扶持。漢江十月蕭蕭
> 雨，一夕顛毛半作絲。（頁 493）

「無心求僭士人服,餬口可為童子師」二語點出自己對於維持生計的迫切需求,縱使任職教職亦可,以「窮途乏力仗扶持」一語懇請推薦引用,更以「一夕顛毛半作絲」一句感傷擔憂時光飛逝,自己越加衰老,無法貢獻所學。

在詠物詩〈奇石〉中也可以感受到急欲有所作為的積極:

> 年將四十尚無聞,自覺趑趄不入群。閒向水灘尋細石,旋揩沙
> 土看奇紋。(頁515)

「年將四十尚無聞」寫出自己的憂心,對於自己無法獲得任用,感到無奈,只有自我反省因何不能為世俗所用,「閒」往水邊尋奇石。

楊宏道雖為世家大族之後,卻自幼失去雙親,無法得到好的教育,可是楊宏道不放棄自己,拜師於南溪先生門下,勤奮向學,積極進取。二十九歲時就進汴京,以〈幽懷久不寫一首,效韓子「此日足可惜贈彥深」〉、〈甘羅廟〉二詩自我推薦,得到好的詩名,在變亂的金朝末年時,卻屢試不第。

但是楊宏道不放棄任何機會,多次自我推薦,希望能對民生有所貢獻。積極求仕的態度是楊宏道歷經「金」、「宋」、「元」三代努力的目標,縱使在環境不允許之下,不得不自安於隱居生活,最後仍以「著書立說」完成自己經世濟民的願望,積極進取的態度正是楊宏道的生命情懷。

楊宏道在金朝滅亡之時,任職於異朝,未能對金國盡忠,在歷史守節的角度上評論,實在不是一位具節操的忠臣;但是由楊宏道所記錄的歷史背景與自述的遭遇來審思,在這樣的亂世之中,一位讀書人該如何尋找自己的歷史地位。固然全節忠心是非常值得稱許的,但是

如楊宏道一般積極求取貢獻自己所學，期望有益社會民生也是可以同情而理解的。

此處文中由楊宏道的詩歌中來探討楊宏道從金末朝政敗壞至任職於異朝時，所經歷的省思過程。

從前文所述〈幽懷久不寫一首，效韓子「此日足可惜贈彥深」〉、〈甘羅廟〉、〈自述〉詩中，及〈優伶語錄〉自覺求仕如優伶之作中，可以得知楊宏道積極進取要有所作為，貢獻所學，卻未得任用，生計坎坷。在一次又一次的打擊之後，對於金朝廷楊宏道已然信心動搖。

在〈閥閱子〉一詩中寫出亂世兒女的心事：

> 我本閥閱子，結髮事文章。處世逢厄運，坎軻徒自傷。雞鳴狗盜間，泅跡潛輝光。凶年大兵後，荒城守空倉。負擔非我事，徒步昔未嘗。四肢不勝勞，憩息坐道傍。仰觀雲悠悠，俯視塵茫茫。東風吹歡聲，麗日為蒼涼。（頁465）

「我本閥閱子，結髮事文章」[10]自述祖先有功業的世家為世家、巨室，自己用心於學問研讀。「處世逢厄運，坎軻徒自傷」卻遭國家變亂，所學無法使家國免於坎坷際遇。

在此戰亂與民不聊生的時局之中，無法扭轉時局。只能感嘆「負擔非我事」心中深沉的悲痛，國家的興亡並非個人所能負擔的責任。「徒步昔未嘗」寫出自己也曾用心盡一己之力，但是「四肢不勝勞」仍感心有餘而力不足。

只能選擇坐待時局變遷，接受改朝換代的事實。

楊宏道四十一歲至汴京赴試，屢試不第後，至鄧州有〈送張縣令

---

10 祖先有功業的世家、巨室。

赴任符離〉[11]詩：

> 興定紀年後，治道日修飭。縣令選尤重，非人莫輕得。東陲控
> 淮泗，隱見吳山碧。嘗獲白兔瑞，賀書出韓筆。百里今付君，
> 陽關歌祖席。和風翻行裾，花光照長陌。十年宿重兵，涉春微
> 雨澤。鯨鯢雖陸死，餘孽尚狼藉。二事俱可憂，軍食與民力。
> 君名在蘭省，安能淹此職。勿謂不久留，而遺後人責。常思君
> 子居，一日必加葺。（頁 465）

「興定紀年後，治道日修飭」金宣宗興定年間共五年，為西元
1217 年至 1222 年至楊宏道作此詩 1229 年，已有十年之久。楊宏道
感歎朝政敗壞已久。

「十年宿重兵」，更是直指兵禍連年。「鯨鯢雖陸死，餘孽尚狼
藉」，更指出雖然戰亂暫時停止，可是安定的生活仍遙不可及。「鯨
鯢」一意出自《左傳》喻指不義之人吞食小國，指元軍「鯨鯢」的勢
力仍未消除。「二事俱可憂，軍食與民力」更指出軍事的戰亂與人民
的生計，都不是金朝政府有力解決的部分。「君名在蘭省，安能淹此
職。勿謂不久留，而遺後人責」更點出時局艱困，金朝朝廷官員紛紛
棄守的現狀。

詩中表現出多年以來對朝政的失望，與對民生經濟的憂心。加上
屢次科舉都落榜，不為朝廷所任用，可以推知楊宏道在四十五歲之後
為何降宋，任職於宋朝。

此時在符離山尚有〈詠晴〉一詩，對於未來新政局滿懷希望：

---

11 金哀宗正大六年（西元 1229 年），至汴京赴試，落榜。與王郁、王渥、張德直書
信來往。

二月已破春將殘，連朝風雨春猶寒。煙消日出好天色，城隅花柳猶堪觀。萋萋芳草平沙路，乘興招君共君步。恨無樽酒助清歡，賴有溪藤書鄙句。荒城勢與河流灣，憑高望遠開愁顏。天低野闊樹如薺，幾點翠色符離山。寓形宇內宜自適，吾土他鄉奚所擇。與君同立東風中，一笑相看誰是客（頁479）。

「二月已破春將殘，連朝風雨春猶寒」喻寫金末多變與紛亂的時局，至今尚未歇止。「煙消日出好天色，城隅花柳猶堪觀」二句看出楊宏道對於新的領導者抱著期望。所以說「萋萋芳草平沙路，乘興招君共君步」可以與友人共同努力，迎向未來。

「荒城勢與河流灣，憑高望遠開愁顏」二句一轉感歎回首過往，多年戰火造成一幅荒涼的景色，只有登高望遠滿懷希望正視未來。

「寓形宇內宜自適，吾土他鄉奚所擇。與君同立東風中，一笑相看誰是客」四句點出楊宏道一生漂泊，處在歷史的變局之中，一切都不是自己所願意的，何必有主客之分。這樣主客不分的思想，當是楊宏道日後任職於異朝的原因之一。

在〈遣興〉中寫出自己任職於宋朝的心情：

襄鄧留多日，淄青即故鄉。落花縈綺席，飛燕拂雕梁。巢穩由知擇，風飄未可量。履新冠已敝，上下豈無常。（頁483）

「襄鄧留多日」，「鄧」指「鄧州」之前的際遇金哀宗正大六年（西元 1229 年）四十一歲至正大八年四十三歲楊宏道在鄧州。期間至汴京赴試，落榜。與王郁、王渥、張德直書信來往。再回鄧州上書戶部尚書楊慥。送別麻革與張澄。金哀宗天興元年（西元 1232 年）四十四歲，元軍入城，再次逃難，鄧州淪陷。「襄」指襄陽，楊宏道

金哀宗天興二年即宋理宗紹定五年入仕宋至宋理宗端平元年任宋
職——襄陽府學教諭。

此詩當作宋理宗端平元年四十六歲任宋職－襄陽府學教諭之後。
「落花」喻指亡國之臣,「飛燕」指新朝廷的臣子。

「巢穩由知擇」感歎國家已亡,覆巢之下焉有完卵。「風飄未可
量」則形容時局仍動盪難安。

「履新冠已敝」更是以「冠已敝」喻指官帽已敗壞,「履新」則
指流亡的路途遙遠。感歎時局變遷的無常。

由詩中可以感受到「金」與「宋」的相繼敗亡,令楊宏道感慨萬
千。在亂世中無論楊宏道如何積極進取,仍然無法將所學貢獻於生
民,有益社會民生。

楊宏道五十二歲,在金宋為元所亡時,有〈宣聖廟桃李盛開約鄉
中親舊同飲花下〉[12]一詩:

> 春來桃李便承恩,況復儒宮穩託根。喪亂不堪憂故國,英華猶
> 覺在吾門。奈何日月馳雙轂,思與親朋罄一樽。共趁東風花下
> 飲,此間雖小勝名園。(頁 506)

春來桃李便承恩,「承恩」所指為給予官位的新朝代,此處所指
當為宋朝,任職於異朝的原因,是因為同樣出於「儒宮」。

「喪亂不堪憂故國,英華猶覺在吾門」所指即與舊友們雖身處異
朝,心中仍是對故國難以忘懷。「英華」喻指士大夫官宦,雖在異
朝,卻不忘故國金朝。

---

12 元太宗十二年(西元 1240 年),經濟南,宿洪濟院歸淄川。此處立論與王慶生:
《金代文學家年譜》(南京:鳳凰出版社,2005 年 3 月第一版)相異。

「日月馳雙轂」指變天之快，改朝換代之快，讓楊宏道只能以酒消愁。與友人相約互相安慰。

在〈吾道〉一詩中也說出自己不為世俗影響的思想：

> 眾好常違俗，孤清且自成。食苗維皎皎，止棘信營營。莫為虛名誤，宜因微罪行。何思復何慮，吾道付神明。（頁 488）

說明自己不為眾人的評論所影響，不為虛名所誤，所作所為為自己負責，對得起自己與天地，問心無愧即可。

這也可以了解楊宏道任職於宋的心境。

但是四十五歲〈定庵〉[13]，降宋，入仕宋。任職宋朝－襄陽府學教諭。任職於異朝時，楊宏道也是有自責之意：

> 社燕賓鴻秋復春，竄身南國避兵塵。露涼汴水蘋花老，風暖蘄陽柳葉新。遷徙靡常嗟我病，吉安無計與君鄰。親朋凋喪家鄉遠，羞見定庵庵裏人。（頁 499）

詩中說明躲避兵禍到「蘄陽」一地，對於故國與家鄉友人都是「羞見」的。

〈偶題三首〉正可看出楊宏道任職異朝，期望對朝廷欲有所貢獻的心靈轉折之處：

一、
藏名匿跡黃塵中，日抱書案心冥濛。墻頭花變兩三色，又是一

---

13 宋理宗紹定五年（金哀宗天興二年）西元 1233 年。

年看春風。

第一首感歎自己用心於學問，用心報國，金末朝政卻變動無常，年復一年不得任用。

二、

巨木埋根數百年，蔚然蒼翠上參天。不歸宮闕充梁棟，也作龍舟濟大川。

第二首感歎自己在金朝未獲朝廷重用，在宋朝地方貢獻所學，希望對國家民生有所貢獻。

三、

海上雲來徧地，波間漏日瀉黃金。水車倦踏傷淫潦，無奈連天雨正深。（頁512）

第三首悲歎金、宋滅亡之後，百姓遭受天災人禍，農業收成短缺，自己無能為力，轉而關心民生基本生計。

積極進取求官的楊宏道，由於自身的經濟困頓，更能體會民生的困苦；詩中寫出當時百姓的窮困與危難。

## 貳　關心民生

面對金末的動亂，楊宏道的心境一直都處於亂離困苦之中。在楊宏道生平敘述之中，可以了解楊宏道已清楚的感受到國家危亡，時局的艱困，百姓生活的困苦，表達在詩文之中，令人充份感受到詩人對

於國家及百姓的關懷。

在〈寄鞏州司農少卿李執剛〉詩中對於天災與人禍不斷，感到痛心：

> 潦水已除泥尚濕，疽瘡既平膚尚赤。（去年田瑞據鞏州反）細烹糜粥食疲人，明示金科懲暴客。朝廷好爵不輕授，夙夜小心憂重責。政成合沓起民謠，一片青青襄武石。（頁 471）

《金史紀事本末》卷四十六「哀宗守汴」[14]文中記載「田瑞據鞏州反」是「正大初，田瑞據鞏州叛」一事；《金史紀事本末》[15]「宋元克蔡」中「宋求食人者，盡戮之，餘無所犯。」力懲食人慘況，是正

---

14 《金史紀事本末》：「正大初，田瑞據鞏州叛，詔陝西兩行省並力擊之。蝦蟆率眾先登，瑞開門突出，為其弟濟所殺，斬首五千餘級，以功遙授知鳳翔府事、本路兵馬都總管、元帥左都監、兼行蘭、會、洮、河元帥府事。六年九月，蝦蟆進西馬二匹，詔曰：『卿武藝超絕。此馬可充戰用，朕乘此豈能盡其力。既入進，即尚廢物也，就以賜卿』。仍賜金鼎一、玉兔鶻一，並所遺郭倫哥等物有差。天興二年，哀宗遷蔡州，慮孤城不能保，擬遷鞏昌，以粘葛完展為鞏昌行省。三年春正月，完展聞蔡已破，欲安眾心，城守以待嗣立者，乃遣人稱使者至自蔡，有旨宣諭。綏德州帥汪世顯者亦知蔡凶問，且嫉完展制己，欲發矯詔事，因以兵圖之，然懼蝦蟆威望，乃遣使約蝦蟆並力破鞏昌。」〔清〕李有棠撰：《金史紀事本末》（上海市：上海古籍出版社，1998 年），卷 46，記田瑞反叛一事於「正大初」。

15 《金史紀事本末》：「天興三年正月，烏展聞蔡已破，欲城守以待嗣立者。假稱有旨宣諭，以安眾心。綏德州帥汪世顯嫉之，力攻鞏昌，破之，刼殺烏展送欵於元。所載甚詳。）元王檝使宋還，宋遣軍護行。帝聞之懼。（〔攷異〕趙翼劄記云，時金軍不復南侵，宋人亦思繼好。正大八年，行省忽以劄付下襄陽制置司，約同禦北兵，且索軍餉。劄付者上行下之檄也。於是宋制置使陳該遂怒，辱使者，而和好復絕。）癸未，元帥楚復立壽州於蒙城，還賞有差。乙酉，元召宋師攻唐州，右監軍烏庫哩和歡（原作黑漢）戰死，主帥富察某為部曲所食。城破，宋求食人者，盡戮之，餘無所犯。」（同上註，卷 47）記天興三年正月「綏德州帥汪世顯嫉之，力攻鞏昌，破之」，「正大八年……宋求食人者，盡戮之，餘無所犯」。

大八年一事，此詩作於金哀宗正大八年，楊宏道四十三歲在鄧州後。

詩中寫在水災肆虐之後，金朝人民所受之苦，傷口尚未撫平，再遇到田瑞反叛的人禍，百姓民不聊生，甚而發生了「食人」慘況。

詩中續言宋朝廷嚴懲兇手。「朝廷好爵不輕授，夙夜小心憂重責」，期許李執剛用心安撫與照顧百姓，定能被百姓所歌誦，刻其功業於石上留存千古。

全詩記載金末百姓生活慘況，以詩記史，用心關心民生生活。

五十二歲，宋亡後歸淄川有〈舟行二首〉[16]：

> 羞澀行囊賃客舟，初期十日到齊州。歸心晝夜如流水，灘淺風狂不自由。盡室東隨賈客船，天教歸老舊園田。三河千里無青草，歲在虛危定有年。（頁 515）

詩中開頭點出「羞澀行囊賃客舟」，自己貧困的狀況，只能回歸淄川。偏偏又遇到「灘淺風狂」耽誤歸鄉尋求奧援的時間。

「三河千里無青草，歲在虛危定有年」更是寫出沿途所見戰後荒蕪一片的景象，感歎一年又在驚險之中度過。

詩中可見楊宏道的貧困，也可看出由己身的貧困，推己及人，進而關心周圍寸草不生的民生經濟問題。

三十九歲元軍南下，避兵至藍田縣，寫〈達內鄉見縣令裕之〉[17]，記逃亡遭遇：

---

16 元太宗十二年（西元 1239 年），此處立論與《金代文學家年譜》相異。

17 金哀宗正大四年（西元 1227 年），此時平涼已為蒙古軍所攻陷，八月離開平涼避兵藍田縣投靠張德直。遊秀野園及渼陂。阻於隆曲寨一地。至鄧州，求助劉祖謙，至內鄉見元好問。

　　馬蹄踏破洛南川，回首山城一片煙。入夜前途如抹漆，有時峻
　　嶺若登天。困眠肅肅飛霜底，饑傍泠泠流水邊。行盡塞垣三百
　　里，眼明初見玉堂仙。（頁 505）

　　寫出戰爭時元軍鐵騎飛快的侵略速度，所經之處，狼煙四起，一
片荒蕪。入夜後一片漆黑，逃難求生之路，如登天般困難。「困眠肅
肅飛霜底，饑傍泠泠流水邊」更是形容逃難之人饑寒交迫的苦難。
　　詩中楊宏道寫自己的饑寒交迫，也寫當時難民所受的嚴厲考驗。
　　楊宏道在正大四年六月避難藍田〈秀野園記〉文中也說明當時
「賦斂方重」：

　　洛南縣治東南五六里，陵阜曲接回抱忽斷若門，然謂之窄口，
　　既出便得一川，平演肥沃，宜菽麥禾麻，農家隨山勢散處總名
　　曰章谷，其間大抵多李氏之田也。李氏之先嘗以文為害佐縣
　　治，因倍蓰前世之業而始有僕馬婢妾之奉於是即其地為園。以
　　充其宴賞遊觀之樂，取東坡〈獨樂園〉詩名之曰：「秀野」。引
　　竹園谷、蒼龍潭二水鑿於其前，面池起屋四楹，植果樹雜花於
　　其後。正大四年六月，余始來遊，望之青林蔚然，既至其處，
　　怪其蕪穢不治，豈以其時賦斂方重，未暇及此而然耶。……宴
　　賞遊觀之樂，如秀野而已哉。淄川楊某記」（《小亨集》卷六。）

　　楊宏道引〈司馬君實獨樂園〉言此園出自蘇軾歌美司馬光「獨樂
園」之作，詩中有「中有五畝園，花竹秀而野。」一句，以司馬光當
時治蹟卓越之「兒童誦君實，走卒知司馬。」反比當時朝政的「怪其
蕪穢不治，豈以其時賦斂方重，未暇及此而然耶。」，因當時為政者
賦斂重，所以主人生活困頓，無力維護庭園。

元太宗十三年，五十三歲時，離開故鄉淄川，再至濟南時有〈若人〉一詩：

> 哀痛淄州城再破，千里蕭條斷煙火。當時逃難逾黃河，二紀歸
> 來非故我。眼前十口不安生，白頭又復辭先塋。若人方寸包藏
> 惡，害物慘於城陷兵。（頁471）

「若人方寸包藏惡，害物慘於城陷兵」寫出戰後社會的黑暗面，
地方強權介入，毫無法制可言。寫出自己的痛苦，也寫出當時戰後治
安敗壞，強取豪奪的百姓苦難。

在〈施淮馬與鑑上人〉一詩中更感歎自己的貧困難以為繼：

> 嗟嗟牝馬老而羸，況復雙瞳障腦脂。相下得之來汶上，暑天忽
> 爾到寒時。貧家芻秣應難繼，末路庖廚不忍為。若踏金田宜努
> 力，庶成善果脫毛皮。（頁496）

因為自己難以維生，沒有多餘的糧食可以養馬，只能將馬送至佛
門，幫忙耕種。

至燕京途中曾有〈鄲縣道中〉[18]詩：

> 京東千里平，孟冬如季春。寸草不蔽日，汗滴途中塵。異哉中
> 州地，若與窮髮鄰。誰持種樹書，遍授東京人。（頁465）

寫戰後的景象，冬天時仍因無樹，寸草不蔽日而汗流不已。寫此

---

18 在元定宗后二年（西元1249年）六十歲曾至燕京。

地戰亂後，土地荒廢，還未復原，仍是一片荒涼。期待有人能夠教授京城中之元人「種樹」有益百姓生計。

在〈賞菊張濟道家分韻得菊字〉中寫出金末元初百姓遭遇的困境：「鹿車西來聲轆轆，夜夜空山草間宿。今年蝗旱草亦無，懷川竹林如帚禿。」、「吁嗟世上無唐衢，若有唐衢見應哭」（頁 479）[19]，寫出人禍之外，天災亦荼毒百姓甚深。

縱然自己稍得安定，對於沿途所見的悲苦景象，直言「吁嗟世上無唐衢，若有唐衢見應哭」引用「唐衢痛哭」之典，為唐中葉詩人，屢應進士試，不第。所作詩意多傷感。見人詩文有所悲歎者，讀後必哭。嘗遊太原，預友人宴，酒酣言事，失聲大哭，時人稱唐衢善哭，形容此詩詩意悲淒，足以令日後讀者流淚。

以詩記史，關心戰爭、蝗災與旱災對百姓的傷害，關心民生的作品，正是楊宏道詩歌的特色。

金哀宗天興元年（西元 1232 年）四十四歲，元軍入城，再次逃難之時還有〈壬辰閏九月即事〉之作：

> 西山逃難日如年，草動風聲止又遷。惴惴側行崖際石，回回屢涉谷中泉。縱橫蔓刺膚流血，憔悴妻孥命在天。疲極和衣相枕藉，夜寒輾轉不成眠。（頁 498）

「西山逃難日如年」形容逃難的苦痛令人「度日如年」；「草動風聲止又遷」形容局勢的荒亂讓人朝不保夕，無一棲身之所。

「惴惴側行崖際石，回回屢涉谷中泉。縱橫蔓刺膚流血，憔悴妻

---

19 參見第三章第一節楊宏道四十四歲「金哀宗天興元年，元軍入城，再次逃難，鄧州淪陷」中。

「孥命在天」，形容身心的傷痛如履薄冰，妻與子的生命幾乎無法保全。

「疲極和衣相枕藉，夜寒輾轉不成眠」，最終仍是只能相互依慰，難以入眠地度過寒冷的夜晚。

以詩記史，記載歷史戰亂中人民流離失所的苦痛，寫實的記載基層民生苦痛，正是楊宏道詩歌的價值。

晚年有〈贈仲經〉[20]詩：

> 南北應無再見期，雲翻雨覆事難知。大堤歸客來何遠，盤谷幽居信到遲。當暑纖絺將厚意，連朝情話慰相思。多君已享江湖樂，不忘鄢陵處陸時。（鄢陵留別詩有：「濡沫能微濕，生涯善自謀」之句故云）（頁499）

詩中所言「南北應無再見期，雲翻雨覆事難知。」寫出當時局勢險峻，民心惶恐的苦難[21]。避難的道路遙遠而辛勞，信件的往返在當時更是難及。「多君已享江湖樂，不忘鄢陵處陸時」今日雖稍得安定，卻永遠難忘危難之時相互幫助的情誼。

此詩雖然記載歷史戰亂中人民的苦痛，卻也寫實的記載基層百姓相互扶持度過危機的情誼。

金哀宗正大五年（西元 1228 年）四十歲在鄧州，有〈寓居書懷〉一詩：

> 疏栽枯棘作籬藩，鄰舍相望不設門。去燕來鴻為客慣，佩蘭懷

---

20 同註1，頁499。

21 宋理宗端平二年，四十七歲借補迪功郎差權唐州司戶參軍兼州學教授。北遷，寓家濟源。元太宗十二年五十二歲，歸淄川。三事。

玉與誰論。河名無定亦歸海，草日寄生猶有根。但得生涯能地
著，何嫌山谷數家村。（頁499）

前二句「鄰舍相望不設門」寫對治安的要求，末二句寫只求有立
錐之地，得以安定生活，維持生計，縱使是鄉野之地也滿足。
此詩寫出戰亂中基層百姓最卑微的要求。反映最基本的民生關
懷。
在〈贈馬升公〉詩中寫當時讀書人的難以維生：

學出韜鈐外，身從笈庫還。著書期後世，辟穀臥空山。渺渺追
前列，區區若是班。尚為妻子累，時復見人間。（頁484）

寫馬升公，等於是寫自己，更是寫金末元初多數讀書人的困境，
在著書立說的同時，卻無法給妻子兒女溫飽。這樣的悲涼在戰亂之時
隨處可聞。
此詩寫出戰亂中讀書人的悲淒。表現出當時困苦的社會與生計。
有〈重到碭山示白文卿〉一詩，序言：「久不歸所寄麥，故有是
詩」，詩歌創作目的是向他人索討借出去的糧食：
詩云：

不解營微利，元非市井人。麥秋農事遠，花月客途貧。路隔魚
山水，衣餘亳社塵。小兒無倚賴，夢裏鹿臺春。（頁485）

由前二句「不解營微利，元非市井人」，可以理解當時借貸的標
的物即為小麥。詩中將自己客居他地的困境，與生活的貧苦道出。
「路隔魚山水，衣餘亳社塵」，「亳社」，亳之社也。亳，亡國也。亡

國之社以為廟屏，指亡國之臣，無依無靠，生計難以維持。「小兒無倚賴，夢裏鹿臺春」，一語點出生計難以維持，更以周武王發動牧野之戰，紂王組織奴隸以拒之，紂軍前鋒倒戈，全軍覆沒，紂王登「鹿臺」，自焚而死。中之「鹿臺」直指暴政必亡，所言為厚聚斂的朝廷，當如紂王自焚於鹿臺一樣，自食其果。

全詩以最實際的借貸糧食起，反映出當時元代朝廷聚斂財富，百姓難以維生的民生問題。

在〈故人〉詩中也道出金末元初的亂離：

> 疾風巢再毀，烏鵲卻飛迴。嗟我豈殊此，故人安在哉。重遭難食厄，遠冒畏途來。莫問交疏密，交疏亦可哀。（頁 491）

所居之地一再淪陷，避元軍至汴京，再至襄陽，最終「金」、「宋」都為元軍所滅。一路逃亡，無枝可依，無食可用，故人多已不在。「重遭難食厄」道出了當時因戰亂造成的食物困乏。詩歌中關心了亂世中最基本的民生問題。

在〈贈盧希甫〉形容逃難時分食野果的困苦：

> 般陽兵後步之青，古驛荒寒粥夜烹。四舍分程曾借宿，一杯數種不知名（諸野草子）。二千里外新歸客，三十年前舊友生。賓館莫嫌來往數，中途霜露已無情。（頁 496）

「般陽兵後」般陽指淄川，此指淄川淪陷之後，為楊宏道二十九歲以前發生的戰亂。形容在戰後逃難時期，寒冷的夜裏在荒涼野地之中，烹煮粥食。來自四面八方各地的難民都分食一杯粥食，粥食中所烹煮的不是米食而是野地撿拾而來的野果。

　　楊宏道與盧希甫曾經一起度過這樣困苦的環境，三十年後再度相逢，回憶起三十年來所遭受的貧困危難，更覺相聚難得。

　　詩中寫出逃難途中難民食物匱乏，以野果維生的處境。

　　在〈風雨夜泊〉詩中寫出客遊的無助：

> 舵鳴風逆水，大纜再維舟。競起如相約，喧呼久未休。收燈陰漠漠，聽雨夜悠悠。料得茅齋裏，家人為我愁。（頁484）

　　前四句形容風雨，也是形容國家在風雨之中，眾人企圖力挽狂瀾，「喧呼」未休時。夜闌人靜時才發現，家人居住在「茅齋」之中，難以為繼。

　　在〈題子產廟〉一詩中感念鄭國子產對於百姓生計的貢獻，詩云：

> 相鄭稱遺愛，云亡感聖人。養民殊夏日，出涕比祥麟。故國多喬木，虛堂若有神。褰裳病徒涉，歲暮客愁新。（頁490）

　　期待有一賢能之士，如同子產能對百姓做到：「我有子弟，子產誨之；我有田疇，子產殖之。子產而死，誰其嗣之？」卻未能得見。

　　眼看生民不得所養，祥麟不現，國家復興難以指望，只能獨自憂愁不已。

　　詩中對於子產的懷念與仰慕，正是因為子產所作所為有益民生經濟。

　　在〈先疇〉[22]詩中道出自己歸鄉後所面臨的苦痛：

---

22 當作於二十九歲離鄉後「二紀」即二十四年後，歸鄉途中之作。此作當作於元太

二紀流離不自由，得歸中路復淹留。今年再踏東秦地，昔日嘗
居南雍州。夢裏青衫霑雨露，覺來華髮望松楸。先疇亂後誰為
主，何處躬耕待有秋。（頁 500）

在二十四年後回鄉之時，已從年少到白頭，沒有任何積蓄的楊宏
道，僅能期望能得一祖先的土地，得以躬耕自給自足，以度過寒冷的
冬天。

士大夫尚且如此貧困，何況是一般百姓。

在〈弔元老〉[23]詩中，寫出士大夫之後無所依靠的悲涼：

序言：

康姓顯於山西，妻父諱震，字震亨，幼孤，當以廕得官，過時
不就。性嗜酒，善畫山水，交遊當世士大夫，咸得其歡心，寓
居濱之屬邑利津。泰和丙寅，客死東光。歸其骨，薰莝濟水之
濱。一子元老，始六歲，惸惸無所歸，從余來淄川。貞祐元年
十月望日，以羸疾卒。傷其父無後，哀其子夭死，作詩以弔
之。

此詩作於貞祐元年[24]十月，寫戰亂之際，山西望族康姓之後，無
後之悲涼。

風調冰清有典刑，傷哉白首見飄零。魂隨寒骨來千里，世系遺

---

宗十二年（西元 1240）年五十二歲，經濟南，宿洪濟院歸淄川。此詩《金代文學
家年譜》未繫年。

23 泰和 7 年（西元 1207 年）娶妻康氏（《金代文學家年譜》，頁 136）

24 西元 1213 年。二十五歲所作。此詩《金代文學家年譜》未繫年。

孤始六齡。宿草荒蕪應滿地，柔蘭凋落忽空庭。旅人若訪中郎
後，讖語淒涼詠曙星。（頁500）

可見當時老無所養，幼無所怙的社會問題，縱使世家之後亦無法
倖免於難。

在〈擊柝〉中記載地方的荒涼：

擊柝者誰子，夜天星正繁。絳紗明燕寢，黃耳警豪門。雀鼠耗
倉粟，豺狼踰塞垣。客窗求睡穩，嗟爾漫喧喧。（頁489）

詩歌寫夜難安枕的戰亂時期苦難，「雀鼠耗倉粟，豺狼踰塞垣」
寫政府的豪奪不思體民，與治安的敗壞。

寫出當代人民所受治安不靖的苦難。

在〈仲冬〉一詩中感歎所居之地「濕冷」：

迎水地卑濕，仲冬連夜風。茅堂何以處，春在小爐紅。（頁
510）

可見其當時民生凋零，僅能得一茅屋避風雨侵襲，處境危難。

在〈夏雨〉一詩中關心百姓生計，寫道：

坐對雲峰起，已欣風腋清。螟蝗猶未殄，天地豈無情。轟磕雷
音轉，蜿蜒電影明。滂沱洗煩暑，災害不能成。（頁488）

金末元初除了人禍，戰亂不斷外，蝗災亦造成人民苦難；在一陣
「夏雨」之後，楊宏道感到寬心不已，欣然於大雨的拯救蒼生。因為

下大雨可以解除蝗害，使得百姓得以維持生計，所以說「滂沱洗煩暑，災害不能成」。

正因為楊宏道心繫百姓最基本的生計問題，所以因為「夏雨」感到欣喜不已。

楊宏道「辭直非謗訐」的詩歌風格，積極的將自己在金末元初艱苦的求學與求官經歷，直言說出；也將自己與當時百姓所遭受的經濟困頓與戰亂危害，直言表達，一切都不是為了毀謗朝廷，只是積極的希望得到朝廷任用，獻上良策，使百姓與自己能免於困苦與危難的生活。

# 第三節　楊宏道「默傷仁者心」的詩情

在《小亨集》[1]中，可以同時發現「辭直非謗訐」積極求取貢獻所學的楊宏道，與「默傷仁者心」消極接受亡國史實的楊宏道，與俗世中的世人一樣，輾轉顛沛於金、宋、元之間。在乖舛的命運與國家的衰亡之際，楊宏道寫出了最真實的心境，也是歷代詩人與有志者所共有的孤獨寂寞。

楊宏道自幼失去雙親，由其叔父撫養，叔父卻未能發揮教養的任務，楊宏道自發性的發奮讀書，希望考取功名，卻又面臨家鄉淪陷，國家滅亡的歷史巨變。在楊宏道的詩歌中自然表達出亡國者的「不遇心境」，今觀其詩〈古興二首〉已深刻感受到自己與國家的孤立無援：

> 貞松千歲質，挺生喬嶽陰。青崖樵徑絕，斤斧胡能侵。來者不可測，禍福常相尋。狂風吹暴雨，倒瀉江海深。霹靂根半斷，直幹猶森森。無人為扶持，默傷仁者心。
>
> 平原陷為湖，浩蕩迷津步。中有斷纜舟，楫舵失先具。風濤無定期，浮沉付冥數。忽忽已三年，未知止泊處。余生天地間，正可以此喻。春郊麥將枯，籲嗟望雲霧。[2]（頁460）

此詩當作於二十九歲入京之後，雖得眾人賞識，但科舉屢次落

---

1　〔金〕楊宏道：《小亨集》（臺北：臺灣商務印書館，1983 年，《景印文淵閣四庫全書》），第 1198 冊。

2　薛瑞兆、郭明兆編：《全金詩》（天津：南開大學出版社，1995 年 11 月），第 3 冊。本論文楊宏道詩作，只標明頁碼者皆出自此版本。

榜,由其生平經歷,二十九歲前與何元理至前線遼地,二十九歲後回汴京,可以推知為興定五年三十二歲在汴京參與科舉考試時的感傷。

詩中以「貞松」自比,言自己「挺生」於「青崖」與「絕徑」之間,在無法預測的人生與歷史「禍福」之中,忍受狂風暴雨,卻無人扶持。

如同孟浩然所說:「欲濟無舟楫」,楊宏道感嘆:「中有斷纜舟,楫舵失先具」自己一再失去被朝廷引用的機會。「忽忽已三年,未知止泊處。」,這更是在天地之間「默傷仁者心」無所依的不遇心境。

本文呈現楊宏道詩歌文本,就其詩歌內容,所表達之詩情,歸納其具有消極感受的「懷才不遇」、「亡國感慨」與「宗教寄託」探討,期望使閱讀者可以體認楊宏道的詩歌的「傷心」情感。

## 壹　懷才不遇

金宋亡國之後,回歸家鄉濟南時有〈城隅有一士〉[3]之作:

> 南山一何高,北渚青茫茫。可憐佳麗地,荊棘三十霜。芟夷營大宅,列肆來群商。倡優日歌舞,鞍馬照地光。城隅有一士,堁垣繚茅堂。習坎失生理,家人知義方。貌言外卑遜,節行中貞剛。荒涼眾所棄,上帝歆其香。(頁463)

戰亂局勢穩定之後,孤根心態仍在。詩中描寫自己二十九歲離鄉赴京後,再次回到濟南,在三十年的蜂火戰亂之中,此地人事全非。戰亂中有人因經商成巨富,此時「營大宅」、「來群商」、歌舞宴會,

---

3　作於元定宗元年五十七歲至元定宗二年五十八歲在濟南,曾遊靈巖寺。

鞍馬華麗。

　　楊宏道自己卻因堅守仕宦之路，一貧如洗，雖然家人寬容對待，卻深深的感到自己「荒涼眾所棄」，為國家所遺棄的不遇心境。

　　在三十三歲時所作〈別楊信卿〉[4]詩中，寫到：

> 邂逅株林酒一盃，汴梁同見菊花開。浪遊我逐何人至，應舉君隨計吏來。漆店夢迴風瑟縮，鐵樓歌罷月徘徊。又還客裏成離別，後夜思心半握灰。（頁494）

　　將自己入京多年，科舉屢試不第的感受，化為詩歌，傾訴自己的遭遇給友人，在京城多年的努力，決定離去時，忽然感嘆自己為求何事而來，在異鄉自己「客遊」的孤根心境無人能解，只有夜夜心灰意冷。

　　楊宏道於三十六歲金哀宗正大元年監麟游縣酒稅時，有〈橙實蠟梅〉詩，序言：「鳳翔普照方丈席上與寶雞主簿李時舉同賦」此詩是與朋友訴說心境之作：

> 清霜洞庭實，萬里登君筵。香膚縷黃金，粲粲明秋泉。餘子甘棄置，使與梅爭妍。管庫七十家，用則成才賢。（頁464）

　　至鳳翔任官，自比為「洞庭蠟梅」，資質出眾，貢獻所學，期望能有所作為。「管庫七十家，用則成才賢」，期望能有趙文子一般知人善任之人。積極進取，自許定為「晉國管庫之士七十有餘家」的公正

---

4　金宣宗興定五年三十三歲與元好問會於汴京，金代末年始享有詩名。科舉不第，入陝西為吏。所作興定元年至三年為西元1217年至西元1222年。

與清廉，可惜最後仍遭到棄用。[5]

　　楊宏道在四十五歲，降宋，所作〈慈湖客夜〉[6]詩中感歎：

> 江頭明月照人孤，腸斷風前繞樹烏。夜夜春潮隨月上，不將客
> 信到慈湖。（頁 511）

　　表達出自己亡國後的「孤」寂，繞樹三匝無枝可依的苦痛，在異
鄉對故國音訊全無的不遇心境。

　　在〈凌霄〉詩中以「幽禽」自比：

> 凌霄失高樹，體弱無所依。幽禽辭其巢，萬里將離飛。故園霜
> 雪繁，野水稻粱微。孤根幸不死，會有重芳菲。刷羽待高風，
> 要趁花時歸。（頁 465）

　　言自己是遠離巢穴的失依孤鳥，孤飛於萬里之外。故鄉淪陷難以
維生，期望自己「孤根」得以不死，故鄉再有百花盛開之時。自己得
以衣錦還鄉。

　　「孤根幸不死」正表現出當下的不遇心境。

　　在〈稠桑道〉詩中哀嘆：

---

5　由〈別鳳翔治中艾文仲序〉詩序中言：「制榷酒而征商，吏部差監務二員，曰監，
　　曰同，常以五月中官給本，造周歲所用之麴，九月一日新舊相代，監務相呼，我
　　代者為上，交代我者為下，交余自京兆從劉監察光甫到鳳翔，而府帥郭公仲元囑
　　文仲，請余教其子侄於府學。麥既熟，上交不至，辭，赴麟遊造麴。八月上交至
　　而罷。監務造麴已竟，雖上交至例不當罷，蓋彼貨者而罷余也，將往邠州以詩告
　　別」。（同註2，頁 509）可知正大元年以製酒不當遭到罷官，因此往邠州。
6　宋理宗紹定五年（金哀宗天興二年）至宋理宗端平元年四十六歲任宋職──襄陽
　　府學教諭。

悲臺號長風，驚沙暗濁水。枝股百道流，刮削兩崖起。南臥稠桑道。天窄二十里。黃塵深沒脛，遊子心欲死。讀書性所樂，困阨苦違已。何日息奔騰，秋堂富文史。（頁466）

悲傷於自己的處境，如同在高臺之中忍受長風的侵襲，在舉世混濁之中，只感到冷冽難忍。但能以讀書為樂，在窮困無依之時，期望自己能對「文史」的傳承有所貢獻。「黃塵深沒脛，遊子心欲死」二句深刻表現出孤根無依的苦痛。

在〈赴千乘記舟中所見〉所作：

西郭溪流放畫船，北城門甃出清漣。長山翠壁排空立，高苑蒼波與海連。霜渚透光揩鏡翳，風蒲沉影裊爐煙。羈懷本自多悲感，滿意詩成復粲然。（頁504）

在舟中雖寫景記遊，但詩意一轉，仍有感於「羈懷本自多悲感」此生孤獨無依，天地之中只有寫詩得以一訴心境。

在六十歲後所作〈琪樹嘆〉一詩中說明：

初見琪樹梢出牆，再見琪樹花飛香。涼風蕭蕭雁南翔，峴首山前多稻粱。龍沙高馬肥如羊，漢陽漢陰為獵場。旅雁哀鳴野水傍，琪樹晚實天早霜。不獨琪樹少顏色，中州草木皆萎黃。（頁479）

在金亡國之後，元朝建立時到燕京，感到自己亡國之臣的孤根處

境。前六句寫時間的推移，改朝換代之後，中州之地[7]已經恢復繁
華。但是自己仍如同「旅雁」失去了國家，如同「琪樹」生不逢時，
將自己的遭遇比喻成孤根的琪樹。一切都只因國家已亡，所以所見所
聞，都如秋天景象般蕭瑟傷辛。

在〈馬都幹梅花〉一詩中以梅花的孤根自比：

> 江上淒風糝玉塵，江梅千本隔城闉。不堪幽夢迷前路，分惠清
> 香賴故人。夜靜挑燈看疏影，天寒溫水借陽春。他時有酒須同
> 賞，花底休分主與賓。（頁 502）

靜夜之中，挑燈看梅花的疏影，如同自身期望高潔的節操影響他
人一般。然而淒風的摧殘，卻令自己對於未來覺得茫然難知。末二句
自己表達希望未來不要再客居他鄉，孤獨無依的傷心。

在〈次韻元伯雪〉詩中，也說明：

> 聚星堂畔霏霏雪，高會賓僚宴郡城。若引昔賢為故事，可能白
> 戰出奇兵。寒枝欲宿鳥還去，曉徑迷蹤人未行。收拾殘膏和君
> 句，庶幾相慰苦吟情。（頁 504）

「寒枝欲宿鳥還去，曉徑迷蹤人未行」正是寫自己的孤獨無依，
與友人相互安慰的孤苦情境。

在〈寒食〉詩中所說無家可歸的孤根處境，正是楊宏道一生的心
境：

---

7 於元定宗后二年，六十歲曾至燕京，此當作於六十歲後。

去年寒食已無家，陌上風塵卷落花。今歲清明還是客，城隅煙
雨暗殘葩。年來年去催衰白，花落花開足歎嗟。風雨閉門無所
適，心田方寸亂如麻。（頁507）

去年今年都無家可歸，年年客居他鄉，在戰亂的風雨時刻，心亂
如麻，只能閉門苦思何去何從。

在〈哭劉京叔〉詩中，所哭雖為劉叔京，實為感傷自己的飄泊無
依：

甲庚俱舊識，類聚不同方。過客傳皆死，知君今獨亡。無兒為
繼世，有弟託遺孀。吾道微如縷，傷時復自傷。（頁492）

感傷故友劉京叔[8]早已分散各地，生死未卜；而今好友劉叔京確
定已死，更令人感傷，所傷為當時的時局紛亂，也是自己的孤根無
依。

---

8 《全金詩》：「劉祁（1203～1250）字京叔，號神川遯士，渾源人。高祖劉撝，金
初詞賦進士，父劉從益，大安元年進士。自高祖至父輩，其家凡四世八人登進士
第。趙秉文嘗為書「叢桂蟾窟」四字。祁八歲隨祖、父遊宦於汴京，因得從名士
大夫問學。弱冠，舉進士士不第，益折節讀書，發憤著述。李純甫、趙秉文、楊
雲翼、雷淵、王若虛皆譽之異才。天興元年，陷圍城中，被脅迫為崔立撰碑文。
金亡，北歸故鄉，築室曰「歸潛堂」隱居，一時名士，多有題詠。蒙古太宗十
年，以儒人應試，魁西京。選充山西東路考試官。後應征南行臺拈合珪之邀至相
下，凡七年而歿，終年四十八。祁有感於「昔所與交遊，皆一代偉人，今雖物
故，其言論、談笑，想之猶在目，不可使湮沒無傳」，遂撰《歸潛志》，追述交遊
聞見、記載金末史事，於後世修《金史》頗有足徵者。嘗著《神川遯士集》二十
二卷，已佚。僅存《歸潛志》十四卷。今錄詩十二首。(《歸潛志》，王惲《秋澗先
生大全文集》卷五八《渾源劉氏世德碑》。」（同註2，頁513。）

在〈慈湖客夜〉中，也感歎戰爭不斷，做客他鄉的孤根心境：

> 涼意江城早，秋聲客夜多。露凋佳樹木，月照舊山河。爭戰何
> 時定，功名兩鬢皤。湖邊營壘近，隔水聽笙歌。（頁 493）

在寒冷的秋夜中，對於因為戰亂漂泊於客途之中的自己，感到孤
寂與悲涼。

由〈送鄭飛卿〉一詩中了解：

> 晉亡氏族入遼東，吾祖君家事略同。曲阜臨淄非故國，烏丸白
> 霫有華風。百年勝負興亡裏，幾處悲歡離合中。別後相逢無定
> 在，太行山色翠連空。（頁 500）

可見楊宏道感歎自己為世家大族之後，歷代都漂泊孤根無依的心
傷。這樣的孤根心境伴隨楊宏道一生，從幼時離開家鄉，父母雙亡，
依靠叔父，轉隨恩師，至遼北進修，因元軍攻打，轉至汴京求仕。

金朝亡國後，轉至襄陽，擔任宋朝官員，宋亡後回鄉，田園早已
為他人所佔據，只能往依叔父生活，漂泊的一生表現在詩歌之中時有
孤根不遇傷心。

楊宏道用心於科舉考試之時，正是金朝面臨危亡之際，這樣的社
會與歷史背景下，使其求仕之路接連受阻，對於仕宦之難，更滿懷傷
感。

在〈遊寧山寺入小敷谷〉一詩中，表現出賢者不遇之感：

> 層層窣堵波，建標梵王家。寶殿倚絕壁，柏徑通門斜。入山石
> 龍嵸，峽路銜犬牙，長溪轉白龍，架溜行青蛇。迅激巨輪翻，

濺濕生石花。出山望平野，天鉆蒺藜沙。暝色自遠至，青林欲棲鴉。蟬聲促歸思，亂響如繰車。（頁 462）

學習李白〈蜀道難〉一詩，以蜀道之難比仕途求仕的艱辛，楊宏道此處以上山尋寺之路比之。除了以「入山石龍從，峽路銜犬牙」描寫危難的時局，還以「長溪轉白龍，架溜行青蛇。」比喻小人對於賢才的阻礙，「暝色自遠至，青林欲棲鴉」更是直指國家昏亂的時局，終以「蟬聲促歸思，亂響如繰車」傷心賢者不遇，不如歸去。

在〈祀事不可黷一首〉一詩中，形容自己求仕的艱難：

祀事不可黷，客頻造靈祠。拜跪膝成瘡，堪笑還堪悲。問之默無語，良久方致詞。有身處人間，鬼神疇能知。固當求之人，余亦嘗求之。千求不首肯，萬求不俯眉。違理而妄求，閉拒固其宜。奈何非妄求，閉拒常如斯。且復祈冥冥，聊以慰所思。言絕仰面哭，涕泗縱橫垂。（頁 468）

將自己用心求於「祀事」的悲苦說出，自言雖知身處人間不該求於鬼神，但是求人更難，「千求不首肯，萬求不俯眉」將當時賢才求進用而不得用的苦境，深刻描寫。最終只能仰面痛哭，跪求天地，懷才不遇的自我心傷於詩中真情流露。

在〈送李正甫赴鄂渚詩〉詩中以《韓非子》「瓠瓜空懸」的典故，說明自己懷才不遇的苦痛：

武昌在何方，君今去處是。借問誰同舟？秦氏佳公子。我身非匏瓜，安能長在此。相思復相思，滔滔江漢水。（頁 471）

對於自己懷才不遇，感到心傷，因為自己一心想要有所作為，卻日復一日不能當官貢獻所學。

三十三歲與元好問會於汴京[9]時有〈贈裕之〉一詩寫到：

> 嘗讀田紫芝〈麗華行〉，惜哉紫芝今不存。日者見君詩與文，知君在嵩少，神馬已向西北奔。國家三年設科應故事，君亦不能免俗東入京西門。低頭拜君昂頭識君面，碧天青嶂秋月昇金盆。未省田紫芝，何以稱矐元，乃知紫芝文詞固豐豔。至於題品人物，猶作涇水渾。入城市井喧，出城草木蕃。嗟我廢學胸次愈迫隘，但覺擾擾俗物遮眼昏。天下本多事，君子宜慎言。譬之山之鄙人，終日木石間。而不見璵璠。（頁474）。

田紫芝〈麗華行〉今已不存，詩中所言在於縱使高才如田紫芝，亦是如同自己奔波於科舉之間，不得任用。終至年少身亡。

所以懷才不遇的感覺，令楊宏道感到「胸次愈迫隘」，卻又痛苦不敢言，告誡友人「天下本多事，君子宜慎言。譬之山之鄙人，終日木石間。」不可多言。

三十六歲至京應考，落榜。有〈郟城僧院二首示縣令〉詩：

> 君昔為高陵，其治在渭北。烽火照西郊，棲山避鋒鏑。東轅改郟城，浩蕩弄春色。莫厭公事繁，客來方退食。
> 清晨出都門，西望小峨眉。中途復徘徊，試來一見之。授館蕭寺中，花木榮春熙。竟日無人至，虛庭看遊絲。（頁464）

---

9　金宣宗興定五年。

形容自己一再進京應考，卻仍舊只能以「竟日無人至，虛庭看遊絲」形容自己懷才不遇的傷心理。

在〈疑夢〉一詩中描寫求職經歷：

> 書封圓細書旨勤，書中字字非虛文。鴻鵠垂翅志霄漢，飲啄不肯隨雞群。堂前趨走典謁者，堂上軟語芝蘭薰。出門月朔忽月晦，敬聽命召寂無聞。覆蕉求鹿不知處，自猜身是淳于棼。官街馬過不聞聲，但見飛蓋飄青雲。（頁477）

寫自己日夜努力勤於用功，一心一展抱負貢獻所學；最後得到任用的都是只知逢迎上位的人，自己日夜等待都無法得到任命「覆蕉求鹿不知處，自猜身是淳于棼」，一切都如同「覆蕉求鹿」[10]雖是真實的人生，卻如夢般難以接受，醒來後或許只是「南柯一夢」。

「官街馬過不聞聲，但見飛蓋飄青雲」得到任用的始終不是自己，正是懷才不遇的傷心。

在〈懷春怨〉詩中也以比擬手法寫自己的不遇：

> 妾身可以化石，妾手可以縫裳。薑桂失地而猶辛，桃李非時而不芳。睡起倚門嘗佇立，翩翩蝴蝶過鄰牆。（頁478）

寫自己的忠心堅如磐石，才能也能夠對國家有所貢獻，但是生不

---

10　《列子集釋・周穆王篇》：「鄭人有薪於野者，偶駭鹿，御而擊之，斃之。恐人見之也，遽而藏諸隍中，覆之以蕉。不勝其喜。俄而遺其所藏之處，遂以為夢焉。順塗而詠其事。傍人有聞者，用其言而取之。既歸，告其室人曰：『向薪者夢得鹿而不知其處；吾今得之，彼直真夢矣。』」楊伯峻撰：《列子集釋》（北京：中華書局，1996年），卷3，頁107比喻把真實的事情看作夢幻。

逢時，懷才不遇，只能獨自賦閒傷心。

在〈病樹吟〉一詩中更感傷：

> 病樹仆河濱，長吟喻此身。摧殘凡幾日，濕朽不堪薪。兩府風
> 煙接，十年往復頻。故人憐我老，相見益相親。（頁 491）

二十九歲進京為官後十年，心傷於求官的經歷，如仆倒於河濱的
病樹，身心俱疲。

楊宏道四十三歲在鄧州，科舉考試，一再落榜，傷心的有〈別仲
經〉[11]一詩：

> 相逢嘗共被，東縣與西州。無策不成事，有身空遠遊。如君勤
> 問學，度日亦窮愁。濡沫能微濕，生涯善自謀。

在落榜之後送別友人，期許「濡沫能微濕，生涯善自謀」，引莊
子「泉涸，魚相與處於陸，相呴以濕，相濡以沫，不如相忘於江
湖。」典故，期勉互相服持，彼此勉勵，度過生命的難關。

在〈青社別友〉中寫出一再求官，卻毫無所成的感受傷心：

> 濼源清駛鑽城流，一幘蕭然上客舟。瀕海地荒風送雨，幻身家
> 遠病逢秋。久知作事常難遂，無挾投書亦漫求。別後因閒若相
> 憶，中山西北是齊州。（頁 496）

---

11 金哀宗正大六年四十一歲至正大八年四十三歲在鄧州。期間至汴京赴試，落榜。
與王郁、王渥、張德直書信來往，再回鄧州上書戶部尚書楊愷，送別麻革與張
澄。

前二句形容自己用心於仕宦之路，卻蕭然一身，仍舊流離客舟於各地。在此荒海之地，一切苦痛如同在夢中般難以接受。所有欲有所作為的理想都無法達成，無依無靠，寫自薦函亦是徒勞。感傷友人離去之後，日後應當也想不起沒沒無聞的自己。

在〈寓意二首〉詩中形容仕途不遇的傷心云：

> 白道穿雲去，青郊占地耕。塹深屯棘刺，得得斷人行。
> 花有凌霄者，誰當瘠土栽。可憐無所附，寂寞草間開。（頁510）

中有權臣陷害，如同深坑如同棘刺，令人不得行。自己彷彿欲高展的花朵，卻無肥沃土地滋長，無依無靠，只能在荒野之中奮發，以此比喻自己的懷才不遇。

## 貳　亡國感慨

親身經歷與目睹金朝的滅亡，可以理解楊宏道詩歌之中深切的亡國之痛。楊宏道至二十九歲進京前，所居之處就遭遇到元軍攻擊，逃難中妻死子亡，在金王朝完全覆亡之後，投身於宋朝廷，宋王朝又再度被元軍攻滅，顛沛流離的逃亡生活，令楊宏道清楚感受到亡國的悲哀，有深刻的亡國感慨之作。

在〈蓄川〉[12]詩中感傷：「蓄川膴膴，閑田可耕，孰非人子，耕我先塋」，學習《詩經》句式、語法與精神，以四言古詩形式，對於金代亡國表達痛心不已，對於亡國後，家園失守天地變色，先祖墳墓荒

---

12 同註 2，頁 460。

蕪，國人遭到欺凌，感到痛心疾首。

在〈晨興〉中形容國家滅亡之後，所學無法經世濟民的傷痛：

晨興意不釋，茫然坐多時。書帙空插架，盤餐懶拈匙。筋骸厭
蹓蹋，曳履下階基。傷心窗外樹，霜葉寄寒枝。（頁 469）

「晨興」指日出，「日」在古詩中的喻意為國君，「晨興」指新的
國君上任，所指當為元代君主；所以說「意不釋」、「茫然坐多時」，
表達出國亡之後的無助。一切百無聊賴，不思餐飯，踟躕於門前，傷
心再也無枝可依。

詩中將亡國遺臣的徬徨無助，深切表達，「書帙空插架」更點出
異族統治，所讀所用都無法經世濟民的亡國感慨。

在〈悼亡〉[13]一詩中更是感歎亡國之臣，連妻子都無法保全之
苦。詩中感歎二任妻子都因戰亂而無法白頭偕老，縱使十年夫妻之
情，在戰亂之中也是生死未卜。「荒城落日哭，悲在留兩兒。兒癡誠
可憐，鞠養失母慈。」，再次以「落日」比國家的殞落。也點出亡國
之後，「淩霄失高樹，化作柔楊枝。摧枯與攀折，寂寥兩不知。」無
枝可依的深切悲傷。「沉痛傷人心，出門何所之。」道出了亡國遺臣
不知何去何從的苦痛。

在〈哀子〉（頁 505）一詩中，對於未能安葬已逝的兒子，感到
哀傷，在〈詠鶴〉一詩中，感慨身處異朝的苦痛：

雲羅偶見羈，憔悴離江浦。剪羽久乃馴，燒地教之舞。圓吭引

---

13 同註 2，頁 471。貞祐二年（西元 1214 年）妻子為元軍所擄，喪妻，貞祐三年
（西元 1215 年）再娶。

清唳，似欲訴心苦。客子居城隅，哀吟淚如雨。（頁 470）

詠鶴「憔悴離江浦」，正是喻指自己離鄉無家可歸的憔悴。「剪羽久乃馴，燒地教之舞」正指自己亡國後仕於異朝的傷悲；終以「圓吭引清唳」與自己「哀吟淚如雨」相共鳴，感歎自我亡國的悲傷。

三十九歲，因平涼已為蒙古軍所攻陷，避兵受阻於「隆曲寨」中，有〈阻隆曲寨〉[14]一詩，表達出亡國遺臣絕望的哀傷。

在〈東林〉[15]中也以「傷弓鳥」寫亡國之臣的驚恐無助：

翮翮傷弓鳥，日暮擇所托。西林不可棲，東林光沃若。上無鴞鳶巢，下無狐狸窟。一枝有餘安，風細蟾光薄。（頁 472）

形容自己如受傷之孤鳥，尋找不到可以安棲之所。沒有可以躲避戰亂與危機的巢穴，期待有一寒枝可供安棲，得到稍許的安定與溫暖，亡國遺臣的驚恐於詩中哀憐可見。

六十歲至燕京有〈過燕〉[16]詩，寫金代亡國之後都城「汴京」已廢，而今元朝都城已改為「大都」。新的都城「風」大是令人困擾與不適應的，也暗指新朝廷政策的多變。是「花殘無奈何，麥短農事病」亡國之臣，又能如何改變局勢。生民生計還未安定，更是楊宏道所深切擔憂的。期望明天過後風可以停歇，世局可以天朗氣清。

---

14 見第三章第一節生平資料中。金哀宗正大四年（西元 1227 年）避兵至藍田縣。此時平涼已為蒙古軍所攻陷，八月離開平涼避兵藍田縣投靠張德直。遊秀野園及渼陂，阻於隆曲寨一地。

15 見第三章第一節生平資料中。元定宗二年（西元 1248 年），五十八歲曾至益都後所作。嘗一見李璮，議不合，為用者所嫉。浮沉閭里，以詩文自娛。

16 元定宗后二年（西元 1249 年）。

　　詩中除可見亡國感慨外，仍不忘關心民生稻作問題，足見楊宏道
詩歌特色。

　　楊宏道在〈雁〉詩中，寫出亡國者的悲哀：

> 蕭蕭南飛雁，微生也解謀。草黃沙磧遠，水闊洞庭秋。霄漢人
> 何慕，關山客白愁。夕陽堪入畫，零亂下汀洲。（頁 489）

　　將南逃的自己比喻為南飛的旅雁，為了生存，客居於「草黃」、
「水闊」之處。心中的愁緒毫無邊際。「夕陽」所指即危亡的金朝局
勢，讓楊宏道心亂如麻。以雁自比，在元好問的〈摸魚兒〉中也曾
見，元好問在〈摸魚兒〉中自比亡國之臣如孤雁。

　　楊宏道詩中除可見亡國感慨，「零亂」二字也可見其生涯決擇的
爭扎，卻與元好問選擇殉國的孤雁不同。

　　在〈鄭圻〉一詩中寫出亡國之痛：

> 鄭圻西峻周東傾，丘陵破碎山縱橫。千山萬山過函谷，卻放秦
> 川如掌平。（頁 512）

　　「鄭圻西峻周東傾」，「鄭」為周朝諸侯國之一，「圻」指京畿四
周一千里以內的地方，此句指京城四周之地已然淪陷，「丘陵破碎山
縱橫」與文天祥所做「山河破碎風飄絮」，對故國山河哀悼的情感同
樣真切。

　　「千山萬山過函谷，卻放秦川如掌平。」形容元軍鐵騎侵略之快
速。也寫出國亡之時逃難之倉皇。

　　在〈月下聞笛〉詩中將深沉的哀痛寫在詩中：

三弄傳遺譜，誰當清夜吹。香飄丹桂子，聲裂翠筠枝。嗚咽星
河動，悠揚風露悲。侵晨拂明鏡，綠鬢恐成絲。（頁 489）

「月下聞笛」，以「月」喻指國君，月下聽聞笛聲，對於國家的
動亂與危殆，有感而發，所以「聲裂」，所以「嗚咽」，所以「風露
悲」。在改朝換代，天明之後，傷心的自己恐因心傷，一夜白髮，亡
國之臣，哀痛至極。

在〈謾題〉詩中，感歎國破家亡：

都門幾度見秋風，楓柘連山樹樹紅。江海此時回首望，黃花滿
地酒樽空。（頁 512）

首句「都門幾度見秋風」形容時間的推移，也指京城多次的改朝
換代。回首故國山河，只能藉酒消愁，不勝唏噓。

此時尚有〈日落〉[17]一詩寫亡國後中州的景象：

日落蒼然煙滿城，聚觀如堵沸如羹。長春火樹銀花合，不夜瓊
樓璧月明。未及轉頭飛電過，方將掩耳迅雷驚。青衿記得曾看
此，此日中州正太平。（頁 506）

「日落」形容金亡國後，曾經戰火四起；今日卻再次見到煙火四
起，人們欣賞煙火之美，已經忘記戰亂帶來的傷害；但是楊宏道聽到
放煙火的聲音卻仍然驚恐不已，因為回想起戰火奔逃時，親身經歷戰
亂的苦痛。

---

17 元定宗后二年（西元 1249 年）六十歲至燕京。

結尾用「青衿」引用《詩經》「青青子衿」典故，感到士大夫的責任，國家已亡，當永遠記得亡國之痛。

在〈竹庭〉詩中感歎：

> 點點莓苔一徑深，書窗但覺更蕭森。涼颸暗墮霏微雪，晴影勻篩瑣碎金。解籜拂雲咸有節，披風鳴雨總無心。主人愛惜勤封殖，今日那知失故林。（頁 498）

自比為庭中之竹，經歷多年風霜，屹立不搖，守節如常；縱使新的主人百般呵護。可惜所生長之處已非故林，國家早已滅亡，可以感受到亡國後的傷心。

## 參　宗教寄託

李俊民晚年被元朝派任編撰《道藏經》，用心教授學子，並薦舉人才。楊宏道在晚年雖未得元朝政府派任，也選擇在宗教尋求心靈的寄託，有許多佛道教含意的詩歌作品。

楊宏道寄託心靈於宗教之中，與其時代背景有關，金末元初經由與南宋及蒙古大軍的長年爭戰，人民民不聊生，長期的戰亂，替宗教思想提供最好的傳播機會。異族統治之下，傳統的儒家文化已經無法提供讀書人報效國家及社會的困境，只有藉由佛教、道教思想的安慰，人民才得以尋找自我存在的意義。加上晚唐五代以來興起的內丹修煉和禪宗，宋代理學對心性問題的重視，都促成傳統道教與佛教產生轉化[18]。

---

18 參見《中國道教史》第三卷「道教在金與南宋的發展」、「道教在元代的興盛與道

金末元初宗教人士的詩歌作品，成為安定社會的重要工具，終至君王與全真教、佛教等方外知名人交往，奠定君王君權神授的地位，使得宗教詩歌成為當時詩歌的主流。如道教中的「全真七子」就有大量的傳教詩作，並與朝廷有所接觸。

在動亂變遷的時局之中，楊宏道經歷「積極進取」求官，感懷「孤根心境」，「懷才不遇」的挫折後，仍不得重用，急切的「關心民生」與悲痛於「亡國感慨」卻無能為力，「任職於異朝」卻仍不敵時局變遷，楊宏道只能寄託心靈於宗教之中。

由其詩文中可見者為「佛」、「道」的寄託。

## 一　寄託於佛教

楊宏道在〈圓融庵〉詩中，見其與佛門子弟的往來。

序言：

> 余不解佛法，圓融庵主求說偈言，勉強應之，如造像生花，但得傍人言，仿佛其真可也。聊以此說自恕云耳。

「不解佛法」當是自謙之詞，「偈言」為僧侶所寫蘊含佛法的詩，今觀楊宏道是了解詩中佛法的，否則「圓融庵主」主不會請楊宏道說「偈言」。

> 月雖死魄朔初逢，冰正堅凝臘未終。結就茅茨為佛事，削成基址自神工。生明冉冉光凝望，解凍深深綠浸空。客至不妨閒打坐，入窗面面響宗風。（頁 504）

派的合流」卿希泰主編：《中國道教史》（成都：四川人民出版社，1996 年）。

前二句寫大自然的變幻無窮，如同個人生死之間與歷史朝代推移之間，都是永無止盡的。「結就茅茨為佛事，削成基址自神工」二句，當指不論外物的變換如何快速，立此庵社修佛法於此，應當不為外物所動。

「生明冉冉光凝望，解凍深深綠浸空」指如果心靈澄淨了，外物的負面將漸漸消失於心中。「客至不妨閒打坐，入窓面面響宗風」寫眾人來到此庵中如同宇宙的過客，不妨打坐，讓心靈澄靜下來，如此所有的外在風風雨雨都如同大自然的洗禮吹拂，不應當留下「罣礙」。

楊宏道在詩中也寫自己寄宿於寺院的經歷，在〈玉泉院〉一詩中，形容：

> 密竹不見地，獨園不知門。得門未逢人，絮絮溪聲喧。升階拂塵服，合掌瞻世尊。方袍二三子，磬折禮數煩。飯罷啜佳茗，緩行腹自捫。同遊喜清閟，快飲臥空樽。暗渠出泉眼，細徑通山根。正月笋未生，積葉覆蘇痕。亭午陽光薄，竟日夕陰昏。燃燈照虛室，掃榻眠幽軒。雞鳴出門去，溪流醒夢魂。據鞍一回首，但見翠浪翻。（頁 467）

前四句寫寺院的清靜。玉泉院矗立在竹林遍佈，所以欲尋門不易，縱使尋得門，亦未能遇得到人，只有溪水潺潺的聲音；「升階拂塵服，合掌瞻世尊。方袍二三子，磬折禮數煩。」四句寫出至此地「禮佛」拂去一身塵埃的虔誠。

然而經過一天一夜澄靜的佛寺生活，天明後再次回到仍是多變的時局變動之中。佛門的寧靜，是楊宏道在面對金末紛擾的社會中，可以暫時休養心靈的地方。

在〈靈泉院〉一詩中，說明逃難途中曾住宿「靈泉院」：

> 長原崩赤土，形醜窮且卑。人靈代天巧，竹樹施屏帷。蔭蔚凝青靄，磨戛生涼颸。隱見阿蘭若，寅奉竺乾師。劚場插殿腳，洞穴安門楣。淩霄燃明燈，吐焰鬐龍枝。芭蕉駐翠鸞，妥尾靈泉池。方甃流不竭，一片青琉璃。裊裊架蒼竹，冰箸縣無時。甘冷怯漱齒，雅與烹茶宜。肘腋野人家，屬屬復離離。聞說員莊好，未竟神已馳。去此無十里，水竹尤清奇。窮通常傍人，落日遊子饑。志願恒滯違，不獨在於斯。滯違亦自佳，庶曰昌吾詩。（頁 468）

首四句形容寺院矗立在危險的山崖邊，然而經過有心者建築後，卻得天地之巧。於此「阿蘭若」[19]禪修之地，晨時禮奉佛像「竺乾師」；點燃光明之燈，彷彿看見龍影騰躍，樹上亦有翠鳥駐足，在廟中的生活如此清靜與安寧。

詩意卻一轉而「裊裊架蒼竹，冰箸縣無時。甘冷怯漱齒，雅與烹茶宜」感歎時局的動亂，造成眾人沒有辦法維生。

「肘腋野人家，屬屬復離離」，「肘腋」指手肘和腋窩為最接近的地方，多為禍害所生之處。感歎國家之禍迫在眉間，「屬屬」指恭謹專一的樣子，「離離」指國家亡故之痛，亡國後能夠寄居於此當心懷感恩恭謹。楊宏道於此詩中寫出金末元初亂離之時，寺廟發揮了救助饑困百姓的功能，宗教也發揮了現實的救助與庇護功用。

楊宏道有〈代茶榜〉（歸義寺長老勸余作此詩長老性[20]英字粹中自

---

19 阿蘭若，佛教用語，梵文的音譯，指供古印度的修道人禪修的寂靜處。
20 此處《全金詩》「姓」，今考元好問詩作及佛理，當作「性」。

號木庵）[21]

　　「歸義寺長老性英」，長老所指原是少林長老。馬明達先生在《少林功夫文集》有「百年耆舊一代宗師——金末元初的少林寺長老性英粹中」[22]一文，對於「性英長老」有詳細解說。

　　於此舉馬明達先生之論述探討楊宏道與「性英長老」的共通心境：

　　馬明達先生論：
　　　在閱讀金代石刻文字時，我注意到一個僧人的名字——性英。其一是出現在金宣宗興定六年二月（實為元光元年，1222年）鐫刻的《重修面壁庵記》上，此碑由金末著名文人李純甫撰文，性英書寫，署名是「灑掃寶應禪寺性英」。其二，是在金哀宗正大元年（1224）鐫立的《鑄公禪師塔銘》上，銘文之末有「住持傳法嗣祖沙門性英同建」等字樣，表明時隔二年後，性英已是少林寺住持，《鑄公禪師塔銘》正是在他的主持下修建的。

　　可見「性英長老」金宣宗興定六年二月原為歷史名寺「少林寺」住持。還曾主持修建《鑄公禪師塔銘》。

　　馬明達先生論：
　　　性英是金元革代之際北方禪宗的一位重要人物，他詩名很高，

---

21　《金代文學家年譜》頁1389。考或許作於元定宗后元年，五十九歲。

22　馬明達先生：〈百年耆舊一代宗師——金末元初的少林寺長老性英粹中〉（《馬氏通備》網路期刊所發表2006年10月13日），（http://blog.donews.com/Omer/archive/2006/01/02/680139.aspx）。

又擅長書畫，當時名重叢林，儼然一代「緇衣學士」。若以金元兩代的少林寺僧而言，性英是居於虛明教亨、東林志隆之後和福裕雪庭之前的一代住持，其社會地位和影響不及福裕之盛，但卻遠在教亨、志隆之上。性英經歷了金、元之際那個兵連禍結、生靈塗炭的艱難時代，這也正是少林寺大起大落的重要時期。他一個重要特點，就是和當時一批名重天下的人物有交往，可以稱得上是一位漫遊于士大夫上層的禪僧。

了解「性英長老」為金末元初禪宗大師，書畫與詩歌創作都為時人所稱美。與楊宏道相同的是，他也經歷金末慘烈的歷史戰亂。

馬明達先生論：

少林之後，性英還曾住持過歸義寺和仰山寺。

歸義寺見於楊弘[23]道的詩《代茶榜》的原注：「歸義寺長老勸余作此詩，長老性英字粹中自號木庵」。詩云：「東方有一士，來作木庵客。嘗觀貝葉書，奧義初未識，叢林蔚青青，秀出庭前栢。滿甌趙州雪，灑向歲寒質。師席有微嫌，授客遠公筆。俾之贊一辭，智井若為汲。低頭謝不敏，亦頗習詩律。以詩代茶榜，自我作故實。」

楊弘道另有一首《將歸阻雨用木庵送行詩韻》，也應是同一時間的作品：「麥苗春晚尚如絲，甘澤嘗嗟應候遲。六事桑林懷聖德，一篇雲漢賦周詩。驕陽入夏為霖雨，遠客通宵役夢思。賴有湯休詩句好，披吟正是憶家時。」

楊弘道字叔能，號素齋，淄川人。原是金朝官員，以詩才名重

---

23 本論文據《四庫全書》為「楊宏道」。

天下。金亡入宋，在唐州任司戶兼文學。元兵下唐州，遂北歸不仕，「沉浮閭裡，以詩文自娛。」終年八十餘，有《小亨集》六卷存世。楊弘道見性英的時間，應在楊北歸以後。

提到性英在歸義寺的，楊弘道以外，還有元初的魏初。

魏初字太初，弘州順聖（河北陽原縣）人。他的從祖魏璠是金末名士，元世祖忽必烈在潛邸時聞其名，曾召至和林，所言多為世祖嘉納。魏初因魏璠的關係，也受到世祖重用，任國史院編修、監察禦史等官。至元二十九年卒，年六十一。魏初在《素庵先生事言補序》一文中提到：「初年十六七時，曾侍我先大父玉峰得拜先生於木庵英上人之歸義方丈，今四十年矣。」

「素庵」即楊弘道；「先大父玉峰」即魏璠。如上，魏初稱「十六七時」隨魏璠在「英上人之歸義方丈」見到過楊弘道。按，魏初生於元太宗窩闊臺之四年，即 1232 年，他「十六七時」——以十七歲算，當在定宗海迷失后執政之元年，即戊申年（1248）。此時性英依然在世，應該已是一位垂垂老者了。這一年上距金朝亡國已經是十五年了。

歸義寺是燕京的一座古寺，元《析津志輯佚·寺觀》載：「歸義寺在舊城時和坊，內有大唐再修歸義寺碑，幽州節度掌書記榮祿大夫檢校太子洗馬妝侍御史上柱國張冉撰。略曰：歸義金剎，肇自天寶歲。迫以安氏亂常，金陵史氏歸順，特詔封歸義郡王，兼總幽燕節制，始置此寺，詔以歸義為額。大中十年庚子九月立石」

　　文中記載楊宏道在「性英長老」在歸義寺時有二詩送之，可以說明少林住持曾至歸義寺主持。

在〈代茶榜〉（歸義寺長老勸余作此詩長老性英字粹中自號木
庵）中感歎：

> 東方有一士，來作木庵客。嘗觀貝葉書，奧義初未識。叢林蔚
> 青青，秀出庭前柏。滿甌趙州雪，灑向歲寒質。師席有微嫌，
> 授客遠公筆。俾之贊一辭，智井若為汲。低頭謝不敏，亦頗習
> 詩律。以詩代茶榜，自我作故實（頁 473）。

起首即寫自己至歸義寺做客，亦曾研讀過佛經，略懂佛經義理，
可與「性英長老」談佛說理。席間並且論述做詩之法，並以詩代「茶
榜」[24]，歌美歸義寺及長老，贈送給「性英長老」。

在〈將歸阻雨用木庵送行詩韻〉[25]中也說明楊宏道與「性英長
老」對於彼此詩歌的稱美：

> 麥苗春晚尚如絲，甘澤嘗嗟應候遲。六事桑林懷聖德，一篇雲
> 漢賦周詩。驕陽入夏為霖雨，遠客通宵役夢思。賴有湯休詩句
> 好，披吟正是憶家時。（頁 507）

可見「性英長老」曾經寫詩和楊宏道道別。詩歌前四句所關心的
仍是民生經濟與是否風調雨順，由其運用「性英長老」之詩韻，可以
推知「性英長老」應當也是一位關心民生生計的長老。

楊宏道與「性英長老」的相聚，也為魏初所留意，在魏初幫楊宏
道修立的《素庵先生事言補序》中記載此次相會。

---

24 當指碑文，今中央研究院（傅斯年圖書館拓片編號 12808～1）存有「元萬安寺茶
　　榜拓片」為元武宗至大二年所刻。

25 《金代文學家年譜》頁 1389。考或許作於元定宗后元年，五十九歲。

　　據馬明達先生所考，性英由「少林寺」至「歸義寺」的原因，也是受元代政局所迫害：

> 性英由少林移主歸義，似乎並不是他所如意的事，至少由山林清靜之地到了繁庶的都市，應該不是出家人的本願。元好問有一首《歸義僧山水卷》七絕，就是借題畫道出了性英北上的無奈。……性英為何離開少林而北上燕京？原因暫不明了，但這件事很可能與福裕入主少林有關，其中有著深厚的背景因素。福裕受知于蒙古諸大汗比較早，……這清楚的表明，福裕入主少林是萬松、海雲二位曹洞宗大長老的安排，而當時的少林乃是「煨燼之餘」，福裕不得不暫時寄居在緱氏縣的永慶寺，直到「施者如丘山，來者如歸市，嵩陽諸剎，金碧一新。」顯然，「剛果強毅，公勤廉明」的福裕，比之垂垂老矣的性英來要強得多，也更適宜于擔當開拓曹洞宏業之大任。應該承認，萬松、海雲的這步棋必是深思熟慮的結果，而且也被後來的事實所證明。不久，在蒙哥汗的親自過問下，釋、道兩教於1258 年（戊午）在和林舉行辯論會，以少林僧團為主力的佛教一方取得勝利，道教一方遭受大挫。從此曹洞宗大盛起來，少林寺名聲益高。

　　朝廷政治力的介入，使得姓英長老不得不離開少林寺。這與楊宏道在元代難以貢獻所學的遭遇是相近的。二人在朝政的變遷之下都深感懷才不遇。

　　楊宏道在積極進取欲有所做為之後，仍不得為朝廷所用；對於元代的興起，楊宏道時有避居佛教義理中，求得自我心靈澄靜。

在任職宋朝時有〈澄心齋詩〉[26]，寫自己在退朝公餘之時，潛心禪修的狀況：

> 退食公園後，焚香即燕居。鏡明含萬象，水淨見群魚。幕府當荊楚，官曹塞簿書。靈臺塵不到，作計未為疏。（頁489）

「退食」之後，於家中焚香靜坐。期待求得心中的澄淨與清明，好處理繁複的公事。只有「靈臺」心思如鏡般清明，才不會耽誤公事。此處可見楊宏道已將佛法融入生活之中。

在〈和鑑上人〉詩中，寫與和鑑上人相互往來作詩的情誼：

> 畏日照城郭，誰家庭戶清。禪房留過客，詩筆見高情。仙果根株異，湘絃節奏明。如風行水上，文理自天成。（頁485）

詩中寫至和鑑上人家中做客的情景。在禪房之中寫詩，觀看各種植物，聽聞音樂與大自然的聲音，感受天地之間的文彩。「畏日照城郭」一句也喻指了朝廷政局的嚴厲，只有在佛門之地中才能享受到清澈心靈的閒適。

楊宏道在金亡，元朝新立亂世之時，曾多次遷移，遷居之時，常常需要借居佛寺。

在五十二歲，歸淄川〈過濟南，宿洪濟院，贈海州果上人，因寄鄉中親友〉[27]詩中感歎：

---

26 宋理宗端平元年（西元 1234 年），借補迪功郎差權唐州司戶參軍兼州學教授（為襄陽府學學諭）。

27 元太宗十二年（西元 1239 年），此處立論與《金代文學家年譜》相異。

滄海居何遠，慈雲出未還。將遷僧寶塔（改葬空老），就禮佛
頭山。邂逅逾三宿，夤緣見一斑。預聞親舊在，喜色破衰顏。
（頁491）

在回歸淄川的歸途中寄宿於「洪濟院」中三日。「夤緣」攀緣得
以見到遷寶塔的儀式，得幸禮佛於洪濟院；於此院中住宿期間又探得
消息了解故鄉親友仍在，讓楊宏道欣喜與安慰萬分。

由此詩所言，更可以推知金末元初，宗教寺廟確實發揮了社會救
助的功用。

在〈醴泉寺詩〉中也說明寄宿「醴泉寺」的經歷：

賢相讀書處，鸞堂更不開。嘗聞先子說，直到暮年來。失路穿
谿澗，褰裳出草萊。山形蒼玉玦，古殿倚崔嵬。
老柏參天色，流泉直殿迴。樹從何代有，水自上方來。破日期
留宿，殘僧病可哀。索然高興盡，欲去尚徘徊。（頁493）

詩中帶出「醴泉寺」是歷史名寺，曾經為范仲淹寄宿的歷史事
蹟。記載名寺的佈局與山水，並感歎自己亦是遇難寄居於此地。

楊宏道除了詩中寫出佛教僧侶與教義，對自我身心靈平靜的幫助
及記載宗教社會救助的功用外，詩中也寫出寺院建築之美：

如〈宿流泉院〉一詩中：

淩山曉發暮流泉，東院巖隈有爨煙。供佛雙池荷葉小，乃知茲
地不宜蓮。（流泉院二，相距三百餘步，土人謂之東池頭，西
池頭。西院今無僧居，東院曰洪福。大定三年名額刻石龕於殿
之西壁淩山，院在東阿東北。）（頁514）

記載流泉院的地勢、造型與田園佈景。並訴說此院的歷史因革。
在五十七歲遊靈巖寺所作〈重到靈巖寺〉一詩[28]

> 七歲嘗來此，於今五十年。當時隨杖屨，名剎在林泉。已廢嗟
> 何及，猶存亦偶然。先塋耕墾後，濃露濕荒煙。（頁 491）

感歎戰亂時局對於「名剎」的傷害，記載「靈巖寺」在金末元初
遭受到毀壞，連先祖的墳墓也已成為他人耕地的戰後景象。

楊宏道在金、宋相繼亡國之後，五十九歲在元朝有〈宣知賦〉[29]
之作：

在〈宣知賦〉中說：

> 昔焉不知今也，知之知之謂，何宣茲？在茲繫氣質之殊異，故
> 嗜好之參差以己之所是非，一天下之是非兮。前三十年既昏且
> 癡，積昏成明，積癡成智兮。忽釋然而不疑。魚喜潛於深淵，
> 鳥喜棲於高枝。曰：「吾將易汝之所居兮」，則必惶懼而傷悲，
> 或亢高而慕古，或俯下以趨時，或忽略于海嶽，或較計於毫
> 絲，樂性天而自得。惟上下之不移，覽六經之所載兮，識其正
> 而固持機，權用以相濟兮。無使關鍵之或隳，死生大矣，不拒
> 不維，鬼神饗德天地無私。

「三十年」仕宦，為五十九歲所作，經過三十年的努力，積極欲
有所做為之後，悟出「前三十年既昏且癡，積昏成明，積癡成智

---

28 元太宗后四年（西元 1246 年）。
29 元定宗后元年（西元 1248 年）。

兮」，一切是非都是相對的，所以也悟出了對於死生大事「不拒不維」，看破一切功名繁華。

「鬼神饗德天地無私」更說明了深感個人於宇宙之渺小。「積癡成智兮」中的「癡」與「智」為佛教用語，可看出楊宏道從佛法中在尋找人生的意義。

## 二　道教寄託

據《金代文學家年譜》所考，元定宗三年十月楊宏道曾有〈重修太清觀記〉，為道教道觀服務之作，為《寰宇訪碑錄》所記載。

楊宏道在《窳庵記》中說明友人王巨濟曾著道士服，築「窳庵居」而居：

> 蒲臺王巨濟少，年讀書為舉子計，及山東被兵更為權謀武士。事上黨公亦嘗有官，大變革後奉身來歸。著道士服，築室於濱州之市，東牓曰「窳庵居」之。余六七年前嘗過濱，借宿於是庵，巨濟因請為記。余亦新歸鄉里，謀為繆戾，心擾擾未靜。曰：「他日當為作之」。庚戌再過濱乃為作記。窳物病之名也，巨濟取以名，菴蓋比身於物而且病焉。余為巨濟設問，而問之曰：「非以讀書無成而為病乎？非以嘗有官旋失之為病乎？非以投老無家，著道士服寄跡一庵為病乎？」余復為巨濟解之曰：「為舉子計未及有成，以兵荒去鄉里，更為權謀武士。」余但見得隨時之，義非讀書之罪也。嘗有官遭大變革，失之非權謀之罪也，不幸喪家來歸，寄跡一庵，非身之罪也。巨濟能不怨猶，復歸罪於己，而以窳名其庵。夫粟菜果蓏食物之佳，種也其或不熟，非佳種之罪也。土木金革用器之良材也，其或不攻，非良材之罪也。孟子曰：「七八月之間，旱則苗槁矣」，

《五帝本紀》云：「舜陶河濱，河濱器皆不苦。」竊由此言之，巨濟平生所遇如此，而處之如此，用心可謂平恕矣。豈非人情之所難乎。（《小亨集》卷六）

由楊宏道文中可見，當時文人因改朝換代，遭受兵禍，失去官位，有在道教中求得安慰者如王巨濟者，楊宏道此文安慰王巨濟，國家滅亡非個人能力所能承擔，不該歸罪於自己。

當時學道風氣盛行，隱於道教成為失意讀書人的一種選擇，楊宏道在〈贈希白〉詩中提及：

青柯坪上弄雲煙，盧氏山中又幾年。道學愈精身愈困，布衣憔悴漢江邊。（頁511）

有人用心學道於山中，反更加身形憔悴。

由其〈送句曲外史張君歸華陽〉一詩中可見友人亦是入山尋求道法，詩云：

送君高舉入華陽，古洞陰蟠石路荒。蔽日旄幢朝旎旎，飛空環珮夜琅琅。餐霞已試登仙訣，祝灶還修卻老方。見說陶公雖隱去，猶將道德佐齊梁。（頁496）

由詩意可見，友人也是有心要歸隱深山之中，以道教求得退居後的心靈平靜。

楊宏道本人則在降宋，入仕宋[30]時有詩寫給武當張真人，〈武當山

---

30 宋理宗紹定五年（金哀宗天興二年）四十五歲，至宋理宗端平元年四十六歲任宋

張真人〉：

> 張公披髮下山來，欲為神州救旱災。感召上天垂雨露，指揮平
> 地起風雷。槁苗再發還堪刈，枯木重榮不假栽。受詔即思歸舊
> 隱，瓊樓玉殿繞崔嵬。（頁494）

形容一位道教高人下武當山來救助受災百姓，前二句寫道士救旱
災急如星火之狀，方法則是受詔作法，使天降甘霖。

詩中可見楊宏道對於道教的作法，是相信的，且親身經歷，又加
以記錄。且這位張真人受詔卻急思歸隱，一心修道，是一位真的修道
之人。

詩中還記錄了當時宗教對社會民心的安定作用。

同時期還有〈寄武當山人張真人〉一詩：

> 山走西南氣勢尊，大神遺跡至今存。冰橫澗下千年凍，雲起巖
> 前萬裡昏。既有威嚴彰赫赫，詎無厚福護元元。真人制行通天
> 地，日月飛仙降殿門。（頁494）

詩中可見楊宏道對於武當山道教廟宇的讚賞，及道教神明與修行
者的尊崇。

此處所指「張真人」據年代與背景推知，當為李志常弟子「張志
敬」。

金末元初道教的盛行以金人王重陽所設「全真教」最為盛行，並
且其安定民心、招降的功用，同時得到金、宋、元三方君主的重視；

---

職——襄陽府學教諭。

王重陽弟子丘處機繼承全真教後本是一心幫助金朝平定亂事，後因金
朝的滅亡已力難回天，轉而幫助元太祖安撫民心。

　　丘處機曾經多次接受元太祖[31]召請進京，並勸諫元太祖不要殺
戮。隨行帶領全真教真人，其中李志常為丘處機弟子，張志敬則為李
志常弟子。此處所指之張真人當指張志敬。

　　在〈次韻陳又新真人北上〉中也可看見楊宏道與道教人士的往
來：

> 驛騎翩翩祇暫歸，壽觴捧罷戀慈幃。秋風萬里關河道，回首那
> 堪朔雁飛。（頁 511）

曾經與陳又新真人詩文往返，才有次韻之作。

　　在〈望南極〉詩中也寫出了對道教神明「南極仙翁」的尊仰：

> 老人深居未嘗出，我欲見之不度德。斗量明珠秤稱璧，越羅蜀
> 錦千萬匹。紫沈白檀隨海舶，輯之燎之半天赤。香霧中間嚴奠
> 瘞，如此庶幾見彷彿。汝家搜索有何物，布囊破裂筐底脫。心
> 知不能情未巳，夜夜中庭望南極。（頁 476）

　　因為道教所尊仰的南極仙翁的出現在《史記》[32]中代表國家安泰

---

31　同註 18，頁 182。

32　南極仙翁一說為降世為仙人彭祖。傳說上古顓頊玄孫彭祖，殷末時已活了七百六
　　十七歲，依然不見衰老。相傳他活到八百多歲，還說自己命短，故後人也以彭祖
　　為長壽者的代稱，稱為老壽星。以先天而言南極仙翁已經過九個元會，現今是第
　　十個元會。《史記正義》說：「南極老人星，為人主（即帝王）佔壽命延長之應」，
　　它出現就預兆天下安寧，國祚長久，壽星老人又稱壽老人，或南極仙翁，其源來
　　自《史記・天官書》：「狼比地有大星，曰南極老人。老人見治安，不見起兵。常

與長壽，所以楊宏道對於國家無法長治久安，深有所感。

以「斗量明珠秤稱璧，越羅蜀錦千萬匹。紫沈白檀隨海舶，輯之燎之半天赤。」金玉滿室形容人們對於南極仙翁的景仰供奉與乞求，對比「香霧中間嚴奠瘞，如此庶幾見彷彿。汝家搜索有何物，布囊破裂筐底脫。」現實世界的貧困。

在無可奈何之際，只能「夜夜中庭望南極」期待有可以完成國家長治久安願望的那一天。

在〈送吳真人〉一詩中也記載朝廷利用道教安定民心的功用：

> 具嚴威命有祠官，歷祀名山不厭難。上帝乘龍遊下土，真人騎鶴降虛壇。已刊白玉為封檢，更鑄黃金作祭冠。國壽延洪千萬歲，願祈穀熟小民安。（頁 495）

將朝廷命吳真人祈福的祭典詳細描寫，寫吳真人扮演神仙騎鶴到達壇場，現場白玉與黃金裝飾華麗，以表對於天神的尊敬。所求則在於國壽得以延長，人民得以稻穀豐收。

在〈贈季尊師〉詩中表達出對於修道者的尊仰：

> 季君本神人，冥晦居山中。還丹九轉成，顏色如兒童。致虛感元氣，語默與天通。頻歲傷水旱，下民食不充。祈求降雨澤，呼召生雷風。上帝聞其賢，行事多陰功。策名紫虛府，進位稱仙公。騎龍上天去，此樂無終窮。（頁 462）

---

以秋分時，候之予南郊」（〔日〕瀧川龜太郎：《史記會注考證》，1986 年 9 月版，頁 471）。因此「南極」實為一星，見星則天下太平，不見則有兵戎之亂，成為一禿頭長鬚的老人，漸漸用以表示長壽之意。

　　寫出了道教修練的主要特色，包括「要深居山中」、「要持續練丹」、「要修得身體返老還童」、「要有天通」、「要能呼風喚雨」，最後得上天召喚，騎龍上天成仙。

　　這些道教對社會的明確貢獻，在楊宏道詩中被明確記載，我們借由詩歌可以理解道教在金末元初的正面社會價值。

## 第四節　楊宏道詩學對唐以前文化的承繼

　　金人楊宏道是中原世家華陽氏之後，本文就楊宏道的詩學理論與
詩歌創作中深入探討與追溯，期望了解金代詩人在詩歌創作與學養上
對於傳統中原文化的承繼與埋解，由此可以了解宋以前《詩經》[1]以
來傳統詩學，在異朝金代的展現方法。

　　由金哀宗年間，王文郁主編《平水新刊韻略》，分一百零六韻，
作為金代科舉之用，成為日後著名的《平水韻》，最早的版本是金王
文郁的《平水新刊韻略》，隨後劉淵翻修，到宋末元初確定為一百零
六個韻部，成為後世通行的《平水韻》，而王文郁則是金朝的平水書
籍（書籍為金代官名），可以了解文人因應科舉制度所做的詩學努
力。

　　從楊宏道〈幽懷久不寫一首，效韓子《此日足可惜》贈彥深〉詩
歌，序言作：「故人何元理，白日照忠誠。勸我從延賞，然後學明
經。三年走遼碣，險阻實備嘗。鯨𩾃地軸傾，狼狽歸故鄉」，寫因何
元理的建議，至遼東之地學習明經之科。由詩中所言至遼東學習明經
之科，可以了解金代科舉考試，受宋代影響甚深，仍以進士、明經之
科分論。

　　我們可以了解至唐代起，詩學一向是科舉考試的重要文體，在金
代所傳承的科舉考試制度影響之下，詩歌創作在金朝是盛行的。

　　楊宏道以詩聞名於當時，詩歌創作成為他一生的職志，無論在求
學期間，仕宦期間，甚而戰亂顛沛之間詩歌都成為其抒發情懷、與友

---

1　〔漢〕毛亨傳，鄭元箋〔唐〕孔穎達疏：《詩經正義》（臺北縣板橋市：藝文印書
　　館，1973 年 9 月《十三經注疏本》）。

交流的重要工具。楊宏道致力於詩學創作：

## 一　以詩會友

詩歌成為楊宏道與外在交流的憑藉，作品中多以詩會友之作。在〈次韻張敏之新居〉[2]中論詩也提出對於詩歌流變的看法：

> 廢地久不居，荒穢難平治。經營幾朝暮，眼底無棘茨。開門見南山，山若因君移。五言成新詠，初不用意為。陶謝無異源，韋柳相連枝。平淡含道腴，好味同園葵。賤子少年日，壯志生馬馳。句格喜孤陗，劍鋒白差差。有意不能達，竟日持紛絲。投筆忽自笑，作者安敢期。幸遇斲堊手，運斤與刪鏊。毀譽不足信，明者貴自知。君昔登瀛洲，物論咸稱宜。忽有萬里行，雨雪歌來思。濟南一茅屋，如在瀛洲時。學道苟無得，淚灑楊朱岐。同年李夫子，尚恨君來遲。萬事一杯酒，共和新居詩。（頁 466）

與好友在新居落成之時，論及詩歌創作不要刻意為之。使詩作可達陶淵明、謝靈運的自然境界；並與韋應物、柳宗元如同根而出，也就是造就平淡卻含有深刻自然道理的詩作。

並說明自己的詩歌曾經過他人指導與評論，才了解詩歌創作的基本在於自己本身的道學修養，並非刻意修飾文字得以為之。

楊宏道對孔子以來詩歌正統的用心學習與承繼，不僅表現在為朋友文集寫序中，還表現在日常之中，在〈大名贈員善卿〉詩中就說：

---

2　元太宗后元年五十四歲，至元太宗后二年五十五歲在濟南。

> 小年嘗學詩，中年多詩友。員子豪於詩，而復豪於酒。不知何所見，愛我心過厚，報之以新詩，金石非堅久。（頁462）

詩中說明自己年少時曾用心學作詩，更用心結交相互切磋的詩友。彼此以詩歌相互贈送。

在〈楓落吳江冷〉詩中注明：「詩會中題因戲效之」，詩云：

> 澤國霜餘氣象清，蕭蕭丹葉動秋聲。綸鉤收盡絲千尺，應有空船載月明。（頁513）

說明楊宏道時以詩聞名之外，參與「詩會」，也以詩會友。

在〈彥深家榴花〉一詩中可見與友人聚會中，也以題詩為主要活動：

> 小院深沉畫掩扉，薰風注意海榴枝。新詩題罷空歸去，不見纍纍著子時。（頁515）

可見受友人之邀，特意至友人家中為「榴花」題詩。

在〈贈劉潤甫用新秋遣懷詩韻〉一詩中也可看出楊宏道與友人論詩的情景：

> 三多鍛鍊到精純，傑句雄篇若有神。琴枕贊成傳後學，蠡盃賦就繼前人。（賦警句云：似華而朴，若脆而堅）瀛洲渺渺嘗迷路，頭髮蕭蕭不滿巾。倦對青衿把雞肋，杖藜思卓故鄉塵。（頁495）

說明楊宏道的詩歌理論，認為詩歌要經過「鍒鍊」才能精純，詩歌全篇才會有所「神」，對詩歌的期許是承先起後，留傳後世。

在〈贈元伯〉詩中說明作詩感受：

> 栩然清夢遠芳蘭，逆旅天教識鳳鸞。一榻既因徐孺設，綠琴來對子期彈。下喉久厭江瑤柱，入手欣逢銅彈丸。既悟詩人最佳處，肯誇淫潦卷狂瀾。（頁497）

在聚會之時，覺得寫詩是與知音交流最好的方法。

## 二　「晨興求紙筆」以詩抒懷

楊宏道以詩聞名，詩歌創作成為其心靈重要的依慰，無論為官或在野，甚而逃難時，都不廢創作詩歌與閱讀。

楊宏道在三十六歲監麟游縣酒稅時有〈宿普照寺〉[3]一詩：

> 被酒暑增劇，漱茶神少清。旅人須授館，侍者詎忘情。方篋鋪霜滑，虛欂界月明。晨興求紙筆，枕上有詩成。（頁492）

說明自己喜愛創作詩歌「晨興求紙筆，枕上有詩成」，任何時間任何地點都可以寫詩，困境中更以詩歌抒解愁緒。在〈自述〉詩中，也說明自己出自世家，以詩賦排解自我傷痛：

> 為氏因封邑，名家出華陰。行藏由治亂，用舍自浮沉。五代生民極，末年流毒深。華夷兩牢窜，宇宙一刀砧。……擬賦蕪城

---

3　金哀宗正大元年（西元1224年）三十六歲監麟游縣酒稅。

賦，長吟梁甫吟。蕭條君子澤，恒久士人心。誰把焦桐木，收為綠綺琴。坐中驚倒屧，樓上快開襟。才藝如毫髮，忠誠或倍尋。相知誓相報，歲月莫駸駸。（頁507）

出自名家之後，因戰亂而不得用心推廣世家家學，縱使在遭喪亂之後，仍然「擬賦蕪城賦，長吟梁甫吟」，以詩賦自我排解坎坷的身世。

在〈嵊城〉詩中可以感受到楊宏道對於詩歌創作的專注：

嵊城看月色，望極若微陰。光射星辰暗，氣迷閭巷深。人和為善守，蟻附覺難侵。我亦耽詩者，圍中不廢吟。（頁487）

在嵊城[4]此地看時局的變換無常，與人事間的無可奈何，楊宏道選擇將心靈寄託於詩歌之中，縱使面臨「圍中」的兵困時局，仍然選擇以作詩研究詩學來尋找心靈的安頓。

在〈客夜〉中寫自己的窮途潦倒只能依靠「詩言志」：

晦月未生星滿天，夜涼就枕露簷邊。漏聲迢遞蟲聲外，愁思纏綿睡思前。羹釜慮遭丘嫂厭，綈袍倘有故人憐。丈夫此事常慵說，強託新詩句裏傳。（頁494）

夜闌人靜之時，對於自己悲涼的際遇，愁思難眠，「丈夫此事常慵說，強託新詩句裏傳」只有依靠寫詩抒發情懷。

在〈舟中遇雨〉中更說明：

---

4　今嵊縣位於浙江省紹興縣南，因縣境內有嵊山、嵊溪。

　　斜風掠盡一重煙，雲雨溟濛水接天。懊惱葛衣渾濕卻，船頭還聳作詩肩。（頁 515）

　　在任何環境下都愛寫詩，在風雨中寫詩更可以排除「懊惱」。

　　今就其本人對於詩學的認知及創作來分析，分為二節分別論述「詩經承繼」、「楚辭承繼」、「魏晉承繼」、「唐詩承繼」、「宋詩承繼」五個主題。

# 壹　對《詩經》的承繼

　　受宋明理學的影響，楊宏道對於孔子「刪黜述修」經書，十分尊崇。所以認為詩歌的創作必須合乎道統，《詩經》自然是詩歌道統所尊奉的經典。

　　楊宏道詩歌對於《詩經》經典的承繼由其文體中可見。

　　楊宏道有〈送趙仁甫序〉[5]一文，提出詩文理論。據《金代文學家年譜》[6]所考「著雍涒灘」為戊甲年，元定宗后元年，楊宏道五十九歲所作。「趙仁甫」為趙復，曾為元人所擄，為《宋元學案》重要人物之一，《小亨集》出版於楊宏道六十歲時，因此這篇詩學理論可以定義為楊宏道《小亨集》詩學見解：

　　今觀此文分段論述楊宏道的詩學理論：

（一）孔子之於詩文道統的貢獻賢於堯舜

　　　帝堯在位以治天下，老而禪於舜，舜有大功二十，亦以禪禹。

---

5　〔金〕楊宏道：《小亨集》（臺北：臺灣商務印書館，1983 年，《景印文淵閣四庫全書》），第 1198 冊，卷六。

6　王慶生著：《金代文學家年譜》（南京：鳳凰出版社，2005 年 3 月），頁 1389。

> 孔子無堯之位，無舜之功，學者以為賢於堯舜，何哉？愚嘗聞
> 孔子之前，如列國漢魏諸家之說亦已有之，及乎刪黜述修之後
> 人文化成，則諸說莫能亂。蓋二帝行道於當時，而孔子垂訓於
> 萬世，此其所以賢於堯舜者歟。

　　首段說明孔子之功勝於堯、舜，在於著書立說，保留文化與校正
典籍、著書立說供人學習。這樣的影響是可以有益於萬世文化傳承
的。

　　也就是說保留詩文所記載的先賢文化與歷史，有益於民生社會的
功用是大於政治統治者一時的政權。

（二）詩文至秦後離正統越遠

> 嬴項既滅，諸儒掇拾，編簡於灰埃之餘，各以所見為說，授受
> 服習。流分派別，漸遠其源。隋唐而下更以詩文相尚，狂放於
> 裘馬歌酒間。故文有俠氣，詩雜俳語而不自知也。方且信怪奇
> 誇大之說，謂登會稽探禹穴，豁其胷次得江山之助，清其心
> 神，則詩情文思可以挾日月薄雲霄也。於戲吟詠情性止乎禮
> 義，斯詩也江山何助焉，有德者必有言，辭達而已矣。斯文
> 也，禹穴何與焉。

　　說明秦以後詩文之派別越多，卻與正統道統越遠，秦以後詩文中
多具有不屬於道統的俠氣與滑稽、幽默之語。文中對於詩文寫遊樂之
內容，感到不滿，因為所寫之詩文不該不具有道統意義，描述風景之
美，如作者心中未具經書內涵，對於詩歌的義理是沒有幫助的。

（三）宋代理學家所著之詩文特別具有道統意義

> 迨伊洛諸公乃始明。天生烝民，有物有則，以致其知上天之
> 載，無聲無臭，而主於靜。欲一掃歷代訓詁詞章迷放之弊，卓
> 然特立一家之學，謂之「道學」。其綱目恢恢乎，而其用密
> 哉。

此處所言「伊洛諸公」指程顥及其弟子，所尊法與著作的詩文才
具有詩經以來傳統道統的承繼。

（四）以經書為詩文正統之源

> 德安趙君仁甫承學之士也，士有窮達，其窮數也其達學也徵
> 之。趙君信然旂蒙協洽，君始北徙羈窮於燕，已而燕之士大夫
> 聞其議論證據，翕然尊師之，執經北面者二毛半焉，乃撰其所
> 聞為書刻之目曰《伊洛發揮》印數百本，載之南遊，達其道於
> 趙魏東平遂達於四方，著雍涒灘十有一月，至於濟南。愚雖敬
> 受其書，而所居僻陋不足以館，君因病止酒，又不能與君對
> 酌，但日相從遊，聽其談辨而已；於其行也，先原仁甫之所
> 學，次祝以敬慎威儀，尊其所學視兼金之，贐則有媿其於送
> 人，以言則無甚媿焉耳。

記載為趙仁甫此書作序的因由，並說明當時文人尊敬趙仁甫，就
因為趙仁甫文章具孔子以來道統，說出了金末元初詩歌的審評，在於
是否具有道統。

這樣詩歌要求具有道統傳承的表現，表現在詩中，可以舉楊宏道
〈麟遊秋懷〉一詩為例：

敗葉落還落，北山深復深。暮雲封遠恨，涼吹和微吟。鏡裏雙
蓬鬢，霜餘一絮衾。求仁又何怨，安取四知金。

「求仁又何怨，安取四知金」一語即出自孔子所言《論語》二
則：

《論語·述而》：
冉有曰：「夫子為衛君乎？」子貢曰：「諾。吾將問之。」入，
曰：「伯夷、叔齊何人也？」曰：「古之賢人也。」曰：「怨
乎？」曰：「求仁而得仁，又何怨！」出，曰：「夫子不為
也。」[7]
《論語·為政》：
子張問：「十世可知也？」子曰：「殷因於夏禮，所損益可知
也；周因於殷禮，所損益，可知也；其或繼周者，雖百世可知
也。」[8]

引第一首以伯夷叔齊之志，思考國家的衰亡既已成定局，伯夷叔
齊求仁得仁，留下仁義美名，不該有怨。第二首共有四個「知」字，
所指即國家的衰亡與興起楊宏道自己卻無法如孔子所說般「知」曉。

楊宏道詩歌對傳統經書的承繼，當受宋以來江西詩派引經據典的
影響甚深，但是綜觀楊宏道的詩歌，我們可以感受到楊宏道已接受反
江西詩派的影響，改善在詩歌之中句句有典故的江西詩派困境，只繼
承其堅持道統的部分。

---

7 邱燮友等編譯：《新譯四書讀本》（臺北：三民書局，1987 年 8 月），頁 133。
8 同註 7，頁 73。

五十三歲時在〈贈楊飛卿〉9一詩中提及《詩經》的重要：

> 三百周詩出聖門，文為枝葉性為根。不憂師說無匡鼎，但喜吾
> 宗有巨源。我自般溪移歷下，君從汝海到東原。東原歷下風煙
> 接，來往時時得細論。（頁 496）

「三百周詩出聖門，文為枝葉性為根」，詩中明白說明記載周代
歷史的《詩經》三百篇出自孔子之門，以文彩為枝葉，以道統為根。

「不憂師說無匡鼎，但喜吾宗有巨源」，明白說明《詩經》為一
切詩歌的正統起源，品評詩歌的標準，「東原歷下風煙接，來往時時
得細論」更可見其對論詩的專注與用心。

在〈蓄川〉詩中對於金代亡國深感痛心，楊宏道感嘆到：

> 蓄川朧朧，閑田可耕，孰非人子，耕我先塋。
> 蓄川朧朧，閑田可藝，孰非人子，藝我塋域。
> 皇天后土，日月照臨，汝耕汝藝，行者傷心。
> 姦回自終，可按可考，利見大人，全我孝道。[10]

不僅以四言古詩形式，學習《詩經》四言句式，還學習
〈綿〉[11]：「周原朧朧，菫荼如飴」，形容「蓄川朧朧」，「朧朧」指肥

---

9　元太宗十三年（西元 1241 年）由淄川遷至濟南。

10　同註 1，頁 460。

11　《詩經・大雅》「綿」：「民之初生，自土沮漆。古公亶父，陶復陶穴，未有家室。
　　古公亶父，來朝走馬，率西水滸，至于岐下。爰及姜女，聿來胥宇。周原朧朧，
　　菫荼如飴。爰始爰謀，爰契我龜。曰止曰時，築室于茲。迺慰迺止，迺左迺右，
　　迺疆迺理，迺宣迺畝。自西徂東，周爰執事。乃召司空，乃召司徒，俾立室家。
　　其繩則直，縮版以載，作廟翼翼。捄之陾陾，度之薨薨，築之登登，削屢馮馮。

美的樣子。

全詩多引《經書》之語，說明自己繼承道統之志。「利見大人」引用《周易》之語「蹇」卦，取前途險惡之意。「皇天后土」取《左傳》[12]：「皇天后土實聞君之言，群臣敢在下風。」[13]上諫之語不為國君聽聞之意。

全詩上承《詩經》之意與句式，運用經書道統之志，與當時盛行的宋明理學相呼應，以經書義理為詩歌創作者基本的涵養。

〈赴京〉詩中也引《詩經》「邶風」與「鄘風」二風中之二首〈柏舟〉之意

柏舟泛清濟，憭慄晚秋時。畏途愁落日，泝流行苦遲。夷門望不見，籠水牽所思。默坐柂樓底，寸心空自知。（頁471）

〈邶風‧柏舟〉：

---

百堵皆興，鼛鼓弗勝。迺立皋門，皋門有伉；迺立應門，應門將將。迺立冢土，戎醜攸行。肆不殄厥慍，亦不隕厥問，柞棫拔矣，行道兌矣。混夷駾矣，維其喙矣。虞芮質厥成，文王蹶厥生。予曰有疏附，予曰有先後，予曰有奔奏，予曰有禦侮。」（同註1，頁545）

12 〔周〕左丘明傳〔晉〕杜預注〔唐〕孔穎達疏：《春秋左傳正義》（臺北縣板橋市：藝文印書館，1973年9月）。

13 《左傳‧僖公》：「壬戌，戰于韓原。晉戎馬還濘而止。公號慶鄭，慶鄭曰：『愎諫、違卜，固敗是求，又何逃焉？』遂去之。梁由靡御韓簡，虢射為右，輅秦伯，將止之。鄭以救公誤之，遂失秦伯。秦獲晉侯以歸。晉大夫反首拔舍從之。秦伯使辭焉，曰：『二三子何其慼也！寡人之從君而西也，亦晉之妖夢是踐，豈敢以至？』晉大夫三拜稽首曰：『君履后土而戴皇天，皇天后土實聞君之言，群臣敢在下風。』穆姬聞晉侯將至，以太子罃、弘與女簡璧登臺而履薪焉。使以免服衰絰逆，且告曰：『上天降災，使我兩君匪以玉帛相見，而以興戎。若晉君朝以入，則婢子夕以死；夕以入，則朝以死。唯君裁之！』乃舍諸靈臺。」（同註12，頁231）

汎彼柏舟，亦汎其流。耿耿不寐，如有隱憂。微我無酒，
以敖以遊。

我心匪鑒，不可以茹。亦有兄弟，不可以據。薄言往愬，
逢彼之怒。

我心匪石，不可轉也。我心匪席，不可卷也。威儀棣棣，
不可選也。

憂心悄悄，慍於群小。覯閔既多，受侮不少。靜言思之，
寤辟有摽。

日居月諸，胡迭而微？心之憂矣，如匪澣衣。靜言思之，
不能奮飛。[14]

《詩經》此詩寫國君不聽忠臣之語，聽任小人禍國，作者一片忠
誠之心，卻有志不得伸之苦。

〈鄘風・柏舟〉：

汎彼柏舟，在彼中河。髧彼兩髦，實維我儀。之死矢靡它。母
也天只！不諒人只！

汎彼柏舟，在彼河側。髧彼兩髦，實維我特。之死矢靡慝。母
也天只！不諒人只！[15]

《詩經》此詩喻指女子忠貞不二的情誼，於此亦是喻指作者一片
忠誠之心，天地可表，卻不為他人所珍惜。

《詩經》中二首「柏舟」皆指，詩序所言：「柏舟，言仁而不遇

---

14 同註1，頁72。

15 同註1，頁109。

也。」，楊宏道於此指赴京仍未遭任用，擔憂金國國勢衰亡之意。

此詩為二十九歲入京前所作，與何元理至前線遼地，因蒙古軍南下，不得不南逃至汴京，補父蔭擔任「刑部委差官」，因此對於國家的危難，憂心不已。

所以說「畏途愁落日，沂流行苦遲」正是擔憂國君與國勢之語。

在〈遣興〉詩中引《詩經》「采蘋」之意：

> 庭草泫晨露，孝心悽以悲。清溪有蘋藻，誰當採擷之。黃金入富室，務積不務施。孤鳥東南飛，巢在西北枝。（頁460）

水萍有三種，大者曰蘋，中者曰荇菜，小者曰浮萍。〈詩序〉言：「采蘋，大夫妻能循法度也。能循法度，則可以承先祖共祭祀矣」。

《召南‧采蘋》

> 于以采蘋？南澗之濱。于以采藻？于彼行潦。
> 于以盛之？維筐及筥。于以湘之？維錡及釜。
> 于以奠之？宗室牖下。誰其尸之？有齊季女。[16]

楊宏道引《詩經》此作採蘋祭祀先祖之意，感歎流寓在外，無法祭祀先祖，是個人的悲傷，也是國亡的悲傷，所以說「孤鳥東南飛，巢在西北枝」，無家可歸。全詩以〈采蘋〉祭祖的隆重對比國亡無法祭祖的悲傷。

---

16 同註1，頁52。

　　三十四歲[17]至邠州與趙伯成、趙晉卿，張相公交遊。〈李廷珪墨
歌〉（趙節使治邠，平涼運同知張顯之來，晏於公署之凝香閣。致政
張相公在座，余亦與焉。節使出示李廷珪墨，席上試墨，余戲以墨汁
瀝酒中飲之。明日，出此篇二老皆有和詩。）

> 輶車下涇川，二老歡忘年。夜寒辟易凝香閣，長檠粲粲金花
> 然。平頭奴子捧漆匣，錫圭入手輕而堅。客卿裔孫滿天下，系
> 出隴西獨稱賢。座中有客慙菲薄，藜莧貯腹空便便。朱提飲盞
> 瀝芳液，玄雲靆靉浮秋泉。一酌濡夢，傳之柔翰。再酌霑蕪穢
> 之靈田。祈禳厭勝古亦有，合座拊掌嗤且憐。君不見將軍飲酣
> 出刀稍，作氣欲斬橫海鱣。客卿如靈俾我慧悟加諸前，待渠宣
> 力恢復舊封域，雅什願讀〈車攻篇〉。（頁474）

　　此詩為歌美趙節使治理地方之美。所引〈車攻篇〉為《詩經》中
敘述周宣王在東都會同諸侯舉行田獵的詩。

《小雅‧車攻》

　　我車既攻，我馬既同。四牡龐龐，駕言徂東。
　　田車既好，四牡孔阜。東有甫草，駕言行狩。
　　之子于苗，選徒囂囂。建旐設旄，搏獸于敖。
　　駕彼四牡，四牡奕奕。赤芾金舄，會同有繹。
　　決拾既佽，弓矢既調。射夫既同，助我舉柴。
　　四黃既駕，兩驂不猗。不失其馳，舍矢如破。
　　蕭蕭馬鳴，悠悠旆旌。徒御不驚，大庖不盈。

---

17 金宣宗元光元年（西元1222）。

之子于征，有聞無聲。允矣君子，展也大成。[18]

「待渠宣力恢復舊封域，雅什願讀〈車攻篇〉」寫出全篇意旨，引《詩經》車攻篇之意，期許眾人恢復河山，共享田獵之樂。

由詩中直接引用「車攻」篇名可見，楊宏道與當時文人都已經熟讀《詩經》，應對進退都以《詩經》為準則，了解不僅《詩經》詩言志的道理甚而篇名意義，都深深影響金末元初詩壇。

在〈將歸阻雨用木庵送行詩韻〉[19]一詩中用曾經是少林住持的性英長老[20]的韻部作詩時，也說明《詩經》義理的重要：

> 麥苗春晚尚如絲，甘澤嘗嗟應候遲。六事桑林懷聖德，一篇《雲漢》賦周詩。驕陽入夏為霖雨，遠客通宵役夢思。賴有湯休詩句好，披吟正是憶家時。（頁507）

詩中引用〈雲漢〉篇之意，毛詩序：「《雲漢》，仍叔美宣王也。宣王承厲王之烈，內有撥亂之志，遇災而懼，側身脩行，欲銷去之。天下喜於王化復行，百姓見憂，故作是詩也。」感歎周宣王之時，百姓即為天災所苦，今觀〈雲漢〉篇：

> 倬彼雲漢，昭回于天。王曰：於乎！何辜今之人？天降喪亂，饑饉薦臻。靡神不舉，靡愛斯牲。圭璧既卒，寧莫我聽！
> 旱既太甚，蘊隆蟲蟲。不殄禋祀，自郊徂宮。上下奠瘞，靡神不宗。后稷不克，上帝不臨；耗斁下土，寧丁我躬！

---

18 同註1，頁366。

19 同註6，頁1389。考作於元定宗后元年，五十九歲。

20 〈代茶榜〉序言：「歸義寺長老勸余作此詩長老性英字粹中自號木庵」。

旱既太甚，則不可推。兢兢業業，如霆如雷。周餘黎民，靡有
子遺。昊天上帝，則不我遺。胡不相畏？先祖于摧。

旱既太甚，則不可沮。赫赫炎炎，云我無所。大命近止，靡瞻
靡顧。群公先正，則不我助。父母先祖，胡寧忍予？

旱既太甚，滌滌山川。旱魃為虐，如惔如焚。我心憚暑，憂心
如薰。群公先正，則不我聞。昊天上帝，寧俾我遯！

旱既太甚，黽勉畏去。胡寧瘨我以旱？憯不知其故。祈年孔
夙，方社不莫。昊天上帝，則不我虞。敬恭明神，宜無悔怒。

旱既太甚，散無友紀。鞫哉庶正，疚哉冢宰。趣馬師氏，膳夫
左右；靡人不周，無不能止。瞻卬昊天，云如何里？

瞻卬昊天，有嘒其星。大夫君子，昭假無贏。大命近止，無棄
爾成。何求為我？以戾庶正。瞻卬昊天，曷惠其寧？[21]

　　句句懇求上天哀憐百姓的〈雲漢〉篇，正是楊宏道「將歸阻於大
雨」之時所憂心的，因為天災所造成的災禍不只是百姓所惶恐的，也
是周宣王所戒慎恐懼之處。

　　「麥苗春晚尚如絲，甘澤嘗嗟應候遲」二句寫風雨不調，氣候變
異的擔憂。

　　「六事桑林懷聖德，一篇《雲漢》賦周詩」所言即懷念周宣王為
天災自我「側身脩行」愛戴百姓的恩德。

　　四十七歲所作〈荊楚〉一詩[22]，引用《詩經》「青蠅篇」典故。

　　荊楚三年客，風塵七尺軀。青蠅點白璧，赤水得玄珠。息謗能

---

21 同註1，頁658。

22 宋理宗端平二年（西元 1235 年），借補迪功郎差權唐州司戶參軍兼州學教授。北
　遷，寓家濟源。

無辨，酬恩正勉圖。憂勤生逸樂，魚稻老江湖。(頁 487)

　　「青蠅點白璧」引《詩經》「青蠅」[23]詩，以「青蠅」比好進讒言的小人，「青蠅」詩全詩怒斥小人進讒言，離間兄弟，禍國殃民。

　　楊宏道於此引此詩之義感慨，一個人離開故鄉至荊楚異地又在異國任官，遭受到許多惡意的言語攻擊。由此看來他人的惡意攻擊，當是楊宏道辭「州學教授」(襄陽府府學諭)職位，僅任職唐州司戶參軍的原因。據楊宏道在〈投趙制置第三劄子〉[24]中所言，知道被批評的主要理由在於「不事科舉而充府學學諭，為名不正」、「某來本朝未滿三載」。

　　楊宏道於離別之際，引用〈青蠅〉之意表現自己受讒言所苦的哀傷，可以具體了解楊宏道承繼《詩經》內容與義理之精純。

　　楊宏道在〈玄鳥〉[25]一詩所言：

太牢祠高禖，墜典今誰修。何處王謝堂，燒痕草芽抽。玄鳥亦自至，故壘不可求。銜泥營新巢，雲海浮蜃樓。甲第金臺傍，過者疑王侯。晨曦明畫棟，珠箔上銀鉤。(頁 464)

---

23 同註1，頁 489。

24 〈投趙制置第三劄子〉「某以不事科舉而充府學學諭，為名不正，以名不正而月費倉庫錢米為素餐，因愧心所激故凌晨投劄，願係職名與帳前，求人所憚為者為之，蓋欲既勞而後食則無愧于其心，所期不過如勘校兵書議事官而已也。今蒙陶鑄異恩特借補迪功郎差權唐州司戶參軍兼州學教授，既受制劄恍惚自失，何哉？出于本心所期之外故也。雖然司戶之職掌倉廩出納，但夙夜公勤供職身無貪私以率其下庶能免于罪戾，夫教授學者之師也，學諭弟子之職也。豈有不敢以名之不正充學諭而敢冒居教授之職者乎。故司戶之職不敢辭，教授之職謹辭……蓋某來本朝未滿三載……端平二年二月具位楊某劄子。」(同註5，卷6)。

25 此作應作於「元定宗后二年，六十歲至燕京」之作。

其中「玄鳥亦自至，故壘不可求」，也引《詩經・商頌》中〈玄鳥〉之詩感歎金朝先祖無人祭祀。詩云：

> 天命玄鳥，降而生商。宅殷土芒芒。古帝命武湯，正域彼四方。方命厥后，奄有九有。商之先后，受命不殆，在武丁孫子。武丁孫子，武王靡不勝。龍旂十乘，大糦是承。邦畿千里，維民所止，肇域彼四海。四海來假，來假祁祁。景員維河，殷受命咸宜，百祿是何。[26]

毛詩序言：「〈玄鳥〉，祀高宗也。」於此感傷金代先祖已經無人祭祀，亡國感傷，獨自徘徊。

「太牢祠高禖，墜典今誰修。」二句起首即已點出與〈玄鳥〉篇相同的意旨，「太牢」指古代祭祀天地，以牛、羊、豬三牲具備為太牢，以示尊崇之意，此指金代祭祀之處，今日已無人管理。續以：「玄鳥亦自至，故壘不可求。銜泥營新巢，雲海浮蜃樓。」先祖之靈當已黯然離去。

楊宏道寫亡國之痛，反用《詩經》商頌〈玄鳥〉篇之意，承繼《詩經》道統起源，善用於詩歌中，使詩歌義理更加寬廣與深邃。

楊宏道四十歲在鄧州於〈贈鄧帥〉[27]一詩在積極進取求取官位時，引用《詩經》祝賀「鄧帥」喜得孫子。全詩長篇論述：

> 藝苑昭詞彩，經筵味道醇。縱橫隨緩頰，踴躍執蒙輪。博學通幽隱，奇才邁等倫。故當稱俊偉，未足靜風塵。何術興王室，

---

26 同註1，頁792。

27 金哀宗正大五年（西元1228年），在鄧州，安家於鄧州，與元好問比鄰而居。

中原有世臣。雲龍遘嘉會，花葉茂長春。上下承恩遠，東西出
將頻。英聲蜚漢楚，威德洽周秦。嚴警驅貔虎，雅歌集鳳麟。
靈襟澄瀚海，汎愛到窮鱗。賤子能安命，虛名詎起身。商山深
欲隱，宛馬到何神。恍惚三生夢，朝昏九死鄰。帥師迴烈焰，
習坎得通津。花氣薰蘭閣，麻衣拂繡茵。晨炊優歲計，春服趁
時新。遷逝同土苴，賢良愧郤詵。散才那致此，遇物見行仁。
報德知無地，修身益自珍。抱孫聞有喜，麟趾頌振振。（頁
508）

　　與眾人宴會之時，在宴席之上，以詩會友。詩歌起首形容當代詞
采優秀之臣甚多，卻不能真正對國家安定有所幫助。國家需要的應是
可以復興國運之士，才可以應詔報國，使天下得以昇歌太平，即鄧帥
這樣的賢能武將。以詩作歌美鄧帥。

　　楊宏道以此詩自比為不得志的「王粲」，希望得到鄧帥引用，報
效國家，詩歌結尾引用《詩經》[28]：「抱孫聞有喜，麟趾頌振振」即恭
賀鄧帥得孫之意[29]。

　　以「麟之趾」歌美鄧帥子孫多且賢能，楊宏道應用《詩經》的作
品，包含應酬歌頌之作。

　　楊宏道尊崇孔子「刪黜述修經書」，認為詩歌的創作必須合乎道
統，《詩經》為其所尊奉的經典。

　　認為孔子之於詩文道統的貢獻賢於堯舜，詩文至秦後離正統越
遠，宋代理學家所著之詩文特別具有道統意義，自然以經書為詩文正
統之源。

---

28　〈麟〉：「麟之趾，振振公子。于嗟麟兮！麟之定，振振公姓。于嗟麟兮！麟之
　　角，振振公族。于嗟麟兮！」（頁44）。

29　參考《詩經評釋》頁63。

## 貳　對《楚辭》的學習

　　張衡〈四愁詩〉[30]序曾說，《楚辭》所言美人、珍寶、水雪、都別有所指，張衡〈四愁詩〉以《楚辭》中所指名物都別有寓意，成為詩歌學習《楚辭》最明確的道路，也成為楊宏道詩歌學習《楚辭》的途徑。

　　楊宏道在〈袁易靜春堂木芙蓉〉詩中「花草」即別有所指：

> 少昊秉秋律，白藏振嚴威。淒其庶物肅，颯然群卉腓。茲花性莫奪，於焉抱貞姿。紛披曲榭陰，布濩蒼沼涯。泚蓮混名族，叢菊相因依。眾芳固殊品，相時各有宜。承露愈幽艷，被霜增華滋。雖微後凋操，詎先秋草萎。臨流誰為容，倚風猶自持。踟躕翫芳態，為汝發幽辭。（頁467）

　　起首「少昊秉秋律，白藏振嚴威」二句引經書《尚書》、《爾雅》

---

30 張衡〈四愁詩〉序言：「張衡不樂久處機密，陽嘉中，出為河間相。時國王驕奢，不遵法度，又多豪右并兼之家。衡下車，治威嚴，能內察屬縣，姦猾行巧劫，皆密知名，下吏收捕，盡服擒。諸豪俠遊客，悉惶懼逃出境。邵中大治，爭訟息，獄無繫囚。時天下漸弊，鬱鬱不得志，為〈四愁詩〉，效屈原以美人為君子，以珍寶為仁義，以水深雪雰為小人。思以道術為報，貽於時君，而懼讒邪不得以通」詩云：「我所思兮在太山，欲往從之梁父艱，側身東望涕霑翰，美人贈我金錯刀，何以報之英瓊瑤，路遠莫致倚逍遙，何為懷憂心煩勞。我所思兮在桂林，欲往從之湘水深，側身南望涕沾襟，美人贈我金琅玕，何以報之雙玉盤，路遠莫致倚惆悵，何為懷憂心煩傷。我所思兮在漢陽，欲往從之隴阪長，側身西望涕沾裳，美人贈我貂襜褕，何以報之明月珠，路遠莫致倚踟躕，何為懷憂心煩紆。我所思兮在雁門，欲往從之雪雰雰，側身北望涕霑巾，美人贈我錦繡緞，何以報之青玉案，路遠莫致倚增歎，何為懷憂心煩惋。」鄭文惠等選注：《歷代詩選注》，（臺北：里仁書局　1988年10月版），頁33。

形容秋天，續以萬物皆凋萎，只有「木芙蓉」屹立不搖，以木芙蓉「茲花性莫奪」的高潔比忠貞之臣。

「沚蓮混名族，叢菊相因依。眾芳固殊品，相時各有宜」以個種花卉喻寫不同人的士人，以「沚蓮」比名門望族之士，「叢菊」比高節孤根之士，於各種時局表現不同人品與氣節。

以「臨流誰為容，倚風猶自持。踟躕翫芳態，為汝發幽辭」四語形容「木芙蓉」也就是忠貞之士的孤獨與寂寞。

可以了解學習《楚辭》承自《詩經》以草木為喻的傳統，將草木的寓意提升為擬人的節操。

在《詩經》之中「蘭」字只出現一次[31]，且存在於「鄭衛之音」的衛風。然而在《楚辭》中「蘭」[32]字卻出現 42 次之多，所以「蘭」的高潔與代表君子之德，可以說源自《楚辭》。

楊宏道也受《楚辭》影響有〈蘭〉之作：

葉披花結弱如摧，澤國茫茫正可哀。秀色亦知歸菡萏，穢芳未

---

31　《詩經・芄蘭》：「芄蘭之支，童子佩觿。雖則佩觿，能不我知。容兮遂兮，垂帶悸兮。芄蘭之葉，童子佩韘。雖則佩韘，能不我甲。容兮遂兮，垂帶悸兮。」（同註1，頁138）

32　「紉秋蘭以為佩」、「朝搴阰之木蘭兮」、「余既滋蘭之九畹兮」、「朝飲木蘭之墜露兮」、「步余馬於蘭皋兮」、「結幽蘭而延佇」、「謂幽蘭其不可佩」、「蘭芷變而不芳兮」、「余以蘭為可恃兮」、「覽椒蘭其若茲兮」、「蕙肴蒸兮蘭藉」、「浴蘭湯兮沐芳」、「蓀橈兮蘭旌」、「桂櫂兮蘭枻」、「沅有芷兮澧有蘭」、「桂棟兮蘭橑」、「疏石蘭兮為芳」、「秋蘭兮麋蕪」、「秋蘭兮青青」、「被石蘭兮帶杜衡」、「春蘭兮秋鞠」、「橘木蘭以矯蕙兮」、「苣幽而獨芳」、「氾崇蘭些」、「蘭膏明燭」、「蘭薄戶樹」、「蘭膏明燭」、「蘭芳假些」、「皋蘭被徑兮」、「苣蘭桂樹」、「蘭芷幽而有芳」、「馬蘭躑躅而日加」、「惟椒蘭之不反兮」、「彷徨兮蘭宮」、「余悲兮蘭生」、「將息兮蘭皋」、「株穢除兮蘭芷睹」、「懷蘭蕙與衡芷兮」、「游蘭皋與蕙林兮」、「鴟鴉集於木蘭」、「懷蘭苣之芬芳兮」、「懷蘭英兮把瓊若」。

必勝玫瑰。使君浩蕩乘高興，小畹殷勤欲自栽。[33]著意幽香無
覓處，暗中不覺襲人來。（頁502）

以「蘭」自比高潔的節操，與屈原相同的是楊宏道同樣目睹國家
敗亡，面臨無盡的哀傷。所以說「澤國茫茫正可哀」，只能自放幽香
於暗處。

與屈原同病相憐的時代背景，使楊宏道詩作能夠清楚的學習屈原
《楚辭》中幽怨的用語與情懷。

在〈意行〉詩中，也以「蘭」象徵君子：

黃葛衣輕信意行，荒煙殘照淡回汀。金沙灘面印綦跡，瑤草結
梢擎鷺翎。終日溪山常闃寂，無風蘭芷自芳馨。騷人佩服幽人
宅，千古仍存舊典刑。（頁503）

「蘭芷自芳馨」、「騷人佩服」語意都同於《楚辭》。楊宏道不只
在以「草木」為喻上學習《楚辭》，在字句的應用上，也運用《楚
辭》慣用詞語，如在〈經歷司北軒外新竹房〉[34]中所云：

高人例愛竹，居必置左右。此君有雅操，凜凜歲寒後。黑水埋
荒煙，川闊多胤冑。楚山昏瘴雨，石罅挺纖瘦。風俗視樵蕘，
斤斧莫恕宥。蓮幕地深嚴，得所逾靜秀。青苔春雨足，黃壤潛
陽透。瑤楨撲霜粉，稚子解衣繡。羲伯歌朱華，新綠鬱滋茂。
群賢贊盛德，堡障息烽候。北軒灑蒼雪，飲弈破清晝。我本性

---

33 自注：「畹，三十畝也。藝蘭覽秀亭下，故變文曰小畹。」
34 原注：「經歷周卿請予賦之」。

介特，禮法以自圍。行年涉強仕，懷玉賈不售。何用羡此君，更積文行富。（頁 463）

在為歷州「司北軒」竹房賦詩時用與《楚辭》相關詞語，有：「黑水埋荒煙」轉化《楚辭・天問》：

雄虺九首，儵忽焉在？何所不死？長人何守？靡蓱九衢，枲華安居？靈蛇吞象，厥大何如？黑水、玄趾，三危安在？[35]

「川闊多胤胄」轉化《楚辭・九歎》：

逢紛。伊伯庸之末胄兮，諒皇直之屈原。云余肇祖于高陽兮，惟楚懷之嬋連。[36]

此二句引《楚辭》之語，以喻指竹之高潔卻流落異鄉，如同自己流落之情。

「羲伯歌朱華，新綠鬱滋茂」轉化《楚辭・天問》：

日安不到？燭龍何照？羲和之未揚，若華何光？何所冬暖？何所夏寒。

此二句引《楚辭》之語，以喻竹之希求日光照射，喻指楊宏道希求上位者任用之意。

---

35 傅錫壬註：《楚辭讀本》（臺北：三民書局，1991 年 3 月），頁 77。

36 同上註，頁 229。

「我本性介特，禮法以自囿」引《楚辭・九思》：

> 奔電兮光晃，涼風兮愴悽。鳥獸兮驚駭，相從兮宿棲。鴛鴦兮
> 嚶嚶，狐狸兮徵徵。哀吾兮介特，獨處兮罔依[37]。

此二句引《楚辭》「介特」之語，楊宏道以屈原自比，自己高潔
的個性。

最終以「行年涉強仕，懷玉賈不售。何用羨此君，更積文行富」
四句，期勉自己積極於詩文創作，使自己在詩文創作上是富有的。

在〈同袁副使遊西城〉一詩中用《楚辭・漁父》意境：

> 杖藜徐步小溪傍，屬玉雙飛水滿塘。喬木蒼煙餘故國，敗荷衰
> 柳更殘陽。
> 惜無濁酒供秋興，誰借扁舟趁晚涼。再約小亭終一到，與君連
> 日倒壺觴。
> 滄浪之水舞零風，四海何人識此翁。堅坐久拚拋世事，暫來渾
> 欲挽詩窮。
> 青山與我真知己，白髮臨流少化工。今日從容天地裏，一杯春
> 露笑談中。（頁 502）

「滄浪之水舞零風，四海何人識此翁」引《楚辭・漁父》：

> 屈原既放，游於江潭，行吟澤畔，顏色憔悴，形容枯槁。漁父
> 見而問之曰：「子非三閭大夫與？何故至於斯！」屈原曰：「舉

---

37 同註 35，頁 254。

世皆濁我獨清，眾人皆醉我獨醒，是以見放！」漁父曰：「聖
人不凝滯於物，而能與世推移。世人皆濁，何不淈其泥而揚其
波？眾人皆醉，何不餔其糟而歠其醨？何故深思高舉，自令放
為？」屈原曰：「吾聞之，新沐者必彈冠，新浴者必振衣；安
能以身之察察，受物之汶汶者乎！寧赴湘流，葬於江魚之腹
中。安能以皓皓之白，而蒙世俗之塵埃乎！」漁父莞爾而笑，
鼓枻而去，乃歌曰：「滄浪之水清兮，可以濯吾纓。滄浪之水
濁兮，可以濯吾足。」遂去不復與言[38]。

楊宏道將自己與袁副使二人比為遊於河畔之漁父與屈原，對於世
道敗壞，國家危亡深感憂心。

一樣的行吟澤畔，一樣的滄浪之水，一樣的憂心傷感，這是楊宏
道對《楚辭》意境的學習部份。

楊宏道學習《楚辭》承自《詩經》以草木為喻的傳統，表現在詩
中在以「花草」為擬人的節操。

學習《楚辭》中以「蘭」比為高潔與代表君子之德，楊宏道與屈
原同樣目睹國家敗亡，只能如「蘭」般自放幽香於暗處。

楊宏道詩作能夠清楚的學習屈原幽怨的用語與情懷。也長於運用
《楚辭》慣用詞語。作品也能顯現出行吟澤畔的《楚辭》意境。

## 參　具有漢魏遺風

據《四庫題要》為《小亨集》作序稱：

---

38 《楚辭讀本》頁141。

（臣）等謹案小亨集六卷，元楊宏道撰，宏道字叔能，淄川人，生金之季其事蹟不見於史傳，以集中詩文考之，宣宗興定末始與元好問會於京師，是時金已南遷至哀宗正大元年，嘗監麟遊酒稅；後又仕宋，以理宗端平元年，為襄陽府學教諭，其投趙制置劄有歸朝，未滿三載語則當以紹定末南歸者，而集中又有〈贈仲經詩序〉稱端平二年，清明後出襄陽攝唐州司戶，十二月上旬北遷寓家濟源云云。則在宋未久旋入於元。考之《宋史》是歲七月，元兵至唐州，全子才棄師宵遁唐州，遂為元所取。宏道蓋因此北還耳，其後遂鮮所表，見當未經復仕惟集中門帖子，有已酉再逢鬢未皤之句，計入元又十四五年。而宏道年已六十矣，綜其生平流離，南北竊祿，苟全其出處之際，蓋無足道。然其詩則在當日最為有名，元好問序其集謂：「金南渡後學詩者惟辛敬之、楊叔能以唐人為指歸。」又序楊飛卿陶然集：「謂貞祐後詩學為盛，洛西辛敬之、淄川楊叔能、太原李長源、龍坊雷伯威、北平王子正皆號稱專門。」又有贈宏道詩云：「海內楊司戶，聲名三十年」又云：「星斗龍門姓氏新，豈知書劍老風塵」，其傾倒於宏道，甚至劉祁《歸潛志》。亦以宏道與好問及李汾、杜仁傑並稱同時。若趙秉文、楊雲翼見其詩，並稱嘆不已。秉文至比之金膏水碧，物外難得之寶。今觀所作五言古詩得比興之體，時時近「漢魏遺音」，律詩風格高華，亦頗有唐調。雖不及好問之雄渾蒼堅，然就一時詩家而論，固不可謂非北方之巨擘也。焦竑《經籍志》載小亨集十五卷，世久失傳，今從《永樂大典》中搜輯編綴釐為詩五卷，文一卷。

《四庫題要》雖然批評楊宏道仕宦經歷：「生平流離，南北竊

祿，苟全其出處之際，蓋無足道」，對其詩風卻特別稱美楊宏道詩歌
於金末元初「海內楊司戶，聲名三十年」揚名三十年，除了「能以唐
人為指歸」之外，其中五言古詩部份更具備了「漢魏遺音」的特色。

所言具有「漢魏遺音」的五言古詩，當如楊宏道在〈空村謠〉中
形容元軍南下所造成的傷亡。詩云：

> 凄風羊角轉，曠野埃塵腥。膏血夜為火，望際光青熒。頹垣俯
> 積灰，破屋仰見星。蓬蒿塞前路，瓦礫堆中庭。殺戮餘稚老，
> 疲羸行欲倒。居空村問汝，何以供朝昏。氣息僅相屬，致詞難
> 遽言。往時百餘家，今日數人存。傾筐長鑱隨日出，樹木有皮
> 草有根。春磨沃饑火，水土仍君恩。但恨誅求盡地底，官吏有
> 時猶到門。（頁519）

此詩記載貞祐二年（西元 1214 年）元軍南下慘況[39]。寫殺戮殆
盡，城池一空的景象。並對於此時仍有官吏到門索租的不滿。此詩收
錄於《永樂大典》之中，未見於《四庫全書》所收《小亨集》之中。
或許與其所言「但恨誅求盡地底，官吏有時猶到門。」有怨謗金代朝
廷之言，金代朝廷為清朝廷先祖，所以《四庫全書》不錄此作。與漢
魏之際所創作的〈四愁詩〉、〈悲憤詩〉相近，都明顯記載作者對於朝
政的不滿與憂心。

在〈古興二首〉之二中所言急思報效國家的心情：

> 平原陷為湖，浩蕩迷津步。中有斷纜舟，楫舵失先具。風濤無
> 定期，浮沉付冥數。忽忽已三年，未知止泊處。余生天地間，

---

39 同註6，頁1367。

正可以此喻。春郊麥將枯，籲嗟望雲霧。（頁 460）

可以表達古詩十九首中〈今夜良宴會〉不肯閒置不為用之意：

今夜良宴會，歡樂難具陳。彈箏奮逸響，新聲妙入神。令德唱高言，識曲聽其真。齊心同所願，含意俱未伸。人生寄一世，奄忽若飆塵。何不策高足，先據要路津。無為守窮賤，轗軻常苦辛。[40]

同樣都因感傷生命短暫，處於危難的政局之中，希望努力積極求仕，佔據要位，為國效力，才不枉此生。

除此之外，今觀其詩作之中，引用許多魏晉時期典故與思想，是楊宏道不同於李俊民之處，相信這也是前賢認為楊宏道具有「漢魏遺音」的原因。

在〈唁高士美〉[41]一作中：

王室方求士，轅門亦選材。劻勷逢彼怒，偵伺望塵迴。士命輕如紙，詩名冷若灰。君歸無所贈，長折浙江梅。（頁 491）

「劻勷逢彼怒」引劉義慶《世說新語》[42]文學四之典故：

---

40 同註 30。

41 自注：「士美名巍，嘗宰藍田，承左司局赴京中路，為商帥之所困辱，時洛南方被兵。」

42 〔南朝宋〕劉義慶著〔南朝梁〕劉孝標注：《世說新語箋疏》（上海：上海古籍出版社，1995），頁 193。

鄭玄家奴婢皆讀書。嘗使一婢。不稱旨,將撻之。方自陳說,
玄怒,使人曳著泥中。須臾,複有一婢來,問曰:「胡為乎泥
中?」答曰:「薄言往愬,逢彼之怒。」

「鄭玄」為漢代經學大家,以漢魏此典故感歎高士关不為時所
用,因為直言進諫,不為當局者所容。也借比自己不為時所用,實因
忠貞態度容易「逢彼之怒」。

在〈遊石龍窩〉一詩中引《世說新語》:

何處浮休宅,山公從葛強。蒼崖晴散雨,紅樹晚凋霜。翠琰尋
詩讀,銀瓶湯酒嘗。茲遊乘逸興,不覺到斜陽。(頁 484)

「山公從葛強」[43]引用任誕第二十三典故:

山季倫為荊州,時出酣暢。人為之歌曰:「山公時一醉,徑造
高陽池。日莫倒載歸,茗芋無所知。復能乘駿馬,倒著白接
䍦。舉手問葛強,何如并州兒?」高陽池在襄陽。強是其愛
將,并州人也。

形容自己樂遊「石龍窩」,此處以葛強自比,因為晉代山濤任吏
部尚書,擅於擢拔人才,每有官缺,均先親自選數人,寫成奏章,密
啟皇帝選錄,故舉無失才,時稱為「山公啟事」。楊宏道希望自己能
成為山濤的愛將。

此詩所引用的典故也是魏晉時期的故事,可見楊宏道對於當時名

---

43 見〔唐〕房玄齡等撰:《晉書‧山濤傳》(北京:中華書局,1974 年),卷 43。

士的生活極為嚮往。

在〈留別劉伯成、王景伯〉一詩中，也以《晉書》人物比友人：

> 公幹文無敵，羲之字有聲。三年今日別，千里隻輪行。學海君
> 能至，為山我未成。受田如古制，應伴野夫耕。（頁 482）

稱美友人之文以漢魏時代建安七子之「劉楨」美之，並言劉楨之文「無敵」；字以晉代「王羲之」比之，並以王羲之之字「有聲」。

可見楊宏道對於魏晉人物品味與文學的特別喜好。

在〈贈呂鵬翼〉[44]一詩中也引《晉書》說明友人與己深厚的情誼：

> 燕市重來日，東風兩鬢旛。行穿鞍馬過，意厭客塵多。青眼常
> 相見，朱門不重過。如君古漆井，澄湛已無波。（頁 484）

「青眼常相見，朱門不重過」[45]引用《晉書》阮籍青眼對待喜好之友典故借比自己與呂鵬翼的友情深厚。阮籍處於魏晉時期，所以此詩也是前賢認為楊宏道繼承魏晉遺音之作。

---

44 元定宗后二年（西元 1249 年），六十歲至燕京。
45 《晉書》：「籍雖不拘禮教，然發言玄遠，口不臧否人物。性至孝，母終，正與人圍棋，對者求止，籍留與決賭。既而飲酒二斗，舉聲一號，吐血數升。及將葬，食一蒸肫，飲二斗酒，然後臨訣，直言窮矣，舉聲一號，因又吐血數升。毀瘠骨立，殆致滅性。裴楷往弔之，籍散髮箕踞，醉而直視，楷弔唁畢便去。或問楷：『凡弔者，主哭，客乃為禮。籍既不哭，君何為哭？』楷曰：『阮籍既方外之士，故不崇禮典。我俗中之士，故以軌儀自居。』時人歎為兩得。籍又能為青白眼，見禮俗之士，以白眼對之。及嵇喜來弔，籍作白眼，喜不懌而退。喜弟康聞之，乃齎酒挾琴造焉，籍大悅，乃見青眼。由是禮法之士疾之若讎，而帝每保護之。」（同註43，卷49）。

　　並以「如君古漆井，澄湛已無波」表達六十歲已無心仕進的感歎。這一年也是楊宏道決定出版《小亨集》的時間，決定改以著書立說傳承文化。

　　由楊宏道詩中可以理解，其承自於《詩經》、《楚辭》與魏晉文化的軌跡，讓讀者理解金末元初金代詩人，對於傳統中原文化的理解與研讀，是極為深入的，無論運用典故或者意境的襲取，都確實可循。

# 第五節　楊宏道詩學對唐宋文學的學習

金末元初詩人楊宏道對於傳統漢文化的學習與承繼，表現在《詩經》、《楚辭》與漢魏遺風的繼承之外，對於「唐詩」與「宋詩」的學習與鑽研，也可以由其詩文分析得知。

## 壹　對唐詩的學習

楊宏道承自於正統詩學受金末學者肯定的部份，主要在於其對唐代詩學的宗法，值得注意的是楊宏道被認為具有唐代詩學風格優點的原因，在於其詩作本之於《詩經》與「唐詩」的「至誠」特點。

《四庫全書》引《永樂大典》之元好問所作〈小亨集原序〉[1]一文，稱其詩為貞祐南渡後以唐人為指歸的代表，於此分論元好問所論要旨：

### 一　標明貞祐南渡後，詩學大行，楊宏道宗唐詩

> 貞祐南渡後，詩學大行，初亦未知適從。溪南辛敬之、淄川楊叔能、以唐人為指歸。

「貞祐南渡」[2]，所指為金宣宗貞祐二年，當時楊宏道約二十五

---

1　〔金〕楊宏道：《小亨集》（臺北：臺灣商務印書館，1983 年，《景印文淵閣四庫全書》），第 1198 冊，原序・葉一上。

2　「貞祐南渡後」當為貞祐二年。金人李俊民在〈澤州圖記〉記載：「貞祐甲戌（金宣宗貞祐二年西元 1214 年）二月初一日丙申，郡城失守，虐焰燎空，雄堞毀圮，室廬掃地，市井成墟，千里蕭條，闃其無人。」即李俊民親眼所見蒙古大軍入侵。直至二十年（金哀宗天興三年，西元 1234 年）後蔡州破，金朝亡國。

歲之後，金代「詩學大行」，詩歌創作風氣盛行。當時宗唐詩的以「辛敬之」[3]與「楊叔能」二人為代表。

## 二　楊宏道以〈幽懷久不寫〉及〈甘羅廟詩〉二詩顯名於當世

> 敬之舊有聲河南。叔能則未有知之者，興定末叔能與予會於京師，遂見禮部閑閑公，及楊吏部之美二公，見其〈幽懷久不寫〉及〈甘羅廟詩〉嘖嘖稱嘆不已，今世少見。其比及將往關中張左相，信甫李右司之純，馮內翰子駿皆以長詩贈別，閑閑作引。

楊宏道赴京以〈幽懷久不寫〉及〈甘羅廟詩〉二詩為「趙秉文」[4]、「楊雲翼」[5]二大文壇領袖所稱美、並得到「張左相」、「李右司」、「馮內翰」以長詩贈別，趙秉文為其作引，足見其詩壇地位。

## 三　趙秉文言其詩學唐人韓愈在同於「窮」

> （趙秉文）謂其詩：「學退之〈此日足可惜〉頗能似之，至比之金膏水碧，物外自然奇寶，景星丹鳳，承平不時見之嘉瑞」，叔能用是名重天下，今三十年。然其客于楚，於漢、

---

3　《全金詩》:「辛愿，字敬之，號女几野人，溪南詩老。福昌人。博極書史，不事科舉。貞祐初，始謁劉從益與長蒿，相得甚懽。居女几山下，往來長水、永寧間，惟以吟詠講誦為事。……為元好問『三君子』之一。」薛瑞兆，郭明志編纂：《全金詩》(天津：南開大學出版社，1995 年 11 月出版)，第 3 冊，頁 521。

4　「閑閑公」指趙秉文。《全金詩》:「趙秉文（1159～1232 年），字周臣，號閑閑……歷仕五朝，官至六卿，執文柄將三十年，魁然一時文壇領袖」。(同註 3，第 2 冊，頁 393)。

5　楊雲翼「(1170～1228 年) 字之美，樂平人。明昌五年，經義進士第一，詞賦中乙科，特授承務郎，應奉翰林文字。……貞祐南渡後二十年，與趙秉文同掌文柄，時號『楊趙』」。(同註 3，頁 108)。

> 沔，於燕、趙、魏、齊、魯之間，行天下四方多矣，而其窮亦
> 極矣！

　　言楊宏道學習韓愈在得其「窮」，因為與韓愈同處亂世，顛沛客遊於各地，窮困至極，遭遇之「窮」同於韓愈，所以雖流寓各地「窮極」潦倒，仍然名重天下。

　　此段序言點出楊宏道所學唐詩為時人所認同的部份，在於學習韓愈之「文窮而後工」。

## 四　楊宏道以詩為業，其詩宗唐詩

> 叔能天資澹泊，寡於言笑，儉素自守，詩文似其為人。其窮雖極，其以詩為業者不變也。其以唐人為指歸者亦不變也。今年其所著《小亨集》成，其子復見予鎮州，以集引為請，予亦愛唐詩者。惟愛之篤而求之深，故似有所得，嘗試妄論之。

　　元好問稱其詩文與人皆「澹泊」、「寡於言笑」、「儉素自守」，雖窮困極至，卻不改以詩歌創作為志業。

## 五　元好問言唐代詩與文皆本之「誠」

> 詩與文特言語之別稱耳，有所記述之謂文，吟詠情性之謂詩。其為言語則一也。唐詩所以絕出於三百篇之後者知本焉爾矣。何謂本「誠」是也，古聖賢道德言語布在方策者多矣。且以弗慮、胡獲、弗為、胡成，無有作好，無有作惡，樸雖小天下莫敢臣。較之與祈年孔夙，方社不莫敬共明神，宜無悔怒，何異。但篇題句讀不同而已，故由心而誠，由誠而言，由言而詩也。三者相為一，情動於中而形於言，言發乎邇而見乎遠。同

聲相應，同氣相求。雖小夫賤婦孤臣孽子之感諷，皆可以厚人倫、美教化，無他道也。故曰不誠無物。夫惟不誠故言無所主，心口別為二物，物我邈其千里，漠然而往，悠然而來。人之聽之，若春風之過焉耳，其欲動天地感神鬼，難矣！

元好問認為唐詩所以能和《詩經》並駕其驅，原因在於唐詩本於「至誠」，因為至誠所以可以動天地感神鬼，使讀者同聲相應，發揮厚人倫、美教化的功能，這樣的唐詩特色與功用，正是元好問對於楊宏道詩歌的稱美與肯定。

## 六　楊宏道本於唐詩在於「阨窮而不憫，遺佚而不怨」

其是之謂本唐人之詩其知本乎，何溫柔敦厚藹然仁義之言之多也，幽憂憔悴寒饑困憊，一寓於詩，而其阨窮而不憫，遺佚而不怨者，故在也。至於傷讒疾惡不平之氣，不能自掩；責之愈深，其旨愈婉怨之愈深，其辭愈緩，優柔屢飫使人涵泳於先王之澤。情性之外不知有文字幸矣，學者之得唐人為指歸也。初予學詩以十數條自警，云：無怨懟、無詭浪、無驁狠、無崖異、無狡訐、無婥阿、無傅會、無籠絡、無銜鬻、無矯飾、無為「堅白辨」、無為「賢聖癲」、無為「妾婦妬」、無為「仇敵謗傷」、無為「聾俗閧傳」、無為「瞽師皮相」、無為「黥卒醉橫」、無為「黠兒白撚」、無為「田舍翁木強」、無為「法家醜詆」、無為「牙郎轉販」、無為「市倡怨恩」、無為「琵琶娘人魂韻詞」、無為「邨夫子兔園策」、無為「算沙僧困義學」、無為「稠梗治禁詞」、無為「天地一我今古一我」、無為「薄惡所移」、無為「正人端士所不道」。信斯言也，予詩其庶幾乎，惟其守之不固，竟為有志者之所先。

　　元好問認為楊宏道本於唐詩的定位，在於至誠之外，還在於雖窮困至極卻不自我憐憫，雖不得志不為所用，也不怨謗君王，由此可見元好問所稱美的是楊宏道詩歌之中積極進取，不放棄為政局所用的主題與態度。

　　元好問並且用自我要求的二十九條作詩禁令[6]，稱美楊宏道詩歌已達到這二十九條要求。

　　綜觀此二十九條禁令，主要仍在於溫柔敦厚，不作嬉笑怒罵之作，與楊宏道「天資澹泊，寡於言笑，儉素自守」的人格特色是相互吻合的。

## 七　贈楊宏道〈種松〉詩稱美其孤高之情

　　　今日讀所謂《小亨集》者祇以增媿汗耳，予既以如上語為集
　　　引，又申之以〈種松〉之詩因為復言。歸而語乃翁，吾老矣，
　　　自為瓠壺之日久矣，非夫子亦何以發予之狂言，己酉秋八月初
　　　吉河東元好問序[7]。《小亨集序》

　　元好問所作〈種松〉一詩：

---

6　《元詩紀事》寫遺老記元好問詩論中引此段：「《遺山集》：初余學詩，以數十條自警：毋怨懟，毋謔浪，毋傲狠，毋崖異，毋狡訐，毋婞阿，毋附會，毋籠絡，毋衍粥，毋矯飾，毋為堅白辨，毋為聖賢顛，毋為妾婦妬，毋為仇敵謗傷，毋為聲俗闒傳，毋為瞽師皮相，毋為黥卒醉橫，毋為點兒白捻，毋為田舍翁木強，毋為法家醜詆，毋為牙郎轉販，毋為市倡恩怨，毋為琵琶娘返魂韻詞，毋為村夫子兔園冊，毋為算沙僧困義學，毋為稱梗治禁詞，毋為天地一我、古今一我，毋為薄惡所移，毋為正人端士所不道。」〔清〕陳衍撰，楊家駱主編：《元詩紀事》（臺北：鼎文書局，1971 年），卷 30 所言為稱美楊宏道之作。

7　元定宗后二年（西元 1249 年），六十歲至燕京，編《小亨集》，元好問作序。

百錢買松羔，植之我東牆。汲井浣塵土，插籬護牛羊。一日三
摩挲，愛比添丁郎。昨宵入我夢，忽然變昂藏。昂藏上雲雨，
慘淡含風霜。起來月中看，細鬣錯針芒。惘然一太息，何年起
明堂？鄰叟向我言，種木本易長。不見河畔柳，顧盼百尺強。
君自作遠計，今日何所望？[8]

言其詩作如松，已能自我昂藏展現。所正之向即為「宗唐」，溫
柔敦厚，至誠之作，不怨謗。

「不見河畔柳，顧盼百尺強。君自作遠計，今日何所望。」言其
學詩各秉其性有所發展，成為獨樹一格的詩風。

## 貳　學習韓愈

如元好問《小亨集》序言所稱時人稱美與認同楊宏道，在於其所
宗之唐人以韓愈為主。

楊宏道自己在〈送李善長序〉[9]中就說明：

濟南士人唯余心苦，而善長尤苦，何以言之？余老而還鄉，封
樹先塋，更期親戚有在者，田園得三之一，一二故人相與往
來，以慰餘生。今親戚無在者，田園為有力者所據，一二故人
以余貧賤疎絕不相往來。故曰濟南士人唯余心苦。善長流寓於
此，戚屬相依，同食者殆十餘口，唯以小學為生。生之資而復
為軍戶，故曰善長尤苦。豈不信然，善長母老而子未冠，不得

---

8　同註3，第4冊，頁11。

9　中說明元太宗十二年（西元1239年）五十二歲，經濟南，宿洪濟院歸淄川。元太
宗十三年（1241年）五十三歲，遷至濟南。回鄉後見李善長。

　　已推其母之姪魏氏子從軍。又恐傷母氏之心也，故捨其朝夕之養，生生之資，而與之偕行。歲暮途遠不敢告勞，意者欲哀祈所司，置其弟於優處，歸以慰其母也。閩人歐陽詹舉進士，來京師將以有得，歸為父母榮也，雖其父母之心亦皆然。詹在側，雖無離憂其志不樂也。詹在京師，雖有離憂，其志樂也，昌黎先生曰：「若詹者所謂以志養志者歟」善長南行，何以異此，或曰子為善長作序，而先自序，何哉？曰若不知耶，唯苦心者，能知苦心者也悲夫。[10]

　　楊宏道於序文中引韓愈〈祭歐陽詹〉之文[11]，為李善長作序文，說明李善長與楊宏道自己的困苦遭遇，可以了解楊宏道對於韓愈詩文的深入閱讀與認同。

　　所引韓愈稱美歐陽詹之語「雖有離憂，其志樂也」、「以志養志者」，即為楊宏道所稱美李善長之語，更是楊宏道自己守於貧困的座右銘。所以為李善長作序外先為自己作序，說明自己的以志養志之

---

10　同註1，卷六・葉十二上。

11　〈祭歐陽詹〉：「歐陽詹，世居閩越。自詹已上，皆為閩越官，至州佐縣令者，累累有焉。閩越地肥衍，有山泉禽魚之樂，雖有長材秀民，通文書吏事，與上國齒者，未嘗肯出仕。……貞元三年，余始至京師，舉進士，聞詹名尤甚。八年春，遂與詹文辭同考試登第，始相識，自後詹歸閩中，余或在京師他處，不見詹久者，……詹事父母盡孝道，仁於妻子，於朋友義以誠，氣醇以方，容貌嶷嶷然。其燕私善謔以和，其文章切深喜往復，善自道。讀其書，知其於慈孝最隆也。……嗚呼，詹今其死矣！詹，閩越人也，父母老矣，捨朝夕之養，以來京師，其心將以有得於是，而歸為父母榮也。雖其父母之心亦皆然。詹在側，雖無離憂，其志不樂也；詹在京師，雖有離憂，其志樂也。若詹者，所謂以志養志者歟。詹雖未得位，其名聲流於人人，其德行信於朋友。雖詹與其父母，皆可無憾也。詹之事業文章，李翱既為之傳，故作哀辭，以舒余哀，以傳于後，以遺其父母，而解其悲哀，以卒詹志云。……」〔唐〕韓愈：《韓愈文集彙校箋注》（北京：中華書局，2010年），卷22。

樂。

於此就楊宏道〈幽懷久不寫一首，效韓子《此日足可惜》贈彥深〉一詩與韓愈〈此日足可惜〉加以比較：

## （一）作品對象

韓愈──給張籍，卻寫自己遭遇。

楊宏道──給自己，也寫自己遭遇。

## （二）立題

韓愈──此日足可惜，贈給張籍，因不得與張籍同遊。

楊宏道──幽懷久不寫，效韓愈，送給彥深，以此詩贈與趙秉文、楊雲翼希望得任用。

## （三）內容

### 1、起首

韓愈：

此日足可惜，此酒不足嘗。捨酒去相語，共分一日光。念昔未知子，孟君自南方。自矜有所得，言子有文章。我名屬相府（時佐董晉幕府），欲往不得行。思之不可見，百端在中腸。維時月魄死，冬日朝在房。驅馳公事退，聞子適及城。命車載之至，引坐於中堂。開懷聽其說，往往副所望。孔丘歿已遠，仁義路久荒。紛紛百家起，詭怪相披猖。長老守所聞，後生習為常。少知誠難得，純粹古已亡。譬彼植園木，有根易為長。留之不遣去，館置城西旁。歲時未云幾，浩浩觀湖江。眾夫指之笑，謂我知不明。兒童畏雷電，魚鱉驚夜光。

寫所憂在於道統的「詭怪」乖離

楊宏道：

> 幽懷久不寫，鬱紆在中腸。為君一吐之，慷慨纏悲傷。辭直非
> 謗訐，辭誇非顛狂。流出肺腑中，無意為文章。兒時捧書卷，
> 十日讀一箱。少年弄柔翰，開口吐鳳凰。正月號悲風，總帷掛
> 萱堂。先君官汝陰，九月飛嚴霜。纍纍二十口，丹旐迴南方。
> （餘年十一正月喪母九月喪父哀哉）有叔不讀書，但知禽色
> 荒。呼盧畜鷹犬，置我遊戲場。珠璧不受污，拂拭增耿光。鬱
> 鬱弭南溪，絳帳縣郡庠。組繡合尺度，道業傳諸生。摳衣無幾
> 何，義手一韻成。南溪具酒饌，列坐子姪行。青綾覆我身，醉
> 臥家人傍。雲間陸士龍，秋試獨騰驤。（南溪先生之弟庭賢名
> 天瑞嘗為益都府經義都魁）明年桂枝春，兄弟雙翔翔。半途失
> 明師，欲濟無舟航。

　　寫自己坎坷的求學歷程，本出自書香之家，飽讀詩書，卻因幼年
喪父，中斷學業。

2、寫時代經歷

韓愈：

> 州家舉進士，選試繆所當（汴州舉進士，愈為考官，試反舌無
> 聲詩，籍中等）。馳辭對我策，章句何煒煌。相公朝服立，工
> 席歌鹿鳴。禮終樂亦闋，相拜送於庭。之子去須臾，赫赫流盛
> 名。竊喜復竊歎，諒知有所成。人事安可恆，奄忽令我傷。聞
> 子高第日，正從相公喪（貞元十五年，高郢知舉，籍登第，是
> 歲三月，晉卒，愈護其喪行）。哀情逢吉語，惝怳難為雙。暮

宿偃師西，徒展轉在床（諸本作展轉在空床）。夜聞汴州亂，遶壁行彷徨。我時留妻子，倉卒不及將。相見不復期，零落甘所丁。驕兒未絕乳，念之不能忘。忽如在我所，耳若聞啼聲。中途安得返，一日不可更。俄有東來說，我家免罹殃。乘船下汴水，東去趨彭城。從喪朝至洛，還走不及停。假道經盟津，出入行澗岡。日西入軍門，羸馬顛且僵。主人顧少留，延入陳壺觴（時李元為河陽節度，主人謂元也）。卑賤不敢辭，忽忽心如狂。飲食豈知味，絲竹徒轟轟。平明脫身去，決若驚鳧翔。黃昏次汜水，欲過無舟航。號呼久乃至，夜濟十里黃（外黃縣有黃溝）。中流上灘潭，沙水不可詳。驚波暗合沓，星宿爭翻芒。轅馬蹢躅鳴，左右泣僕童。

寫張籍具有才華，在貞元十五年登進士第，當年卻遇宣武節度使董晉過世[12]，韓愈護靈離開汴州，倉卒間聽聞汴州之亂，韓愈擔憂留在汴州的妻子與小兒。

韓愈描寫當時焦急的心境是「遶壁行彷徨」、「耳若聞啼聲」，此處描寫亂事的憂懼心境，為楊宏道所擬用。

在亂事平定後得友人河陽節度李元相助回鄉，描寫急行水路心情

---

12 《資治通鑑》：「德宗神武聖文皇帝十貞元十五年二月，丁丑，宣武節度使董晉薨。乙酉，以其行軍司馬陸長源為節度使。長源性刻急。恃才傲物。判官孟叔度，輕佻淫縱，好慢侮將士，軍中皆惡之。董晉薨，長源知留後，揚言曰：「將士弛慢日久，當以法齊之耳！」眾皆懼。或勸之發財以勞軍，長源曰：「我豈效河北賊，以錢買健兒求節鉞邪！」故事，主帥薨，給軍士布以制服，長源命給其直。叔度高鹽直，下布直，人不過得鹽三二斤。軍中怨怒，長源亦不為之備。是日，軍士作亂，殺長源、叔度，臠食之，立盡。監軍俱文珍以宋州刺史劉逸准久為宣武大將，得眾心，密書召之。逸准引兵徑入汴州，亂眾乃定。」（〔宋〕司馬光著《資治通鑑》北京：中華書局，2009 年，卷 235）因而韓愈在將董晉靈柩護送至洛陽後，又趕往徐州與妻子團聚。

的急迫與驚懼。

楊宏道：

> 故人何元理，白日照忠誠。勸我從延賞，然後學明經。三年走
> 遼碣，險阻實備嘗。鯨鬣地軸傾，狼狽歸故鄉。鐵馬逐人來，
> 蹴踏般溪冰。朔風振屋瓦，巷陌屍縱橫。鳴鏑射迴鴈，冰消溪
> 水清。親朋半凋落，殘月依長庚。婉婉兩稚子，面黥刀劍瘡。
> 田園幸無恙，出郭依農桑。鋤耰干戈裏，三稔無積倉。一官調
> 神京，妻子不得將。風塵復湏洞，齊魯多豺狼。賡歌無家別，
> 揮淚哭途窮。

寫自己入京以前多次遇到蒙古軍南下，兵禍連年；將戰爭慘況描寫得較韓愈更為慘烈，親身體驗了屍橫遍野的景象。連兒子都身受刀傷，妻子也因戰亂為元軍所虜不得同行。

「風塵復湏洞，齊魯多豺狼」[13]也引杜甫詩句「五十年間似反掌，風塵湏洞昏王室」。感歎動亂之後無家可歸之悲痛。

### 3、詩歌最末都寫與友人情感

韓愈：

> 甲午憩時門，臨泉窺鬥龍。東南出陳許，陂澤平茫茫。道邊草
> 木花，紅紫相低昂。百里不逢人，角角雄雉鳴。行行二月暮，
> 乃及徐南疆。下馬步堤岸，上船拜吾兄。誰云經艱難，百口無
> 夭殤。僕射南陽公（張建封），宅我睢水陽（二月，愈至徐，

---

13　源自杜甫〈觀公孫大娘弟子舞劍器行〉，〔唐〕杜甫著，楊倫編輯：《杜詩鏡銓》（臺北：華正書局，1989 年 8 月），頁 881。

徐泗濠節度使張建封以愈為節度推官)。篋中有餘衣，盎中有
餘糧。閉門讀書史，窗戶忽已涼。日念子來遊，子豈知我情。
別離未為久，辛苦多所經。對食每不飽，共言無倦聽。連延三
十日，晨坐達五更。我友二三子，宦遊在西京。東野窺禹穴，
李翱觀濤江。蕭條千萬里，會合安可逢。淮之水舒舒，楚山直
叢叢。子又舍我去，我懷焉所窮。男兒不再壯，百歲如風狂。
高爵尚可求，無為守一鄉。

結尾寫動亂驚懼之後，得友人援助得到溫飽，可以享讀書之樂，
可惜張籍即將離去，詩末期勉張籍把握光陰，積極進取，仍舊大有可
為，不要困守一方。

楊宏道：

李侯藝九畹，早播芝蘭香。奇字來無趾，側耳屬垣牆。粧鈿剪
翠羽，墮珥捨明璫。綴緝不憚煩，既成衣與裳。一朝忽變化，
頭角高軒昂。男兒可如此，陋質傾高風。庶幾困而學，否極承
變通。師說無賢鄙，事業有專工。苟欲為貿易，入市審鞠躬。
恩袍映野草，道與人俱東。負笈遠方來，岐路無修長。拂衣叩
君門，樹屏遮長廊。溫言當八珍，令色充壺觴。遠來誠饑渴，
蔓說辭乞漿。秉心在黑白，掉舌談青黃。臉紅眼尾斜，引手摩
匡牀。自惟珷玞石，不中珪與璋。君家杵臼閒，何事舂粃糠。
乃知畜奇貨，韞匵方深藏。仕途得捷逕，改轍歸大商。紛紛輕
薄子，仁義久已亡。彼非仁義器，仁義何可當。夫子青雲姿，
疑似令人驚。在我固自存，為君惜清名。冰雪正凝沍，屈指迴
春陽。皓鶴毛骨輕，雲靜天蒼蒼。（頁 460）

　　楊宏道此處與韓愈對比，感歎在當時仕宦之路上受盡欺凌，看盡臉色。「師說無賢鄙，事業有專工」則引用韓愈〈師說〉之語，反指自己如同貿易之人，遇人即鞠躬屈膝，如同改行成為商人一般。

　　除了元好問所言楊宏道詩宗唐詩，時人稱美其學韓愈送友人詩中寫自身遭遇戰亂的〈幽懷久不寫一首，效韓子《此日足可惜》贈彥深〉詩作外，楊宏道也曾經在詩中說言「時詠退之句」，在〈聞有將遊崆峒者示之以詩〉[14]一詩中說：「塊破兩土山，川狹濁涇注。古城隨地形，南方劣千步。客從扶風來，觸目意甚惡。夢想終南山，時詠退之句。」（頁 470）此「客」指楊宏道客居此地，詩中明言對於韓愈的詩文時時吟詠。

　　在〈陪趙節使遊自雨亭〉[15]一詩中說明：

> 西郊迎使節，飛蓋轉崇墉。石逗楚天雨，山巢炭谷龍。清溪羅帶曲，雜樹錦幃重。更覺晉公樂，（張參政）幅巾兒姪從。（頁 483）

　　「晉公樂」出自韓愈〈桃林夜賀晉公〉[16]及〈晉公破賊回重拜臺司以詩示幕中賓客愈奉和〉[17]二詩典故，以晉公形容「趙節使」破敵勝戰之樂，可以了解楊宏道熟讀韓愈詩歌。

---

14 三十七歲自邠州入平涼，平涼太守任其軍職，三十八歲楊宏道以不稱才請辭。

15 金宣宗元光元年（西元 1222）三十四歲至邠州。

16 韓愈〈桃林夜賀晉公〉：「西來騎火照山紅，夜宿桃林臘月中。手把命珪兼相印，一時重疊賞元功。」〔清〕曹寅編：《全唐詩》（北京：中華書局出版，1996 年），頁 3857。

17 韓愈〈晉公破賊回重拜臺司以詩示幕中賓客愈奉和〉：「南伐旋師太華東，天書夜到冊元功。將軍舊壓三司貴，相國新兼五等崇。鵷鷺欲歸仙仗裏，熊羆還入禁營中。長慚典午非材職，得就閒官即至公。」（同上註，頁 3858）。

在宋嘉熙二年，元太宗九年[18]所作〈齒搖〉三首中，金末元初時
局尚未抵定，此時楊宏道所在之地，也已為元軍所佔領，戰事抵定，
楊宏道仍舊擔憂陷於戰場的同胞，感歎：

> 齒搖眼始暗，庚甲到知非。菽粟價如土，我獨憂年饑。晨舂汗
> 浹背，暮汲月在衣。弛擔長太息，數口將安歸。
> 出門登長途，風塵飄短組。到家投空囊，霜月照環堵。同胞陷
> 塗泥，委蛻化黃土。山陽多羈客，有客心獨苦。
> 我本幽棲士，強膺彈鋏歌。俾汝為馮驩，所喪亦已多。授書不
> 耕穫，藜羹養天和。白圭有淑質，微玷尚可磨。（頁470）

此詩題目取「齒搖」二字源自韓愈〈祭十二郎文〉所言：「吾年
未四十，而視茫茫，而髮蒼蒼，而齒牙動搖」[19]，在齒搖動搖的此刻
雖然能得到溫飽，楊宏道對於饑寒的往日仍心有餘悸。進而擔心仍陷
於饑寒的同胞與流落在外不得歸鄉的旅客。

在學習韓愈的「窮」中，楊宏道在詩中時時可見其「窮」的堅
持，〈遣興三首〉中所言：

> 誰達誰窮誰後先，揚揚戚戚失之偏。白雲出岫本無意，彩雉照
> 溪私自憐。莫擬指困思魯肅，何須伏弩殺龐涓。西山深穩有佳
> 處，細鋤黃精煮澗泉。

---

18 西元1237年，宋亡於元，楊宏道移居濟源，至元太宗十年五十歲。

19 〈五箴五首〉也說：「人患不知其過，既知之不能改，是無勇也。余生三十有八
年。髮之短者日益白，齒之搖者日益脫，聰明不及於前時，道德日負於初心。其
不至於君子而卒為小人也，昭昭矣！作〈五箴〉以訟其惡云。」（同註11，卷
12）。

雪滋壟麥雨滋桑，五月薰風九月霜。山擁潼關遮陝右，地傾河
水浸睢陽。英雄封建分諸國，主客安和渾五方。莫道書生無用
處，也能歌雅美宣王。

拍案玲瓏色益奇，雪中曾賞歲寒姿。玉壺沉水動詩興，庾嶺梅
花勞夢思。得得折來當眼底，欣欣傳玩副心期。朝昏又厭尋常
見，卻憶瀟湘斑竹枝。（頁 505）

「誰達誰窮誰後先，揚揚戚戚失之偏」、「莫道書生無用處，也能
歌雅美宣王」、「玉壺沉水動詩興，庾嶺梅花勞夢思」寫其雖「窮」，
仍可以詩作傳承道統。

學習韓愈之外，楊宏道應當也受韓愈所影響的苦吟詩派影響，以
韓愈為宗的晚唐苦吟詩人賈島、孟郊與姚合，在宋朝時為四靈詩派所
學習，浙江永嘉的四個詩人稱永嘉四靈：徐照，字靈暉；徐璣，字靈
淵；趙師秀，字靈秀；翁卷，字靈舒。四人中只有徐璣和趙師秀作過
小官。

不同於宋代流行的江西詩派，追求藝術的高深義理，重形式與聲
律。四靈詩派的主張更能貼近楊宏道所處的環境。

楊宏道在〈效孟東野〉[20]一詩中就直言「效孟東野」：

閒昔有廉士，井飲投青錢。嗟余七尺身，眠食須人憐。夜歸借
臥榻，朝起尋炊煙。喟然長太息，俯仰羞前賢。曲肱一榻上，
夢與汗漫期。或登高山顛，或步清溪湄。形開日已晏，身世交
相悲。願言長不寤，夢裏心怡怡。我願如蚯蚓，食土能充腸。
我願如鶡鶿，自然羽而翔。人生豈不貴，歲暮天雨霜。不知冬

---

20 宋嘉熙二年，元太宗九年（西元 1237 年），移居濟源。至元太宗十年五十歲。

日短，但覺冬宵長。緼飽不息恥，恐污君衣裳。糲食不自難，恐辱君膏粱。青蠅點白石，白璧亦無光。一人向隅泣，一室皆感傷。（頁518）

　　學習苦吟詩派孟郊[21]寫悲苦身世，對於自己的飢寒交迫，感到「俯仰羞前賢」。「我願如鷦鷯，自然羽而翔」二句，效法孟郊〈落第〉一詩：「曉月難為光，愁人難為腸。誰言春物榮，獨見葉上霜。鶗鴂失勢病，鷦鷯假翼翔。棄置復棄置，情如刀劍傷」[22]，以「鷦鷯」[23]自比，哀痛自己為不得朝廷任用之士。

　　此作當於楊宏道多次參與金代科舉考試落第後所作。

　　「糲食不自難，恐辱君膏粱」二語與姚合於〈哭費拾遺徵君〉中所言：「服儒師道旨，糲食臥中林。誰識先生事，無身是本心。空山流水遠，故國白雲深。日夕誰來哭，唯應猿鳥吟。」[24]哭費徵君的窮苦相同，只是所哭為自己的窮困。

---

21　《全唐詩》：「孟郊，字東野，湖州武康人。少隱嵩山，性介，少諧合。韓愈一見為忘形交。年五十，得進士第，調溧陽尉。縣有投金瀨、平陵城，林薄蒙翳，下有積水。郊間往坐水旁，裴回賦詩，曹務多廢，令白府以假尉代之，分其半奉。鄭餘慶為東都留守，署水陸轉運判官，餘慶鎮興元，奏為參謀。卒，張籍私諡曰貞曜先生。郊為詩有理致，最為愈所稱，然思苦奇澀，李觀亦論其詩曰：高處在古無上，平處下顧二謝云。集十卷，今編詩十卷。」（同註16，孟郊傳）。

22　同註16，頁4202。

23　《莊子‧逍遙遊》：「堯讓天下於許由，曰：『日月出矣而爝火不息，其於光也，不亦難乎！時雨降矣而猶浸灌，其於澤也，不亦勞乎！夫子立而天下治，而我猶尸之，吾自視缺然。請致天下。』許由曰：『子治天下，天下既已治也。而我猶代子，吾將為名乎？名者，實之賓也。吾將為賓乎？鷦鷯巢於深林，不過一枝；偃鼠飲河，不過滿腹。歸休乎君，予無所用天下為！庖人雖不治庖，尸祝不越樽俎而代之矣。』」〔周〕莊子著：《莊子》（臺北：中華書局，1993年6月），卷1。

24　同註16，頁5711。

「青蠅點白石，白璧亦無光」舉《詩經》「青蠅」比小讒言人，使得白璧蒙塵，造成自己無法得到任用。以「一人向隅泣，一室皆感傷」形容自己的窮苦，友人都深感同情。窮困至極的詩歌意境近似唐代苦吟詩人。

表達窮困之情之作，楊宏道在〈祝心〉詩中曾說：

> 祝心同灰冷，祝形同木槁。典衣授衣月，身口交相惱。愁來出郭門，散步入青草。南山亦多情，依然向人好。（頁472）

詩中寫自己的窮困，祈禱忠貞朝廷之心已成灰，因所求從未實現；祈禱基本溫飽也已不可得，身形日益枯槁。在「授衣月」[25]中描寫，九月授以冬衣之月典當衣物。生活無以為繼的慘況。

承繼韓愈與苦吟詩派的詩窮而後工，窮困守道的精神，是楊宏道詩歌處處可見者，在〈次韻趙晉卿二首〉[26]詩中就說：

> 寒更不易旦，松竹滿庭風。未寢覺燈暗，欲挑憐爐紅。四鄰飛化蝶，一室學冥鴻。吾道本如此，孰為窮與通。
> 寒更會有旦，松竹靜無風。一室虛生白，半窗明映紅。能文韓吏部，歸隱漢梁鴻。吾道本如此，孰為窮與通。（頁485）

不管時局變遷如何，所有的人都化為蝶高飛，自己能窮守「道統」，堅持當孤獨而寂寞的鴻雁之士。

---

25 《詩經・七月》：「七月流火，九月授衣。」〔漢〕毛亨傳，鄭玄箋、〔唐〕孔穎達疏《詩經正義》（臺北縣板橋市：藝文印書館，1993年9月），頁276
26 金哀宗正大二年至正大三年，三十七歲自邠州入平涼。

詩文學習韓愈，節操學習不用於世的東漢隱士梁鴻；梁鴻家貧，好學，耿介有節操。以世道混亂，不願事權貴，與妻子孟光隱居霸陵山。居齊、魯間，為人佣工舂米，卒於吳。

## 參　學習杜甫

對於唐代詩人的學習，楊宏道除了尊韓愈之外，也受宋代詩壇江西詩派宗杜甫影響，詩歌也尊杜甫。楊宏道在〈答張仲髦〉詩歌中就說：

> 韓杜遺編在，今誰可主盟。故人相敬愛，健筆過題評。風鐸不成曲，候蟲常自鳴。吾詩正如此，未敢受虛名。（頁 483）

由詩意可見當時友人「張仲髦」稱美楊宏道詩歌得韓愈與杜甫精髓。楊宏道也自謙韓愈與杜甫二人詩集皆在，自己的詩作未敢與其並列。

楊宏道對於杜甫的學習不同於江西詩派著重形式與句法之上，楊宏道尊杜詩主要在於關心民生生計之上，由楊宏道詩歌內容可見，楊宏道因為生活際遇的不得志與顛沛流離，所以對於杜甫詩歌的繼承主要表現在關心民生生計上。

在〈投鄧州節副劉光甫祖謙〉詩中繼承杜甫敘事詩的特色，此詩為金哀宗正大四年（西元 1227 年），楊宏道三十九歲避兵至藍田縣所作，此時平涼已為蒙古軍所攻陷。詩云：

> 仲秋八月離平涼，隴月光寒涇水黃。弱妻抱子乘瘦馬，服玩附行猶一囊。鄠郊藍水不敢住，東南深杳崔嵬藏。洛南十月戎馬

嘶，市人散走如驚獐。攜妻抱子竄山谷，倉卒不暇持資糧。山
高樹密積葉滑，側足數步顛且僵。倒身枕臂天欲曉，頭上蕭蕭
飛嚴霜。勞筋苦骨數百里，今日得升君子堂。一囊服玩不復
顧，數冊猥槁情難忘。君能貸我一茅屋，忍饑默待時明昌。
（頁 471）

　　全詩寫元軍南下逃難時的亂事，習自杜甫〈兵車行〉[27]。杜甫寫
戰況骨肉別離驚懼之狀：「車轔轔，馬蕭蕭，行人弓箭各在腰。耶孃
妻子走相送，塵埃不見咸陽橋。牽衣頓足闌道哭，哭聲直上干雲
霄。」楊宏道寫在嚴霜的十月中，戎馬嘶鳴攻戰城池，楊宏道與百姓
共同倉皇逃竄於山谷，與弱妻稚子流離失所，饑寒交迫。
　　「勞筋苦骨數百里，今日得升君子堂」引用杜甫〈贈衛八處
士〉[28]詩語，表達戰亂之後得以生存的感動。

---

27 杜甫〈兵車行〉：「車轔轔，馬蕭蕭，行人弓箭各在腰。耶孃妻子走相送，塵埃不
　見咸陽橋。牽衣頓足闌道哭，哭聲直上干雲霄。道傍過者問行人，行人但云點行
　頻。或從十五北防河，便至四十西營田。去時里正與裹頭，歸來頭白還戍邊。邊
　亭流血成海水，武皇開邊意未已。君不聞漢家山東二百州，千村萬落生荊杞。縱
　有健婦把鋤犁，禾生隴畝無東西。況復秦兵耐苦戰，被驅不異犬與雞。長者雖有
　問，役夫敢申恨。且如今年冬，未休關西卒。縣官急索租，租稅從何出？信知生
　男惡，反是生女好。生女猶是嫁比鄰，生男埋沒隨百草。君不見青海頭，古來白
　骨無人收。新鬼煩冤舊鬼哭，天陰雨溼聲啾啾。」〔唐〕杜甫著，楊倫編輯：《杜
　詩鏡銓》（臺北：華正書局，1989 年 8 月，頁 33）錢謙益言此詩記載天寶十載，
　鮮于仲通討南詔蠻，士卒死者六萬。制大募兩京及河南北兵以擊南詔，人莫肯
　應。楊國忠遣御史分道捕人，枷送軍所。此詩序南征之苦，設為役夫問答之詞。
28 杜甫〈贈衛八處士〉「人生不相見，動如參與商。今夕復何夕，共此燈燭光。少壯
　能幾時，鬢髮各已蒼。訪舊半為鬼，驚呼熱中腸。焉知二十載，重上君子堂。昔
　別君未婚，兒女忽成行。怡然敬父執，問我來何方。問答乃未已，兒女羅酒漿。
　夜雨翦春韭，新炊間黃粱。主稱會面難，一舉累十觴。十觴亦不醉，感子故意
　長。明日隔山岳，世事兩茫茫。」（同註 27，頁 207）。

此詩習自於杜甫之處在以詩記史，記載元軍南下金人逃難的慘況。

楊宏道〈鷓鴣〉一詩更承自杜甫〈觀公孫大娘弟子舞劍器行〉[29]一詩創作方法，以樂舞的流傳感歎國家的滅亡。起首學習杜甫寫亡國後聽聞故國樂舞之痛，杜甫序云：

> 大曆二年十月十九日，夔府別駕元持宅，見臨潁李十二娘舞劍器，壯其蔚跂。問其所師，曰余公孫大娘弟子也。開元三載，余尚童稚，記於郾城觀公孫氏舞劍器渾脫，瀏灕頓挫，獨出冠時。自高頭宜春梨園二伎坊內人洎外供奉，曉是舞者。聖文神武皇帝初，公孫一人而已。玉貌錦衣，況余白首，今茲弟子，亦匪盛顏。既辨其由來，知波瀾莫二。撫事慷慨，聊為劍器行。往者吳人張旭，善草書帖，數常於鄴縣見公孫大娘舞西河劍器，自此草書長進，豪蕩感激，即公孫可知矣。

楊宏道詩云：

> 鷓鴣鷓鴣生炎方，有耳未嘗聞北翔。鷓鴣鷓鴣何形色，北人見之應不識。前朝鼓吹名鷓鴣，上稽下考不見書。而今歌舞聞見熟，試為後生陳厥初。東京有臺高百尺，北望驚籲半天赤。塞垣關楗夜不扃，河南河北無堅壁。鷓鴣飛入酸棗門，青衣行酒都民泣。

由詩中所言鷓鴣舞起於「金朝」宮廷流行，而今金亡卻於元代聽

---

29 同註27，頁881。

此宮廷樂曲，令人感歎落淚。與杜甫序言所感歎，公孫大娘舞劍器舞源於唐宮殿意義相同。

一　續學杜甫寫「公孫大娘舞劍器」的舞容，楊宏道寫「鷓鴣」舞的細節：

杜甫詩云：

> 昔有佳人公孫氏，一舞劍氣動四方。觀者如山色沮喪，天地為之久低昂。如羿射九日落，矯如群帝驂龍翔。來如雷霆收震怒，罷如江海凝清光。絳脣珠袖兩寂寞，況有弟子傳芬芳。臨潁美人在白帝，妙舞此曲神揚揚。

楊宏道詩云：

> 長淮東注連海潮，終南山氣參青霄。大田多稼際沙漠，幽州宮闕何嶕嶢。金天洪覆需雲潤，內自封畿外方鎮。霜葉煙花秋復春，妙選細腰踏繡茵。優絲伶竹彈吹闐，主人起舞娛嘉賓。玉帶右佩朱絲繩，牌如方響縣金銀。低頭俯身卷左膝，通袖臂搖前拜畢。露臺畫鼓靈鼉鳴，長管如臂噴宮聲。初如秋天橫一鶚，次如沙汀雁將落。紅袖分行齊拍手，婆娑又似風中柳。鷓鴣有節四換頭，每一換時常少休。次四本是契丹體，前襟倏閃靴尖踢。或如趨進或如卻，或如酬酢或如揖。或如掠鬢把鏡看，或如逐獸張弓射。蹁躚簸蓬更多端，染翰未必形容殫。主人再拜歡聲沸，酌酒勸賓賓盡醉。僚屬對起相後先，襟裾凌亂爭迴旋。

楊宏道學習杜甫，寫舞容更加詳細。將舞者的裝飾與配飾一一羅列，也將動作與姿態細部描繪。更將音樂換頭與文字都精細說明，「次四本是契丹體」更說明其胡樂的特色。

## 二　末學杜甫因觀舞起感歎亡國之痛：

杜甫詩云：

> 與余問答既有以，感時撫事增惋傷。先帝侍女八千人，公孫劍器初第一。五十年間似反掌，風塵傾動昏王室。梨園子弟散如煙，女樂餘姿映寒日。金粟堆南木已拱，瞿唐石城草蕭瑟。玳筵急管曲復終，樂極哀來月東出。老夫不知其所往，足繭荒山轉愁疾。

楊宏道詩云：

> 鸐鴣為樂猶古樂，大定明昌事如昨。風時雨若屢豐年，五十年來人亦樂：勿言鄭衛亂雅歌，人樂歲豐如樂何。朱門兵衛森彌望，門外聞之若天上。隗臺梁苑煙塵昏，百年人事車輪翻。倡家蠅營教小妓，態度纖妍渾變異。吹笛擊鼓闐闐中，千百聚觀雜壯稚。昔時華屋罄濃歡，今日樂珊為賤藝。白頭遺士偶來看，不覺傷心涕霑袂。（頁 477）

杜甫懷念的是開元天寶年間大唐盛事，楊宏道所嚮往的是幼年時期「大定明昌」[30]年間的金朝盛事。與杜甫同樣感歎五十年的世事變

---

30 金世宗大定年間共 28 年為西元 1161 年至 1189 年。金章宗明昌年間共 6 年為西元

化，國勢衰亡，難以承受，只能感時而傷心流淚。

在〈臨安楊文秀見惠柏油煙墨而號玉泉者以詩謝之〉詩中則引用杜甫〈古柏行〉句意，加以點化：

> 鸞鳳宿時香葉蕃，卻因有用斸蟠根。蒸蒸膏潤資然燭，馥馥煙清在覆盆。珍劑秘傳江左法，若人疑是華陰孫。從來吾族多高義，故遣陳玄款蓽門（頁500）

「鸞鳳宿時香葉蕃，卻因有用斸蟠根」引自〈古柏行〉：「苦心豈免容螻蟻，香葉終經宿鳳。志士幽人莫怨嗟，古來材大難為用」[31]，形容柏樹因有用而煙製成墨，欣喜於楊文秀亦是華陰楊氏，得其以古法祕製之墨相贈，更顯珍貴。

在〈麻刺史復職〉詩中點化杜甫〈天末懷李白〉[32]、〈隨章留後新亭會送諸君〉[33]二詩，寫對友人的感情：

> 長風起天末，奄忽捲浮雲。冰雪春自釋，芝蘭久彌薰。廉頗時再用，鄒湛世無聞。一掬峴山淚，樽前分付君。（頁486）

「長風起天末」點化杜甫「涼風起天末，君子意如何」寫自己對友人的關懷，如同杜甫對於李白的情感。「一掬峴山淚」點化杜甫「已墮峴山淚，因題零雨詩」於新亭送友人的感歎。

---

1190年至西元1196年。

31　〈古柏行〉（同註27，頁599）。

32　〈天末懷李白〉「涼風起天末，君子意如何。鴻雁幾時到，江湖秋水多。文章憎命達，魑魅喜人過。應共冤魂語，投詩贈汨羅。」（同註27，頁248）。

33　〈隨章留後新亭會送諸君〉：「新亭有高會，行子得良時。日動映江幕，風鳴排檻旗。絕葷終不改，勸酒欲無詞。已墮峴山淚，因題零雨詩。」（同註27，頁460）。

可見楊宏道熟讀杜甫典籍，並加以活用運用在不同類型作品之中。

楊宏道有〈渼陂〉[34]詩學習杜甫〈與鄠縣源大少府宴渼陂得寒字〉[35]一詩：

杜甫云：

> 應為西陂好，金錢罄一餐。飯抄雲子（碎雲母，比米之白）白，瓜嚼水精寒。無計迴船下，空愁避酒難。主人情爛熳，持答翠琅玕。

楊宏道云：

> 空翠堂中望陂水，岸回山列若無窮。鏡銅新拭寶奩坼，機絲未張雲錦空。一飯常懷源少府，勞生更甚杜陵翁。鳥飛魚泳方自得，慙愧此身如轉蓬。（頁 506）

在詩中言明在「渼陂」（在今中國江西省吉安市）一地憶起「杜甫」詩作，「一飯常懷源少府，勞生更甚杜陵翁。」感懷杜甫當時在此處有源少府接濟，得以溫飽，自己亡國的悲苦遭遇卻比之杜甫更苦。

由此詩亦可以了解楊宏道對於杜甫詩歌的熟讀與用心學習，得以在詩中引杜甫之詩為典故。

---

34 金哀宗正大四年（西元 1227 年）三十九歲避兵至藍田縣。

35 同註 27，頁 75。

　　除了以韓愈與杜甫為主要學習對象，楊宏道對於唐人李白、孟浩然與李賀也是加以學習的，在〈李太白詩〉詩中稱美李白與杜甫齊名，有詩云：

> 長庚昔入夢，名與少陵齊。陳隋諸作者，稍覺氣燄低。軒昂傲權貴，反為嬖幸擠。璘也一青蠅，安能點白圭。採芝謝家英，白骨埋黃泥。（頁518）

為李白的政治立場辯駁。

　　在〈孟浩然像〉中也能了解孟浩然詩意，詩云：

> 先生詩價動江湖，乘興西遊到玉除。解道氣蒸雲夢澤，卻言多病故人疏。（頁512）

　　開首即稱美「先生詩價動江湖」，感歎孟浩然既已了解「氣蒸雲夢澤」，朝廷已為小人之氣所佔據，何以還怪罪「多病故人疏」，友人不加以薦引，實在是朝廷早已被權臣所冗斷。

　　在〈雪晴夜半月出戲效李長吉〉詩中也效法李賀，今觀楊宏道詩云：

> 瘦日已匿崑崙西，太虛漫漫圬濁泥。濃愁蠱心欲成粉，耳根似覺殘蟬嘶。孤螢尾暗蝸聲靜，銀闕照耀神驚迷。冷光直上三萬丈，團黃一點通靈犀。天花飄盡桂花發，陽烏卻避城烏啼。樹枝不動印空碧，凝雲樹外橫長堤。（頁480）

　　效法李賀之處，應當在於其具備神話色彩，如「冷光直上三萬

丈，團黃一點通靈犀」所效法應在於李賀〈李憑箜篌引〉[36]中形容聲音所引：「十二門前融冷光，二十三絲動紫皇」。

## 貳　對宋人的學習

### 一　對蘇詩的尊崇

楊宏道於宋代詩人中最尊蘇軾，可見蘇軾對於金末元初詩壇的影響力，在〈潁州西湖〉就中就說明：

> 曲岸匳明鏡，微風皺碧羅。誰將比西子，我獨憶東坡。亭古落塗墍，露涼荒芰荷。放生仁號在，魚鱉賴恩波。（頁 489）

詩中可見楊宏道對於蘇軾對西湖當地治績的尊崇，「誰將比西子，我獨憶東坡」寫出對於蘇軾所寫〈西湖戲作〉：「水光瀲艷晴方好，山色空濛雨亦奇。欲把西湖比西子，淡妝濃抹總相宜」[37]的敬佩。

在〈東坡石鍾山記墨蹟〉詩中推崇蘇軾書法，也說明當時蘇軾書法已是洛陽紙貴：

---

36 〈李憑箜篌引〉：「吳絲蜀桐張高秋，空山凝雲頹不流。江娥啼竹素女愁，李憑中國彈箜篌。崑山玉碎鳳皇叫，芙蓉泣露香蘭笑。十二門前融冷光，二十三絲動紫皇。女媧鍊石補天處，石破天驚逗秋雨。夢入神山教神嫗，老魚跳波瘦蛟舞。吳質不眠倚桂樹，露腳斜飛溼寒兔。」〔唐〕李賀著〔清〕王琦等注：《三家評注李長吉歌詩》（上海：上海古籍出版社，1998 年 2 月），頁 35。

37 〔宋〕蘇軾撰〔清〕王文誥輯注：《蘇文忠公詩編註集成》（臺北：臺灣學生書局，1987 年），頁 3147。

先生元豐後，筆法陵晉漢。摹擬徧天下，真偽紛相半。嘗經石
鍾山，作記濡柔翰。流落百年間，水漬頗壞爛從。何得此本，
裝軸成珍玩。卷舒眼增明，百偽莫能亂。夢奠微言絕，箋注多
乖叛。先生傳家學，論著入條貫。新經出王氏，但付一笑粲。
水經文簡省，陋者亦欺謾。事在耳目外，未可以臆斷。李渤姑
無論，道元亦足歎。（頁467）

　　詩中不只推崇蘇軾元豐時期之後（當指烏臺詩案被貶至黃州後所
書）墨蹟，筆法勝於晉漢之作，還說明當時蘇軾作品因為受歡迎，
〈石鍾山記〉偽本已多，甚而有加以妄加「箋注」者。

　　「新經出王氏，但付一笑粲」更看出在面對宋代新舊黨爭中楊宏
道是支持蘇軾勝於王安石的。

　　在〈古寺〉詩中學習蘇軾詩作〈和子由澠池懷舊〉：「人生到處知
何似，恰似飛鴻踏雪泥；泥上偶然留指爪，鴻飛那復計東西。老僧已
死成新塔，壞壁無由見舊題；往日崎嶇還記否，路長人困蹇驢嘶。」
的今古之感而寫：

荒陂廢佛寺，古殿依閒雲。殘僧杖錫去，卻駐防河軍。天晴山
色遠，地迴河流分。詩成獨立久，壞壁夕陽曛。（頁467）

　　一樣的「壞壁」，卻因不同的因果關係；蘇軾是因為老僧已死，
楊宏道卻因為元軍南下，所以僧眾逃離，興起今古之感。

　　在〈苦雨示楊仲名〉一詩也點化蘇軾〈六月二十日夜渡海〉詩
作：「參橫斗轉欲三更，苦雨終風也解晴。雲散月明誰點綴，天容海
色本澄清。空餘魯叟乘桴意，粗識軒轅奏樂聲。九死南荒吾不恨，茲

遊奇絕冠平生。」<sup>38</sup>而有：

> 草屋皆平水倒門，終風苦雨錯朝昏。採薪已斷山前路，樓畝空
> 懷野外村。范釜正憂無物爨，杜囊何用一錢存。豐年復有在陳
> 厄，風伯雨師真少恩。（頁 501）

「終風」一語本源自《詩經‧終風》：「終風且暴，顧我則笑。謔
浪笑敖，中心是悼。終風且霾，惠然肯來。莫往莫來，悠悠我思。終
風且曀，不日有曀。寤言不寐，願言則嚔。曀曀其陰，虺虺其雷。寤
言不寐，願言則懷。」<sup>39</sup>，〈毛詩序〉言：「《終風》，衛莊姜傷己也。
遭州吁之暴，見侮慢而不能正也。」由蘇軾在宋徽宗執政時至海南歸
來時所作了解此「終風」在詩中已寓指政治的風暴。

楊宏道此作轉化蘇軾〈六月二十日夜渡海〉詩作中指政治風暴已
過，反指朝廷的風暴正在激烈的進行。「豐年復有在陳厄」寫自己面
臨存亡之戰，如同孔子被困於陳蔡一般<sup>40</sup>。「風伯雨師真少恩」<sup>41</sup>寫當
時天氣的苦雨，也承繼《詩經》、《楚辭》傳統對於政治的苦難轉以怨

---

38 同上註，頁 3588。

39 〔漢〕毛亨傳，鄭玄箋〔唐〕孔穎達疏：《詩經正義》（臺北縣板橋市：藝文印書
館，1993 年 9 月），頁 79。

40 蘇軾在〈記鐵墓厄臺〉：「舊遊陳州，留七十餘日。近城可遊觀者無不至。柳湖
傍，有丘，俗謂之『鐵墓』，云：『陳胡公墓也。』城濠水注齧其趾，見有鐵錮
之。又有寺曰『厄臺』，云：『孔子厄於陳、蔡所居者。』」其說荒唐不可信。或
曰：『東漢陳愍王寵教弩臺以控扼黃巾者。』斯說為近之。」〔宋〕蘇軾撰，孔凡
禮點校：《蘇軾文集》（北京：中華書局，1986 年 3 月），頁 2075。

41 蘇軾在〈祭風伯雨師祝文〉：「自秋不雨，以至于今。夏田將空，秋種不入。天子
命我，禱于群望。雲物既合，風輒散之。吏民皇皇，不知所獲罪。敢以薄奠，訴
于有神。風若不作，雨則隨至。當以牲幣，報神之賜。若格絕天澤，棄民乏嗣。
上帝臨視，神其然。尚饗。」（同上註，頁 1919）。

天與問天。

　　楊宏道在正大四年六月避難藍田〈秀野園記〉中也說明時人對於蘇軾詩歌的喜好「洛南縣治東南五六里，陵阜曲接田抱忽斷若門，然謂之窄口，既出便得一川，平演肥沃，宜菽麥禾麻，農家隨山勢散處總名曰章谷，其間大抵多李氏之田也。李氏之先嘗以文為害佐縣治，因倍蓰前世之業而始有僕馬婢妾之奉於是即其地為園。以充其宴賞遊觀之樂，取東坡〈獨樂園〉詩名之曰：『秀野』」（《小亨集》卷 6）說明此園引蘇軾〈司馬君實獨樂園〉[42]之作而成。

　　在〈若人二首〉中寫官場上受人欺陵一事：

> 襟懷顏面不相謀，作偽心勞示德休。堂上已棲巢幕燕，階前猶繫蹊田牛。常居經史為奇貨，欲陷衣冠入濁流。暗室伏機微笑出，定知人有破家憂。
> 勢利場中論結交，煦愉便辟偽如毛。乃知貧是試金石，更覺剛欺切玉刀。害物陰謀深可畏，附炎諂笑一何勞。布衣脫粟資高臥，洗眼殘年看爾曹。（頁 507）

　　以「若人」罵官場上徒知陷害他人之人，「暗室伏機微笑出，定知人有破家憂」，形容官場險惡。

　　感歎當時官場險惡一切利益當頭，貧如楊宏道只能任人宰割，或

---

42 〈司馬君實獨樂園〉：「青山在屋上，流水在屋下。中有五畝園，花竹秀而野。花香襲杖屨，竹色侵盞斝。樽酒樂餘春，棋局消長夏。洛陽古多士，風俗猶爾雅。先生臥不出，冠蓋傾洛社。雖雲與眾樂，中有獨樂者。才全德不形，所貴知我寡。先生獨何事，四海望陶冶。兒童誦君實，走卒知司馬。持此欲安歸，造物不我舍。名聲逐吾輩，此病天所赭。撫掌笑先生，年來效暗啞。」（同註 37，頁 2206）。

許只能學習李源「脫粟布衣」[43]參透死生，蘇軾對此事有傳〈僧圓澤傳〉[44]。「洗眼殘年看爾曹。」此句更出自蘇軾〈遊徑山〉一詩「問龍乞水歸洗眼，欲看細字銷殘年。」[45]。

---

43 《太平廣記》〈悟前生一‧圓觀〉：「圓觀者，大歷末，洛陽惠林寺僧。能事田園，富有粟帛。梵學之外，音律貫通。時人以富僧為名，而莫知所自也。李諫議源，公卿之子，當天寶之際，以遊宴歌酒為務。父居守，陷於賊中，乃脫粟布衣，止于惠林寺，悉將家業為寺公財。寺人日給一器食一杯飲而已。不置仆使，絕其知聞。唯與圓觀為忘言交，促膝靜話，自旦及昏。時人以清濁不倫，頗招譏誚。如此三十年。二公一旦約遊蜀州，抵青城峨嵋，同訪道求藥。圓觀欲游長安，出斜穀；李公欲上荊州，出三峽。爭此兩途，半年未訣。李公曰：『吾已絕世事，豈取途兩京？』圓觀曰：『行固不由人，請出從三峽而去。』遂自荊江上峽。行次南泊，維舟山下。見婦女數人，條達錦襠，負甖而汲。圓觀望而泣下曰：『某不欲至此，恐見其婦人也。』李公驚問曰：『自此峽來，此徒不少，何獨泣此數人？』圓觀曰：『其中孕婦姓王者，是某托身之所。逾三載，尚未娩懷，以某未來之故也。今既見矣，即命有所歸。釋氏所謂循環也。』謂公曰：『請假以符咒，遣某速生。少駐行舟，葬某山下。浴兒三日，亦訪臨。若相顧一笑，即其認公也。更後十二年，中秋月夜，杭州天竺寺外，與公相見之期也。』李公遂悔此行，為之一慟。遂召婦人，告以方書。其婦人喜躍還家，頃之，親族畢至。以枯魚酒獻于水濱，李公往為授朱字，圓觀具湯沐，新其衣裝。是夕，圓觀亡而孕婦產矣。李公三日往觀新兒，繼褓就明，果致一笑。李公泣下，具告于王。王乃多出家財，厚葬圓觀。明日，李公回棹，言歸惠林。詢問觀家，方知已有理命。後十二年秋八月，直詣余杭，赴其所約。時天竺寺，山雨初晴，月色滿川，無處尋訪。忽聞葛洪川畔，有牧豎歌竹枝詞者，乘牛叩角，雙髻短衣，俄至寺前，乃圓觀也。李公就謁曰：『觀公健否？』卻問李公曰：『真信士矣。與公殊途，慎勿相近。俗緣未盡，但願勤修，勤修不墮，即遂相見。』李公以無由敘話，望之潸然。圓觀又唱竹枝，步步前去。山長水遠，尚聞歌聲，詞切韻高，莫知所謂。初到寺前歌曰：『三生石上舊精魂，賞月吟風不要論。慚愧情人遠相訪，此身雖異性長存。』又歌曰：『身前身後事茫茫，欲話因緣恐斷腸。吳越溪山尋已遍，卻回煙棹上瞿塘。』後三年，李公拜諫議大夫，二年七。」〔宋〕李昉等撰：《太平廣記》（北京：中華書局，1995 年），頁 3089。

44 同註 40，頁 422。

45 〈遊徑山〉：「眾峰來自天目山，勢若駿馬奔平川。中途勒破千里足，金鞭玉鐙相迴旋。人言山住水亦住，下有萬古蛟龍淵。道人天眼識王氣，結茅宴坐荒山巔。精誠貫山石為裂，天女下試顏如蓮。寒窗暖足來朴朔，夜缽咒水降蜿蜒。雪眉老

在五十八歲所作〈般水〉詩中[46]，感歎經歷金、宋、元三朝的變亂，學習蘇軾〈百步洪之一〉[47]以「般水」自比，形容險惡人生之意。

楊宏道〈般水〉詩：

般水出南山，輩行澠與淄。雖然未知名，亦有神司之。惟人神之主，主亂荒神祠。冥冥西南去，河伯多禮儀。沂流接伊洛，涇渭同遨嬉。漆沮品秩下，不敢相追隨。朅來通漢沔，增大西南時。泓澄潛怪珍，名號遐方知。馮夷禦白馬，導我朝天池。長淮湧巨浪，陰獸翻修鬐。蹭蹬返故溪，歲旱流如絲。敢論尾閭泄，甘受蹄涔欺。三山興雲氣，擁掩從靈旗。云是東海君，按節巡方維。不言恐失人，自獻誠非宜。二者當處一，故作般水詩。（頁463）

據《齊乘》[48]人物：「字叔能。淄川人。金末補父蔭，不就，與元

人朝叩門，願為弟子長參禪。爾來廢興三百載，奔走吳會輸金錢。飛樓湧殿壓山破，朝鐘暮鼓驚龍眠。晴空仰見浮海蜃，落日下數投林鳶。有生共處覆載內，擾擾膏火同烹煎。近來愈覺世路隘，每到寬處差安便。嗟余老矣百事廢，卻尋舊學心茫然。問龍乞水歸洗眼，欲看細字銷殘年。」（同註37，頁1866）宋神宗元豐二年一月至二月44歲宋神宗元豐二年（1079）己未正月，在尚書祠部員外郎直史館權知徐州軍州事任，三月移知湖州，遂罷任至南都，四月抵湖州任，至五月作。

46 元定宗二年（西元1248年），曾至益都。

47 〈百步洪序〉：「王定國訪余於彭城。一日棹小舟與顏長道攜盼英卿三子游泗水。北上聖女山。南下百步洪。吹笛飲酒。乘月而歸。余時以事不得往。夜著羽衣佇立於黃樓上。相視而笑。以為李太白死。世間無此樂。三百餘年矣。定國既去。逾月。復與參寥師放舟洪下。追懷曩游。已為陳跡。喟然而歎。故作二詩。一以遺參寥。一以寄定國。且示顏長道舒堯文邀同賦。」（同註37，頁2354）

48 〔元〕于欽沙克什：《齊乘》（臺北：臺灣商務印書館，1973年，《四庫全書珍

遺山、劉京叔、楊煥然輩皆以詩鳴，大為趙閑閑諸公所稱。避亂走
襄、漢，宋人辟為唐州司戶，兼文學，不久複棄去。晚寓益都，嘗一
見李璮，議不合，為用事者所嫉。浮沉閭里，以詩文自娛。著《小亨
集》、《事言補》等書行於世，延佑三年，贈文節。」（卷六）所記。
知道楊宏道曾至益都，投靠李璮，與主事者不合，不為所用。此段遭
遇楊宏道在詩歌中曾提及。

　　起首自比為「般水」，出名山「南山」比自己出自名門之後，與
「澠」、「淄」二水足以並駕其驅。「雖然未知名，亦有神司之。」寫
自己亦曾是金朝官員，曾有國家護祐。「惟人神之主，主亂荒神
祠。」只是金朝國君荒廢國事，所以使自己失去依靠。

　　「冥冥西南去，河伯多禮儀。沴流接伊洛，涇渭同遨嬉。漆沮品
秩下，不敢相追隨。竭來通漢沔，增大西南時。泓澄潛怪珍，名號遐
方知」寫自己從金代南逃至襄陽的遭遇，如同般水南流，沿途得到眾
多友人相助，得到一定的名聲。

　　「馮夷禦白馬，導我朝天池。長淮湧巨浪，陰獸翻修鬐。」所指
得「馮夷」[49]之神推薦得至元朝京師大都，卻遇他人阻擾，最後只
能：「蹭蹬返故溪，歲旱流如絲。敢論尾閭泄，甘受蹄涔欺。」受辱

---

本》）。齊，指「山東」，乘為「地方志」。是現存山東現存最早的一部志書。是書
修於元至元至正十一年（1351）刻，增釋音一卷，共七卷。《齊乘》以記地理為
主，兼及風土、人物。

49　《莊子・大宗師》：「夫道，有情有信，無為無形；可傳而不可受，可得而不可
見。自本自根，未有天地，自古以固存；神鬼神帝，生天生地；在太極之先而不
為高，在六極之下而不為深，先天地生而不為久，長於上古而不為老。狶韋氏得
之，以挈天地；伏戲氏得之，以襲氣母；維斗得之，終古不忒；日月得之，終古
不息；堪坏得之，以襲崑崙；馮夷得之，以遊大川；肩吾得之，以處大山；黃帝
得之，以登雲天；顓頊得之，以處玄宮；禺強得之，立乎北極；西王母得之，坐
乎少廣，莫知其始，莫知其終；彭祖得之，上及有虞，下及五伯；傅說得之，以
相武丁，奄有天下，乘東維，騎箕尾，而比於列星。」（同註23，卷3）。

回鄉。

「三山興雲氣，擁掩從靈旗。云是東海君，按節巡方維。不言恐失人，自獻誠非宜。二者當處一，故作般水詩。」則意指以此詩自我陳情。

蘇軾寫〈百步洪〉：

長洪斗落生跳波，輕舟南下如投梭。水師絕叫鳧雁起，亂石一線爭磋磨。有如兔走鷹隼落，駿馬下注千丈坡。斷絃離柱箭脫手，飛電過隙珠翻荷。四山眩轉風掠耳，但見流沫生千渦。險中得樂雖一快，何異水伯誇秋河。我生乘化日夜逝，坐覺一念逾新羅。紛紛爭奪醉夢裏，豈信荊棘埋銅駝。覺來俯仰失千劫，回視此水殊委蛇。君看岸邊蒼石上，古來篙眼如蜂窠。但應此心無所住，造物雖駛如余何。回船上馬各歸去，多言曉曉師所呵。

「長洪斗落生跳波，輕舟南下如投梭」比喻自身為水滴，墜入長洪後，身不由己，朝政的變化快速，自己的命運被政局的洪流所牽動。

「水師絕叫鳧雁起。亂石一線爭磋磨有如兔走鷹隼落，駿馬下注千丈坡。」形容在政局中驚險的遭遇。自比為「兔」、「駿馬」，以「鷹隼」形容陷害他人者，自己的得罪如同「下注千丈坡」。

「斷絃離柱箭脫手，飛電過隙珠翻荷。四山眩轉風掠耳，但見流沫生千渦。」

形容自從仕以來外在的變化都不是自己所能改變的，何況所有批評與陷害自己的流言，及受自己影響的烏臺詩案友人。

「險中得樂雖一快，何異水伯誇秋河。」在險惡的仕宦之路中雖

然盡其在我，但是這樣的快樂卻與佛理所說的境界仍有所差，最終以佛法釋懷。

以水為人生哲理之喻本於《莊子》一書中最常見，蘇詩得《莊子》精華，「何異水伯誇秋河」[50]蘇詩楊名於南宋與金朝，楊宏道〈般水〉詩也學習東坡學習《莊子》詩中以水自比的寫作手法，自比為水，寫政局的險惡。

## 二　宋代理學道統的學習

對於宋文化的傳承，衣若芬先生在〈「江山如畫」與「畫裡江山」－宋元題瀟湘山水畫詩之比較〉[51]認為金元文人題畫詩的形態是承繼於宋人。肯定其承自於宋詩，但是於「失意感傷」轉為「優美安詳」。並且認為元人題畫詩繼承宋人，演變成「以景代情」，雖以客觀的、疏離的態度表現，仍將個人置於歷史的脈絡。

衣若芬先生以楊宏道為例，說明詩人吟詠的是「出於正」的性情[52]：

> 〈詩大序〉所說的：「故變風發乎情，止乎禮義。發乎情，民之性也；止乎禮義，先王之澤也」。既然是合於世道的喜怒哀

---

50 《莊子‧秋水》：「秋水時至，百川灌河，涇流之大，兩涘渚崖之間，不辯牛馬。於是焉河伯欣然自喜，以天下之美為盡在己。順流而東行，至於北海，東面而視，不見水端，於是焉河伯始旋其面目，望洋向若而歎曰：『野語有之曰：『聞道百以為莫己若者』，我之謂也。且夫我嘗聞少仲尼之聞而輕伯夷之義者，始吾弗信；今我睹子之難窮也，吾非至於子之門則殆矣，吾長見笑於大方之家。』」（同註23，卷6）。

51 衣若芬：〈「江山如畫」與「畫裡江山」——宋元題瀟湘山水畫詩之比較〉，《中國文哲研究集刊》第23期（2003年9月），頁33～70。前文第二章第五節中引論。

52 同上，頁59。

樂好惡，便不可任其宣洩：「自三百五篇以來,發乎情者,流動
發越,誠無所底滯；使無止乎禮義,責情之流者將何止？」六
朝以來藝術創作與「江山之助」的關係在此,前提之下有了大
逆轉,楊弘道認為：「隋、唐而下,更以詩文相尚,……方且
信怪奇誇大之說,謂登會稽,探禹穴,豁其胷次,得江山之
助,清其心神,則詩情文思可以挾日月薄雲霄也。於戲吟詠情
性止乎禮義斯詩也,江山何助焉。」楊弘（宏）道的意見可以
被擴充解讀為：寫作不待「江山之助」,而在於「先王之澤」,
詩人吟詠的是「出於正」的性情,是經由歷史文化淬煉篩檢過
後的人文情感,所以「以景代情」,表達的是公眾的情,「畫裡
江山」,看到的是歷史的江山。

　　也就是楊宏道認為題畫詩的創作意義是繼承堯舜以來教化意義
的,所以不一定要親自看到山水,借由題畫詩也能將心中所要傳達的
義理說明。

　　楊宏道的寫作題畫詩的目的是在於「先王之澤」,是「出於正」
繼承《詩經》以來傳統性情,是經由歷史文化淬煉篩檢過後的人文情
感,所以表達的是公眾的情,所看到的是歷史的江山。

　　這樣的思想與創作宗旨確實是受到宋代理學思想盛行的影響。

　　楊宏道在〈送趙仁甫序〉[53]這段文中就說明了,宋代理學家詩文
是言「先王之澤」,是「出於正」繼承《詩經》的,認為文學與文化
正統出於孔子「刪黜述修」,孔子對於文學與文化的傳承與定位,功
高勝於堯、舜的治蹟,到了秦代以後文學道統已分派分流,許多流派
與道統已背離。隋唐之後,更是文有俠氣,詩雜俳語。隋唐之後作者

---

53　〈送趙仁甫序〉,此段引文與論述詳見於第三章第四節論述《詩經》之中。

更多將文以載道的道統遺棄。著作名山勝景之作，只有登臨遊覽江山之情，自以為得江山之助，所做詩文可以名揚於天地之間。

事實上楊宏道認為江山風景對一個人的作品是否具有道統是沒有助益的。也就是山水詩中若未能得見詩文中所承繼的「道統」是沒有意義的。宋代理學作家的作品才是承繼道統的，所以說：「迨伊洛諸公乃始明天生烝民，有物有則；以致其知上天之載，無聲無臭而主於靜。欲一掃歷代訓詁詞章迷放之弊。卓然特立一家之學，謂之道學。其綱目恢恢乎而其用密哉。」

說明宋代伊洛諸人的作品與詩文才是真正具備道統的作品，所以楊宏道的題畫與山水詩都是以學習宋代理學家承繼道統為主要創作目標。是否看到真正的自然山水就不是那麼重要的。

既然山水對於繼承道統是沒有幫助的，題畫詩與山水詩就同樣都可以表達心中的道統。

所以楊宏道作品之中不常見寫景詩，縱然是寫景詩也如〈般水〉[54]詩一般，是以「詩言志」為主，而非寫景色之美。

所以楊宏道的寫作題畫詩的目的是在於「先王之澤」，繼承《詩經》以來「出於正」的傳統，所以表達的是公眾的情，所看到的是歷史的江山，是學習宋代理學家的。

所以楊宏道在〈赴麟遊縣過九成宮〉[55]詩中雖寫景事實上所寫在於史：

> 百里蒼山深，地高無畏暑。當時移天仗，巖谷化玄圃。隋唐迭
> 廢興，俯仰成今古。行人過故宮，馬蹄踏柱礎。尚餘粉皮松，

---

54 同註3，頁463，元定宗二年（西元1248年），58歲作。
55 金哀宗正大元年（西元1224年）三十六歲監麟游縣酒稅所作。

　　野老談女武。玉龍挐層崖，直立嘯風雨。最愛醴泉碑，伯仲廁
　　虞褚。石本遍天下，墨藪刈其楚。年時北風惡，淊火焚邑聚。
　　披榛拾瓦礫，周歲何以處。（頁466）

　　寫隋唐史代在戰亂中的變遷，以「尚餘粉皮松」比喻忠貞的忠臣
早已不在，只剩下野老談論大唐盛世。
　　「最愛醴泉碑」[56]一句所言為「九成宮醴泉銘」，此碑文為記載唐

---

56 〈九成宮醴泉銘〉：「祕書監。檢校侍中。鉅鹿郡公。臣魏徵奉勅撰。維貞觀六年
孟夏之月。皇帝避暑乎九成之宮。此則隋之仁壽宮也。冠山抗殿。絕壑為池。跨
水架楹。分巖竦闕。高閣周建。長廊四起。棟宇膠葛。臺榭參差。仰視則□□百
尋。下臨則崢嶸千仞。珠璧交暎。金碧相暉。照灼雲霞。蔽虧日月。觀其移山迴
澗。窮泰極侈。以人從欲。良足深尤。至於炎景流金。無鬱蒸之氣。微風徐動。
有淒清之涼。信安體之佳所。誠養神之勝地。漢之甘泉。不能尚也。皇帝爰在弱
冠。經營四方。逮乎立年。撫臨億兆。始以武功壹海內。終以文德懷遠人。東越
青丘。南踰丹徼。皆獻琛奉贄。重譯來王。西暨輪臺。北拒玄闕。並地列州縣。
人充編戶。氣淑年和。邇安遠肅。群生咸遂。靈貺畢臻。雖藉二儀之功。終資一
人之慮。遺身利物。櫛風沐雨。百姓為心。憂勞成疾。同堯肌之如臘。甚禹足之
胼胝。針石屢加。滕理猶滯。爰居室宇。每弊炎暑。群下請建離宮。庶可怡神養
性。聖上愛一夫之力。惜十家之產。深閉固拒。未肯俯從。以為隨氏舊宮。營於
曩代。棄之則可惜毀之則重勞。事貴因循。何必改作。於是斷雕為樸。損之又
損。去其泰甚。葺其頹壞。雜丹墀以沙礫。閒粉壁以塗泥。玉砌接於土階。茅茨
續於瓊室。仰觀壯麗。可作鑒於既往。俯察卑儉。足垂訓於後昆。此所謂至人無
為。大聖不作。彼竭其力。我享其功者也。然昔之池沼。咸引谷澗。宮城之內。
本乏水源。求而無之。在乎一物。既非人力所致。聖心懷之不忘。粵以四月甲申
朔。旬有六月己亥。上及中宮。歷覽臺觀。閒步西城之陰。躊躇高閣之下。俯察
厥土。微覺有潤。因而以杖導之。有泉隨而湧出。乃承以石檻。引為一渠。其清
若鏡。味甘如醴。南注丹霄之右。東流度於雙闕。貫穿青瑣。縈帶紫房。激揚清
波。滌蕩瑕穢。可以導養正性。可以澂瑩心神。鑒暎群形。潤生萬物。同湛恩之
不竭。將玄澤之常流。匪唯乾象之精。蓋亦坤靈之寶。謹案禮緯云。王者刑殺當
罪。賞錫當功。得禮之宜。則醴泉出於闕庭。鶡冠子曰。聖人之德。上及太清。
下及太寧。中及萬靈。則醴泉出。瑞應圖曰。王者純和。飲食不貢獻。則醴泉
出。飲之令人壽。東觀漢記曰。光武中元元年。醴泉出京師。飲者痼疾皆愈。

太宗愛民如子的碑文，形容歷代對於仁君的嚮往，喻指當代國君的不仁德。

「年時北風惡，潨火焚邑聚」姚更是一語雙關指北方來的元軍如同往日踏過故宮的軍隊，以「馬蹄踏柱礎」橫掃天下。

全詩雖寫景，也學孔子寫《春秋》般記史，此當為楊宏道所認知的繼承道統。

在題畫詩所表現的學習宋代理學「道統」中，楊宏道在〈題暮雲樓閣圖〉中興起時代之感，有感而言：

> 深山何用起樓居，雲表參差象兩都。西晉衣冠崇老氏，後秦風俗事浮屠。人情有感形歌詠，匠手無心作畫圖。闕里蕭條灰爐冷，淡煙殘日下平蕪。（頁501）

對於圖中「暮雲樓閣」楊宏道並未說明其建築特色，而是借由題

然則神物之來。寔扶明聖。既可蠲茲沈痼。又將延彼遐齡。是以百辟卿士。相趨動色。我后固懷撝挹。推而弗有。雖休勿休。不徒聞於往昔。以祥為懼。實取驗於當今。斯乃上帝玄符。天子令德。豈臣之末學。所能丕顯。但職在記言。屬茲書事。不可使國之盛美。有遺典策。敢陳實錄。爰勒斯銘。其詞曰。惟皇撫運。奄壹寰宇。千載膺期。萬物斯覩。功高大舜。勤深伯禹。絕後光前。登三邁五。握機蹈矩。乃聖乃神。武克禍亂。文懷遠人。書契未紀。開闢不臣。冠冕並襲。琛贄咸陳。大道無名。上德不德。玄功潛運。幾深莫測。鑿井而飲。耕田而食。靡謝天功。安知帝力。上天之載。無臭無聲。萬類資始。品物流形。隨感變質。應德效靈。介焉如響。赫赫明明。雜遝景福。葳蕤繁祉。雲氏龍官。龜圖鳳紀。日含五色。烏呈三趾。頌不輟工。筆無停史。上善降祥。上智斯悅。流謙潤下。潺湲皎潔。萍旨醴甘。冰凝鏡徹。用之日新。挹之無竭。道隨時泰。慶與泉流。我后夕惕。雖休弗休。居崇茅宇。樂不般遊。黃屋非貴。天下為憂。人玩其華。我取其實。還淳反本。代文以質。居高思墜。持滿戒溢。念茲在茲。永保貞吉。兼太子率更令。渤海男。臣歐陽詢奉勒書。」（《故宮書畫檢索資料》故帖000075N000000000）

畫詩歌，感歎因連年征戰，市況蕭條的感觸。

　　起首即感傷於人們在深山中建築華麗的高樓，源起於「西晉」老莊思想與後代的佛教信仰，皆是因為逃避現實生活的困苦，只能將希望寄託於宗教。

　　詩中所寫主旨「闤里蕭條灰燼冷，淡煙殘日下平蕪」，反而不在圖畫之中，而是楊宏道認為詩中所該具備的關心民生的「道統」。

### 三　江西詩派的反思

　　閱覽楊宏道的詩作後，可以感受到其不同於李俊民之作，在於李俊民之作典故的運用較為頻繁。

　　楊宏道的作品雖然仍以學習宋代理學家繼承道統為宗旨，但是受到南宋對江西詩派檢討聲浪的影響，已經漸漸走出江西詩派的局限。

　　楊宏道在〈贈李正甫〉中就言明自己反對「詩人有佳句，剽盜相因依」，對於江西詩派「句句有來歷」的反思：

> 富貴侈車服，鮮麗生光輝。貧賤竊慕之，勉強終亦非。東家借駿馬，西家借新衣。顧盼驕路人，識者多笑譏。貧賤當勤劬，富貴起細微。俸秩既豐厚，不復布與韋。詩人有佳句，剽盜相因依。逮其能已出，此道方庶幾。（頁 462）

　　對於江西詩派末流之後，作品之中「剽盜」古人詩句，「東家借駿馬，西家借新衣」成為自己作品，認為是「剽盜」而非自創之語，將為識者所笑。如果大家都只知盜取他人作品，詩文中將不見所該承繼的道統。

　　楊宏道詩作之中未見提及學習或尊稱黃庭堅之語，只有在文中有

〈題山谷帖〉、〈題黃魯直書其母安康太君行狀墨蹟後〉[57]二文：

> 山谷寄成伯祕校書云：「道一而已，聖人之道均於治性改過，
> 平居之心恬淡平愉，更無委曲，大概不為人作，便近妙道」。
> 此數語與二程之學亦何以異。而當時分蜀洛之黨，其不相悅也
> 如此何哉？成伯不知其氏族，公和寄惠雞距筆詩云：「李侯掉
> 三寸，滿堂風拂拂」成伯蓋姓李也。（《小亨集》卷六）
> 以為子者尚其孝，以業文者尚其辭，以學書者尚其法，傳之子
> 孫為三師。（《小亨集》卷六）

第二篇的重點在於稱美黃庭堅書法，第一篇則在說明黃庭堅的道
統理論與宋代理學家二程是相通的，北宋的政治洛蜀黨爭是令人不解
的，因為歸於道統的源流是相通的。

《小亨集》中未見稱美黃庭堅詩作，這應當是受當時南宋所盛行
的尊楊萬里的「誠齋體」風潮影響，大家都努力要找出一條突破江西
詩派局限的詩路。

在〈王子端溪橋濛雨圖〉一詩因題畫詩興起古今興亡之感，提及
「誠齋體」代表人物王庭筠：

> 皇風皥皥吹王民，樂哉大定明昌人。文章與時相高下，黃山竹
> 溪麗而醇。秦碑晉帖落萬紙，明珠白璧非常珍。興陵佳氣成五
> 色，聖孫龍袞居紫宸。三十六宮誦佳句，翠簾不捲楊花春。子
> 端振衣起遼海，後學一變爭奇新。黃山驚歎竹谿泣，鼎鐘騷雅
> 潛精神。雲山煙水無常形，潑墨不復求形真。挽弓楊葉百中

---

57 原注「張左丞家藏」。

後，眾人擊節高人輩。君不見傳呼畫師閻立本，池上愧汗露衣巾。丹青馳譽尚如此，溪橋濛雨徒自塵。淄川賤士長安客，品題不慮傍人嗔。（頁 481）

　　起首「皇風暭暤吹王民」一語引《孟子・盡心上》：「王者之民，暭暤如也。」[58]形容王者之民，自得的樣子，羨慕王庭筠（子端）為金朝過往「大定明昌」[59]盛世的畫家，除了稱美其畫也欽仰其「文章」。以題畫詩表達對於《孟子》所言盛世「道統」的嚮往。

　　「三十六宮誦佳句，翠簾不捲楊花春。子端振衣起遼海，後學一變爭奇新。」雖寫圖畫，也代表王庭筠詩歌對於楊萬里「誠齋體」[60]

---

58　孟子曰：「霸者之民，驩虞如也；王者之民，暭暤如也。殺之而不怨，利之而不庸，民日遷善而不知為之者。夫君子所過者化，所存者神，上下與天地同流，豈曰小補之哉！」（《四書讀本》，頁 231）。

59　金世宗大定年間共 28 年為西元 1161 年至 1189 年，金章宗明昌年間共 6 年為西元 1190 年至西元 1196 年。

60　胡傳志者〈論誠齋體在金代的際遇〉：「李純甫對誠齋體的喜愛。與趙秉文不同，李純甫作為繼之而起的又一位詩壇領袖，公開讚賞誠齋體，表現出他鮮明的個性及文學觀念。在金末詩壇陣營中，李純甫屬於創新一派，力求創新出奇，儘管他最終未能突破韓孟詩派的範疇，但充分表現出對新奇的高度偏愛。金代明昌、承安年間，「作詩者尚尖新」，其中尤以王庭筠為代表。王庭筠（1156～1202）字子端，號黃華，是金代中後期著名的詩人、畫家。其出身、人品、器識、文藝才能，都超越群倫，『文采風流，照映一時』。但他後來卻因「尖新」詩風受到趙秉文、王若虛等人的批評。趙秉文說他「才固高，然太為名所使。每出一聯，必要使人稱之，故止是尖新」，王若虛針對他「近來徒覺無佳思，縱有詩成似樂天」之語，批評他「功夫費盡謾窮年，病入膏肓豈易鑱」，「東塗西抹鬥新妍，時世梳妝亦可憐」。他們所指斥的「尖新」可能指王詩工於對仗、用韻等特點。而李純甫與他們截然相反，於前輩中止推王子端庭筠。嘗曰：「東坡變而山谷，山谷變而黃華，人難及也」。這句話的著眼點是王庭筠對蘇黃詩歌的新變。檢讀王庭筠詩歌，可以發現其詩與黃庭堅、江西詩派有著較大區別。他的詩中很少用典，很少運用江西詩派慣用的奪胎換骨、點鐵成金等手法，倒是有不少吟詠自然風物的小詩，其取材和風格都很接近誠齋體。在趙秉文、李純甫之前，他是最有可能受到誠齋

的效法特色，在變江西詩派用典之風轉而「新奇」之處。

「君不見傳呼畫師閻立本，池上愧汗霑衣巾。丹青馳譽尚如此，溪橋濛雨徒自塵。」，以唐代閻立本為喻，指雖因善繪事而貴為右相，卻無宰相才能，缺乏政治才幹，姜恪因戰功升為左相，時人評論說：「左相宣威沙漠，右相馳譽丹青。」[61]一事，比喻金朝當時朝廷無具備才幹的宰相。

在題畫詩中表現出自己的政治感受，仍強調文以載道。

在〈修武春日〉一詩中，楊宏道提及作詩的困境，在於：

> 春事年年墮渺茫，今年蜂蝶亦深藏。已從漫與寬詩律，更覓無何入睡鄉。病麥可能風底綠，枯雲徒向日邊黃。北郊秀色堪凝眺，塵坌連朝失太行。（頁 500）

「已從漫與寬詩律，更覓無何入睡鄉」對於詩法及詩律的局限感到壓力與不滿，可以了解楊宏道感受到江西詩派講究「拗」的格律，會使作詩感到受到桎梏。

---

體影響的詩人。」見《安徽師範大學學報》（人文社會科學版）（2004 年第 1 期）。

61 《大唐新語・懲戒》：「太宗嘗與侍臣泛舟春苑，池中有異鳥隨波容與，太宗擊賞數四，詔坐者為詠，召閻立本寫之。閣外傳呼云：『畫師閻立本』。立本時為主爵郎中，奔走流汗，俯伏池側，手揮丹青，不堪愧報。既而，戒其子曰：『吾少好讀書，倖免面牆。緣情染翰，頗及儕流。唯以丹青見知，躬廝養之務，辱莫大焉！汝宜深戒，勿習此也。』高宗朝，姜恪以邊將立功為左相，閻立本為右相。時以年飢，放國子學生歸，又限令史通一經。時人為之語曰：『左相宣威沙漠，右相馳譽丹青。三館學生放散，五臺令史明經。』以末技進身者，可為炯戒。」〔唐〕劉肅撰，何正平編著：《大唐新語譯注》（桂林市：廣西師範大學，1998），第 25 章。

# 第四章　李俊民楊宏道比較研究

## 第一節　生平際遇綜論

　　本論文探討金末遺臣李俊民與楊宏道的生平，可以發現二人在金代末年的戰亂背景下，同樣為戰爭所苦也同樣遭遇到過破家亡的命運。

　　但是在相同的歷史背景之下，不同的際遇與相異成長環境，也影響二人的仕宦之路，進而影響二人作品風格表現。因此本節進一步就李俊民與楊宏道生平加以比較，期望有助於讀者了解其詩歌風格的差異性。

　　李俊民生於金世宗大定十六年，六月十四日。楊宏道金世宗大定二十九年出生。綜而論之李俊民出生於西元 1176 年，楊宏道出生於西元 1189 年，李俊民較楊宏道早生十三年。

　　金世宗大定年間共 28 年為西元 1161 年至 1189 年。楊宏道曾在詩中感歎云：

> 鷗鶖為樂猶古樂，大定明昌事如昨。風時雨若屢豐年，五十年來人亦樂。勿言鄭衛亂雅歌，人樂歲豐如樂何。朱門兵衛森彌望，門外聞之若天上。隗臺梁苑煙塵昏，百年人事車輪翻。……白頭遺士偶來看，不覺傷心涕霑袂。（頁 477）

　　楊宏道所嚮往的是幼年時期「大定明昌」年間的金朝盛事，李俊民幼時曾親身經歷。金世宗大定年間 12 年，加上金章宗明昌年間共6 年（西元 1190 年至西元 1196 年），楊宏道所稱的金世宗的大定年間盛世，與金章宗明昌年間的盛世，正是李俊民十九歲前的金代盛世，也是李俊民學問養成的重要時期，楊宏道卻只能從他人口述中理解。這是李俊民與楊宏道一生際遇，一開始的不同。由此可以得知李俊民的學問養成基礎，應較楊宏道更為深厚。

# 壹　家學淵源

## 一　李俊民為唐皇朝後裔，楊宏道為晉華陰楊氏後裔

　　李俊民出身為唐皇朝後裔，楊宏道為晉華陰楊氏後裔。二人皆是中原世家之後，家族際遇卻大為不同。

　　李俊民所作〈李氏家譜〉中言及：李氏為顓帝五帝之後裔，因避夏桀之亂更改姓氏為李氏，為春秋時期古陳國之後，一代聖賢老子為其先祖，先祖於漢孝文帝時也曾擔任要職。李氏先祖更開創大唐一朝，貴為皇帝，後因武則天建立周朝，李氏皇族密謀復國，遭到屠殺。僅有李氏遠孫於澤州（今山西省澤州縣晉城市）隱居。成為澤州李氏。

　　李氏先祖李植，於宋神宗熙寧年間曾舉武舉科，並隨北宋名臣范仲淹出征沙場。金朝家族更是從宦者眾多，有李儀應進士舉恩榜；李世英任職渭南馬鋪監，為國家陣亡；李謙甫舉進士第乙科，擔任孟津稽察；李世寧監福昌酒；李構任洛陽茹店商酒監；李揚任職伊闕商酒監；可見李俊民家族在歷代都家世顯赫，在金代更是為官者眾多。

　　楊宏道出身華陰楊氏，楊宏道在〈自述〉詩中說明自己出身華陰

郡望，為中原名家之後。源起春秋時晉國大夫叔向封在「楊」（今山西洪桐縣東南）；叔向子「食我」即以楊為姓氏，後晉頃公殺食我，分其封地，其子孫逃往華山，稱華山楊氏。

至金朝開國，楊宏道先祖也曾任官，楊宏道出生於淄川山城、父親曾於汝陰任官，卻不幸的在十一歲時父母雙亡。

父母雙亡之後，家道中落，家族中二十多人因母親與父親的早逝頓失依靠。依靠叔父為生，叔父卻不思上進，終日沉迷於賭博與聲色場所。

可以了解二人皆出身中原名門世家之後，李俊民家世至金朝仍極為顯耀，楊宏道家族至五代後即漸漸沒落，加上楊宏道幼年父母雙亡，更是幼年即遭家道中落之危難。

## 二　李俊民經義狀元及第楊宏道則屢試不第

李俊民少得河南程氏之學，金章宗承安五年（1200 年）二十五歲即以經義狀元及第。成為日後《宋元學案》中繼承程顥之學，明道學案中的重要儒者。

楊宏道幸得堅持父親遺訓，嚴守尺度，與陸士龍可謂師出同門，拜師「南溪先生」學習詩歌。

金宣宗興定元年（1217 年）二十九歲前，至金遼邊境求學尋求立功沙場，三年奔波之後，歸鄉耕種，卻仍難以維生。雖得蔭官職，卻屢試不第，又遭遇戰亂，飽受顛沛流離之苦。

二人在求學與科舉考試上的際遇也大為不同。李俊民二十五歲得明道之學，確立自己在宋代理學上的位置，二十九歲以經義狀元及第得到朝野的認同。

楊宏道拜師「南溪先生」，今不得考「南溪先生」何人，甚而至金遼邊境求學，後因元軍南下，逃往京城，卻屢試不第，只得到趙秉

文、楊雲翼等人的賞識。

楊宏道也因為金代未能在科舉上有成就，不能得到朝廷肯定，所以元代時未能如同李俊民一般被元朝君主賞識，與詔請。

# 貳 金代仕宦

李俊民與楊宏道在金朝仕宦生涯中最基本的差異，在於李俊民二十五歲（西元 1200 年）經義狀元及第，即因得河南程氏之學名顯於當時。楊宏道二十九歲之前至金遼邊境學習經義，二十九歲（1217年）至汴京後雖得蔭官職，卻屢試不第。

## 一 李俊民三十九歲前顯名當代，時楊宏道仍在求學階段

李俊民二十五歲以經義狀元及第，即授翰林應奉，為時人所重，今《雍正山西通志・山川》：「晉寧路李俊民狀元及第，嘗避兵邑之嵩山，故建七狀元祠於東山」也記載當地人民為李俊民立廟祭祀的史實。

李俊民在二十六至三十八歲（西元 1201 年至 1212 年）金章宗泰和至金宣宗貞祐年間，曾出守下邳，因為下邳的困窘與經濟匱乏，對於金朝末年的問題，感到身心俱疲而自請歸隱。

李俊民在三十八歲以後雖有歸隱之意，仍為金代朝廷做最後努力，金宣宗貞祐年間仍為沁水令、彰德（國）軍節度判官。

李俊民貞祐二年後才因為元軍攻抵澤州，逃離兵亂，歸隱避亂於福昌。李俊民任官於金朝應是從承安五年間至貞祐三年，二十五歲至四十歲（西元 1200 年至 1214 年）期間，共十五年之久。

李俊民在三十九歲（1214 年），即金宣宗貞祐二年元軍攻下澤州，之後才逃離北方戰亂之地，於貞祐三年避亂福昌。〈一字百題示

商君祥〉詩中說：

> 余年三十有九，遭甲戌之變。乙亥秋七月，南邁時，姪謙甫主
> 河南福昌簿，迎至西山僑居。

李俊民於貞祐三年（1215 年）四十歲至興定二年（西元 1218
年）四十三歲避亂福昌，雖為避難，因李俊民的姪子擔任「河南福昌
主簿」所以仍獲得地方官員的尊重，得到很好的招待，此時元好問也
避居此地。

## 二 李俊民在三十九歲時，正當金朝國勢危急，避亂福昌之時，具有聲望，此時楊宏道才剛要踏入仕途

李俊民在三十九歲（1214 年），金宣宗貞祐二年避亂，四十歲至
福昌，具有聲望之時。正當金朝國勢危急之時，楊宏道才剛要踏入仕
途。

## 三 李俊民於四十四歲至五十五歲移居伊陽之時，楊宏道則在金代仕宦場中奮鬥，卻屢試不第

李俊民於金宣宗興定三年（1219 年），四十四歲。至金哀宗正大
八年（西元 1231 年），五十五歲移居伊陽，隱嵩州鳴皋山。道號：
「鶴鳴先生」，此時以薦舉人才為己任之時，楊宏道則在金代仕宦場
中奮鬥，卻屢試不第又因戰亂顛沛流離。

楊宏道金宣宗興定元年（1217 年）二十九歲前至與何元理至遼
地前線，「年二十九避地遁河關」因避元軍至汴京，直至興定五年三
十二歲（1220 年）在汴京得蔭官，擔任「刑部委差官」，生計仍困苦
萬分。

　　有〈幽懷久不寫一首效韓子此日足可惜贈彥深〉、〈甘羅廟〉中記載逃難中妻離子散，朝不保夕，不為時人所看重的悲苦遭遇。

　　此時雖得眾人趙秉文與楊雲翼賞識，但科舉屢次落榜，楊宏道自己詩中就說明「低首就驅役」的無奈。

　　楊宏道於金宣宗興定五年（1224年）三十三歲與元好問會於汴京，金代末年始享有詩名。科舉不第，入陝西為吏。

　　元好問說明楊宏道此時為獨當一面之詩學專家，其詩作〈幽懷久不寫〉、〈甘羅廟〉為時人趙秉文、楊雲翼所推許，足可見其詩學成就，此期除與元好問、趙秉文、楊雲翼交遊外，還與張介、楊信卿交遊。

　　楊宏道金宣宗元光元年（西元1222）三十四歲至邠州與趙伯成、趙晉卿，張相公交遊。金哀宗正大元年（1224年）三十六歲監麟游縣酒稅。再次入京應試，仍落榜。曾至鳳翔任教於府學，後以製酒不當遭到罷官，因此往邠州。

　　金哀宗正大二年（1225年）至，三十七歲自邠州入平涼，平涼太守任其軍職，楊宏道因出任平涼軍職，有名無實，正大三年（1226年）三十八歲以不稱才請辭。

　　楊宏道金哀宗正大四年（1227年）三十九歲避兵至藍田縣。此時平涼已為蒙古軍所攻陷，八月「攜妻抱子」逃難，離開平涼，躲避戰亂，至藍田縣投靠張德直。還因戰爭被困隆曲寨一地，此時寫戰爭的慘狀，直指章谷村中僅剩一戶人家的景象。直至鄧州，求助劉祖謙才得以稍加安身，並至內鄉縣見縣令元好問。

　　金哀宗正大五年（1228年）四十歲在鄧州。自言幸得劉祖謙之助，得以安家於鄧州，此時與元好問、李長源交遊於內鄉。

　　金哀宗正大六年（1229年）四十一歲至正大八年四十三歲（1231年）在鄧州。期間仍積極求仕，一再至汴京赴試，落榜。與王郁、王渥、張德直書信來往。再回鄧州上書戶部尚書楊慥，期望得

到推薦與重用。

　　窮困無助的奔波於金朝末年的世局之中。楊宏道卻不肯放棄。

　　楊宏道直至金哀宗天興元年（1232 年）四十四歲，元軍入鄧州城，鄧州淪陷，再次逃難。寫出「夜夜空山草間宿」無家可歸，元軍入臣後眾人奔逃的景像。楊宏道感歎「今年蝗旱草亦無，懷川竹林如帚禿」遇到天災與人禍，危難至極的痛苦。

　　李俊民與楊宏道二任的遭遇在金代亡國際，即有天壤之別，李俊民得以安頓身心，楊宏道則顛沛流離。

## 參　宋代仕宦

### 一　相繼避禍至襄陽

　　李俊民與楊宏道二人在金亡前，相繼避禍至襄陽，李俊民於宋理宗紹定五年、金哀宗天興元年（1232 年），五十七歲南逃入宋，在襄陽與宋襄陽太守史嵩之往來，李俊民此期有為襄陽太守史嵩之「代作」的詩作，此期李俊民當為史嵩之的幕僚。

　　楊宏道因富察官努（移剌）於天興元年（1232 年）底以鄧州降宋，楊宏道因此降宋。在宋理宗紹定五年、金哀宗天興二年（1233 年）四十五歲，入仕宋。至宋理宗端平元年四十六歲（1234 年）任宋職－襄陽府學教諭，依趙范。據《宋史》所載趙范此間鎮守襄陽鎮江一帶。此時也認同當時局勢，對於往日至鄧州依附的劉祖謙，有祭文說明時局險惡與百姓安危為念，以免生靈塗炭，因此不得不降宋。

### 二　蔡州之變金亡後李俊民歸隱，楊宏道續任職於宋

　　金為宋、元聯軍所滅之後，李俊民隨即棄官歸隱，楊宏道卻續任

職於宋，影響後世對二人的評價，也因此元人對於李俊民有較高的尊重。

李俊民南逃依附史嵩之，史嵩之卻「破蔡滅金」，參與了滅金的蔡州之役，所以李俊民在宋理宗紹定六年、天興三年（1233 年），蔡州被破之後，五十九歲選擇北歸。在〈聞蔡州破〉詩中有：「不周力摧天柱折，陰山怨徹青冢骨」亡國之臣深沉的哀怨。

楊宏道在四十五歲（1233 年）至四十六歲（1234 年）任宋職——襄陽府學教諭，依趙范後，在宋理宗端平二年（1235 年），四十七歲借補迪功郎差權唐州司戶參軍兼州學教授，後辭州學教授（襄陽府府學諭）職位，僅任職唐州司戶參軍，因遭謗語攻擊，加以元軍南下，所以離開襄陽，北遷至濟源。

李俊民依附襄陽太守史嵩之（西元 1232 至 1234 年），棄官歸隱之因是因為金為宋元所攻而亡國。楊宏道南逃至襄陽（西元 1232 至 1235 年），離開之因是因為元軍攻打襄陽。這樣的原因差別，也奠定了後人尊重李俊民勝於楊宏道的評價。所以元好問雖肯定楊宏道詩學成就，卻評其生平「生平流離，南北竊祿，苟全其出處之際，蓋無足道」，這當然也影響後人對於楊宏道文學地位的評論。

## 肆　元代際遇

李俊民在金亡之後，選擇北歸澤州，此時澤州已為元軍佔領，成為亡國遺臣，因其「經義狀元」的學識地位，傳說得以「知機」，所以四方學者不遠千里而來。

楊宏道則因宋亡後元軍南下，於兵亂之中顛沛逃難、饑寒交迫，歸鄉後發現田園皆為他人所佔領，生計難以為繼。

## 一　李俊民因段直的尊重，受元君重視問休咎，楊宏道未受重視生活困苦

李俊民因精通佔卜之學一心求隱，反為元代朝野所重視，楊宏道因積極求仕〈優伶語錄〉之類的態度，並任職於宋，反不為元代朝野所認同。

李俊民於元太宗六年（1234 年）五十九歲，金亡至懷州，在懷州依王子榮，與籌堂有大量應酬之作。

元太宗六年（1234 年），五十九歲時李俊民應澤州守段正卿、晉城縣令崔公達之邀，寫作大量祭孤魂的文疏，安慰死去的亡魂也安慰生還的苦難心靈。

段直歸附元世祖，為澤州長官。段直極力輔慰澤州百姓，歸還田地與祖屋，人民得以安頓。並且大修孔廟，迎接李俊民為師，以招延四方學者，重視地方教育。

元太宗九年，（1237）六十二歲，至元太宗后三年（1244）七十歲，奉命至山陽編纂《道藏經》於澤州與山陽、平陽間往來。

李俊民於元憲宗三年（1253 年），七十八歲，應召覲見憲宗弟忽必烈，李俊民於癸丑年七月二十日辭歸，更得朝野尊敬，忽必烈詔語尊其為「李狀元」，特加號「莊靖先生」。

「癸丑」年即是元憲宗三年，「甲寅」年即是元憲宗四年。由召文所見，李俊民承忽必烈之召文，曾經至忽必烈藩邸講道。李俊民雖然歸隱家鄉講學，仍推薦多位人才，提供元代朝廷任用。

元憲宗九年（1259 年），八十四歲，忽必烈仍遣使問禎祥，可見其重視程度。

楊宏道於宋嘉熙二年，元太宗九年（西元 1237 年）五十歲，至元太宗十一年五十一歲，因元軍南下，移居濟源，生活困苦，生計難

以維持。回鄉後，故鄉土地早已遭人佔據，人事全非。加以楊宏道曾
南逃並於宋朝任官，朋友多不肯與其往來。在〈城隅有一士〉詩中言
此期遭遇，土地早已遭人佔據，極為悲苦，在〈效孟東野〉詩中寫
出：「聞昔有廉士，井飲投青錢。嗟余七尺身，眠食須人憐」。貧困的
生計。

元太宗十二年（1240 年）五十二歲，因為「親戚故舊無在者」
移居濟南，宿洪濟院「行囊羞澀」貧困的再歸淄川。元太宗十三年
（1241 年）五十三歲，由淄川遷至濟南，至濟南依靠叔父。二十九
歲離開故鄉，「二紀」二十四年後再次回鄉，即五十三歲，遭到他人
陷害，一無所有，只能再次離鄉。

回鄉後與流寓於此的李善長共同營生，因為改朝換代後，山河變
色，田園皆為他人所佔據。好友李善長家中更面臨徵調軍職的困擾，
對於時人所受之苦楊宏道都能切身體會。

楊宏道曾在〈崟庵記〉中與王巨濟說明處於戰亂之後異族統治的
元朝，不能對生民有所貢獻的痛苦，是楊宏道積極求官的原因。

## 二 《莊靖集》為澤守段正卿召眾人修定，《小亨集》為楊宏道自己出版請元好問作序

李俊民於元太宗八年（1236 年）六十一歲，時澤州新居「鶴鳴
堂」落成，楊宏道於元憲宗五年（1255 年）六十六歲，過濱州，有
書室名「素庵」。

李俊民元太宗后二年（1243）六十八歲，段直於錦堂發起編刊
《莊靖集》。楊宏道元定宗后二年（1249 年）六十歲，為編《小亨
集》曾至燕京，其子請求元好問為《小亨集》作序，六十一歲後過濱
州回鄉至八十二歲。

由於李俊民作多有閒適淡泊之作，當因文集為他人所編輯出版，

因此多晚年之作。楊宏道為 60 歲時自己所編所以缺少晚年之作。

　　楊宏道在元代政壇與文壇的地位都不如李俊民，在元世祖至元九年（西元 1272 年）王惲請朝廷賜號給楊宏道，楊宏道當時八十三歲。元王惲於〈儒士楊弘道賜號事狀〉尊楊宏道為隱逸處士，與李俊民並稱。並尊其詩、文有益時事的貢獻與「處士」身份，才期望楊宏道得以與李俊民同享高名。

　　李俊民元中統元年（1260 年），八十五歲，卒謚「莊靖」。楊宏道直至元仁宗延祐三年（1316 年），才得贈文節。

## 第二節　詩歌關懷主題綜論

於此我們就李俊民與楊宏道詩歌中所表現的思想與風格，放在同一個歷史位置中探討，比較二人在金朝滅亡前後思想風格的轉變，探討二人關心主題的同異之處。

## 壹　對於朝廷與社會的關心

李俊民與楊宏道同處於戰亂頻繁的金代末年，二人皆有眾多關心朝廷與社會的作品。

由於二人際遇的差異表現在作品之中自然有所不同，為上位者所敬重的李俊民，所關心的議題多在規諫上位者的朝廷政策主題上。楊宏道則因為自身的流離失所與困苦生活，所關心的議題多為自身經歷與現實的民生困境上。

金宣宗貞祐二年元軍攻下澤州，李俊民貞祐三年三十九歲避亂福昌，雖然逢甲戌之變逃難仍然得到地方官員尊重。

蔡州被破金亡後李俊民由懷州至澤州，因元軍南下澤州，此時澤州已為元軍佔領，雖然成為亡國遺臣，但因為李俊民是金朝經義狀元所以聲望極高，受到段直的尊重，忽必烈並因尊重其學問與品德多次詔見，李俊民一直有機會接觸朝廷政策決斷者，所以李俊民詩歌所表現的主題多為關心朝廷政策之作。

李俊民所關心的主題如對「上位者奢華」的批評，〈綵樓〉詩序言及：「高平縣綵樓，聞之舊矣，今始親見。議者猶謂高下侈麗不及

嚮者三分之一，因感而賦之」[1]批評瓊樓玉宇的不食人間疾苦；〈鎮山堂〉詩中：「不哀梁間燕，欲竭南山木」（頁 179）對於華奢者的規諫，都是楊宏道詩歌所未能觸及之處。

李俊民自身仕途順遂，對於「有志之士不得任用」，亡國之後本無心於政局，所以多以旁觀者的角度感受，金末遺臣不得志之苦。李俊民在〈劉漢臣堂甫北歸〉一詩中就感慨：「哀哉同隊魚，盡在枯池裏。縱免鼎中烹，將見渴欲死。造物何不仁，豈獨困二子。我雖江湖心，恨無斗升水」（頁 181）感傷當時有志之士，不得任用，老死民間之苦，所以李俊民用心薦舉人才，使其任用於朝廷。李俊民在〈隨州長官張鵬舉暨壻陳振文見過〉一詩中，也大聲疾呼：「萬里龍庭莫辭遠，中原事業望人才」（頁 209）期望賢能之士可以不遠千里而來，朝廷可以加以重用。

楊宏道則自身困苦以第一人稱口吻對於「懷才不遇」感傷不已。楊宏道在〈祀事不可黷一首〉一詩中，形容自己求仕的艱難：「祀事不可黷，客頻造靈祠。拜跪膝成瘡，堪笑還堪悲。問之默無語，良久方致詞。有身處人間，鬼神疇能知。固當求之人，余亦嘗求之。千求不首肯，萬求不俯眉。違理而妄求，閉拒固其宜。奈何非妄求，閉拒常如斯。且復祈冥冥，聊以慰所思。言絕仰面哭，涕泗縱橫垂。」（頁 468）所寫是第一人稱的懷才不遇，是親身面臨對於上位者「千求不首肯」的感觸，是自我絕望的涕淚縱橫。

李俊民對於「官吏欺壓」則以上位者角度關懷，如〈母應之餉黍〉一詩中就言及：「憶昔周室衰，周人詠黍離。君今餉我黍，為賦黍離詩。厥初藝黍時，飯牛使牛肥。八月黍未穫，胡兒驅牛歸。胡兒

---

1　薛瑞兆、郭明兆編：《全金詩》（天津：南開大學出版社，1995 年 11 月），第 3 冊，頁 187。本論文李俊民與楊宏道詩作，只標明頁碼者皆出自此版本。

不滿欲，我民還買犢。今秋犢未大，又被胡兒逐。胡兒皆飽肉，我民食不足。食不足尚可，鬻子輸官粟。」（頁 181）三次引用「我民」二字反映當時百姓所受委屈，表現出上位者的高度，以上位者高度對於與胡人的買賣經濟提出質疑，也對賦稅提出質疑。

楊宏道則是親身經歷逃難饑寒交迫的危難。金哀宗正大四年（西元 1227 年），此時平涼已為蒙古軍所攻陷，楊宏道三十九歲時元軍南下，逃亡時有〈達內鄉見縣令裕之〉之作：「馬蹄踏破洛南川，回首山城一片煙。入夜前途如抹漆，有時峻嶺若登天。困眠肅肅飛霜底，饑傍泠泠流水邊。行盡塞垣三百里，眼明初見玉堂仙。」（頁 505）記親身逃亡感受，是第一人稱的感受。金哀宗天興元年（西元 1232 年）四十四歲，元軍入城，再次逃難之時還有〈壬辰閏九月即事〉之作：「西山逃難日如年，草動風聲止又遷。惴惴側行崖際石，回回屢涉谷中泉。縱橫蔓刺膚流血，憔悴妻孥命在天。疲極和衣相枕藉，夜寒輾轉不成眠。」（頁 498）寫身在難民之中，弱妻稚子亦不得保護的苦痛，加以疲病交加的危難，都是第一人稱的描繪。

李俊民更關心君王治國「不依古禮」的治理問題不教導百姓以《左傳》之法敬天，深感憂心，在〈雨雹〉一詩說明：「庚子年四月二十八日壬戌，大雨雹。五月七日、八日又雹。按《左傳》昭公四年魯大夫申豐曰：聖人在上，無雹。雖有，不為災。以古者藏冰為禦雹之道，祭寒而藏之，獻羔而啟之。今棄而不用，雹之為災，誰能禦之？由是言之，禦災其在人乎？感而賦詩，傷今之不如古也。」正是因為如果不依古禮，教導人民敬天，人民就無法預防天災的降臨。

楊宏道所期望的只是可以得到溫飽，在〈題子產廟〉一詩中感念鄭國子產對於百姓生計的貢獻，詩云：「相鄭稱遺愛，云亡感聖人。養民殊夏日，出涕比祥麟。故國多喬木，虛堂若有神。褰裳病徒涉，歲暮客愁新。」（頁 490）現實面的溫飽與安定是楊宏道期望上位者

可以撫慰百姓之處。

## 貳　佛道思想

李俊民奉命編《道藏經》，楊宏道詩中多有佛道用語，李俊民在金亡國後對於澤州等地災民，有大量撫慰亡魂的祭文作品。元太宗九年，李俊民六十二歲，更奉命編纂《道藏經》，李俊民參與了《道藏經》的編纂，應元太宗之詔，與四方俊彥完成《道藏經》。

金元二朝以異族的身份用武力取得宋朝天下，選擇以尊重與利用宗教的方式，安撫因為種族的差異興起的反叛之心。利用了宗教的同理心信仰破除種族的隔閡，也利用了漢民族士大夫熟悉的詩歌文體，拉近彼此之間的仇視。

李俊民將自己的宗教認知與傳播職志，放在《道藏經》的編撰與祭文的撰寫，所以李俊民的詩歌之中少有與宗教相關聯的作品。

楊宏道則因逃難與生活困境，時時寄居於佛寺之中，詩歌之中多有與佛門人士往來之作。在五十二歲，歸淄川〈過濟南，宿洪濟院，贈海州果上人，因寄鄉中親友〉詩中感傷：「滄海居何遠，慈雲出未還。將遷僧寶塔（改葬空老），就禮佛頭山。邂逅逾三宿，夤緣見一斑。預聞親舊在，喜色破衰顏。」（頁491）在歸途中寄宿三日，於院中探聽家鄉消息的。

楊宏道在〈圓融庵〉詩中就說：「余不解佛法，圓融庵主求說偈言，勉強應之，如造像生花，但得傍人言，仿佛其真可也。聊以此說自恕云耳。」（頁504）旁人認為楊宏道懂佛法。

在任職宋朝時有〈澄心齋詩〉，寫自己在退朝公餘之時，潛心禪修，「退食」之後，於家中焚香靜坐，期待求得心中的澄淨與清明，將佛法融入生活之中。

楊宏道在〈玉泉院〉寫自己寄宿於寺院的經歷，有：「升階拂塵服，合掌瞻世尊。方袍二三子，磬折禮數煩。」（頁467）禮佛追求佛門的寧靜的記載。

楊宏道並與「性英長老」交遊，「性英長老」本為少林住持，因元軍南下而失去住持之位，楊宏道有〈代茶榜〉說明楊宏道至歸義寺做客，研讀佛經，略懂佛經義理，可與「性英長老」談佛說理，席間並且論述做詩之法，並以詩代「茶榜」歌美歸義寺；在〈將歸阻雨用木庵送行詩韻〉中也說明楊宏道與「性英長老」對於彼此詩歌的稱美。也有〈和鑑上人〉詩：「禪房留過客，詩筆見高情」（頁485），寫與方外人士和鑑上人相互往來作詩的情誼。楊宏道也寫出寺院建築之美，如〈宿流泉院〉一詩中：「供佛雙池荷葉小，乃知茲地不宜蓮」（頁514），以絕句記載流泉院的地勢、造型與田園佈景，更以文字加以標示說明。

楊宏道元定宗三年十月楊宏道也曾有〈重修太清觀記〉，為道教道觀服務之作，也有與道教人士往來的著作。如〈武當山張真人〉記載張真人下武當山來救助受災百姓。可見楊宏道對於道教的作法，是相信的，且親身經歷，又加以記錄。同時期還有〈寄武當山人張真人〉一詩，可見楊宏道對於武當山道教廟宇的讚賞，及道教神明與修行者的尊崇。在〈望南極〉詩中寫出了對道教神明「南極仙翁」的尊仰。在〈送吳真人〉一詩中也記載朝廷利用道教安定民心的功用。在〈贈季尊師〉詩中表達出對於修道者的尊仰。

楊宏道詩中明確記載，道教對社會的明確貢獻，我們借由詩歌可以理解道教在金末元初的正面社會價值。

李俊民對於金末元初宗教安撫民心的貢獻，在於官方的編撰《道藏經》與撰寫祭文，所以詩歌之中，少見佛、道思想之作。楊宏道則因身處民間，在危難之時，接受宗教的撫慰，所以詩歌之中明顯可見

與佛、道宗教相關的作品與思想。

## 參　亡國感慨

　　二人同處於金末元初亡國之時，詩作亦皆多亡國感慨之作，面對金朝的滅亡，李俊民解讀為歷史的命定，以隱居來釋懷；楊宏道所感受到的是深沉的憂懼與恐慌。

　　金亡後李俊民南逃至襄陽時投靠史嵩之，史嵩之卻「破蔡滅金」，李俊民因此北歸澤州，成為亡國遺臣。此後李俊民詩歌時有亡國感傷之語〈和子榮〉中：「能消幾兩尋山屐，回首孤邱本未忘」（頁203）、〈和籌堂述懷二首〉：「長恨周人詠黍離，不期親到閔周時」（頁266），寫出國家滅亡的苦恨與難忘，在〈九日下山〉一詩中提及：「所恨國難守，若為家不亡。天威寒氣逼，急急下山陽」（頁 196）對於家國的亡故是有悔恨的。李俊民在〈秋日有感〉：「梁園勝事隨流水，滿目愁雲鎖故宮」（頁 270），感傷漢梁孝王於梁園宴請往事，以比喻金朝王宮已成故宮，對於已成的事實只能愁雲以對。

　　李俊民於在〈樊噲戲石〉一詩中感傷：「不期兩都後，復有三國志。過客對春風，徒灑山陽淚」（頁 180），在漢朝開國之時何曾想過會有王莽之亂，東漢之時，又何曾想過會有三國之爭，歷史的分合與金代的滅亡之數。〈乙未冬至〉一詩中，對於自己雖精通儒家易理，可占卜未來，對於國事仍無力回天，感慨：「已應黃宮律，初生復卦陽。道隨天在北，愁與日俱長。節物驚時換，年光有底忙。浮雲多變態，試與問何祥。」（頁 194），精通占卜的李俊民感嘆，「黃宮」為道家指腦頂之意，前四句寫時局運勢均已轉至北方元人，改朝換代已成天命，如何能再問禎祥。

　　楊宏道親身經歷與感受金朝滅亡，百姓流離失所之苦。至二十九

歲進京前所居之處，就遭遇到元軍攻擊，逃難中妻死子亡，在金亡國之後，逃難至宋，宋王朝又再度被元軍攻滅。在〈蓄川〉詩中，對於亡國後，先祖墳墓荒蕪，國人遭到欺凌，感到痛心疾首。在〈晨興〉詩中：「傷心窗外樹，霜葉寄寒枝」（頁 469），形容國家滅亡之後，心中的寒意。

在〈阻隆曲寨〉因平涼已為蒙古軍所攻陷，避兵受阻於「隆曲寨」中感傷：「濡沫思靈沼，傷弓失鄧林。通途施陷穽，之子獨何心」（頁 486），亡國之後逃難如傷弓之鳥驚懼，如夸父追日般逃至「鄧林」已無路可逃，逃亡的道途中處處危機，寫出亡國的驚恐與絕望。

在〈東林〉中也以「傷弓鳥」寫亡國之臣的驚恐無助：「翩翩傷弓鳥，日暮擇所托。西林不可棲，東林光沃若。上無梟鳶巢，下無狐狸窟。一枝有餘安，風細蟾光薄」（頁 472），驚慌難安，在〈鄭圻〉一詩中寫出亡國之痛：「鄭圻西峻周東傾，丘陵破碎山縱橫。千山萬山過函谷，卻放秦川如掌平。」（頁 512）「丘陵破碎山縱橫」與文天祥所做「山河破碎雨打萍」，對故國山河哀悼的情感同樣真切。

## 肆　李俊民多淡泊生涯之意，楊宏道詩作中多積極求仕之意

李俊民於金章宗承安五年經義狀元及第，任官後，即多次求隱於澤州。楊宏道則用心於科舉考試，為求得用於朝廷。

李俊民在，六十一歲時得償所願，歸隱於澤州「鶴鳴堂」，在〈和泰禪〉詩中更：「淡泊生涯分自甘，十年霜葉碎青衫。忽從問道山前過，牧馬之兒是指南」（頁 246）表達了「淡泊生涯」的人生抉擇，「淡泊生涯分自甘」正是李俊民所追求的人生境界。

楊宏道則多一心求仕之作，楊宏道於金宣宗興定元年二十九歲，

至汴涼開始積極求仕，於興定五年三十三歲時楊宏道與元好問、趙秉文、楊雲翼會於汴京，以〈幽懷久不寫一首，效韓子《此日足可惜》贈彥深〉詩歌原文為仿效韓愈〈此日足可惜贈彥深〉（頁 460）的詩作記載自己的遭遇，也記載了金末元初士大夫所面臨國家危亡的困境，希望以此詩得到朝廷任用。楊宏道還獻上〈甘羅廟〉一詩，以「甘羅」自比：「尚憐稚齒據高位，因使細人輕晚成，山間一笑為絕倒，多少豎子談功名。」（頁 476）以「甘羅」因年幼不為當局所用，日後得以建功朝廷的史實為例，楊宏道期望當朝可以正視青年學者的意見，得到任用。

　　比較之下李俊民詩作雖關心社會，自我卻多淡泊求隱之意，楊宏道詩作多積極進取求取任用之作，李俊民因此獲得時人尊重與崇敬，楊宏道卻不為傳統士大夫所認同。

## 第三節　詩歌傳承綜論

## 壹　對《詩經》的承繼

李俊民與楊宏道二人都以經義考試為入仕的憑藉，因此二人對於經書的閱讀也是深入精研的。

劉瀛在〈莊靖集序〉中就：「（李俊民）先生世家澤，唐韓王元嘉之裔。生而聰敏，幼而能文，弱冠而魁天下。蓋以學問精勤，耽玩經史，諸子百家，無不研究。故其文章典贍，華實相副，字字有源流，句句有根柢。」[1]說明李俊民作品承自於「經史、諸子百家」傳統經學的根柢，深深表現在李俊民詩文之中。深厚的詩文根柢、用典與載道能力，皆對《詩經》有所學習。

葉贄在〈重刊莊靖先生遺集序〉序言也說：「贄覽讀數過，慨然歎曰：先生之文，經天緯地之文也，玉潤珠輝，光粹自奇；先生之詩，感善懲惡之詩也，韶作鈞鳴，音響自別」、「先生自號鶴鳴，故其集亦以名之……在《小雅、鶴鳴》云：鶴鳴於九皋，聲聞於野。言誠身莫掩之機也」，對於《詩經》的學習，不僅表現在「詩言志」上，在形式與句式上也有顯著的承繼，學習《詩經》四言形式，書寫題畫詩，以繼《詩經》敘述民心之志。

李俊民在〈焦天祿野叟聽音圖〉一詩中，也以詩經四言的形式，訴說今古興亡之感：「梨園弟子，天寶之後，誰其知音，百歲遺叟。曲終悵然，淚迸林藪。時清眼明，萬事緘口」[2]，以「天寶之亂」，借

---

1　〔金〕李俊民：《莊靖集》（臺北市：臺灣商務印書館，1983，《景印文淵閣四庫全書》），序・葉三上。

2　薛瑞兆、郭明兆編：《全金詩》（天津：南開大學出版社，1995 年 11 月），第 3

比金末元初的動亂，反諷「時清」。在〈雙松古渡圖〉一詩：「傾蓋相逢，堂堂兩公。寂寥渡口，以濟不通。」（頁 178），以詩經四言的形式，期望賢能之士救國救民。在〈古柏寒泉圖〉：「冬夏長青，晝夜不捨。拔本塞源，豈知量者。」（頁 179）則以《詩經》四言的形式，表達忠臣堅定之心。在〈樕扇〉詩：「直節貫中，怒髮衝上。朝蠅暮蚊，畏風長往。」（頁 179）以「樕扇」除「蠅」，比喻忠臣為國除害。「朝蠅暮蚊，畏風長往」二句學習《詩經》以「青蠅」比為小人，指其讒言誤國之危害，說明忠臣如「樕扇」驅蠅般，足以使小人畏懼。

在〈學中史正之會客〉中：「有懷伊人，在泮飲酒。我客戾止，其嘗旨否。未見君子，我心孔疚。惠然肯來，小大稽首。」（頁 178）以《詩經》魯頌中〈泮水〉所指，本指魯國國威強盛，緬懷金朝當日的強盛。

李俊民對於《詩經》的承繼，不僅是形式上四言的形式，還包含承繼了「六義」的宗旨。

楊宏道五十九歲所作〈送趙仁甫序〉[3]一文，提出詩文理論：「帝堯在位以治天下，老而禪於舜，舜有大功二十，亦以禪禹。孔子無堯之位，無舜之功，學者以為賢於堯舜，何哉？愚嘗聞孔子之前，如列國漢魏諸家之說亦已有之，及乎刪黜述修之後人文化成，則諸說莫能亂。蓋二帝行道於當時，而孔子垂訓於萬世，此其所以賢於堯舜者歟。」也認為詩歌的創作必須合乎道統，孔子所「刪黜述修」的經書自然所指為《詩經》。對於孔子「刪黜述修」經書，十分尊崇。

如〈赴京〉詩中也引《詩經》「邶風」與「鄘風」二風中之二首

---

冊，頁 178。本論文李俊民與楊宏道詩作，只標明頁碼者皆出自此版本。

3　〔金〕楊宏道：《小亨集》（臺北：臺灣商務印書館，1983 年，《景印文淵閣四庫全書》，第 1198 冊），卷六。

〈柏舟〉之意:「柏舟泛清濟,憭慄晚秋時。畏途愁落日,泝流行苦遲。夷門望不見,籠水牽所思。默坐柁樓底,寸心空自知。」(頁471)寫國君不聽忠臣之語,聽任小人禍國,也喻指作者一片忠誠之心,天地可表,卻不為所用。

在〈將歸阻雨用木庵送行詩韻〉一詩中也說明《詩經》義理的重要:「麥苗春晚尚如絲,甘澤嘗嗟應候遲。六事桑林懷聖德,一篇《雲漢》賦周詩。驕陽入夏為霖雨,遠客通宵役夢思。賴有湯休詩句好,披吟正是憶家時。」(頁507)詩中引用〈雲漢〉篇之意感歎周宣王之時,百姓即為天災所苦,是楊宏道「將歸阻於大雨」之時所憂心的是百姓的安危。所懷念的是周宣王為天災自我反思,愛護百姓的恩德。

楊宏道詩歌對傳統經書的承繼,受當時宋明理學傳統影響。與李俊民詩歌的表現比較,我們可以感受到楊宏道已接受反江西詩派的影響,改善在詩歌之中句句有典故的困境,只繼承其堅持道統的部分。

不同於李俊民之處楊宏道《小亨集》中四言的形式較少,對於《詩經》的承繼上更著重在義理之處。楊宏道五十三歲時在〈贈楊飛卿〉:「三百周詩出聖門,文為枝葉性為根。不憂師說無匡鼎,但喜吾宗有巨源。我自般溪移歷下,君從汝海到東原。東原歷下風煙接,來往時時得細論」(頁496),一詩中提及《詩經》的重要,三百篇出自孔子之門,以文彩為枝葉,以道統為根,說明《詩經》為一切詩歌的正統起源,品評詩歌的標準。

## 貳 對《楚辭》的承繼

從李俊民詩歌中瞭解,在學習《楚辭》這部經典之上,除了《楚辭》典故的運用,最明顯之處在於國家危亡的感觸與七言形式的承

繼。

　　李俊民在〈戒酒〉詩所言：「誰肯收心醉六經，只言酒是在天星。若能讀得〈離騷〉後，學取先生半日醒」（頁 257）所言，瞭解李俊民與〈離騷〉心境所通之處，在於國家危亡的感慨，詩中點出了〈離騷〉一文可以在「六經」之外撫平心中的感傷。在〈重午偶題〉中：「只為〈離騷〉話獨清，至今猶恨楚君臣。魂招不得歸何處，閑氣都留與艾人。」（頁 245）除學習《楚辭》七言形式外，再度提及〈離騷〉，所恨都在於君臣昏庸。在〈滄浪歌〉中明言寫作此詩，是因為有感於：「屈原既放，遊於江潭。漁父見之，鼓枻槍而歌曰：『滄浪之水清兮，可以濯我纓』。」（頁 287）在舉世皆濁的時代，多少人如同漁父一般嘲笑屈原的堅貞與守節。李俊民還表現在〈競渡〉一詩中：「屈原以五月五日赴汨羅，土人追至洞庭，湖大舟小，莫得濟者乃歌曰：『何由得渡湖！』自此習以相傳，為之戲。」端午節只存競賽遊戲，早已忘掉屈原沉江的悲哀。

　　李俊民寫出與屈原共有的亡國歷史悲痛。除了七言的形式、忠貞的節操與直接源至於《楚辭》義理的典故，李俊民習自於《楚辭》的還有在〈中秋二首〉之二學習《楚辭》「天問」篇的手法問起天意，「共對青天好舉觴，從前三五是尋常。一年佳節秋將半，萬里清輝夜未央。纔向缺時舒窈窕，欲從盈後斂光芒。姮娥曾得長生藥，我欲停杯問此方。」（頁 219）

　　運用濃厚的神話用語，「問天」等同於問「君王」，表達自己的無奈與期許。自己只能學習不得君王賞識的嫦娥，孤獨的守候清冷的廣寒宮。

　　張衡〈四愁詩〉中的美人香草寓意，成為楊宏道詩歌學習《楚辭》的途徑。楊宏道學習《楚辭》承自《詩經》以草木為喻的傳統，將草木的寓意提升為擬人的節操。在《楚辭》中「蘭」字出現 42 次

之多，代表君子之德。楊宏道也受《楚辭》影響有〈蘭〉之作：「葉披花結弱如摧，澤國茫茫正可哀。秀色亦知歸菡萏，穠芳未必勝玫瑰。使君浩蕩乘高興，小畹殷勤欲自栽。著意幽香無覓處，暗中不覺襲人來。」（頁 502）以「蘭」自比高潔的節操。

　　與屈原同病相憐的時代背景，使楊宏道詩作能夠清楚的學習屈原《楚辭》中幽怨的用語與情懷。楊宏道不只在以「草木」為用上學習《楚辭》，在字句的應用上，也運用《楚辭》慣用詞語，如在〈經歷司北軒外新竹房〉中所云：「黑水埋荒煙」、「川闊多胤冑」、「羲伯歌朱華，新綠鬱滋茂」、「我本性介特」中之「黑水」、「胤冑」、「羲伯」、「介特」。

　　楊宏道學習《楚辭》與李俊民不同之處，主要表現李俊民以直接承取《楚辭》義理為主，詩中直引《離騷》篇名的襲取，楊宏道則承自《楚辭》以草木為喻的傳統，表現在詩中在以「花草」為擬人的節操。學習《楚辭》中以「蘭」比為高潔與代表君子之德，原因在於楊宏道與屈原同樣目睹國家敗亡，只能如「蘭」般自放幽香於暗處。

　　楊宏道詩作能夠清楚的學習屈原幽怨的用語與情懷。也長於運用《楚辭》慣用詞語。作品也能顯現出行吟澤畔的《楚辭》意境。

## 參　對漢魏遺風的承繼

　　《四庫題要‧小亨集》稱楊宏道之詩：「今觀所作五言古詩得比興之體，時時近漢魏遺音」，楊宏道詩歌具備「漢魏遺音」的特色，於金末元初揚名三十年。

　　所言具有「漢魏遺音」的五言古詩，如楊宏道在〈空村謠〉（頁519）中記載貞祐二年（西元 1214 年）元軍南下所造成的傷亡。今觀其詩作之中，引用〈古詩十九首〉所表現「逐臣棄婦」之感的作品，

是楊宏道詩作不同於李俊民之處，這也是楊宏道被認為特別具有「漢魏遺音」的原因。

李俊民詩作之中，也引用魏晉時期典故，但數量上明顯少於楊宏道，應當是因為李俊民多做律詩與絕句，《全金詩》中李俊民 6 卷詩歌 824 首中，古詩收錄為一卷，四言古詩 10 首，五言古詩 14 首，七言古詩 33 首。楊宏道 6 卷詩歌 289 首中，古詩收錄 2 卷，四言古詩 1 首，五言古詩 50 首，七言古詩 23 首。

以創作比例與數量觀察，楊宏道對於古詩創作數量明顯多於李俊民，特別是五言古詩的創作量是李俊民的三倍以上，因此可以看出其詩風較李俊民更具備漢魏五言古詩的遺風。

## 肆　對唐文化的承繼

### 一　對杜甫的承繼

李俊民詩歌承自於杜甫精神之處，在於以詩為史的歷史使命，及學習江西詩派點化古人詩句的方式，點化杜甫詩句。

楊宏道對於杜甫的學習不同於江西詩派著重形式與句法之上，楊宏道尊杜詩主要在於關心民生生計之上，由楊宏道詩歌內容可見，楊宏道因為生活際遇的不得志與顛沛流離，所以對於杜甫詩歌的繼承主要表現在關心民生生計上。

李俊民詩歌中以詩語記錄歷史時事，以詩記史的精神與詩聖杜甫是相同的。

在〈避亂〉一詩中：「雪巖依日暖，霜樹弄風悲。山似王維畫，人如杜甫詩」（頁 238），明言金末元初人們戰亂時的遭遇如同杜甫詩中悲慘。李俊民在〈昨晚蒙降臨，無以為待，早赴院謝，聞已長往，

何行之速也！因去人寄達，少慰客中未伸之志耳二首〉之二，中記載閱讀杜詩的心：「陰山路上明妃曲，天寶年中杜甫詩。古往今來幾興廢，白頭恨見太平遲」（頁 217），感慨杜甫與自己同病相憐，都未能得見太平之時。李俊民在〈勉和籌堂來韻四首〉之三也說：「野人不管興亡事，飲恨閑看老杜詩」（頁 260）雖歸隱於野，但是仍然「飲恨」看杜甫之詩，感傷於古今黎民百姓所共同承受的戰亂之苦；在〈再和秦彥容韻〉（頁 192）詩中，進一步點化杜甫詩句，「布衾多年踏裏裂，夜半寒窗灑風雪」二句點化杜甫〈茅屋為秋風所破歌〉；「待與重尋痛飲師」、「東山杲杲日出遲」一句點化杜甫〈醉時歌〉全詩學習宋代江西詩派，點化杜甫詩句，增加作品的學問與深度。足見其尊崇杜甫的特色。

在〈暴雨〉（頁 187）一詩中也承繼杜甫關懷民生意義詩句：「疾雷破山雲暗天，雨腳不斷如麻懸。淋浪一室無乾處，何異露坐乘漏船」點化杜甫〈茅屋為秋風所破歌〉；「狂客豈因狂藥使，眼花如落井底眠」引用杜甫〈飲中八仙歌〉中形容「四明狂客」賀知章醉酒之句。

對於杜甫學習，楊宏道在〈答張仲髦〉詩歌中就說：「韓杜遺編在，今誰可主盟。故人相敬愛，健筆過題評。」（頁 483）由詩意可見當時友人「張仲髦」稱美楊宏道詩歌得韓愈與杜甫精髓。在〈投鄧州節副劉光甫祖謙〉（頁 471）詩中繼承杜甫敘事詩的特色，全詩寫元軍南下逃難時的亂事，習自杜甫〈兵車行〉，杜甫寫戰況骨肉別離驚懼之狀，楊宏道寫與百姓共同逃竄於山谷，與弱妻稚子流離失所，饑寒交迫。

楊宏道〈鸜鵒〉（頁 477）一詩更承自杜甫〈觀公孫大娘弟子舞劍器行〉一詩創作方法，以樂舞的流傳感歎國家的滅亡。

在〈臨安楊文秀見惠柏油煙墨而號玉泉者以詩謝之〉（頁 500）

詩中「鸞鳳宿時香葉蕃，卻因有用斸蟠根」則引用杜甫〈古柏行〉句意，加以點化。在〈麻剌史復職〉（頁 486）詩中「長風起天末」、「一掬岷山淚」二句點化杜甫〈天末懷李白〉、〈隨章留後新亭會送諸君〉二詩，寫對友人的感情。

楊宏道有〈渼陂〉（頁 506）詩學習杜甫〈與鄠縣源大少府宴渼陂得寒字〉一詩，感懷杜甫當時在此處有源少府接濟，得以溫飽，自己亡國的悲苦遭遇卻比之杜甫更苦。

李俊民與楊宏道二人都是極為尊崇杜甫詩歌的，李俊民承自於杜甫精神之處，在於詩史的意義，及學習江西詩派點化古人詩句的方式，點化杜甫詩句。

楊宏道對於杜甫的學習相異於李俊民之處，在楊宏道更重視杜甫詩歌中關心民生之作，楊宏道因為經濟的困頓，所以對於杜甫詩歌中民生困境的感受，更顯現其感同身受。

## 二　學習韓愈

除了承自於《詩經》與杜甫詩的傳統詩學觀念，與詩言志的意義之外，李俊民詩歌承自於韓愈詩的特色，正是了解李俊民詩風的先賢所共同認知的。

史秉直在《莊靖集》中進一步說明李俊民詩歌特色：「唯韓昌黎則不然，中正之學，發為文章，粹然一出於正。其於觸詠之間，給談笑，助諧謔，敘人情，狀物態，鉤玄提要，據古論今，左右逢源，意各有寓。為時人之宗師，豈一偏之所能囿哉！我鶴鳴先生，今之昌黎公也。」，以韓愈之詩文比李俊民詩文。著重在李俊民的「中正之學」，還有李俊民詩歌也學習韓愈之學詩歌主題內容寬廣、各類主題皆可入詩，並以古論今，深具寓意。

劉瀛在〈莊靖集序〉文中就也說到李俊民所承自於韓愈詩歌之

處：「雄篇鉅章，奔騰放逸，昌黎公之亞也」，「雄篇鉅章，奔騰放逸」即承自於韓愈之處包含以長篇序言以長篇序事之處。

李俊民學習韓愈以文為詩的特色，也表現在宋代詩詞所承繼於韓愈的「序文運用」之處。

如韓愈記載唐憲宗即位，元和元年正月所作的〈元和聖德詩並序〉，李俊民承繼韓愈，表埌在〈雨雹〉（頁 184）一詩中，即序言說明創作因素，在於記載當時百姓的災難，期望君王以古為鑑。

在〈遺善堂〉（頁 188）一詩中，序言也特別說明詩歌創作的主旨，學習韓愈以長篇序言形式，說明此詩主旨在於期望時人，雖「處世兵革之間」不要忘了積善傳家的重要。

李俊民詩歌承繼於韓愈詩歌精神之處在於「中正之學」，是「發為文章，粹然一出於正」是「文以載道」的中正之學。承於韓愈詩歌形式之處，在於「雄篇鉅章，奔騰放逸」，以長篇序言及長篇序事方式，明確表達與記載「儒道」與民生問題。

楊宏道詩歌韓愈，由好問在《小亨集》序言所稱時人稱美與認同楊宏道可見，元好問說趙秉文稱美楊宏道：「學退之〈此日足可惜〉頗能似之，至比之金膏水碧，物外自然奇寶，景星丹鳳，承平不時見之嘉瑞」，因此楊宏道「名重天下，今三十年」，為何說楊宏道似韓愈，原因在：「其客于楚，於漢、沔，於燕、趙、魏、齊、魯之間，行天下四方多矣，而其窮亦極矣！」楊宏道詩歌是宗韓愈的，所學韓愈在於「窮」。

楊宏道〈幽懷久不寫一首，效韓子《此日足可惜》贈彥深〉一詩與韓愈〈此日足可惜〉韓愈寫張籍，卻寫自己遭遇。楊宏道直言效法韓愈，直接寫自己遭遇。

楊宏道自己在〈送李善長序〉楊宏道於序文中引韓愈〈祭歐陽詹〉之文，為李善長作序文，說明李善長與楊宏道自己的困苦遭遇。

所引韓愈稱美歐陽詹之語「雖有離憂，其志樂也」、「以志養志者」，為李善長作序外先為自己作序，說明自己的以志養志之樂。

學習韓愈之外，楊宏道也受苦吟詩派影響，以韓愈為宗的晚唐苦吟詩人賈島、孟郊與姚合，在宋朝時為四靈詩派所學習，四人中只有徐璣和趙師秀作過小官，窮困的生活背景與楊宏道相似。

相較於宋代流行的江西詩派，追求藝術的高深義理，重形式與聲律。四靈詩派的主張更能貼近楊宏道所處的困境。

李俊民學習韓愈重在「中正之道」的統的承繼，及形式上「長篇序言」；楊宏道學習韓愈的是「文窮而後工」精神上的自我勉勵。

## 伍　對宋文化的承繼

### 一　對王安石的學習

劉瀛在〈莊靖集序〉中言李俊民詩歌：「集句圓熟，脈絡貫穿，半山老人之體也。」認為李俊民「集句圓熟，脈絡貫穿」，具有承自於王安石〈集句詩〉的特色。李俊民學習宋人王安石的這一部份，不見於楊宏道的作品之中。

李俊民集句詩〈七言絕句集古〉一百二十首，創作背景為李俊民南逃至宋朝襄陽任官時所作。作於宋理宗紹定五年、金哀宗天興元年[4]，五十七歲在襄陽與宋襄陽太守史嵩之往來，李俊民學習王安石也是學習中原文化及受宋文化薰陶；表現在大量集句詩中。

集句詩之作並非創始於王安石，但是王安石晚年大量創作集句詩，集結前人詩句，成為宋以後文人寫作集句詩的學習對象。

---

4　西元 1232 年。

## 二 對蘇軾的學習

對於蘇軾的尊崇與學習，李俊民重在格律之上，楊宏道重在內容義理的承繼。

劉瀛說李俊民學習宋人之處：「格律清新似坡仙，句法奇傑似山谷」，所學習蘇軾與黃庭堅之處在於格律句法，也就是形式之上。

李俊民在〈德老栽花成竹〉（芍藥花）一詩：「物性隨所移，歲晚氣自變。失卻本來身，還於身外見。得參玉版禪，如對菩薩面。叢林一花祖，派入香嚴傳。」（頁 181）全詩以詠物手法，表達自我雖處異朝，但是如竹一般的忠貞氣節決不更改。「栽花成竹」。更引蘇軾與友人「玉版和尚」[5]參禪典故說明自己與德老參禪。

楊宏道於宋代詩人中最尊蘇軾，在〈潁州西湖〉就中就說明：「曲岸匲明鏡，微風皺碧羅。誰將比西子，我獨憶東坡。亭古落塗墁，露涼荒芰荷。放生仁號在，魚鱉賴恩波。」（頁 489）楊宏道對於蘇軾對西湖當地治蹟的尊崇。

在〈東坡石鍾山記墨蹟〉（頁 467）詩中推崇蘇軾書法，詩中特別推崇蘇軾元豐時期之後（當指烏臺詩案被貶至黃州後所書）墨蹟，還說明當時蘇軾作品極受時人歡迎。詩中言及「新經出王氏，但付一笑粲」楊宏道支持蘇軾是勝於王安石的。

在〈古寺〉（頁 467）詩中學習蘇軾詩作〈和子由澠池懷舊〉，一樣的「壞壁」，卻因不同的因果關係；蘇軾是因為老僧已死，楊宏道卻因為元軍南下，所以僧眾逃離，興起今古之感。在〈苦雨示楊仲名〉（頁 501）一詩轉化蘇軾〈六月二十日夜渡海〉詩作中指政治風暴已過，反指朝廷的風暴正在激烈的進行。

---

5 吳文治編：《宋詩話全編》（上海：江蘇古籍出版社，1998 年 10 月），頁 2424。

楊宏道在五十八歲所作〈般水〉詩中[6]，感歎經歷金、宋、元三朝的變亂，學習蘇軾〈百步洪之一〉以「般水」自比，形容險惡人生之意。

李俊民與楊宏道相較之下，楊宏道詩作中襲取蘇軾之作，明顯多於李俊民。

## 三　對江西詩派的反思

李俊民詩作，除劉瀛所說與蘇軾、黃庭堅相似之處為「格律清新」、「句法奇傑」之外，李俊民「經義狀元」出身，博覽與鑽研經史子集的，使得詩歌句句有來處，這與黃庭堅所影響江西詩派，直承經書之義相通。

楊宏道的詩作不同於李俊民之作，在於楊宏道的作品雖然仍以學習宋代理學家繼承道統為宗旨，但是已經漸漸走出江西詩派的局限。

李俊民在〈蟻戰圖二首〉提及歷史的紛爭：「聲勢何勞鬥似牛，看看一雨到山頭。大家不肯勤王去，只待槐宮壞即休」、「膠膠擾擾戰爭多，歲月循環得幾何。樹下老人觀物化，夢魂應不到南柯」（頁263）承繼黃庭堅有〈蟻蝶圖〉一詩，李俊民與黃庭堅都是感歎沒有人肯真正輔佐國君。在〈歷陽侯〉一詩中「韓生去世冠軍廢，獨望楚強心亦勞。謾向鴻門撞玉門，豈知鹿死在金刀」，（頁 268）引《史記·項羽本紀》范增典故說明，忠言不得進用，以古諷今。在〈酈食其〉以漢代酈食其之典故，表達心聲：「多少中原逐鹿人，獨憑片舌下齊城。淮陰不喜書生事，能免他年獵犬烹。」（頁 268）李俊民引用儒生酈食其被烹殺的典故，表達當時朝廷重武輕儒的弊病。

楊宏道在〈贈李正甫〉中就言明自己反對「詩人有佳句，剽盜相

---

6　元定宗二年（西元 1248 年），曾至益都。

因依」，對於江西詩派「句句有來歷」的反思：「富貴侈車服，鮮麗生
光輝。貧賤竊慕之，勉強終亦非。東家借駿馬，西家借新衣。顧盼驕
路人，識者多笑譏。貧賤當勤劬，富貴起細微。俸秩既豐厚，不復布
與韋。詩人有佳句，剽盜相因依。」（頁 462）認為如果大家都只知
盜取他人作品，影響詩文中所該承繼的道統。

在〈修武春日〉一詩中，楊宏道提及作詩的困境，也是當時局限
在江西詩派者所面臨的困境：「春事年年墮渺茫，今年蜂蝶亦深藏。
已從漫與寬詩律，更覺無何入睡鄉。」（頁 500），「已從漫與寬詩
律，更覺無何入睡鄉」對於講求詩法及詩律的局限感到受到桎梏

楊宏道受當時南宋所盛行的尊楊萬里的「誠齋體」影響，努力突
破江西詩派的局限。在〈王子端溪橋濛雨圖〉一詩提及「誠齋體」代
表人物王庭筠：「三十六宮誦佳句，翠簾不捲楊花春。子端振衣起遼
海，後學一變爭奇新。」（頁 481）雖寫圖畫，也代表王庭筠詩歌對
於楊萬里「誠齋體」的效法特色，在變江西詩派用典之風轉而「新
奇」之處。

## 四 對宋代理學的承繼

宋詩言理的特色，原是承自韓愈等人「文以載道」觀念的演變，
宋人進一步集大成而成為宋詩的時代特色，更與宋代理學結合。楊宏
道受宋代理學影響，有〈送趙仁甫序〉[7] 一文，認為詩歌吟詠要「出
於正」，「詩以載道」的理學家理論。

李俊民受宋代詩人與理學家的影響，不只在長篇詩歌之中言理，
在短篇絕句之中也長於議論論理。

---

7 〈送趙仁甫序〉，此段引文與論述詳見於第三章第四節一文，論述《詩經》之
　中。

在〈彈琴〉中以彈琴尋求知音論述與政治的關係：「休言三尺是枯桐，大抵聲音與政通。曾得王君意中事，便從絃上和薰風。」（頁278）言執政「曲高和寡」之理。

對於宋文化的「言理」傳承還表現在題畫詩的傳承上，衣若芬先生也認為元文人題畫詩八詠的形態是承繼於宋人李俊民〈平水八詠〉之作，是承自於宋詩，但是由宋代的題畫詩的「失意感傷」轉化為「優美安詳」的意象。

衣若芬認為：「元人則傾向『以景代情』，喜以客觀的、疏離的態度白描畫上景致，將個人置於歷史的脈絡中思考，故而富有鮮明的時間感與普遍性」，「以景代情」，以景言理。〈平湖飛絮〉云：「三月湖邊祓禊亭，依依楊柳雨中青。晚來風起花如雪，春色都歸水上萍。」（頁274）指時局紛亂，士子凋零，忠臣「都歸水上萍」無依無靠。〈晉橋梅月〉序言：「嫩寒籬落似江村，雪裏精神月下魂。橋北橋南路分處，行人立馬待黃昏。」（頁274）寫人生道路仕與隱之間的選擇。

對於宋文化的傳承，衣若芬先生在〈「江山如畫」與「畫？江山」－宋元題瀟湘山水畫詩之比較〉[8]認為金元文人題畫詩的形態是承繼於宋人。肯定其承自於宋詩，但是於「失意感傷」轉為「優美安詳」。並且認為元人題畫詩繼承宋人，演變成「以景代情」，雖以客觀的、疏離的態度表現，仍將個人置於歷史的脈絡。

衣若芬先生以楊宏道：「楊弘（宏）道的意見可以被擴充解讀為：寫作不待『江山之助』，而在於『先王之澤』，詩人吟詠的是『出於正』的性情，是經由歷史文化淬煉篩檢過後的人文情感，所以『以

---

8　衣若芬〈「江山如畫」與「畫裡江山」——宋元題瀟湘山水畫詩之比較〉，《中國文哲研究集刊》第 23 期（2003 年 9 月），頁 33-70。前文第二章第五節中已引論。

景代情』，表達的是公眾的情，『畫裡江山』，看到的是歷史的江山。」，認為楊宏道題畫詩的創作意義是繼承堯舜以來的道統，題畫詩主要的意義是要說明義理。

這樣的思想與創作宗旨確實是受到宋代理學思想盛行的影響。

楊宏道在〈送趙仁甫序〉中就說明了，江山風景對一個人的作品是否具有道統是沒有助益的。也就是山水詩中若未能得見詩文中所承繼的「道統」是沒有意義的。宋代理學作家的作品才是承繼道統的。宋代伊洛諸人的作品與詩文才是真正具備道統的作品，所以楊宏道的題畫與山水詩都是以學習宋代理學家承繼道統為主要創作目標。是否看到真正的自然山水就不是那麼重要的。

所以楊宏道作品之中不常見寫景詩，縱然是寫景詩也如〈般水〉（頁463）詩一般，是以「詩言志」為主，而非寫景色之美。

所以楊宏道的寫作題畫詩的目的是在於「先王之澤」，繼承《詩經》以來「出於正」的傳統，所以表達的是公眾的情，所看到的是歷史的江山，是學習宋代理學家的。

楊宏道與李俊民的詩學，同樣顯現出金代詩學也承繼了宋以前傳統文化；李俊民承繼至經史之處較楊宏道更多，楊宏道對江西詩派字字有來歷的局限已經開始反思；李俊民比較尊崇王安石詩作，楊宏道比較尊崇蘇軾作品。

李俊民學習王安石之作，長於絕句小詩寫作；楊宏道長於古詩，寫作較多句式長短變化的作品。

李俊民所承繼為正統宋代儒家理學，楊宏道作品還被認為具漢魏遺風。

# 第五章　結論

　　本論文中所探討李俊民、楊宏道，在金朝亡國之後，以不同的身份與人生經歷，寫下記錄史事與志業留傳後代的詩作，使後人得以窺見在亂世之中二人如何選擇生命的出口。

　　元好問在發現無法挽回國破家亡的局勢時，選擇以著作史冊、傳記及收集金代作品，保留金代文物為效忠國家的方式，終生不肯侍奉異朝。

　　李俊民經歷金代、宋代、元代三朝，《莊靖集》詩文集在入元之後不再以元人年號編年，表現出「楚囚南冠」的忠心。

　　楊宏道則在金朝亡國之後，任職於南宋，經歷了南宋多次為元軍所攻擊的戰亂，顛沛流離，詩中因此有著亂世中不同的生命體驗與風格。

　　在歷史的洪流之中，無論是李俊民或是楊宏道、都以一己之力用真實的情感寫詩，表現最真實的感受與記載時代的變化。

## 壹　李俊民生平行述

　　李俊民金朝末年時舉進士第一，南遷至宋後，宋亡北歸，任職於元朝，其一生發揚程顥之學，長於占卜，是金末元初少數經歷三朝政權有大量詩作的文人。

　　李俊民詩歌保留於《全金詩》之中 824 首詩作，足見其詩歌成就，由其詩作之中可以提供後人瞭解當時社會所顯現的弊病，以知古

鑑今。

李俊民（西元 1176～1260）於先祖為顓帝之後，因避桀亂改姓氏為李氏，也是老子後代子孫，先祖曾開創唐代，因密謀復國，遭武則天屠殺，存者隱居於澤州，先祖李植曾於宋神宗熙寧年間曾舉武舉科，並隨范仲淹出征沙場，是中原名門世家之後。

李俊民生金世宗大定十六年六月十四日，「金代時期」在金章宗承安五年，二十五歲得河南程氏之學，狀元及第，授翰林應奉，泰和貞祐年間出守下邳；泰和貞祐年間為沁水令、改彰德（國）軍節度判官，貞祐二年三十九歲李俊民時元軍攻下澤州，逃難避亂福昌。

本文於李俊民生平論證此處，與《金代文學家年譜》不同之處在於王慶生先生認為「泰和」中，李俊民已回故鄉澤州，任職於金朝前後不到六年。本文論證後認為貞祐二年後才因為元軍攻抵澤州，逃離兵亂，歸隱避亂於福昌。所以李俊民任官於金朝應是從承安五年二十五歲至貞祐二年三十九歲時，共十四年之久。李俊民興定三年，四十四歲移居伊陽。此時有詞作〈酹江月〉之作為「壬午中秋」所作。「壬午」年為金宣宗元光元年（西元 1223）年，李俊民四十八歲中秋所作。《金代文學家年譜》所引〈酹江月〉詞作誤為「壬寅中秋」之作，與在福昌之時期不合。

李俊民「宋代時期」在金哀宗正大八年，五十六歲入襄陽；天興元年，五十七歲與宋襄陽太守史嵩之往來；史嵩之知襄陽府參與攻打金哀宗的「蔡州」戰役，「蔡州」淪陷後金王朝滅亡，李俊民因此於金哀宗天興三年，五十九歲北歸澤州。

李俊民「元代時期」經懷州至澤州，澤州太守段直迎接李俊民為師，以招延四方學者，重視地方教育，以薦舉人才為己任，六十二歲奉命編纂《道藏經》，六十八歲編刊《莊靖集》。七十八歲時應召觀見憲宗弟忽必烈，八十四歲時忽必烈遣問禎祥，八十五歲時卒謚「莊

靖」。

如同李俊民反映金末社會的詩歌，形容改朝換代，被異族統治今古興亡之感，反諷「時清」之〈焦天祿野叟聽音圖〉詩：「梨園弟子，天寶之後，誰其知音，百歲遭叟。曲終悵然，淚迸林藪。時清眼明，萬事緘口」。據《四庫全書總目提要》所說認為李俊民雖侍奉異朝，但是對於金朝仍是存忠貞之心的，所以《莊靖集》中不錄元朝年號，所以詩中多有「幽憂激烈之音」。

李俊民的在歷史上之地位，除了有大量詩作留存，讓我們瞭解政權腐敗與戰爭，造成百姓苦痛外。他為求百姓福祉，面對異朝政權時，以正面的態度，薦舉經世濟民之士，也是值得我們深思的「入世」作為，畢竟讀書人所學為何？最重要不過是造福百姓吧。

## 貳　李俊民詩歌特色

李俊民詩歌中思想主旨明確，包含有「忠貞思想」、「經世濟民」到「哀悼時局」；終而表達「亡國感慨」與「淡泊生涯」的情懷。

### 一　「繫念宗邦」的詩旨

在金朝末年狀元及第的李俊民，面臨國家危難之時，詩歌之中自然充滿了「幽憂激烈之音，繫念宗邦，寄懷深遠」之音，在遭遇甲戌之變元軍攻抵澤州時，有〈竹林〉詩：「天寒十萬夫，未聞一死節」；〈野菊〉：「秋光到處多無主，不是閑花不肯香」；〈讀五代史〉：「猶憐仙掌英靈在，能把潼關閉不開」，等「幽憂激烈」之音，都顯現李俊民對於故國忠貞不二的忠誠。

堅守儒家思想的李俊民，也了具備儒家積極的經世精神，在〈成之夜談省庭新事〉一詩中明言：「蓋嘗推此心，天下欲兼善。儒家惟

有孟，日夜講不倦。」儒家「孟子」所論才是使天下兼善的治理方法，在〈贈儒醫卜養正〉一詩：「嘗聞上醫可醫國，何不使權造物柄」，說明經世濟民才是儒家學者的職責。

可惜金末元初儒士卻仍然不為執政者所重視，李俊民在〈和答董用之〉中就說：「就中儒冠身多誤，如坐矮屋頭常低。敢將龍鍾哀造物，但幸老大能扶犁。」儒生不為世所用的苦痛，這也是李俊民在金末元初雖自我期許經世濟民，卻選擇歸隱的原因。

李俊民對於社會的亂象也提出了控訴，包括：「上位者奢華」、「有志之士不得任用」、「官吏欺壓」、「不依古禮」、「戰亂不斷」等社會問題：

在〈鎮山堂〉詩中提及建築華屋者：「不哀梁間叟，欲竭南山木」，不解民生疾苦；在〈綵樓〉一詩寫綵樓的華麗：「書契以來未省見，異事驚倒百歲翁」卻是「寒窗戛戛鳴機婦，積年杼柚一日空」，徵斂百姓多年的稅賦所成。以「山川謂可錦繡裏，塵土盡皆羅綺封」寫出奢華亡國的悲鳴。

李俊民詩中也說明金末元初有志至士不得任用的悲哀，李俊民在〈劉漢臣堂甫北歸〉：「哀哉同隊魚，盡在枯池裏。縱免鼎中烹，將見渴欲死。」與〈弔劉伯祥〉：「落落天才無地用，卻還英氣與山川」，都是寫有志之士，不得任用的苦；〈孟浩然圖二首〉之中也以古諷今：「仕為不求明主棄，此行安得怨王維」，認為時人多如孟浩然不得唐玄宗任用，終至窮困終生。

李俊民詩歌中，對於金末元初困頓的社會經濟，官吏的欺壓時有描述，針對稅賦嚴苛，在〈母應之餉黍〉一詩中就直言：「胡兒皆飽肉，我民食不足。食不足尚可，鬻子輸官粟」，將各家各戶只能賣子為奴以輸官稅，遭受欺壓的史實道出。在〈即事〉中也說：「門外催租吏，長妨對聖賢」，縱使李俊民都備受困擾，何況無助的百姓。在

〈群鼠為耗而貓不捕〉：「欺人鼠輩爭出頭，夜行如市晝不休。渴時欲竭滿河飲，饑後共覓太倉偷」，道出朝廷當局任人不當，中央官員備受朝廷禮遇，卻不知認真治理，將鼠輩繩之以法，使得鼠輩奪取人民財物，爭端不斷。

李俊民也有〈雨雹〉詩指正金末元初治國不依古禮的弊端：「世間萬事豈不見，那用區區書觀臺。我思天變豈徒爾，以象告人當自裁」，直指朝廷不教導百姓敬天的缺失。李俊民詩歌我們也可以感受到金末元初的戰爭苦難，寫襄陽城為宋元軍爭奪引發戰亂之苦，元軍冬日從宋光化軍入唐郡，金人紛紛避兵南宋。李俊民南逃入宋，有〈和王李文襄陽變後二首〉：「虞全不念唇亡國，楚恐難當舌在人」，感嘆宋軍與元軍聯合攻宋，金亡後宋軍終至為元軍所攻。在〈聞蔡州破〉詩中記載：「不周力摧天柱折，陰山怨徹青冢骨」悲壯的寫出，戰爭死傷之慘烈。

李俊民還在〈壬申歲旱官為設食以濟饑民〉悲憐對於當時百姓所承受的天災：「山川課雲職不舉，無乃風伯號令嚴。民是天民天自恤，何時霹靂起龍潛」在〈小旱雲而不雨〉之中：「阿香誰使送雷聲，敢望天瓢一滴分。」寫出對於解除旱象的期待。

## 二 「向人猶似泣殘金」的詩情

李俊也有「亡國感慨」之作，金亡後李俊民由懷州至澤州，李俊民由詩歌中表現出感傷百姓無家之苦，寫給籌堂有：「長恨周人詠黍離，不期親到閔周時」，亡國之臣處境艱難的詩句；還有〈寒食〉詩：「莫灑無家淚，須傾有限杯」，感嘆亡國「無家」之苦；在〈樊噲戲石〉中有：「不期兩都後，復有三國志。過客對春風，徒灑山陽淚」，感嘆改朝換代的苦；在〈暮秋有感〉中：「惟有黃花枝上露，向人猶似泣殘金」哀悼金朝的敗亡；在〈秋日有感〉一詩中以：「梁園

勝事隨流水，滿目愁雲鎖故宮」悼念故國的亡敗。

在〈陽城懷舊呈陽敬之燕子和李文卿二首〉詩以「風波千萬丈，煙火兩三家」二句，寫出亡國後的困苦；在〈河陽呈苗簡叔〉中也寫：「多少逃亡屋，荒涼晚照中」，描寫戰亂後的荒涼。在〈赴山陽〉詩中用：「落日寒林山下路，淡煙疏竹水邊城」，表達流亡的辛苦。讓後世讀者閱覽其詩作，如同讀史般，感同身受。

在〈狂風〉詩中感嘆時局變遷，故國繁華「又是一場蝴蝶夢，能禁幾度落花風」，在〈白文舉王百一索句送行〉詩中，對於紛亂的時局，有：「世事紛紛亂似麻，不堪愁裏度年華」深感無奈之句。

在〈杜門〉詩以「近來人事頗相乖，獨坐何曾得好懷」二句形容自己仍心懷故國的心情；在〈為劉益之營中上王懷州二首〉運用典故，表達自己對故國的哀悼；在〈和秦克容來韻〉一詩中也提及：「可憐杜宇訴亡國，還笑沐猴思故鄉」對故國的思念。在〈即事〉中以「好山無限歸未得，白雲慚愧渡溪風」二句對於金朝將領痛失江山，感到痛心萬分；在〈七夕〉詩中以「民間送巧渾閑事，不見長生殿裏人」二句感嘆金朝皇室已成歷史；在〈自遣〉一詩中，以黔驢技窮，深感自己的無能為力。在〈和子摺九日謾興二首〉中也表達出：「悠悠今古何須問，淚灑牛山亦過憂」，漂泊時深沉的哀痛。在〈寄趙楠〉詩中「三十一人今鬼錄，與君雖在各華顛」，對於友人凋零待盡，深感悲悼。

李俊民最終只能在歷史之中追求心靈平靜，在〈遊青蓮二首〉之中「不有歸來興，何能見遠公」，以佛教典故遠公悟徹真諦之理，自我釋懷。

李俊民在元太宗八年，六十一歲，歸隱於澤州「鶴鳴堂」，並編纂《道藏經》，進一步接觸到老莊思想與道教經典，詩作轉而有淡泊生涯之感。

在〈答滿法師〉絕句中「此身分付水雲間，不見高人得句難」，稱佛道之士為高士；在〈和泰禪〉詩中：「淡泊生涯分自甘，十年霜葉碎青衫」二句直指「淡泊生涯」的人生抉擇。在〈橙數珠二首〉中全詩論說佛理，「凡俗盡從千佛轉，忘言老宿但拈香」結合禪宗「不立文字」與陶淵明「欲辯已忘言」的境界，表達出自己對於佛理的體悟。

在〈答籌堂見招六首〉中：「俯仰隨人亦自欺，精神無復似當時」是李俊民晚年的處世態度，與在〈和段正卿韻二首〉：「喚起東籬無限興，黃花須待與君看」，以追求陶淵明之「閑」是相同的。

一代儒學大師李俊民，徘徊於仕與隱之間的自我排遣方式，在歷史的悲劇之中，由李俊民「淡泊生涯」，追求「閒」的感歎，可以理解儒家思想，在亂世之中的安身與立命。

## 參　李俊民詩學承繼

李俊民詩歌承繼先秦、兩漢、唐、宋傳統中原文化與文學，取歷代詩學大家的精神與筆法，具有傳承宋文化與金文化的歷史意義。李俊民在元代著書立說，舉任賢才至朝廷，傳承宋、金、元三朝的文化與詩學，具有文化貢獻。

劉瀛在《莊靖集》序中，更說明其詩歌具備「仁、義、禮、智」、「將以經天緯地，厚人倫，美教化，貫乎道者也」移風易俗與文以載道功用。

能夠有這樣文化與文學傳承能力，與李俊民是中原古國之後裔，家學淵源深厚有關，李俊民雖為金朝人，考證其先祖，不僅為哲學大家老子之後，並曾貴為唐皇室。

對於傳統文化的傳承，顯而易見之處，在於對於《詩經》的學

習，不僅表現在「詩言志」上，在形式與句式上也有顯著的承繼，不僅學習《詩經》四言形式，書寫題畫詩，並確實繼承《詩經》敘述民心之志的詩學功用。

承自於《楚辭》之處則在於以忠義殉國的精神，與〈離騷〉國家危亡的悲痛感慨，有千古知音之感；承自〈滄浪曲〉之處，在於感歎時人消極，未見決心復國者；更學習《楚辭》「天問」篇的寫作手法以問答形式藉由「月」、「影」、「我」三者思辯，表達主題。

對於唐代詩學的承繼，承自於杜甫之處，在於其以詩為史的精神，點化杜甫詩句，表達相同以詩為史的詩歌功用。

承自於韓愈詩歌義理之處在於「中正之學」，即是「發為文章，粹然一出於正」的「文以載道」；承於韓愈篇章形式之處，在於「雄篇鉅章，奔騰放逸」，以長篇序言及長篇序事方式表達詩歌宗旨，以達經世濟民的功用。

劉瀛在〈莊靖集序〉文中更認為李俊民學習宋代詩學之處，正因為家學源自中原世家唐皇朝，深切研讀「經史，諸子百家」，所以與江西詩派承自於經史典故之處「字字有源流，句句有根柢」的特色正相同。承自於王安石在於「集句圓熟，脈絡貫穿，半山老人之體也」；承自於蘇軾之處在於形式上的「格律」與詩風的清新；承自於黃庭堅在於「句法奇傑」。

李俊民學習王安石也是學習中原文化及受宋文化薰陶；表現在大量集句詩中，這代表李俊民「廣泛閱讀歷代詩歌」；其集句詩的主要引用古人詩句轉化成自己心意，表現出的主題包括：「以寒食象徵紀念忠臣」、「以春風借比國君」、「以花借比士子」、「以別離詩表現戰亂心境」、「描寫國君不知『征戰』苦」、「以隱居感舊為主」。

李俊民承自於宋詩之處，更表現在對於傳統經史子集的博覽與鑽研，運用大量歷史故事與典故，表達詩歌意義，使得詩歌句句有來

處。充份運用江西詩派所主張的句句有來歷方法另外值得注意的是宋詩重的特色，在李俊民詩歌之中也可見受時代影響之處。李俊民不只在長篇詩歌之中言理議論，在短篇絕句之中也善於論述。

李俊民對於宋詩的承繼還表現在題畫詩的承繼，如〈平水八詠〉之作，承接著宋代題畫詩至元人題畫詩間的脈絡，演變成「以景代情」，雖以客觀的、疏離的態度表現，仍將個人置於歷史之中。承自於宋代詩學，將自己的生命情懷與國家的存亡脈絡結合；對於情與景、歷史與自我作緊密的結合。

李俊民對於宋文化的承繼，還表現在「小詩」的呈現。劉瀛在也說到：「小詩高古涵蓄，尤有理致而極工巧」，用「高古」來形容，見其承自於古詩的特色。

甲戌之變發生之後所作，〈一字百題示商君祥〉巨作於「頃刻間」完成，可以了解其文筆與才學之高古，並表現出以詩為史的歷史傳承使命。

在詩學的承繼宋文化傳承之外，還可以看出李俊民詩歌特色，在於無論用那一種詩體表現，終不忘民生社會與國家民族之遺恨。

## 肆　楊宏道生平行述

楊宏道（西元 1189 年～？）出自華陰郡望，春秋時晉國大夫叔向封在「楊」，叔向子「食我」即以楊為姓氏，後晉頃公殺食我，分其封地，其子孫逃往華山，稱華山楊氏，也是中原名家之後，先祖在金朝開國時曾位居高官。楊宏道出生在淄川山城、父親曾於汝陰任官，十一歲父母雙亡，依靠叔父，叔父不知上進縱情遊樂，楊宏道自己勤學進取，後拜師南溪先生。

曾娶二妻皆因戰亂不幸亡故，於濟水畔娶第一任妻子，生下二

子，婚後十年因戰亂而喪生；於般溪畔再娶第二任妻子，也在戰亂中被害，原有「二子五女」，一子死亡，卒於流寓南方之時。

楊宏道金代仕宦經歷，在興定元年二十九歲前與何元理至遼地後，回汴京，至興定五年三十二歲在汴京擔任「刑部委差官」；金宣宗興定五年三十三歲與元好問會於汴京，楊宏道囚科舉落榜，入陝西為吏；三十四歲至邠州。

金哀宗正大元年三十六歲監麟游縣酒稅，再次入京應試，仍舊落榜。三十七歲自邠州入平涼，平涼太守任命楊宏道擔任軍職，三十八歲楊宏道請辭。

金哀宗正大四年三十九歲避兵至藍田縣。此時平涼已為蒙古軍所攻陷，八月離開平涼避兵藍田縣投靠張德直，遊秀野園及渼陂，逃避兵亂時受困在「隆曲寨」一地；四十歲至鄧州，求助劉祖謙，至內鄉見元好問，安家於鄧州，與元好問、劉祖謙、李長源交遊於內鄉。

金哀宗正大六年四十一歲至正大八年四十三歲在鄧州。期間至汴京赴試，還是落榜；再回鄧州，上書戶部尚書楊愷。

金哀宗天興元年四十四歲，元軍入城，再次逃難，鄧州淪陷。

楊宏道在宋朝仕宦經歷，在宋理宗紹定五年（金哀宗天興二年）四十五歲降宋，入仕宋。至宋理宗端平元年四十六歲任宋職－襄陽府學教諭，依趙范。

宋理宗端平二年，四十七歲借補迪功郎差權唐州司戶參軍兼州學教授。北遷，寓家濟源；三月後辭州學教授（襄陽府府學諭）職位，僅任職唐州司戶參軍。

元代經歷則在宋嘉熙二年，即元太宗九年四十九歲至五十一歲，移居濟源。

元太宗十二年五十二歲，經濟南，宿洪濟院歸淄川，回鄉後家中田園已被他人所佔領，無以為生，只好在五十三歲，由淄川遷居濟

南。

　　元太宗后元年五十四歲至五十五歲在濟南，五十五歲幫李善長之曾祖父所作《窺豹集》作序。元太宗后三年五十六歲曾至蒲城；直至元定宗后元年，多在濟南，曾遊靈巖寺。五十八歲曾至益都，五十九歲在濟南。有〈宣知賦〉、〈送趙仁甫序〉之作。直至六十歲後至燕京，編《小亨集》，請元好問為之作序。

　　元定宗后三年，六十一歲過濱州回鄉至元世祖至元八年八十二歲隱居於鄉間。

　　元憲宗五年，六十六歲過濱州，有書室名「素庵」。元世祖至元九年八十三歲，王惲請賜號，卒年不詳，元仁宗延祐三年，贈文節。

# 伍　楊宏道詩歌特色

## 一　「辭直非謗訐」的詩意

　　從〈幽懷久不寫一首，效韓子「此日足可惜贈彥深」〉：「幽懷久不寫，鬱紆在中腸。為君一吐之，慷慨纏悲傷。辭直非謗訐，辭誇非顛狂。流出肺腑中，無意為文章」，可以顯現出楊宏道積極求進用，卻不可得，對於金末時局的絕望感。加以〈甘羅廟〉、〈自述〉、〈優伶語錄〉等詩文都可以感受到楊宏道對於金末時局批評的「辭直」之意。

　　〈閭閻子〉詩中：「凶年大兵後，荒城守空倉。負擔非我事，徒步昔未嘗。四肢不勝勞，憩息坐道傍」，正是原本積極進取求仕，卻屢次落榜，懷才不遇的楊宏道心中最大的無奈。面對「興定紀年後，治道日修飭」的金王朝，楊宏道失望至極，所以對於宋朝、元朝的朝廷興亡，漸漸感悟到：「寓形宇內宜自適，吾土他鄉奚所擇。與君同

立東風中，一笑相看誰是客」，一切無法改變的事實。「巢穩由知擇，風飄未可量。履新冠已敝，上下豈無常」，即是楊宏道對於當時政局變換的無常感受。

楊宏道五十二歲，在金宋為元所亡時在〈宣聖廟桃李盛開約鄉中親舊同飲花下〉詩中所指「喪亂不堪憂故國，英華猶覺在吾門」表現出即使身處異朝，心中仍是對故國難以忘懷。「不歸宮闕充梁棟，也作龍舟濟大川」、「水車倦踏傷淫潦，無奈連天雨正深」都是期望自己所學能有用於世，以解社會民生的苦難，這是楊宏道積極求官，縱使身處異朝，也不放棄貢獻所學的原因。

在〈寄鞏州司農少卿李執剛〉詩中對於天災與人禍不斷，感到痛心，以詩記史，用心關心民生生活；〈舟行二首〉由己身的貧困，推己及人，進而關心周圍寸草不生的民生經濟問題。五十三歲時，離開故鄉淄川再至濟南時有〈若人〉一詩，寫出自己的痛苦，也寫出當時戰後治安敗壞，強取豪奪的百姓苦難。

至燕京途中曾有〈鄲縣道中〉寫戰後的景像，期待有人能夠教授京城中之元人「種樹」加惠百姓的重要。在〈賞菊張濟道家分韻得菊字〉中寫出金末元初百姓遭遇的困境，「夜夜空山草間宿」一語點出無家可歸，元軍入城後連夜奔逃的景況；「今年蝗旱草亦無，懷川竹林如帚禿」，寫出人禍之外，天災亦荼毒百姓甚深；「辭直非謗訐」關心民生的作品，正是楊宏道詩歌的特色。

四十四歲，元軍入城有〈壬辰閏九月即事〉之作，「西山逃難日如年」形容逃難的苦痛令人「度日如年」；「草動風聲止又遷」形容局勢的慌亂讓人朝不保夕無一棲身之所。四十歲在鄧州，與元好問比鄰而居，有〈寓居書懷〉一詩：「但得生涯能地著，何嫌山谷數家村」，寫出戰亂中基層百姓最卑微的要求。

在〈贈馬升公〉詩中寫當時讀書人的難以維生，在〈重到碭山示

白文卿〉詩序言：「久不歸所寄麥，故有是詩」，詩歌創作目的是向他人討回借出去的糧食，顯現生計的難以維持。在〈故人〉詩中也道出金末元初的亂離，「重遭難食厄，遠冒畏途來」道出了當時因戰亂造成的食物困乏，關心了亂世中最基本的民生問題；在〈贈盧希甫〉詩中寫出逃難途中難民食物匱乏，以野果維生的處境。

在〈寓濟源〉一詩中：「欲結黃茅屋，如營白玉樓」寫出金末人民生計困難，難以維持基本生活的苦痛。

自我生活的悲苦、生計的困難、客居各地所見及關心基層百姓的生計，是楊宏道推己及人，以詩歌記載金末元初民生狀況的推動力，除了記史之外，更令後人得以了解戰亂中百姓不得溫飽的苦痛。

## 二　「默傷仁者心」的詩情

綜觀楊宏道「默傷仁者心」的詩情，懷才不遇的情懷，表現於詩歌中出有：「暝色自遠至，青林欲棲鴉。蟬聲促歸思，亂響如繰車」、「且復祈冥冥，聊以慰所思。言絕仰面哭，涕泗縱橫垂」、「我身非匏瓜，安能長在此」、「嗟我廢學胸次愈迫隘，但覺擾擾俗物遮眼昏」、「出門月朔忽月晦，敬聽命召寂無聞。」、「睡起倚門嘗佇立，翩翩蝴蝶過鄰牆。」、「濡沫能微濕，生涯善自謀」、「久知作事常難遂，無挾投書亦漫求」、「一身常坎軻，半載廢經營」、「可憐無所附，寂寞草間開」，等亂世之中悲苦無依的警句。

對於金代的亡國，楊宏道在詩歌中表達出無盡的哀傷與恐懼。在〈蕳川〉中「孰非人子，耕我先塋」、「孰非人子，藝我塋域」詩語中對於無法力守祖先基業，至感惶恐。在〈晨興〉中「書帙空插架，盤餐懶拈匙」，〈悼亡〉詩中「一朝遭喪亂，倉卒不得辭。荒城落日哭，悲在留兩兒」都是形容國破家亡，無能為力的痛苦。在〈哀子〉一詩中「西南流寓三千里，東北攀號二十年」寫出不得任用的苦痛與長

久；在〈詠鶴〉一詩中「雲羅偶見羈，憔悴離江浦」，感慨身處異朝的苦痛。

〈阻隆曲寨〉詩：「濡沫思靈沼，傷弓失鄧林」、〈東林〉詩：「翩翩傷弓鳥，日暮擇所托」，自比為困境之魚、傷弓之鳥，表達出亡國遺臣驚恐絕望的哀傷。

六十歲至燕京有〈過燕〉：「花殘無奈何，麥短農事病」生計還未安定，是楊宏道所深切擔憂的；在〈雁〉詩中以孤雁自比：「草黃沙磧遠，水闊洞庭秋」、「夕陽堪入畫，零亂下汀洲」寫出亡國者的悲哀；在〈鄭圻〉一詩中「鄭圻西峻周東傾，丘陵破碎山縱橫。」寫出山河破碎之痛；在〈謾題〉詩中「江海此時回首望，黃花滿地酒樽空」感歎國破家亡。至燕京時所作〈中都二首〉：「莫對遺民談往事，恐渠流淚不能收。」寫出亡國者深沉的悲痛；以〈日落〉形容金朝的殞落，以「未及轉頭飛電過，方將掩耳迅雷驚」寫出亡國者的恐慌與驚懼。

楊宏道與佛教宗教的接觸，起因於金末元初社會得動亂，使得楊宏道逃難期間寄宿於佛寺之中，接觸佛教建築物與僧人。

在動亂的時局之中，楊宏道有許多寄宿於寺院的經歷，如在〈玉泉院〉詩中感歎：「雞鳴出門去，溪流醒夢魂。據鞍一回首，但見翠浪翻。」經過一天一夜澄靜的佛寺生活，天明後再次回到仍是多變的時局變動之中。佛門的寧靜，是楊宏道在面對金末紛擾的社會中，可以暫時休養心靈的地方。

在〈靈泉院〉一詩中，就說明逃難途中曾住宿「靈泉院」中，「裊裊架蒼竹，冰箸縣無時。甘冷怯漱齒，雅與烹茶宜」寫出時局的動亂與生計困難。

楊宏道在金亡，元朝新立之際，曾多次被迫逃難，遷居之時，常常需要借居佛寺。五十二歲，歸淄川〈過濟南，宿洪濟院，贈海州果

上人，因寄鄉中親友〉詩中記載在回歸淄川的歸途中寄宿於「洪濟院」中三日，由詩所言，更可以推知金末元初，宗教寺廟也發揮了社會救助的功用。在〈醴泉寺詩〉中也說明寄宿「醴泉寺」的經歷，帶出「醴泉寺」是歷史名寺，范仲淹曾經寄宿此寺的歷史事蹟，並感歎自己亦是遇難寄居於此地。楊宏道詩中也寫寺院建築之美，如〈宿流泉院〉一詩中，記載流泉院的地勢、造型與田園佈景，並訴說此院的歷史因革。在五十七歲遊靈巖寺所作〈重到靈巖寺〉一詩，記載「靈巖寺」在金末元初遭受到毀壞，記載戰後佛寺的景象。在任職宋朝時有〈澄心齋詩〉，寫自己在退朝公餘之時，潛心禪修的狀況。

楊宏道與佛教宗教的接觸，表現在與佛門子弟的往來，在〈圓融庵〉詩序中就說：「圓融庵主求說偈言」，曾有僧人請求楊宏道寫佛教偈言。

在寫給曾為少林高僧的歸義寺長老性英〈代茶榜〉一詩，說到自己至歸義寺做客，得以研讀佛經，略懂佛經義理，與「性英長老」談佛說理。席間並且論述做詩之法，並以詩代「茶榜」，有〈將歸阻雨用木庵送行詩韻〉詩作也是送給性英長老的作品。在〈和鑑上人〉詩中，也寫「禪房留過客，詩筆見高情」與和鑑上人相互往來作詩的情誼。

對於道教的接觸與認知，也是因為宗教的社會服務功用，在元定宗三年十月楊宏道曾有〈重修太清觀記〉為道教道觀服務之作。

友人王巨濟等人在金亡後，潛修道教遠離朝政，也是楊宏道接觸道教的原因之一。在《嵒庵記》中就說明王巨濟因為國家敗亡著所以道士服，築「嵒庵居」而居，當時文人因改朝換代，遭受兵禍，失去官位，有在道教中求得安慰者。因此學道風氣盛行，隱於道教成為失意讀書人的一種選擇，由其〈送句曲外史張君歸華陽〉詩中也可窺見友人也是入山尋求道法。楊宏道在降宋，入仕宋時有〈武當山張真

人〉詩寫給武當張真人，歌美道教高人下武當山來救助受災百姓，受詔作法使天降甘霖，記錄了當時宗教對社會民心的安定作用。同時期還有〈寄武當山人張真人〉表現對於武當山道教廟宇的讚賞，及道教神明與修行者的尊崇；在〈送吳真人〉一詩中也記載朝廷利用道教安定民心的功用。

在〈次韻陳又新真人北上〉中也可看見楊宏道與道教人士的往來，在〈贈季尊師〉詩中表達出對於修道者的尊仰；在〈望南極〉詩中也寫出了對道教神明「南極仙翁」的尊仰。

在楊宏道的詩歌創作中，讀者可以感受佛、道教都成為可以減緩金末元初混亂社會局勢之下，百姓成為動亂犧牲者，佛、道教成為安撫民心的重要工具，也是士大夫們在國破家亡後重要的心靈寄託。

## 陸　楊宏道詩歌的承繼

楊宏道以詩聞名於當時，以詩歌創作為職志，對孔子以來詩歌正統的用心學習與承繼，表現在日常之中，在以詩會友時常參與「詩會」，處困境中更「晨興求紙筆，枕上有詩成」以詩歌抒解愁緒，縱使在遭喪亂之後，仍然「擬賦蕪城賦，長吟梁甫吟」以詩賦自我排解。

### 一　對於《詩經》的承繼

楊宏道曾於〈送趙仁甫序〉一文，提出詩文理論，認為「孔子之於詩文道統的貢獻賢於堯舜」、「詩文至秦後離正統越遠」、「宋代理學家所著之詩文特別具有道統意義」、「以經書為詩文正統之源」，可以感受到楊宏道詩歌對傳統經書的承繼，也可以感受到楊宏道已接受反江西詩派的影響，改善在詩歌之中句句有典故的江西詩派困境，只繼

承其堅持道統的部分。

　　楊宏道詩歌承《詩經》之意與句式，運用經書道統之志，與當時盛行的宋明理學相呼應，以經書義理為詩歌創作者基本的涵養。

　　楊宏道尊崇孔子「刪黜述修經書」，認為詩歌的創作必須合乎道統，《詩經》為其所尊奉的經典。認為孔子之於詩文道統的貢獻賢於堯舜，詩文至秦後離正統越遠，宋代理學家所著之詩文特別具有道統意義，自然以經書為詩文正統之源。

　　這樣詩歌要求具有道統傳承的表現，表現在〈麟遊秋懷〉「求仁又何怨，安取四知金」一語即出於《論語・為政》；〈贈楊飛卿〉一詩中提及《詩經》的重要，在於「三百周詩出聖門，文為枝葉性為根」，出自聖人之門以道統為根；〈蓄川〉詩中楊宏道不僅以四言古詩形式，學習《詩經》四言句式寫對於金代亡國深感痛心，還引用〈綿〉：「周原膴膴，菫荼如飴」，形容「蓄川膴膴」，「膴膴」指肥美的樣子。全詩上承《詩經》之意與句式，以經書義理為詩歌創作者基本的涵養。

　　〈赴京〉詩中也引《詩經》「邶風」與「鄘風」二風中之二首〈柏舟〉之意，寫國君不聽忠臣之語，聽任小人禍國，女子忠貞不二的情誼，於此喻指作者一片忠誠之心，卻有志不得伸之苦。在〈遣興〉詩中引《詩經》「采蘋」之意，感歎流寓在外，無家可歸，無法祭祀先祖；全詩以〈采蘋〉祭祖的隆重對比國亡無法祭祖的悲傷；在〈李廷珪墨歌〉中引〈車攻篇〉為《詩經》中敘述周宣王在東都會同諸侯舉行田獵的詩，歌美趙節使治理地方之美。

　　在〈將歸阻雨用木庵送行詩韻〉一詩中引用《詩經・雲漢》篇之意，感歎周宣王之時，百姓即為天災所苦，天災所造成的災禍也是周宣王所戒慎恐懼之處。

　　〈荊楚〉一詩，引用《詩經・青蠅》，以「青蠅」比好進讒言的

小人，怒斥小人進讒言，離間兄弟，禍國殃民；可以了解楊宏道承繼《詩經》內容與義理之精純。楊宏道在〈玄鳥〉一詩引《詩經・玄鳥》之意感歎金朝先祖無人祭祀，反用《詩經》商頌玄鳥篇之意寫亡國之痛，使詩歌義理更加寬廣與深邃。

於〈贈鄧帥〉一詩祝賀「鄧帥」喜得孫子，所言「抱孫聞有喜，麟趾頌振振」引用《詩經・麟之趾》歌美鄧帥子孫多且賢能，楊宏道應用《詩經》的作品，包含應酬歌頌之作。

綜前所論楊宏道承繼《詩經》不僅是形式上的句式，也包含《詩大序》義理的承繼，主要在於《詩經》所記載對於故國的思念與百姓福祉的關心。

可以看出金末元初金人對傳統漢文化的傳承，宋明理學重經學傳統的影響，對於金人有明顯的感化教育作用。

## 二　對於《楚辭》的承繼

張衡〈四愁詩〉指出《楚辭》中所言美人、珍寶、水雪、都別有所指，引用名物都別有寓意，成為楊宏道詩歌學習《楚辭》的道路；憂國憂民行吟澤畔是楊宏道與屈原情懷千古共通處，楊宏道不只學習《楚辭》中以「蘭」比君子之德，也以自放幽香的「蘭」自比；更長於運用《楚辭》慣用詞語，顯現亡國之臣深沉的哀傷。

## 三　具漢魏之遺音

《四庫題要》雖然批評楊宏道仕宦經歷：「生平流離，南北竊祿，苟全其出處之際，蓋無足道」，對其詩風卻特別稱美楊宏道詩歌於金末元初揚名三十年，「今觀所作五言古詩得比興之體，時時近『漢魏遺音』，律詩風格高華，亦頗有唐調」。五言古詩部份更具備了「漢魏遺音」的特色，表現在詩中，在〈唁高士美〉引《世說新語》

「逢彼之怒」之典故，借比高士美與自己不為時所用；在〈遊石龍窩〉一詩中「山公從葛強」引《世說新語》典故希望自己能遇知人善任之士，成為山濤的愛將，對於當時名士的生活極為嚮往；在〈留別劉伯成、王景伯〉一詩中，也以晉代「劉楨」之文稱美友人之文，晉代「王羲之」之字比友人之字。可見楊宏道對於魏晉人物品味與文學的特別喜好。在〈贈呂鵬翼〉引用《晉書》阮籍青眼對待喜好之友典故，借比自己與呂鵬翼的友情深厚。

在〈贈鄭尊師〉一詩中也說明自己嚮往魏晉的「談玄」與大自然為伴的生活；在〈次韻田長卿〉引用陶淵明〈桃花源〉詩的典故，想要尋找金王國的桃花源卻不可得；在〈次韻孟駕之清明會飲城西桃花下〉更結合對於桃花源與談玄生活的喜好。

## 四　宗唐詩

趙秉文與楊雲翼都認為楊宏道詩歌的特色在於「宗唐詩」，稱美楊宏道學習韓愈的特色，以〈此日足可惜〉為例，可謂：「金膏水碧，物外自然奇寶，景星丹鳳，承平不時見之嘉瑞」是亂世中「其窮亦極矣」下的傑出作品。

楊宏道詩歌學習韓愈詩除了是同樣「窮」的身世背景外，尊崇「道統」也是楊宏道學習韓愈的主要因素，目標是與《詩經》相同，本於「至誠」創作，具有社會功用的作品，所以楊宏道也學習杜甫。

楊宏道在〈答張仲髦〉詩歌中就說：「韓杜遺編在，今誰可主盟。故人相敬愛，健筆過題評」當時友人「張仲髦」稱美楊宏道詩歌得韓愈與杜甫精髓。

楊宏道尊杜詩主要在於關心民生生計之上，由楊宏道詩歌內容可見，楊宏道久經戰亂，生活困頓，對於杜甫詩歌的繼承主要表現在關心民生生計上。學習杜甫〈兵車行〉、〈贈衛八處士〉、〈觀公孫大娘弟

子舞劍器行〉、〈與鄠縣源大少府宴渼陂得寒字〉等作，引杜甫詩句與
詩意入自己作品，以表現自己與杜甫的共同歷史悲痛。

## 五　對宋詩的學習

　　楊宏道於宋代詩人中最尊敬蘇軾，在〈潁州西湖〉作品中以「誰
將比西子，我獨憶東坡」寫出對蘇軾治理西湖治蹟的稱美；在〈東坡
石鍾山記墨蹟〉詩中推崇蘇軾元豐時期之後被貶至黃州後所表現書法
墨蹟，筆法勝於晉漢之作；在〈古寺〉詩中學習蘇軾詩作〈和子由澠
池懷舊〉；在〈苦雨示楊仲名〉一詩也點化蘇軾〈六月二十日夜渡
海〉詩作；在〈若人二首〉中引蘇軾〈僧圓澤傳〉典故，〈般水〉詩
中學習〈百步洪〉詩作以水比喻人生與仕途的險惡。

　　受到宋代理學家的影響，楊宏道認為寫作題畫詩的目的是在於表
現「先王之澤」，是「出於正」，是繼承《詩經》以來傳統性情，所以
表達的是公眾的情，所看到的是歷史的江山。

　　這樣的思想與創作宗旨確實是受到宋代理學思想盛行的影響，楊
宏道在〈送趙仁甫序〉文中就明確說明，詩文是一定要具有「先王之
澤」，要繼承《詩經》「出於正」的，認為文學與文化正統出於孔子，
孔子對於文學與文化的傳承與定位，勝過堯、舜的治蹟，到了秦代以
後文學道統已分派分流，隋唐之後作者更多將文以載道的道統遺棄，
所以楊宏道認為山水詩中若未能得見詩文中所承繼宋代理學家所尊的
「道統」是沒有意義的。

　　楊宏道受到南宋對江西詩派反省聲浪的影響，已經漸漸走出江西
詩派的局限，在〈贈李正甫〉中就言明自己反對「詩人有佳句，剽盜
相因依」，反思江西詩派「句句有來歷」的弊端。在〈王子端溪橋濛
雨圖〉一詩因題畫詩興起古今興亡之感，提及反思江西詩派的「誠齋
體」代表人物王庭筠，與其交游；在〈修武春日〉一詩中，楊宏道也

提及江西詩派的弊端在於：「已從漫與寬詩律，更覓無何入睡鄉」，使創作者面臨困境，造成創作的局限。

## 柒　李俊民與楊宏道綜論

### 一　生平綜論

不同的際遇影響二人作品風格與詩歌主張，李俊民出生於西元1176年，楊宏道出生於西元1189年，李俊民較楊宏道年長十三歲。

楊宏道所嚮往的金朝盛事「大定明昌」年間，正是李俊民十九歲前所感受到的金代，也是李俊民學問養成的重要時期。

李俊民出身為唐皇朝後裔，楊宏道是晉華陰楊氏後裔，二人皆是中原世家之後；李俊民家族在歷代都家世顯赫，至金朝仍極為顯耀，楊宏道先祖金朝開國也曾任官，卻在父母雙亡之後，家道中落。

李俊民少得河南程氏之學，金章宗承安五年（1200年）二十五歲即以經義狀元及第，成為日後《宋元學案》中繼承程顥之學，明道學案中的重要儒者。楊宏道金宣宗興定元年（1217年）二十九歲前，至金遼邊境求學尋求立功沙場，卻屢試不第，難以維生，因為未能在科舉上有成就，始終不能得到朝廷肯定。

李俊民三十九歲前顯名當代，時楊宏道仍在求學階段，李俊民貞祐二年後才因為元軍攻抵澤州，逃離兵亂，歸隱避亂於福昌，仍然獲得地方官員的尊重，十分得到禮遇，此時楊宏道才剛要踏入仕途。李俊民於四十四歲至五十五歲移居伊陽之時，楊宏道仍屢試不第。雖得趙秉文與楊雲翼眾人賞識，但科舉屢次落榜，楊宏道自己詩中就說明「低首就驅役」的無奈。

李俊民在金宣宗興定三年（1219年），四十四歲。至金哀宗正大

八年（西元 1231 年），五十五歲移居伊陽，隱於嵩州鳴皋山，道號：「鶴鳴先生」，以薦舉人才為己任之時，楊宏道則在金代仕宦場中奮鬥，多次落榜，更因戰亂顛沛流離。

楊宏道金宣宗興定元年（1217 年）二十九歲前至與何元理至遼地前線，「年二十九避地遁河關」因避元軍至汴京，直至興定五年三十二歲（1220 年）在汴京得蔭官，擔任「刑部委差官」，生計仍困苦萬分。在〈幽懷久不寫一首效韓子此日足可惜贈彥深〉、〈甘羅廟〉等詩中記載逃難中妻離子散，朝不保夕，不為時人所看重的悲苦遭遇。

金為宋、元聯軍所滅之後，李俊民隨即棄官歸隱，楊宏道卻續任職於宋，影響後世對二人的評價，也因此元人對於李俊民有較高的尊重。

李俊民南逃依附史嵩之，史嵩之卻「破蔡滅金」，所以李俊民在蔡州被破之後，五十九歲選擇北歸。楊宏道因為富察官努（移剌）於天興元年以鄧州降宋，所以降宋。四十五歲任宋職－襄陽府學教諭，四十七歲任職唐州司戶參軍，因遭謗語攻擊，加以元軍南下，所以離開襄陽，北遷至濟源。

後人因此尊重李俊民勝於楊宏道，元好問雖肯定楊宏道詩學成就，卻評其「生平流離，南北竊祿，苟全其出處之際，蓋無足道」，影響後人對於楊宏道文學地位的評論。

李俊民在金亡之後，選擇北歸澤州，因其「經義狀元」的學識地位，四方學者不遠千里而來，加以澤州太守段直的敬重，還蒙忽必烈詔見，詔語中尊其為「李狀元」，特加號「莊靖先生」，直至李俊民八十四歲時忽必烈仍遣使問禎祥。

楊宏道則因宋亡後元軍南下，於兵亂之中顛沛逃難、饑寒交迫，歸鄉後發現田園皆為他人所佔領，生計難以為繼。

楊宏道因元軍南下，移居濟源，生活困苦，生計難以維持，回鄉

後，故鄉土地早已遭人佔據，移居濟南，貧至濟南依靠叔父，對於時人所受苦難楊宏道都能切身體會。

李俊民《莊靖集》是澤州太守段正卿召眾人修定，楊宏道《小亨集》是自己所出版請元好問作序。李俊民作品多有閒適淡泊之作，文集為他人所編輯出版，因此多晚年之作，楊宏道為六十歲時自己所編所以缺少晚年之作。

楊宏道在元代政壇與文壇的地位都不如李俊民，李俊民八十五歲，卒謚「莊靖」，楊宏道八十三歲得贈「文節」。

## 二　詩歌主題綜論

李俊民與楊宏道不同的際遇，影響其詩歌風格，為上位者所敬重的李俊民，所關心的議題多朝廷政策主題上；流離失所的楊宏道親身體驗困苦生活，所關心的主題多為現實的民生困境。

李俊民對「上位者奢華」的批評，是楊宏道詩歌所未能觸及之處。李俊民對於「有志之士不得任用」，多以旁觀者的角度描寫擔憂；楊宏道則以第一人稱描寫自身「懷才不遇」的痛苦。李俊民對於「官吏欺壓」是以上位者角度表達關懷；楊宏道則是寫親身經歷饑寒交迫的危難。李俊民關心的是君王治國「不依古禮」，百姓不知敬畏天災，楊宏道所期望的只是百姓可以得到基本溫飽。

李俊民處於金末元初亂世之中，以其崇高的儒學繼承者地位，以官方所編撰《道藏經》與撰寫祭文安撫民心，所以詩歌之中少見佛、道思想之作；楊宏道則因身處民間，在危難之時自身接受宗教人士的幫助與撫慰，所以詩歌之中明顯可見與佛、道宗教相關的主題。

二人同處於金末元初亡國之時，詩作亦皆多亡國感慨之作，面對金朝的滅亡，李俊民解讀為歷史的命定，以隱居來釋懷；楊宏道所感受到的是深沉的憂懼與恐慌。比較之下李俊民詩作雖關心社會，自我

卻多淡泊求隱之意，楊宏道詩作多積極進取求取任用之作，李俊民因此獲得時人尊重與崇敬，楊宏道卻不為傳統士大夫所認同。

### 三　詩歌傳承綜論

李俊民對於《詩經》的承繼，不僅是形式上四言的形式，還包含承繼了「六義」的宗旨；不同於李俊民之處，楊宏道《小亨集》中四言的形式較少，對於《詩經》的承繼上更著重在義理之處，楊宏道認為《詩經》出自孔子之門，以文彩為枝葉，以道統為根，為一切詩歌的正統起源，品評詩歌的標準。詩歌的創作必須合乎孔子「刪黜述修」經書的道統，所指即為《詩經》。

學習《楚辭》方面，李俊民以直接承取《楚辭》義理為主，詩中直引〈離騷〉篇名的襲取，楊宏道則承自張衡〈四愁詩〉學習《楚辭》以草木為喻的傳統，表現在詩中在以「花草」為擬人的節操，楊宏道詩作能夠清楚的學習屈原幽怨的用語，顯現出行吟澤畔的《楚辭》意境。

楊宏道詩歌被認為具備「漢魏遺音」的特色，其詩作之中時有〈古詩十九首〉「逐臣棄婦」之感，是楊宏道不同於李俊民之處。李俊民詩作之中多做律詩與絕句，楊宏道對於古詩創作比例與數量上明顯多於李俊民，特別是五言古詩的創作量是李俊民的三倍以上，可以看出其詩風較李俊民更具備漢魏的遺風。

楊宏道以唐人為指歸之處明顯過於李俊民，李俊民與楊宏道二人都是尊崇杜甫詩歌的，李俊民承自於杜甫之處，主要在於以詩記史及點化杜甫詩句。楊宏道對於杜甫的學習相異於李俊民之處，在楊宏道更因為經濟生活的困頓，更重視杜甫詩歌中關心民生之作，所以對於杜甫詩歌中民生困境的表現，更加重視。

李俊民所承自於韓愈詩歌之處，如同劉瀛在〈莊靖集序〉文中就

所說，在於：「雄篇鉅章，奔騰放逸，昌黎公之亞也」風格，此外李俊民學習韓愈以文為詩的特色，也表現在長篇「序文運用」，之處。楊宏道詩歌學習韓愈之處，在於篇章義理的模擬，如學退之〈此日足可惜〉一詩，被稱美為「金膏水碧，物外自然奇寶，景星丹鳳，承平不時見之嘉瑞」，學習韓愈被認同的因素，在於楊宏道詩歌與韓愈的共通點在於「窮」。學習韓愈之外，楊宏道也受苦吟詩派影響，學習晚唐苦吟詩人賈島、孟郊與姚合。

在宋代詩人上李俊民學習王安石多過蘇軾，楊宏道則因為對於歷史新舊黨爭的見解，學習蘇軾較明確。李俊民對於江西詩派句法及字字有來歷之處，承繼較多；楊宏道則受理學家影響，有直承道統的自覺，加上當時「誠齋體」對於江西詩派的反思，漸漸走出江西詩派的局限。

李俊民集句詩〈七言絕句集古〉一百二十首，學習王安石〈集句詩〉的創作，劉瀛在〈莊靖集序〉稱美其：「集句圓熟，脈絡貫穿，半山老人之體也」，是楊宏道詩歌中未見的特色。

劉瀛說李俊民學習宋人之處：「格律清新似坡仙，句法奇傑似山谷」，所學習蘇軾與黃庭堅之處在於格律句法，也就是形式之上。楊宏道於宋代詩人中最尊蘇軾，對於蘇軾的尊重是全面性的，包含治蹟、書法、義理的學習。楊宏道詩作中襲取蘇軾之意，明顯多於李俊民。

李俊民「經義狀元」出身，博覽與鑽研經史子集的，使得詩歌句句有來處，這與黃庭堅所影響江西詩派，直承經書之義相通。楊宏道受當時南宋所盛行的尊楊萬里的「誠齋體」影響，努力突破江西詩派的局限。在〈贈李正甫〉中就言明自己反對「詩人有佳句，剽盜相因依」，對於江西詩派「句句有來歷」的反思，認為如果大家都只知盜取他人作品，影響詩文中所該承繼的道統。

　　宋代理學家集韓愈等人「文以載道」觀念大成而成為宋詩的時代特色，更與宋代理學結合；楊宏道受宋代理學影響，認為詩歌吟詠要「出於正」，「詩以載道」。李俊民受宋代理學家的影響，不只在長篇詩歌之中言理，在短篇絕句之中也長於議論論理，表現在題畫詩中，也能有「載道」的詩歌創作功用。

　　本論文探討李俊民與楊宏道二人的際遇，藉由二人詩文了解生命其感受，感受史事與文學相互輝映的成果，進一步了解著書立說對於文化傳承的貢獻。

　　藉由解讀二人文本的方式，更真實感受詩文的留傳，可以發輝以古知為鑑的功用，提供上位者思考治理百姓的依據，期望上位者不要重蹈金末元初執政者所犯下的錯誤，並且重視文學對於歷史文化傳承的重要性。

　　藉由閱讀本論文，瞭解二人詩歌傳承《詩經》、《楚辭》、「魏晉風格」、「杜甫」、「韓愈」、「宋人」的道統主張，我們更能瞭解在詩學的學習與創作之中，應該追尋力守的根基與方向。並進一步增補文學史上較少被重視與提及的金末元初詩學論述，理解金末元初詩人對傳統文學的承繼，傳承至明代復古運動。

　　藉由本論文了解金末遺臣筆中的金末元初不同階級的人所面對的社會問題，增進對於金末元初「士大夫」心境的瞭解，可以補正史之不足。探討李俊民與楊宏道二人詩歌的情感與風格。學習二人對傳統文化的學習，可以增進創作能力與作品的深度與廣度。比較李俊民與楊宏道二人的生平、詩歌與傳承，更全面性的了解人、詩歌與文學傳承間緊密的脈動，明白閱讀作品前先了解作者生平遭遇的重要性，因為唯有如此才能更貼切的了解作品的真實情意。

# 重要參考文獻[1]

## 一 傳統文獻

《春秋左傳正義》〔周〕左丘明傳〔晉〕杜預注〔唐〕孔穎達疏　臺
　　北縣板橋市：藝文印書館　1973 年 9 月

《莊子》〔周〕莊子著　臺北：中華書局　1993 年 6 月

《詩經正義》〔漢〕毛亨傳，鄭玄箋〔唐〕孔穎達疏　臺北縣板橋
　　市：藝文印書館　1993 年 9 月

《漢書》〔漢〕班固撰　北京：中華書局　2007 年

《史記》〔漢〕司馬遷撰　臺北：洪氏出版社　1986 年 9 月版

《風俗通義》〔漢〕應劭撰，王利器點校　濟南：山東書報出版社
　　2004 年。

《世說新語箋疏》〔南朝宋〕劉義慶著〔南朝梁〕劉孝標注　上海：
　　上海古籍出版社　1995 年

《杜詩鏡銓》〔唐〕杜甫著，楊倫編輯　華正書局　1989 年 8 月

《韓昌黎文集校注》〔唐〕韓愈，閻琦注　西安市：三泰　2004 年

《韓愈文集彙校箋注》〔唐〕韓愈著　北京：中華書局，2010 年

《後漢書》〔唐〕范曄撰〔清〕李賢等注　北京：中華書局　1965 年

《晉書》〔唐〕房玄齡等撰　北京：中華書局　1974 年

《王維集校注》〔唐〕王維撰，陳鐵民校注　北京：中華書局 1997 年
　　8 月

《三家評注李長吉歌詩》〔唐〕李賀著〔清〕王琦等注　上海：上海

---

1 體例：分「傳統文獻」、「近人論著」、「學位論文」、「期刊論文」四部份，
　「傳統文獻」以時代先後作序，另三類以作者姓氏筆劃排序。

古籍出版社　1998 年 2 月出版

《大唐新語譯注》〔唐〕劉肅撰，何正平編著　桂林市：廣西師範大學　1998 年

《太平廣記》〔宋〕李昉等撰　北京：中華書局　1995 年

《新五代史》〔宋〕歐陽修撰　北京：中華書局，1974 年

《新唐書》〔宋〕歐陽修、宋祈撰　北京：中華書局，1975 年

《資治通鑑》〔宋〕司馬光著　北京：中華書局　2009 年

《蘇文忠公詩編註集成》〔宋〕蘇軾撰〔清〕王文誥輯注　臺北：臺灣學生書局　1987 年

《蘇軾文集》〔宋〕蘇軾撰，孔凡禮點校　北京：中華書局　1986 年 3 月

《侯鯖錄》〔宋〕趙令畤　唐宋筆記史料叢刊　北京：中華書局 2002 年出版

《秋澗先生大全文集》〔元〕王惲撰　四部叢刊初編集部　臺北：臺灣商務印書館　民國 54 年

《還山遺稿》〔元〕楊奐著　景印文淵閣四庫全書；第 1198 冊　別集類四　臺北：臺灣商務印書館,1983

《宋史》〔元〕脫脫等撰　北京：中華書局 1985 年 6 月出版

《金史》〔元〕脫脫等撰　北京：中華書局 1985 年 6 月出版

《莊靖集》〔金〕李俊民　景印文淵閣四庫全書　第 1190 冊　臺北：臺灣商務印書館　1983 年

《小亨集》〔金〕楊宏道　景印文淵閣四庫全書；第 1198 冊　臺北：臺灣商務印書館　1983 年

《中州集》〔金〕元好問　北京：學苑出版　2000 年。

《齊乘》〔元〕于欽沙克什撰　四庫全書珍本臺灣商務印書館　1973 年

《困學齋雜錄》〔元〕鮮于樞撰　景印文淵閣四庫全書；第 866 冊
　　臺北：臺灣商務印書館　1983

《元史》〔明〕宋濂等編　臺北縣板橋市：藝文印書館　清乾隆武英
　　殿刊本影印

《九金人集》〔清〕吳重憙輯　〔根據山東海豐吳氏盫彙刻本影印本〕
　　臺北：成文出版社印行　1967 年

《宋元學案》〔清〕黃宗羲撰、全祖望補　臺北：世界書局　1961 年

《全唐詩》〔清〕曹寅編　北京：中華書局出版　1996 年

《金詩紀事》〔清〕陳衍撰　臺北：鼎文書局　1971 年 9 月出版

《元詩紀事》〔清〕陳衍撰　楊家駱主編　臺北：鼎文書局　1971
　　年。

《鳳臺縣志》〔清〕郭維垣等纂　〔清〕張貽琯等人修　中國地方志
　　集成〔3〕，山西府縣志輯 37　光緒鳳臺縣續志　四卷首一卷
　　乾隆鳳臺縣志據清乾隆 49 年（1784）刻本影印

## 二　近人著述

《金代文學家年譜》　王慶生著　南京：鳳凰出版社　2005 年 3 月

《詩經評釋》　朱守亮註　臺北：臺灣學生書局　1988 年 8 月

《宋元戰史》　李天鳴著　臺北：食貨出版社　1988 年 3 月出版

《新譯四書讀本》　邱燮友等編譯　臺北：三民書局 1987 年 8 月。

《金代文學研究》　周惠泉著　臺北：文津出版社　2000 年 4 月出版

《金代文學研究》　胡傳志著　合肥市：安徽大學出版社　2000 年 3
　　月出版

《中國道教史》　卿希泰主編　成都：四川人民出版社　1996 年

《宋遼金元史新編》　陶晉生著　稻鄉出版　2003 年 10 月出版

《宋遼金元畫家史料》　陳高華編　文物出版社　1984 年 3 月

《金史紀事本末》　陳　邦瞻撰　北京：中華書局　1987 年 11 月

《中國大事年表》　陳慶麒編　臺北：臺灣商務印書館　1994 年 6 月

《列子集釋》楊伯峻撰　北京：中華書局，1996 年

《楚辭》傅錫壬註　臺北：三民書局　1991 年 3 月

《唐宋詞選注》張夢機張子良選註　臺北：華正書局　1989 年 9 月

《全金詩》薛瑞兆、郭明志編纂　天津：南開大學出版社　1995 年 11 月出版

## 三　學位論文

《楊弘道詩歌研究及《小亨集》文獻整理》胡鑫著　北京師範大學學位論文　2007 年 5 月（「世紀論文網」電子書）

《李俊民詩詞用韻》黃淑娟先生著　耿志堅教授指導　國立彰化師範大學碩士論文　2008 年

《金代李俊民散文研究》陳光廷先生著　羅宗濤教授指導　玄奘大學碩士論文　2006 年

《隱者的情懷遺民的哀歌論李俊民詞》禪志德作　大陸暨南大學中國古代文學研究所碩士論文　2005 年 5 月

## 四　期刊論文

〈「江山如畫」與「畫裡江山」——宋元題瀟湘山水畫詩之比較〉衣若芬著《中國文哲研究集刊》　第 23 期　2003 年 9 月　頁 33-70

〈李俊民的七言古詩〉　王錫九著　《江蘇教育學院中文系》　第 4 卷第 5 期　2000 年 9 月　頁 22-24 及 51

〈金末元初詩人楊宏道生平仕歷考述〉　王慶生著　《江蘇大學學

報》（社會科學版）　2003 年 4 月　頁 73-77

〈楊弘道《小亨集》誤收詩辨正〉　桂棲鵬著　《浙江師大學報》
　　（社會科學版）　1998 年 6 月　頁 56-59

〈百年耆舊一代宗師──金末元初的少林寺長老性英粹中〉馬明達先
　　生著《馬氏通備》　網路期刊所發表　2006 年 10 月 13 日

〈略論金末元初李俊民的散文〉　魏崇武著　《新亞論叢》　第 7 期
　　2005 年 6 月　頁 243-250。

〈論誠齋體在金代的際遇〉　胡傳志著　《安徽師範大學學報（人文
　　社會科學版）》2004 年 1 月

國家圖書館出版品預行編目(CIP)資料

金末遺臣李俊民與楊宏道詩學考察/林宜陵 著. -- 初版. – 臺北市 ：

萬卷樓, 2011.08

面 ； 公分

ISBN 978-957-739-715-7 (平裝)

1.(金)李俊民 2.(元) 楊宏道 3.傳記 4.詩學 5.詩評

820.91056                                               100014027

# 金末遺臣李俊民與楊宏道詩學考察

ISBN 978-957-739-715-7

2011 年 8 月初版 平裝　　　　　　　　　　　　　　定價：新台幣 520 元

| | | | |
|---|---|---|---|
| 著　　者 | 林宜陵 | 出　版　者 | 萬卷樓圖書股份有限公司 |
| 發 行 人 | 陳滿銘 | 編輯部地址 | 106 臺北市羅斯福路二段 41 |
| 總 編 輯 | 陳滿銘 | | 號 9 樓之 4 |
| 副總編輯 | 張晏瑞 | 電話 | 02-23216565 |
| 編　　輯 | 張琬瑩 | 傳真 | 02-23218698 |
| 校　　對 | 張琬瑩 | 電郵 | wanjuan@seed.net.tw |
| 封面設計 | 斐類設計工作室 | 發行所地址 | 106 臺北市羅斯福路二段 41 |
| | | | 號 6 樓之 3 |
| | | 電話 | 02-23216565 |
| | | 傳真 | 02-23944113 |
| | | 印　刷　者 | 百通科技股份有限公司 |

新聞局出版事業登記證局版臺業字第 5655 號

網路書店　www.wanjuan.com.tw

劃撥帳號　15624015